冷たい檻

伊岡 瞬

中央公論新社

目次

始動　9
第一日　29
第二日　231
後日　551
解説　大矢博子　589

主な登場人物

樋口透吾《ひぐちとうご》……調査官。四十八歳。
島崎智久《しまざきともひさ》……比山《ひやま》署青水《あおみ》駐在所勤務の巡査部長。二十九歳。
北森益晴《きたもりますはる》……青水駐在所前任の警官。失踪中。三十五歳。

『施設』入所者
小久保貴《こくぼたかし》……民間児童養護施設『にじ』の小学六年生。
鶴田康介《つるたこうすけ》……同小学六年生。
江島遥《えじまはるか》……同小学六年生。
古川大樹《ふるかわだいき》……同中学一年生。
中沢《なかざわ》先輩……『にじ』にいた中学三年生。『アル＝ゴル神』の僕《しもべ》。
レイイチ……更生施設青年の家『みらい』の青年。二十歳。
カイト……同十九歳。
マモル……同二十歳。

シン……同二十歳。

林田健二《はやしだけんじ》……混合型介護付有料老人ホーム『かもめ』の老人。七十八歳。

『施設』関係者

峰聡《みねさとし》……複合型ケアセンター『岩森の丘』センター長。六十七歳。天下りの元官僚。

二木寛《にきひろし》……同副センター長兼『かもめ』施設長。五十歳。

小笠原泰明《おがさわらやすあき》……『みらい』施設長（保安担当）。五十八歳。元県警本部生活安全部長。

及川温美《おいかわあつみ》……『にじ』施設長。四十五歳。

桑野千晶《くわのちあき》……『にじ』職員。三十七歳。

熊谷有里《くまがいゆり》……『かもめ』職員。二十三歳。

赤石隆一郎《あかいしりゅういちろう》……岩森村《いわもりむら》前村長。七十二歳。

中条俊一《なかじょうしゅんいち》……大物国会議員の筆頭私設秘書。五十二歳。

上野弘樹《うえのひろき》……中国の巨大製薬会社「星河《シンホー》」日本総支社営業課長。四十歳。

深見《ふかみ》梗平《きょうへい》……ブローカー。
中堀《なかぼり》三千代《みちよ》……喫茶店『ブルー』の店主。六十八歳。
熊谷《くまがい》昇平《しょうへい》・弥生《やよい》……ラーメン店を営む夫婦。
佐野《さの》警部……比山署地域課課長。
福本《ふくもと》警部……比山署刑事課課長。
カラス……樋口の上司。

冷たい檻

始動

1　十七年前

初夏の明るい日が差している。

刑事は、久しぶりにとれた休みを利用して、妻と三歳半の息子《むすこ》と三人で、遊園地へ遊びに来ている。東京都と神奈川県の境界あたりに広がる遊園地だ。とびぬけて過激だったり最新型だったりのアトラクションはなく、むしろ幼い子ども向けの乗り物が豊富だからと、妻が決めた。

立地的にいえば、妻の実家に近いことも大きな理由だろう。遊んだあとは妻の両親と待ち合わせて、一緒に食事や買い物をする予定になっている。

しかし刑事には、最後まで付き合うことはできないだろうという予感があった。刑事が骨休めしようと思えば、きまって「緊急の案件」が発生するのだ。顔つきを見れば、妻もそう思っているのがはっきりわかる。どうせ、仕事が入るはずだ、と。

恋愛結婚のつもりだったが、そしてまだ結婚して五年にしかならないが、いつからこれほど気持ちに溝が生じたのか、自分でも不思議だった。

あえて起点を探せば、息子が生まれた頃だろうか。妻は、仕事が忙しいのは承知でも、もう少し夫が家庭を顧《かえり》みてくれると考えていたようだ。その失望感が膨らむのと比例して、無垢《むく》な愛情はしぼんでいったに違いない。

刑事は、深く息を吸って空を仰いだ。小学生が描いた絵のような、嘘《うそ》っぽいほど青い空に白い雲が浮いている。妻は、息子と楽しそうに過ごしながらも、しきりに日焼けを気にしている。

「おとーさーん」

柵のこちら側でカメラを構えている刑事に向かって、妻と息子が手を振った。軽く応じてシャッターを押す。

電車が好きな息子は、アニメのキャラが描かれた電車、飛行機の形をした電車、動物を模した電車と立て続けに乗って、かなり興奮気味だった。

それだけでなく、今日は多少のわがままは通るらしいと気づき、電車のミニ模型や刻印式の記念メダルなどをねだり、めったにないほど上機嫌だった。

「ああ、疲れた。こんど、あなた一緒に乗ってあげてよ」

息子の手を引いた妻がうんざりした顔で降りてきて、刑事に向かって息子の手を押し出すようにした。

「うん、おとうさんとのる」

妻の主義で、パパママではなく、おとうさんおかあさんと呼ばせている。最近ようやく、「おとしゃん」から「おとうさん」に格上げになった。

「そうか、何に乗りたい」

刑事は腰をかがめて、息子の意見を聞いた。あくびが出そうな電車に二度ほど乗ってやれば、父親の務めは果たせるだろう。

「あれにのりたい」

息子が指差したのは観覧車だった。

「あれか」

刑事は顔を上げて言葉を失う。てっぺんが雲の中に消えているようだ。それを見ただけで、足もとの感触がなくなったような錯覚を抱いた。刑事の顔つきを見て、妻がめずらしくくすくすと笑った。

「絶対にお父さんと乗ったほうが楽しいわよ」

刑事は、恨みがましく妻を睨《にら》んでから、しゃがんだまま息子を説得した。

「あれは、小学生以上じゃないと乗れないんだ」

「だめよ。警察官が嘘ついちゃ」

妻がよけいな口出しをする。

「のる。のる」

息子が体を左右によじるようにし、駄々《だだ》をこねた。普段は、こんなことはしない。開放的な雰囲気に気分も変わったのかもしれない。

「しかし――」

ふと妻に目をやれば、少なくともここ数か月は見たことのない、優しさと優越感を帯びた笑みを浮かべている。

「ねえ、直輝《なおき》。お父さん、あれ怖いんだって。おかしいね」

「おとうさん、こわいの？」

「怖くはないが」

「しょうがないから、お母さんと乗ろうね」妻は、でも、と刑事に向かって続けた。「その前にお手洗いに行ってくるから、荷物を見てて。少し、混んでるみたいだから」

息子の好物の五目いなりを、妻は朝の四時に起きて作った。そのほか、卵焼きやから揚げや自家製の浅漬けなどが入ったトートバッグを見ていてくれと言うのだ。たしかに、女性トイレの前に列ができているのが見える。

「わかった。ここで待ってる」

妻は、息子にも一緒に行こうと誘ったが、息子はまだしたくないと首を振った。

「おれが、ソフトクリームでも食わせてるよ」

通路の向かいに、赤白ツートンカラーの派手な屋根の店があって、子どもの背丈ほどもある、立体的なソフトクリームの看板が立っている。

「うん。ソフトクリームたべる」

妻が去ると、息子にバニラとチョコのミックスソフトを買ってやった。

息子はベンチを探すまで待てずに、すぐに舐《な》めだした。この陽気のせいで、早くも溶けかかっている。

空いたベンチがなかった。アトラクションの柵の脇に置かれた、三人掛けベンチの端に、女性が一人で座っていた。大きな荷物もなく、誰かを待っているようすもない。

「こちら側、よろしいですか」

小ぶりのノートを広げて何か書き込んでいる女性に、声をかけた。三十そこそこに見える、化粧っ気のない女性は顔を上げ、笑顔で答えた。

「どうぞ」

「よかったな、ここに座らせてもらって食べなさい」

ベンチの反対側に息子を座らせ、その脇に邪魔にならないよう、トートバッグを置いた。

「おいしいか」

「うん。おいしい」

息子が足をばたつかせながらソフトクリームを攻めるのを見ていると、刑事の携帯電話が震えた。

上司からだ。

「はい――」

〈今どこだ〉

休日前には居場所は報告してあるから、わかって聞いているのだ。

「家族と一緒です」

せめてもの抵抗を口にしながら、ベンチを数歩離れた。隣に座る女性には聞こえないように背を向けたが、視界ぎりぎりで息子の姿はとらえている。

〈その近くで事件だ。郵便局に強盗。抵抗した局員が刺されて重傷、追いかけた局長がやはり刺されて死亡。犯人は逃走中〉

ここで、明日早めに出ます、などという答えは選択肢にない。

そのまま具体的な地番を聞き、ボールペンで手の甲にメモした。

「一時間で行きます」

〈悪いな〉

電話を切りぎわ、上司は形ばかりの詫《わ》びを口にしたが、刑事には「早くしろよ」としか聞こえなかった。

通話を終えた携帯電話をポケットに落とし込んだそのとき、人影が猛スピードで近づいてきて、ベンチに置いてあったトートバッグをつかみ、走り去った。

「あ、待てっ」

すぐに駆け出す。追いながら、犯人の恰好《かっこう》をとっさに観察した。下はジーンズ、上はグレーのトレーナーのようなものを着ている。

「金は入ってないぞ」

ほかの客を突き飛ばしながら、猛烈な勢いで走るその背に怒鳴った。人混みでは、追うほうが有利だ。次第に距離を詰めつつあったとき、斜め前方から追いかけっこをする、幼い兄妹らしい二人がこちらに向かって走ってきた。

彼らを避けようとした勢いでよろけ、街灯に左腕を打ちつけた。逃げる犯人に視線を向けると、やはり客に当たって、トートバッグを落とした。中の弁当が激しい勢いでぶちまけられた。

犯人は一瞬だけ逡巡《しゅんじゅん》したが、そのまま走り去った。

刑事は、痛む左手をさすりながら、散乱した弁当に歩み寄った。周囲にいた客たちは、心配そうに立ち止まって見ている。中には「だいじょうぶですか」と声をかけ、容器からこぼれたいなりずしを拾ってくれるものもいた。

「ありがとうございます」

頭を下げたとき、心臓を鷲《わし》づかみにされたような不安が突き抜けた。

「直輝」

息子の名を呼びながら、大急ぎでかけ戻る。

ベンチが見えてきた。

「嘘だろ。嘘だよな。——直輝っ」

ベンチには、さっきまで座っていた女の姿も、そして息子の姿もなかった。

2　三十三日前

警官は執務室に入るなり、制帽を脱いで机に載せた。内側が汗でぐっしょりと濡《ぬ》れている。

隣の地区で行われている夏祭りの警備の手伝いに駆り出され、ようやく今、帰ってきたところだ。しかも、移動手段は自転車だ。汗が噴き出してくるのも無理はない。

それにしても暑い。すでに午後の九時近いというのに、この暑さは尋常ではない。

エアコンの設定温度を極限まで下げた。制服のワイシャツのボタンをひとつはずし、洗濯したてのタオルで、額から首筋、胸もとあたりの汗を拭う。

装備を解く前に、まずは冷蔵庫を開け、冷やしておいた麦茶のペットボトルに直接口を当てて、喉を鳴らして流し込んだ。大きなため息が漏れた。

作業机の前の椅子に腰を落としたものの、まだほとんど汗が引かず、なかなか日誌に手をつける気にはなれない。

ぼんやりあれこれと考えているうちに、意識は自然とあの場所へと向かう。

この駐在所に赴任の命を受けてから、まだ正式な任務を与えられていない。まずは、地域に馴染《なじ》むこと。何かを探っているのかと勘繰られないこと。そんな、いわば〝下ごしらえ〟が必要だと教えられている。その点は意識しながらも、自分なりに「この土地に、探るに値する何かがあるのか」それを勝手にあれこれと邪推している。

やはり、あの場所しかないだろう。そもそも――。

誰か来たようだ。扉の外で人の気配がする。行動の節目には時計を見る習慣が身についている。壁の時計は午後九時ちょうどを差している。夜のこんな時刻に誰かが訪ねてくるなど、あまりないことだ。いったい誰だろう――。

警官は、帽子を脱いだことも忘れて、椅子から立ちあがった。

3　当日

非常警報が鳴っている。

頭が割れそうなほどの勢いで鳴っている。これはいったい何の警戒音だ。背中しか見えない相手が逃げてゆく。あれを追うのだ。しかし、前のめりになるほど手を伸ばしても、体が強張《こわば》り足がもつれ、追いつくどころか、獲物は次第に遠ざかってゆく。

男は、言葉にならない怒声を上げて、伸ばした右手をきつく握った。手のひらの中で柔らかいものがぐにゃりと潰れる。耳のすぐそばで、女の声が、痛い、とうめいた。

半分ほど覚醒して気がついた。握りしめていたのは、乳房だった。

「すまない」

ひとこと詫《わ》びて女の胸から手を離し、枕もとで不快な音をたてながらブルブル震えている携帯電話を探り当てた。

相手も確かめずに切りかけて、指を止める。悪夢の理由がわかった。この相手だけ、ほかの人間とは別の着信音に設定してある。未明に腹をすかせてギャアギャアと鳴きわめくカラスの声だ。

「痛いじゃない。痕がついちゃう」

ぶつぶつ言う女の声が入らないよう、背を向けた。男の指が画面に触れると、カラスの叫びがやんだ。

「もしもし」

〈なんだそのひどい声は〉

電話の向こうの乾いた声が、寝不足と二日酔《ふつかよ》いの頭に突き刺さる。

「徹夜で働いてましたから」

〈働いてたのはおまえの上半分か、下半分か〉

「朝から下品な冗談はやめてください。頭痛がひどくなる」

〈冗談のつもりはない。支度《したく》しろ。着手してもらう〉

簡素なヘッドボードに載ったデジタル時計の数字は、朝の六時三十七分を表示している。

「まだ夜明け前ですよ。それに、とりかかるのは明日と聞いていましたが」

〈連絡員のミスだろう。注意しておく。今日からかかってくれ。それに、とっくに日は昇っている〉

これ以上押し問答してみても、意味はない。従う以外選択肢はないのだ。

「了解」

〈海沿いの、眺めも空気も最高の場所だ。念のために……〉

「詳細はメールしてください」

〈資料は送ったはずだ〉

封を開け、ざっと一度目を通したあと、部屋のデスクに放り出したままの封筒に視線を向けた。

「確認します。で、何時に行けばよろしいでしょうか」

〈八時と言いたいところだが、九時にしておいた。遅刻するな〉

「了解」

〈期限は二日だ〉

「二日？」

〈今日と明日、合わせて二日だ。多いか？〉

「余った日程でハワイにでも行ってきます」

〈へらず口を叩く暇があるなら大丈夫だな。あさってには別件で山陰《さんいん》に行ってもらう〉

了解とも答えずに通話を切って、スマートフォンをベッドに放り投げた。

「ねえ。その着信音、なんとかならないの。気味が悪い」

女が、まだ自分の乳房をさすりながら、眠たげな声で言った。

たしかにこれを聞いた人間は、口を揃《そろ》えて「耳障《みみざわ》りだ」と言う。喫茶店や電車の中などで鳴ると、まわりの人間がカラスの姿を探してきょろきょろする。

「嫌なやつと話す前に、心の準備ができるよう、この相手だけ特別な着信音にしてる」

「嫌な相手って、誰？」女があくびまじりに問う。

「上司さ。カラスみたいな男だ。遠目が利《き》いて、冗談が通じず、ケチで執念深い。気がつくとすぐそばからこちらを見ている」

「なんだか、うちの人みたい」

ふん、と笑いで答えた。この女の夫の、羊と鹿を足して二で割ったような顔を思い出した。

「あんな上品な紳士じゃない」

この女の夫はたしかに頭は切れるかもしれないが、このカラス上司に比べたら、飼いならされたメジロみたいなものだ。出世競争は厳しいかもしれないが、しょせんは官僚組織という護送船団の乗組員だ。もっとも、今の自分はそんなことを揶揄《やゆ》できる立場にはないが。

「ねえ、お腹空《なかす》いた」

さっきの仕返しに、柔らかいところを握り返された。

「痛い」

女がふふっと笑って長いあくびをした。

「モーニングでもとらない？」

「家に帰らなくていいのか」

「田舎《いなか》の官舎は退屈なのよ。気晴らしに、友達と温泉に一泊ぐらいするって言ってある」

「ずいぶん、物分かりのいい旦那だな」

「物分かりがいいわけじゃないわよ。向こうだって、ここぞとばかり羽を伸ばしているんじゃない？」

「官僚ってのは、そんなに給料がいいのか」

答えはわかっているが、嫌みで訊《き》く。

「ふん。自分の金じゃないわよ。わたしはよく知らないけど、接待とか経費とかじゃないの。上の目が届かないのをいいことに、適当にやってるんでしょ」

この女の夫はいわゆる〝キャリア〟だ。農水省の官僚で、この日本海に面した県へ、米作の実態だとか水田改良の研究だとか称して、一年という期間限定で出向してきている。お勤《つと》めが終われば〝帰京〟して、うまくすればまたひとつ、天上界への階段を上る。

農水省に限らず、入れ代わり立ち代わり出向してくるキャリアたちは、地方の公共団体や独立行政法人にとっては、大切なお客様だ。ここでご機嫌をとっておけば、もしも将来、その男が省庁のトップないしその近辺まで上ったとき、いろいろと便宜《べんぎ》を図ってもらえるかもしれない。少なくとも、中央へのパイプにはなる。数十万円単位の接待など、安いものだ。

「そろそろ起きる。そっちも支度してくれ」

「嘘でしょ。まだこんな時間じゃない」

女が顔にかかった髪をかき上げ、不服げに息を吐いた。

男は答えず、シティホテルとは名ばかりの宿泊施設の、妙にスプリングが利いたベッドから上半身を起こして、かかっていたタオルケットを剝《は》いだ。

「やだ、もう」

官僚の妻にしておくのが惜しい裸身があらわになった。

今回、この土地での仕事が決まって、便宜を図ってもらえそうな知り合いがいないか調べてみたところ、この女の夫が出向してきていることがわかった。すぐに連絡をとった。女と会うのは二年ぶりだったが、県庁所在地駅前のコーヒーショップで待ち合わせてからホテルに入るまで、二時間もかからなかった。予約してあったシングルの部屋をキャンセルして、ダブルに変更した。

愛人や恋人というほどの、甘くベタついた関係ではない。

三年ほど前に、女の夫の所属する部署で不祥事が発覚し、内部の人間の身辺調査が行われた。もちろん、真相究明のためではない。何をどこまで公表し、誰に責任をなすりつけて尻尾《しっぽ》を切るか、その判断材料にするためだ。その過程で、この女が夫の部下と不倫関係にあることがわかった。いわば余録だ。顔がはっきり写っている写真も撮った。

男は、ルールを破ってこの女に接触した。浮気の事実を夫に知らせることになるから、それなりの準備をしておいたほうがいいと忠告した。脅迫したつもりはない。現に、口止め料や交換条件などは一切求めていない。あえて理由があるとすれば、別れた妻にどこか似た雰囲気があったからかもしれない。

結局、夫に知らせることはなかった。カラス似の上司か、さらにその上の判断だ。夫への配慮ではないし、もちろん妻に同情したからでもない。妻の浮気相手もキャリア官僚で、将来出世しそうだと判断したのだ。そのときのために、いつでも使える切り札として温存することに決めたのだろう。

それをこの女が勘違いして、恩に着た。女のほうから何度か連絡を寄こしてきて、関係がそれから一年近く続いた。利害関係も特別な愛情もないのに、思えば不思議な間柄だ。

「いまさら恥ずかしがることもないだろ」

「女の体は、二年も経《た》つとあちこち変わるのよ」

度重《たびかさ》なる漂白剤の使用ですえたような匂いのするケットをはねのけ、シャワーを浴びようと立ち上がった。バスルームに向かう背中に、女の声がかかる。

「ねえ、あなた自分で気づいてる？　寝てるとき、すごくうなされて苦しそうだったけど、嫌な夢でも見てるの」

そんなことはないと、嘘をついた。

未明のことだ。一人の老人が、断末魔の叫びをあげながら崖から落ちてゆく夢を見た。顔ははっきりと見えなかった。見知らぬ他人だったような気もするし、年老いた自分自身だったような気もする。

叫び声をあげようとした次の瞬間、場面が切り替わり、自分は正体不明の存在を追っていた。それが誰なのかなぜ追うのかもわからなかったが、血が逆流しそうなほど興奮していたことは確かだ。

「いつも天国で美女に囲まれてる夢を見てるよ」

「嘘ばっかり。日頃の行いが悪いから、夢でうなされるのよ」

バスルームへ続く扉を開けたところで振り返り、「そんなことより」と大声で言った。

「車で送ってもらいたいから、早く支度してくれ。三十分後には出かけたい」

「何よ。人をなんだと思ってるの」

枕を壁に投げつける音が聞こえた。

第一日

1　午前九時二十分

島崎智久《しまざきともひさ》巡査部長は、朝から落ち着かない気分だった。

待ち人が来ない。午前九時に来所するというので、八時ごろからずっとこうして待っているのだが、定刻を二十分近く過ぎているのに一向に現れる気配がない。

もともと、地域課長の指示で今日の通常巡回は省《はぶ》く予定になっているが、かといって駐在所の中でじっとしているのも苦痛だ。

敬老の日を含めた三連休も終わって、九月も後半に入ったというのに、まだまだ気温は高い。抑え気味の冷房のせいでじんわりと汗ばんでくる。

警部補昇任試験の論文模範解答集をぱらぱらとめくってみたが、いつ当人が現れるかと気になって集中できない。見られたら気恥ずかしいという思いもある。しかたなく、普段は机の引き出しにしまってある、フォトスタンドを取り出した。

まだよちよち歩きだったころの娘を抱きかかえた、妻の写真だ。二人ともこちらを向いて、はじけるような笑みを浮かべている。つい、顔がほころんでしまう。スマートフォンにもたくさん画像は入っているが、やはり大きく引き伸ばしたものは格別だ。

「毎日一緒にいるのに、写真を見てにやついてるって、変じゃない」

そう言って、妻の理沙《りさ》は笑う。

時期外れの急な辞令で、この駐在所へ転任になってちょうど二週間、勤務中も妻子と同じ建物内にいるというのは不思議な気分だ。

今こうしている瞬間にも、二階の居住スペースで、理沙が先月三歳になったばかりの、娘の藍《あい》の面倒を見ている。一説によると、三歳というのは、人の一生のうちでもっとも愛くるしい時期だそうだ。たしかに、目の中に入れても痛くないと、何度思ったかわからない。これを親ばかと呼ぶのだろう。

ときおり藍の泣き声が聞こえたりすると、怪我《けが》でもしたのではないかと気になるが、さすがに勤務中に、ちょこちょことのぞきに行くわけにはいかない。

ここへ来る前は、都市部の繁華街にある交番勤務だった。窃盗《せっとう》や喧嘩《けんか》などの小さなものも含めれば、それこそ事件の起きない日はないと言ってもいいほど忙しかった。ところがこの駐在所に来てみれば、定刻のパトロールぐらいしかすることがない。こうして毎日暇にしていると、気持ちが緩んでいきそうで怖い気もする。

もっとも、悪いことばかりではない。本来は違反行為にあたるのかもしれないが、空いた時間に昇任試験の勉強ができる。何しろ事件が起きないから、実務で実績をあげるのはむずかしいが、勉強の時間だけはたっぷりある。

自嘲《じちょう》気味にそう言うと、「去年、巡査部長に昇任したばかりなのに気が早い」と妻の理沙は笑う。智久は真剣だ。来年には三十歳になるのだから、少しも早くなどない。それに、これだけ階級差のはっきりした組織に入ったのだから、上を目指さないほうがどうかしている。向上心、それが好きな言葉だ。

自分のような警官を、こんな田舎で生殺しにするはずがない。急な欠員の補充でこんなことになったが、一年ほどで都市部へ戻してもらえるだろう。そのときのために、筆記試験の準備だけでも整えておきたい。妻も「応援する」と言ってくれている。

駐在警官の妻である理沙は、広い意味で智久の〝同僚〟でもある。

はたから見ればほぼ専業主婦のようだが、『駐在所員等の同居の配偶者』という、文字にするとしかつめらしい存在である。夫の留守中は、電話番や訪ねてきた人の相手をしなければならないし、夫に代わって簡単な任務をこなすこともある。普通のサラリーマンの妻のように、「わたしは仕事のことはわかりません」というわけにはいかない。理沙もそれを自覚し、育児の合間に猛勉強している。

そのかわりといってはなんだが、『駐在所家族報償費』というものが支給される。世間にはあまり知られていないが、ちょっとしたパートぐらいの収入にはなる。子どもはこれから金のかかることが多いだろうから、それは助かっている——。

雑念の世界から現実に戻り、智久はフォトスタンドを引き出しに戻した。

待ち人はまだ来ない。

相手の詳細は聞かされていない。樋口透吾《ひぐちとうご》という名前以外、階級も役職も年齢すら知らない。地域課長の言葉をそのまま借りるなら「一種の調査官」だそうだ。しかも、県警本部警務部からの派遣で、署長を飛び越えた指示系統でやってくるらしい。調査官というからには、年齢も階級も向こうが智久より上だろう。直系の部下ではないが、あまり反抗的な態度をとると、将来の昇任に影響がでないとも限らない。かといって、舐められたくはない。むずかしいところだ。

すでに時刻は九時二十分を過ぎている。いくら県警本部の人間だからといって、これほど時間にルーズでいいはずはない。

まさか、不測の事態が起きたのだろうか。それとも、田舎の駐在所へ行くというので、物見遊山《ものみゆさん》気分なのだろうか。遅れるにしても、せめて一本、電話連絡すべきではないか。

いらいらするせいか、さらに汗が噴き出してきた。冷房を強くしたいが、署からの通達によって設定温度が決まっている。

日誌を広げてみても、駐在所から一歩も外へ出ていないのだから、何も書き込むことはない。性格的に事務仕事などは先延ばしにしないので、溜《た》まった書類などもない。

今日と明日の二日間、巡回などの通常業務をおいて、この調査官に同行し、運転手兼道案内などをしなければならない。そのため、昨夜はおそくまで村内の地図を睨んでいた。

主だった建物や、村の産業構造に関する下調べもした。若干《じゃっかん》、寝不足気味だ。

「それにしても遅いな」

席を立ち、待機室と呼んでいる、執務室のひとつ奥の部屋にある冷蔵庫から、ポットに入った麦茶を出した。氷がすでに溶けかかっているグラスに注ぎ、執務室の机に戻る。また腕時計に目をやったが、さっき見てからまだ五分と経っていない。グラスに浮いた水滴がまたひとつ流れて、テーブルのしみを広げた。

我慢しきれず、上半分が透明なガラスの引き戸をあけて、外へ一歩踏み出した。

むっとした熱気が体を包み、気管から肺に入ってくる。まだ真夏だと勘違いしている蟬《せみ》が、わんわんと鳴く。しかし、空を見れば、さすがにやや秋の気配を漂わせた雲が浮かんでいる。風に混じる磯《いそ》の香りも、岩場に打ちつける波の音も、ときおり聞こえてくる海鳥の鳴き声も、こんな状況下でなければ、いくらかは不快指数を和らげてくれるはずだ。

この青水《あおみ》駐在所は、海岸に沿って走る県道と崖とのあいだ、幅にしてわずか数十メートルほどの土地に建っている。最初に見たときはずいぶん危なっかしいと思ったが、周囲には、建物が半分ほど崖からせりだして、足場を組んでささえている民家もある。こんなに土地が余っているのに、なぜわざわざそんな場所に建てたのか不思議だ。

そのせいでもないだろうが、なんとなく、この土地は肌に合わない。

ハンカチで額や首筋の汗を拭った。天気予報では、この北陸地方でも真夏日になりそうだと言っていた。あと一週間ほどで彼岸だというのに、これもまた異常気象だろうか。

智久は、駐在所の前を横切る県道を、左、右、と確認した。見通しのよい道のはるか向こうから、赤い乗用車が一台走ってくるほかは、歩く人の姿もタクシーらしき車もない。三十分だ、と思った。それが我慢の限界だ。九時三十分になって来なければ、本署に連絡を入れよう。告げ口ではない。報告だ。そもそも、課長はこの件をあまり快く思っていないようだった。

汗を拭きながら、所内に戻った。

流し台のタオルを取り換えに下りてきた理沙が、智久のようすを見て「少しおちついたら」と笑って、二階に戻っていった。もともとそういうのんびりしたところがある。だからこそ、気が短い智久とやっていけているのかもしれない。

汗で濡れた下着が肌にへばりついた。それをシャツの上から指先でつまんではがす。ベルトの部分が汗で濡れてかゆい。こんな田舎で絶対に使う機会のない、拳銃だの手錠だのをベルトからはずしてしまいたいが、これもまた規則でそうはいかない。まして調査官が来るなら、崩れた恰好は見せられない。

じゃりっと音がしたので振り返ると、車止めスペースに、さっき遠くに見えた、赤い乗用車が停止したところだった。腰を半分浮かせて観察すれば、車体は小ぶりだが外車だ。

何ごとだ――。

道にでも迷ったのだろうか。このあたりではほとんど見かけることのない、品川ナンバーだ。

助手席から、サングラスをかけた男が一人降り立った。

痩せた体を折り曲げるようにして、ウインドーから車内をのぞき込み、礼を言っているらしい。運転席の、やはりサングラスをした女は、あくびをしながら軽く手をあげて応えている。どこかけだるそうな雰囲気だ。

男がウインドーから顔を離すと、車の色と同じく真っ赤なノースリーブのシャツから伸びた白い腕が、くるくるとハンドルを回し、車は砂利《じゃり》を鳴らして来た道を戻って行った。映画の中の一シーンを見ているようだった。

車から降りた男は、まるで異国にでも来たように、ゆっくり周囲を見回している。

念のため、男の人相風体《ふうてい》を観察した。背丈は、智久より数センチほど高そうだ。百八十センチ前後といったところか。濃紺《のうこん》の麻《あさ》のシャツを着て、下は綿生地らしい青いズボンをはき、手には白い、やはり麻素材らしいジャケットを持っている。整髪していない黒い髪が豊かで、髭《ひげ》は剃《そ》っている。セルフレームの色の濃いサングラスをしているので、目の表情はわからないが、ひきしまった印象の顔つきをしている。

ひとことで言えば、赤い外車同様、このあたりではあまり見かけない雰囲気だ。かといって、出張に来て道に迷ったビジネスマンにも見えない。なにしろ、ジャケット以外、手に持っているのは、うすっぺらいブリーフケースがひとつだけだ。

サングラスが智久の顔を見て、止まった。今存在に気づいた、とでもいうように。男は何かぶつぶつ言いながら、近づいてくる。智久は正面を見たまま、二歩後ろにさがった。

あるいはもしかしてこの人物が、という思いはもちろん頭の隅にあったが、想像していた登場のしかたとの落差が大きすぎて、警戒心が勝った。身なりもそうだが、約束の時間をたがえた上に、女に車で送らせるはずがない。

腰に装着した特殊警棒に手を添えた。後ろ手で引き戸をあけ、男と向き合ったまま所内に入った。そこで初めて、気圧《けお》されているのだと気づいた。

智久が机のあたりまであとずさると、男は、開いたままの入り口から、躊躇《ちゅうちょ》することなく入ってきた。

「どうかされましたか」

智久は、右手を腰に回したまま質《ただ》した。声が強張っているのが自分でもわかった。二階の妻子のことが頭に浮かんだ。

「きみが、島崎君か」

肩から緊張が抜けた。智久は、あわてて警棒から手を離した。

「樋口調査官殿でありますか？」

あれほど腹を立てていたのに、つい丁寧《ていねい》な口をきいてしまった。それどころか、役職も階級もわからないので、「調査官殿」などというおかしな呼び方をしてしまった。

男は軽くうなずいてサングラスをはずし、珍しいものでも見るように、所内をながめ回している。

——形ばかりの調査のために、事務方を送り込んでくるようだから、こっちも適当にお茶を濁《にご》してさっさとお帰りいただけ。

地域課長のしわがれ声がよみがえった。遅刻した上にいくぶん腹立たしい態度だが、正体のよくわからない人間を、粗略に扱うことはできない。警察学校時代にも、廊下ですれ違った気のよさそうなおじさんにトイレの場所を訊かれて親切に教えたら、あとからその人物がとんでもない上級職だったと知り、驚いたことがある。

それに、と思った。この雰囲気は事務方のものではなさそうだ。智久自身、剣道は二段の腕前だが、この男の身のこなしにはそれを圧する空気がある。

「先ほどから、ずっとお待ちしておりました」

遅刻に対する多少の皮肉を込めたつもりだったが、樋口は意に介したようすもなく、事務机の奥に回り、スチールの椅子を引いてだるそうに腰を下ろした。みしみしっと背もたれが鳴った。

「何時ごろ出発されますか」

「まあ、そうせかさないでくれ」

樋口は億劫《おっくう》そうに答えて、手にしていたサングラスを机に放り投げた。

「それより、このあたりはいつもこうなのか」

椅子をきしませながら、二番目まで開けたシャツの胸もとを、テーブルに載っていた団扇《うちわ》であおいでいる。わずかに茶色がかった瞳を、智久に向けた。目つきは、鋭いというより、無機質な印象を受けた。

「は?」

智久が訊き返すと、樋口はめんどくさそうに声のトーンを上げた。

「このあたりの土地は、九月後半になっても毎年こう暑いのかと訊いた」

県警本部の所在地は、ここから直線距離にして数十キロしか離れていないはずだ。そんな大げさに質問するほど気温が違うはずがない。しょっぱなからこちらを田舎者扱いするつもりの、あてこすりだろうか。

多少腹は立ったが、顔には出さないようにする。警務部は智久にとってもあこがれのセクションだ。なにしろ、警察機構の中枢部局のひとつであるし、現場のある部署に比べて時間が規則的だと聞いている。「上」を目指すには最適の環境だ。

「今日の暑さは特別であると、天気予報で言っておりました」

智久がそう答えると、樋口は自分で質問しておきながら、興味なさそうな顔で机に肘《ひじ》をつき、いかにも暑そうに息を吹いた。

「島崎巡査部長殿」

「はい」

「ふたつ頼みがある」

「はい」

「ひとつ、冷房の温度をもっと下げてくれ。寒過ぎたら言う。ふたつ、暑苦しいから、その直立不動と、いちいち『なんとかであります』ってのはやめてくれ。とくに午前中は」

智久は、「気を付け」を解いて「休め」の姿勢をとった。軽く両足を開き、後ろで手を組む。

「まず、エアコンの温度ですが、本部からの通達によりまして、省エネ……」

がたんと椅子を鳴らし、樋口が立ち上がった。一瞬、襟首《えりくび》でもつかまれるのかと身構えたが、樋口は壁にはめこまれたエアコンのリモコンをいじって、温度を限界まで下げた。たちまち、ぶおーっという派手な音をたてて、冷気が噴き出した。

「これでひとつめは解決した。悪いが、冷たい飲み物でもないか。喉が渇いた」

「はい」

つい、敬礼してしまった。冷蔵庫から麦茶を出し、新しいグラスに注いでテーブルに置く。

　樋口は軽くうなずき、ごくりごくりとそれを一気に飲み干した。お代わりを注ぐべきか迷っていると、樋口は「日誌はここか」と言いながら、いきなり机の引き出しを開けた。

「あっ、そこは」

　智久が止める間もなく、樋口は引き出しの中から例のフォトスタンドを出した。顔が熱を持つ。

「申し訳ありません。それは私物であります」

　近づこうとする智久を、樋口は片手を上げて制し、じっと写真を見ている。

「子どもは何歳だ」

「はい。先月で三歳になりました」

「これを撮ったときは、もう少し小さいな」

「二歳のときであります」

「可愛いじゃないか」

「は、ありがとうございます」

　腹立ちがわずかにおさまった。樋口が、智久の顔と写真を二度ほど交互に見た。

「美人な奥さんだな」

「は、ありがとうございます」

「娘は奥さん似だな」

「はい」

「せいぜい甘やかしてやるんだな」

「は？」

「それと、目を離さないことだ。たとえどんな田舎でも」

「はあ」

どういう意味か？　そう疑問を抱いたのが顔に出たのだろう、樋口は「なんでもない」と付け加えて写真をもとの場所に戻した。次に別な引き出しを開け、智久が前任者から引き継いだ日誌を取り出した。片手でぱらぱらとめくりながら言う。

「まあ、肩の力を抜いて、楽にしてくれ。ちゃっちゃと済ませて、おれはすぐに帰る」

「はい」

元気よく答えたつもりだが、いくぶん気の抜けた声だったかもしれない。

この男の正体というか、どういう種類の人間なのか、会ってみてもさっぱりわからない。失礼にならない程度に樋口の表情――特に目の配りかたを観察したが、いわゆる「お偉方の物見遊山」とも違うようだ。ぼんやりしていそうで、ときおり鋭い。

――目を離すなよ。

佐野《さの》課長のしわがれ声と脂《あぶら》ぎった顔を思い出す。

この岩森《いわもり》村には、警察署がない。北東に隣接する比山《ひやま》町の比山警察署の管轄になる。

二日前のことだ。事前予告もなく、その比山署の地域課長である佐野警部が、パトカーに乗ってこの駐在所を訪れた。

運転手役の警官を車に残し、智久の出迎えも待たずに入ってきた。身を硬くしている智久を立たせたまま、佐野は椅子に反り返って指示を与えた。それが樋口調査官についてだった。

「詳しいことは、署長も副署長も聞かされていないらしい。『警務部長付』ということなので、便宜を図ってやってくれとのことだ」

佐野課長の顔が不快そうに歪《ゆが》んだ。

この県には首都圏や近畿圏のような大都市がない。県警本部や上級職の階級は、警視庁などに比べて、およそ一階級下がる。それでも、警務部長は警視長、一方の比山署長は警視だから、二階級も差がある。

だから〝頭越し〟が絶対にないとはいえないかもしれないが、一駐在所に本部の調査が入るのに、管轄する署の署長にひとことも説明がないというのは、末端の兵隊でしかない智久にも信じがたい。

「何を調査にみえるのでありましょうか」

「この前失踪《しっそう》した、おまえの前任者のことらしい」

「北森《きたもり》さんの一件ですか」

「まあな。だが、おそらくは形ばかりだろう。日誌や報告書なんかをざっと見て帰ると思うが、まずは気を抜かず、ぴったりと張りついていろ」

「はい」

「こんな田舎の駐在所のあら探しなんぞされて、署全体のマイナス材料になどされたらかなわんだろう」

「はい」と答えざるを得ない。

「早急《さっきゅう》に、もういちど日誌類を見直せ。そして、少しでもまずそうなところは抜いておけ」

「は?」

智久のとまどいに気づかぬのか、佐野は機嫌悪そうに続けた。

「何を抜いたのかは事後報告でいい。そして、その調査官とやらが、何を調べて何を見つけたか、おれに逐一《ちくいち》報告しろ。直接だ。携帯の番号を教えておく」

どこまで細かくですか、と問い返すと、すべてだ、という返事が戻ってきた。

訝《いぶか》しむ思いが、智久の顔に出たのだろう。近くに誰もいないのに、佐野が椅子から立ち上がって顔を寄せた。

「いいか、これはおれの指示だと思うな。副署長からの指示だ」

煙草《たばこ》臭い息が耳にかかった。

今からひと月あまり前、『比山警察署青水駐在所』——つまり、今智久がいるこの駐在所勤務の、北森益晴《ますはる》巡査部長が、突然いなくなった。

まるで神隠しにでもあったように、忽然《こつぜん》と姿を消してしまったのだ。

それは、この地方では送り盆にあたる、八月の十六日に起きた。

この前後数日間は、岩森村のいくつかの地域でも、規模の大小はあるが納涼祭りや灯籠《とうろう》流しなどのイベントが行われる。

夏祭りといえば、地域課、つまり交番や駐在所の警官は多忙を極める。喧嘩、少年少女の夜遊び、万引き、ぼや、迷子《まいご》——。てんてこまい、という表現がぴったりの忙しさだ。幸か不幸か、そんな祭りの開催されない青水地区から、北森巡査部長は隣の久杉《ひさすぎ》地区へ駆り出された。久杉地区が格段に栄えているわけではないが、少なくとも青水よりは人口が多く、盆踊りの櫓《やぐら》が組める規模の神社もあり、出店が並ぶ程度の参道もある。近隣の住人が歩きや自転車でやってきて、そこそこの賑《にぎ》わいになる。

ところがその夜、青水地区の北森巡査部長から、夜九時の定時連絡が入らないのを不審に思った本署の地域課が、本人の無線や携帯に連絡をつけようとしたが、まったく繋《つな》がらない。パトカーで警邏《けいら》中の警官二名を立ち寄らせたところ、駐在所内は無人だった。

この警官らの報告によれば、このとき出入り口に鍵はかかっておらず、制帽だけが、机の上に置いてあった。エアコンは「強風」のまままつけっぱなし。所内は荒らされたようすもなく、巡回用の白い自転車は、きちんと駐輪場に停めてある。北森個人の自家用車も動かされていなかった。

　普段から事件など起きない田舎の駐在所のことなので、この時点でもまだ、事件性は視野になく、近所に買い物にでも出たのだろうと判断した。

　しかし、やがて夜が更け、さらには翌朝になっても連絡がとれない。再度警官を立ち寄らせてみたが、誰かが戻った形跡もない。

　この頃になってようやく「事件の可能性もある」という見解に達し、地域課の警官を数名動員して付近を捜索する事態となった。久杉地区の自治会の役員が、前夜午後八時過ぎに、祭りの会場から自転車で去っていく北森巡査部長を見たのが、目撃された最後だ。

　ほどなく、北森の妻とは連絡がとれた。妻は、お盆《ぼん》ということもあって、東京にある実家へ里帰りしていた。もちろん、夫から失踪前に連絡や相談など受けていない。それどころか、単なる里帰りではなく事実上の別居状態だったという噂《うわさ》も流れた。

　比山署の坂崎《さかざき》署長は報告を受けて、この案件をこじらせると自分の経歴の汚点になる、と考えたらしい。即座に、刑事課や交通課まで総動員して捜索するよう命じたが、それはたった一日で覆《くつがえ》された。

その先の展開は、智久も噂としてしか知らないのだが、坂崎署長が県警本部へ報告したところ、まったく逆の指示が出たというのだ。大がかりな捜索は中止し、本人は病気療養ということにして、代わりの駐在警官を配備せよ——。

この指示に対する解釈もまた噂の範疇《はんちゅう》だが、県警本部としては、「北森巡査部長は警察官ではなく個人として失踪した」ということでお茶を濁すつもりなのだ。感情が顔に出やすい坂崎署長が、わずか一夜にして冷静さを取り戻したというから、これが当たっているように思える。

上層部にとって不幸中の幸いだったのは、北森が拳銃を駐在所内の保管庫にしまっておいたことだ。これはむしろ服務規程違反なのだが、おそらく祭りの警備ということで、子どもの多い人混みに入っていくことを勘案して、置いていったのだろう。それで、ずいぶんともみ消しやすくなったはずだ。

二週間余りは、比山署地域課の警官が交代で臨時の駐在役を務めたが、正式な代役として任命されたのが、島崎智久だ。遠くから漏れ聞こえてきた駐在所員失踪の噂が、いきなりわが身に降りかかって、寝耳に水とはまさにこのことだった。

詳しい事情などは一切教えてもらえなかった。ただ、着任せよという辞令を渡されただけだ。前任者不在のため、これという引き継ぎもなかった。北森の非番の日に何回か代役を務めた警官から、簡単な説明を受けただけだ。

本音をいえば、職務とはいえ多少の不満はある。

すでに、次の警部補試験を視野に入れていた。これから職質などで実務の成績も上げ、同時に筆記試験の勉強にも力を入れようとしていた矢先だ。こんな駐在所では、野ネズミの轢《れき》死体《したい》ぐらいにしかお目にかかれない。いくら勉強の時間が増えたとはいえ、出端《ではな》をくじかれた感はある。

現実的な不安もある。なにしろ、現役の警官が消えていなくなったのだ。その理由も解明されないまま、後釜に座れといわれても、気持ちのいいものではない。

自分一人ならまだいい。むしろ、これが事件ならば、捜査権はないとはいえ自分がなんとか解明してやる、ぐらいの気概はある。しかし、駐在所勤務であるがゆえ、妻や幼い娘も一緒だ。何かあったらと考えただけで、心臓が握りつぶされそうなほど苦しくなる。

「あなたは、田舎だからって不満そうだけど、賑やかなところより危険が少なくて、わたしはむしろほっとする」

転勤が決まったときに、そう笑って励ましてくれた理沙の顔が浮かぶ。

もし危険なことが迫りそうなら、自分が命に代えても妻子を守らなければならない。

胸のポケットの上から、私物の手帳にそっと触れる。中には、妻と娘の写真が一枚、はさんである。

2　午前八時四十分

朝の読書の時間が終わって、一時間目の授業が始まるまでのわずかな時間に、六年二組の小久保貴《こくぼたかし》は、廊下に引っ張り出された。連れ出したのは、同じクラスの鶴田康介《つるたこうすけ》だ。

「なんだよ」

「いいから」

康介は、使われていない隣の資料室前の廊下まで、貴の手を引いていった。ここなら小声で話せばクラスの連中に聞かれる心配がないからだろう。

「なんだよ。おれ、宿題の見直ししようと思ってたのに」

貴が抗議する。一時間目の算数には、ちょっと手間のかかる計算問題の宿題が出ていたのだ。

「そんなことより、マモルのやつ、また江島《えじま》にいやらしいことを言ったらしいぞ」

康介が、唾をとばさんばかりの勢いで言った。康介はクラスでも二番目に体が小さく、それほど高身長でもない貴のことも、やや見上げる形になる。

「江島に？」

江島遥《はるか》は、貴たちと同じ、児童養護施設『にじ』からこの小学校に通う女子で、貴とクラスは違うが同じ六年生だ。本人に向かっては「遥ちゃん」と呼ぶが、ほかの男子の前では照れくさいので苗字で呼ぶ。

遥とマモルの名を出されて、貴はわずかに体温が上がるような気がした。

「何て言ったんだ？」

康介が、興奮気味に遠視用のメガネをずりあげる。

「あのな、脇で聞いてた美亜《みあ》たちの話だと、『夏には水着着るの？』とか『ビキニ持ってる？』とか」

「まじかよ」

ますます体が熱くなる。

「あいつ、ぶっとばしてやる」

康介が、握った拳《こぶし》で壁を叩《たた》くしぐさをした。康介は遥のことが好きなのだ。貴にしか打ち明けていないはずだが、たぶんみんな知っている。

ただし、ぶっとばしたいのは本心だろうが、現実にはそんなことはできない。マモルは二十歳だ。体つきは小さいほうだが、それでもさすがに康介一人では相手にならない。そう簡単に康介と一緒に戦う者もいないだろう。数を頼めば一度は勝つかもしれないが、そのあとのことが面倒だ。最悪の場合、〝施設〟——貴たちは略してこう呼ぶ——を追い出されてしまう。それは嫌だ。

二人とも先の言葉が続かず、廊下を睨みつけた。

予鈴《よれい》のチャイムが鳴った。あと五分で先生がやってくる。

「またあとで話そう」

教室にもどるそぶりを見せた貴に、あのさ、と康介がやや大きな声をかけた。目つきが真剣だ。

「『アル＝ゴル神《しん》』にお願いしようと思う」

背中がむずがゆくなった。

「アル＝ゴルに？」

「しっ」と康介は唇に指を当てて、あわてて左右を見た。「呼び捨てにするな。『神』をつけろよ。聞かれてるかもしれないぞ」

「だって、そんなこと――」

そのとき、担任の野口《のぐち》教諭が階段を上がってくる足音が聞こえた。

二人はあわてて教室の扉をあけて中へ入った。

野口教諭がランダムに指名して、黒板に書いた問題を解かせている。

「いいか、きのうの宿題を自分で解いた者は、これも解けるはずだ。まさかと思うが、誰かに答えだけ見せてもらった者は、解けなかったりするかもしれない」

野口は、銀色に光る金属製の指示棒を手のひらにうちつけ、机の間を前後に歩きながら、まず三名が前に出て板書《ばんしょ》していくのを見ている。

貴が視線を感じて顔を上げると、康介がこちらをじっと見ているのに気づいた。康介はかすかに微笑《ほほえ》み、口の形を「あるごる」と動かした。

貴の頭の中で、康介の言葉がぐるぐると回っている。

――『アル゠ゴル神』にお願いしようと思う。

アル゠ゴルなんているわけがない、と心の中では信じている。いや、そもそも神だとか悪魔だとかそんなものいるはずがない。しかし、もしかしてひょっとすると、という考えが、どうしても完全には消せない。

アル゠ゴルの存在を康介に教えたのは、貴たちより三つ年上の、中沢《なかざわ》という先輩だ。中沢先輩は自らを「アル゠ゴル神の僕《しもべ》」と名乗り、そのことを「一子相伝《いっしそうでん》」で康介だけに教えたという。康介によれば「血の誓い」を立てたと言うのだが、どんなことをしたのかは聞いても教えてくれない。まさか本当に血を流したとも思えないし、自分の子でもないのに、「一子相伝」というのも変な気がする。それに、一子相伝のはずなのに、少なくとも〝施設〟の高学年児童でその名を知らないものはいない。とにかく矛盾《むじゅん》だらけだ。

そもそもアルゴルというのは、ペルセウス座という星座の中にある星の名で、もともとは「メドゥーサの首」とか「悪魔の頭」とかいう意味なのだそうだ。自分で調べたわけではなく、康介からの受け売りだ。この星は「変光星」という種類で、周期的に明るさを変えるという。その光が強くなったときに、地上に魔力が注がれる。その魔力を司《つかさど》るのが『アル＝ゴル神』だという。かつて「神」と「サタン」が戦ったときに、「神」の眷属《けんぞく》として悪魔どもを血祭りにあげたのだそうだ。神なのに魔力というのも矛盾していると思うが、康介たちは気にしていないらしい。

そんなことを語るとき、康介の目は熱を持つ。これもまた、貴にだけこっそり教えてくれたのだが、康介がアル＝ゴルを信奉するのは、いつの日か自分の父親を「断罪」してもらうためらしい。康介は国語の成績はあまり良くないのに、そんな単語は知っている。

とにかく、そんなあれこれを康介に吹き込んだ中沢先輩本人は、今年の三月、つまり中学二年生の三学期に、同じクラスの男子生徒に怪我をさせた。相手の生徒は、事件前日に中沢先輩の母親に関することで、少し悪ふざけを言ったらしい。

その朝、中沢先輩は登校途中にバッグの中身を捨て、代わりに顔の半分ぐらいもある石を拾って詰めた。一時間目が始まる前に、席に座ったその男子生徒の後頭部に、両手で持ったその石をいきなり叩きつけた。相手の生徒は、頭蓋骨《ずがいこつ》陥没骨折と脳挫傷《のうざしょう》の重傷を負った。

その後、教師たちに取り押さえられたが、ひどくあばれて発する言葉が意味をなしていなかった。一旦〝施設〟内の病棟に入院し、その後、医療少年院へ行くことになった。大人に抱えられるようにして出て行くのを、貴も見た。

中沢先輩は移送用の車に乗る前に振り返って、「おまえたちに、『アル＝ゴル神』の罰がくだる」と大声で叫び、げらげら笑っていた。

この話には続きがある。

最初に誰が言い出したのかわからないが、「中沢先輩が医療少年院を脱走した」という噂が広まった。『アル＝ゴル神』の力を借りたとか、乗り移ったという補足と一緒に。

真相はわからない。しかし、四月のある夜、康介はいまだに空いたままになっている、中沢先輩が使っていた04番の靴箱の中に、メモを一枚入れた。もちろん、アル＝ゴルの僕《しもべ》となった中沢先輩に宛てた内容だ。

ひとつ年上で康介をいつもいじめる中学生の名と《彼に罰を与えてください》の文字を添えて。

一度メモは消え、それから三日後に、名前を書かれた中学生は煙を吹き消すように消えた。メモの中学生の名の上に、鳥の足跡のような朱色の印がつけられ、下駄箱に戻されていた。

「『アル＝ゴル神』の印だ」と康介はだれかれかまわずしゃべった。

この噂が広がり、中学生を含めて、康介をいじめる者はいなくなった。

3　午前九時三十分

「まず、何をいたしましょうか」

後ろで手を組み「休め」の姿勢のまま、駐在の島崎が指示を待っている。

樋口透吾は、どぎつい色で栄養ドリンクの広告が印刷された、団扇を使いながら答えた。

「まず、とにかく座ってくれ。そうやって突っ立ったまま、『了解いたしました』だの『しかしですね』だの言われていると、肩がこる。これを言うのも二度目だ」

「りょう、――はい」

島崎は、きびきびとした動作でパイプ椅子を開き、そこに腰を下ろした。こんなに背筋の伸びた警官を見るのは、警察学校の卒業式以来だ。

エアコンから猛烈に風が噴き出し、ようやくいくらか涼しくなってきた。透吾は団扇を放り投げ、たいして興味もない日誌を再びぱらぱらとめくった。

「あのう、わたしは何をしたらよいでしょうか」

視線を向けずに答える。

「頼みごとがあれば言う。麦茶のお代わりだとか、冷房の温度だとか」

「そうではなくて、調査のことです」

そこでようやく島崎の顔を見た。

「調査？　なんの調査だ」

「それはその、前任の北森さんの行方不明の件であります」

島崎は、当然ではないですか、と言わんばかりだ。

「言ってる意味がよくわからない。なぜきみにそんなことの説明をしなければならない」

島崎の顔が、みるみる赤くなっていく。

「そ、それは、本署から指示を受けているからであります。ほかの職務に最優先で、樋口調査官のお手伝いをするようにと。それで本官は……」

「不要だ」

「は？」

「またそれか」

透吾は、少し大げさにため息をついて日誌を放り投げ、椅子の背もたれを鳴らした。

「手伝いなど不要だ、と言ったんだ。そもそも、いちいち二度言わないと理解できない助手など、足手まといなだけだ」

島崎の顔は熟しきったトマトのような色になった。

「その点に関しましては、今後注意いたします。お手伝いをさせていただけませんと、命令に背くことになります」

「おれの出した命令じゃない」

「しかし……」

「百円だ」

「は？」

「たった今から、『しかし』とか『ですが』と言ったら、それぞれ一回につき罰金を百円とる。守る自信がないなら黙っていてくれ」

透吾は日誌から視線を上げ、島崎の目を見た。冗談で言ったのかどうか、判断に困っているようだ。

突然、幼い子どもの泣き声が聞こえてきた。この駐在所の二階からのようだ。

「あれは？」

「はい、自分の娘です。先ほどの写真の――」

よほど腹が減ったのか、虫の居所が悪いのか、あるいは怪我でもしたのか、火がついたように泣いている。泣き方は激しくなっていき、やがて急速に静かになった。

「二人ともいるのか」

「はい、居住用の部屋におります」

「だったら、呼んでくれ。挨拶《あいさつ》がしたい」

「しかし――」

机に載っていたメモ用紙を引き寄せ、ボールペンで横棒を一本引き、島崎の目を見た。

「百円だ」

「少々お待ちください」

島崎が階段をかけあがっていき、しばらくすると、二つの足音が下りてきた。島崎が、ぎこちない態度でそれぞれを紹介した。

「こちらは樋口調査官殿だ。――妻です」

「はじめまして。島崎の妻です。よろしくお願いいたします」

島崎の妻が頭を下げ、まだしゃくりあげている幼児を床に立たせた。何かを大事そうに手に持っている。よく見ればぶどうの房の切れ端だった。

女児は、濡れたまつげを目の周囲にへばりつかせている。ぶどうを持っていないほうの手でおでこをさすっているところを見ると、家具に頭でもぶつけたのかもしれない。

「娘のアイです。藍より青し、の藍です。いつまでも甘えん坊で困ります」

透吾が見つめていると、藍は母親の片足にしがみつくように抱きつき、顔を半分だけ隠した。その藍の頭を妻がなでている。

「ぶどうが好きか」

透吾が問いかけたが、藍はぶどうを持っていないほうの親指をしゃぶったまま、ただじっとこちらを見ている。しかたなく、妻に問いかける。

「奥さんのお名前は？」

「りさ、といいます」

「理科の理にサンズイに少ないです」

脇から夫が説明した。それを無視して理沙に語りかける。

「短ければ今日一日、長くても二日ほどで済むと思いますが、こちらへ何度か顔を出すことになると思います。なるべく静かにして、ご迷惑はおかけしないようにします」

藍が母親の足に抱きついたまま、透吾を観察している。透吾のほうでも見返すと、房からもいだぶどうの粒を、すぐに食べずに飴玉《あめだま》のように口の中で転がしている。

「そんな。迷惑だなんてとんでもないです。ここは駐在所ですし、わたしも警官の妻の覚悟はあります。お手伝いできることがあれば、何でもおっしゃってください」

「では、そのときは遠慮なく」

理沙が明るく、はい、と答えた。

透吾はしゃがみこんで、藍と視線の高さを合わせた。

「ぶどうが好きか」

藍が、ぶどうでほおをふくらませたままうなずいた。

「そうか、いい子だ」

笑いかけると、藍も恥ずかしそうに笑みを返してきた。

「あら」理沙が驚いた声を上げた。「この子が、知らない人に話しかけられて笑うなんて珍しい。藍、こんにちは、は？」

「にちは」

「こら、理沙。いい加減にしなさい」

照れ隠しか、島崎が理沙の腕をつついた。

「それでは失礼します。――さ、藍。お二階でさっきの続きしましょうね」

理沙は、まだじっと透吾を見ている藍の手を引いて、二階に戻って行った。透吾はふたたび、椅子に腰を下ろした。

「よくできた奥さんと、可愛い娘さんだ」

「恐縮です」

「ところで、車はあるか」

「はい。PC《パトカー》が一台」

背筋を伸ばしたまま島崎が答える。

それはさっき見て知っている。外の駐車場に一台、多少年季が入った白黒塗装の軽のパトカーが停まっていた。小型警邏車、いわゆる〝ミニパト〟も、ここ数年、全国的に軽自動車から1リッター以上の排気量の車種に移行しつつある。しかしここではまだ黄色のナンバーが現役で残っているらしい。

「あれ以外には？」

「ありません」

「自分の車はないのか」

「は、ありますが、しかし……」

メモ用紙に百円の横棒を引く。

「小ぶりな車種でして」

島崎が口にしたのは、国産コンパクトカーの名だった。

「まあ、いい。ミニパトよりましだ。それを使おう」

「しかし、あれは自家用でして、公務には……」

「きりがないな」正の字が完成しそうな罰金メモ用紙を破いて捨てた。「きみの給料じゃ払いきれなさそうだ。車の許可はおれがとる。ガソリン代は、あとで請求してくれ」

「そう申されましても」

「ミニパトじゃ目立ってしょうがない。あんなものを乗り回したら、上司に叱られる」

「上司、でありますか？」

「ああ、ネチネチした嫌なやつだ」

島崎は、少しのあいだ逡巡していたが、やがて「わかりました」と答えた。決意を秘めた顔つきをしている。

「ただし、自分が運転手役を務めます」

「くれぐれも安全運転で頼む」

　島崎が敬礼した。


　島崎は建物の裏手から、自分の車を出してきた。

明るいオレンジ色のコンパクトカーだ。田舎のグリーンに映《は》えそうだ。

「すぐ、出かけますか」

　島崎が、元気よく聞いた。

「その前に、この建物の周囲を少し見たい」

　透吾は、引き戸を開けて外に出た。

　足の下でがりっと鳴る。ここへ着いたときに気づいたが、カーポート以外の敷地は砂利敷きになっている。アスファルトとコンクリート以外の大地を久しぶりに踏んだ。

　明け方に降った雨が、この暑さで気化し、蒸し風呂のようだ。熱を含んだ湿った空気が、肺に流れ込む。潮の香りがして、波の音が聞こえる。砂浜ではなく、岩場に当たって砕ける音だ。風に乗って、海鳥の鳴く声も聞こえてくる。

「さきほど調査官がいらした道は県道です。このあたりでは海岸に沿うようにして、南西から北東に延びています」

島崎が、建物の前を横切る県道を手で示した。最近整備されたらしく、センターラインもあるきちんとした道路だ。しかし、閑散として通る車も人も見えない。かなり古びた軽トラックが一台、派手なエンジン音をたてて通り過ぎて行った。

道の向こう側には、荒れた畑が広がっている。カラカラにひからびた作物の残骸が数本、風に揺れている。休耕期というわけでもなく、単に放置されているだけのようだ。

「ご存じかもしれませんが、この村の土地は三割強が農耕地、四割が山林、商業地や住宅地は二割程度です。しかも農耕地は痩せていまして、あまり名産品というのはありません。しいていえば、蕎麦《そば》とかラッキョウなどでしょうか。もう少し東に行くと、ぶどう畑もあったりするのですが――」

島崎の話はまだ続きそうだったが、透吾は手にしていたサングラスをかけ、駐在所をふり仰いで見た。

駐在所の建物の規格はさまざまだが、この『青水駐在所』は、民家の一階を改築して交番にしている。二階が居住スペースだ。事前に入手した資料で、間取りまでわかっている。もちろん、北森の死体を隠すような秘密部屋などはない。

正面に向かって左手にカーポートがあり、さきほど話に出たミニパトが停まっているのが目視できる。すぐ脇には、だいぶ使い込んだ白塗りの自転車もある。北森が使っていたものだろう。そのほかに倉庫のような小屋がひとつ。

この駐在所の敷地内にあるのはそれだけだ。

「北森は、自転車も車も使わず、どうやって移動したのか。誰かに連れ去られたのか。あるいは――」

「は？」

「いや、なんでもない」

このあたりは、海に面した崖と県道に挟まれて、ただ雑草が茂っただけの「空き地」とでも形容するしかない土地が帯状に続いている。駐在所もその一角に建てられている。

ミニパトの脇を抜け、家の裏手に回った。プロパンガスのボンベや、ボイラー、エアコンの室外機などが並んでいる。普通の民家と変わらない景観だ。

砂利が敷かれた敷地の境界に、子どもでもまたげそうな形ばかりのフェンスがあり、その向こう側はちょっとしたブッシュになっている。大人の膝丈《ひざたけ》ほどの、名も知らない低木や雑草が茂り、さらにその奥、五メートルほどのところに柵が見えている。

そして、その柵の向こうには何もない。ただ青い空と藍色の海が見えている。つまり崖だ。目を閉じる。

――あれにのりたい。

幼い子が、高い空のかなたを指差している。

――あれか。あれは、小学生以上じゃないと乗れないんだ。

「どうかされましたか」

「いや、どうもしない」

ゆっくりとまぶたを開いた。呼吸を整えてから、低いフェンスをまたぎ、ブッシュに足を踏み入れた。

過去に人が行き来した跡だろう。筋のような小路《こみち》を見つけ、低木の枝をバリバリいわせながら先へ進む。雨の名残でまだ葉が湿っており、すぐにズボンがぐっしょりと濡れた。

行き止まりの柵は、公園などでよく見かける、大人のへそあたりの高さの、丸太を模した茶色いコンクリート製だ。島崎に気取《けど》られないように静かに深呼吸し、さらに一歩踏み出す。柵ぎりぎりまで近づき、手を添えてのぞき込むと、眺めは一変した。

眼下には、まだ九月だというのに、すでに秋の気配を強くした、どこか陰のある、しかし気味が悪いほどに透き通った藍色の日本海が、見渡す限りに広がっていた。岩だらけの狭い浜に、白い泡をたてて波が打ち寄せている。ところどころ、海中から岩礁が突き出ている。

キラキラ光る海面のはるか沖に、レジャー用か釣り船かの区別もつかないが、小ぶりの船が一艘《そう》見えた。

透吾は、足もとを確かめながら、ゆっくり二歩ほど下がった。いきなり横から声がかかる。

「どうかされましたか」また同じ質問だ。

「なにが」声がつい不快げになる。

「先ほどから、なんとなく顔色がよろしくないようですので」

「なんでもない」

遠方を見つめるふりをした。この海の向こうは朝鮮半島ないしアジア大陸だ。一番近い異国の港まで六百キロ以上離れている。

「このあたりの海岸に船は接岸できるか」

入り江も防波堤も見当たらない。外海から直接寄せる波はいつも荒そうだし、浜は岩と石だらけだ。素人目にも船を係留できそうには見えない。

「詳しくは知りませんが、漁船などは無理ではないかと思います」

「近くに港はあるか」

「はい」少し考えて「三キロほど南西に小さな漁港があります」

「最近、国籍不明の船や不審船を見かけたという情報はあるか」

「あ、いえ、特に聞いてはおりませんが」

「このあたりの潮の流れはどうなっている」

「潮ですか」

柵際に立った島崎が、制帽を手に持ち、首を伸ばしてのぞき込んだ。

「――流れがきついとは聞いています。ただ、具体的にはよく知りませんが」

「あとで漁協にでも電話して聞いておいてくれ」

「不審船の有無や、着岸が可能かどうかですね」

「そうだ。それと、流れの向きと強さについて。――つまり、ここから人が落ちたら、どっちへ流れていくのか」

今回の任務にあまり乗り気でない理由がふたつあった。

ひとつは、カラス上司からの資料に「公安」の二文字があったからだ。

隣で暢気《のんき》に海を眺めている島崎とかいう警官は、そんなことはちりほどにも考えていないだろうが、失踪した北森は世間でいうところの「公安」の人間だった。つまり、組織図上の所属は地域課の警官なのだが、県警本部警備部から直接の指示が通っていたらしい。文字通り水際最前線の兵隊として。

「らしい」というのは、証拠に残るような辞令などないし、公安関係の幹部がそんなことを話すはずもないからだ。公安の秘密保持の壁は厚く、さすがのカラス上司たちでも、それ以上の真相は探り出せなかったらしい。ただし、ここしばらく特段の任務は受けていないことだけは確かなようだ。

ようするに透吾に与えられた仕事は、北森が公安捜査がらみの事件に巻き込まれたのか、それとも単なる失踪なのか、それを調べろということだろう。二日間で。

日程以上に乗り気でないのは、このあたり一帯の海岸線が、切り立った崖になっていることだ。

4 午前九時三十分

こんなときに限って指名される——。

小久保貴のその予感は的中した。

頭の中が『アル＝ゴル神』でいっぱいになっていたときに、ラストの一番むずかしい問題で当てられた。

しかたなく前に出て黒板を睨んだが、さっぱりわからない。冷静になれば解けるはずだと思うが、心の準備をしていなかったので、頭の中で方程式が崩壊してしまった。

担任の野口教諭にさんざん嫌みを言われて、やはり解けなかったもう一名と一緒に、再度宿題を出されてしまった。だったら、指名されなかった康介とかはどうなるんだよ、と不満に思ったが、もちろん反論などできない。教室の中では先生がルールだ。

休み時間になると、ふたたび康介に資料室の前に引っ張っていかれた。

「なんだよ」と、貴は口を尖《とが》らせた。「授業の前にへんなこと言うから、追加の宿題出されただろう」

「そんなこと、どうだっていいよ」

康介の口ぶりを聞いて、変わったな、と思った。前はいつもうつむき加減で、気心が知れているはずの貴と話すときでさえ、口の中でもごもご言っていた。それが半年前に『アル＝ゴル神』と出会ってから、態度に自信があふれだした。それ自体はいいことだと思うが。

康介と話しているところへ、隣の一組の教室から、堤《つつみ》真紀也《まきや》と堀口準《ほりぐちじゅん》がやってきた。二人とも、〝施設〟の児童だ。〝施設〟から通う六年生の男子は、この四人で全員だ。女子は三人いる。もっとも、学校の中では「女子チーム」と話をすることは少ない。同じ建物で暮らしているというのは、なんとなく照れくさい。

康介は、真紀也や準の前で、さっきの話題を蒸し返した。つまり「マモルを『アル＝ゴル神』に断罪してもらう」という提案だ。

「どう思う？」

康介が真紀也と準に問う。

四人の中で、一番体つきががっしりしているのは真紀也だ。

「どうって言われてもなあ」

真紀也はただ体が大きいだけでなく、運動神経もいい。サッカーもバスケも、びっくりするほどのセンスをしている。たぶん、喧嘩をすれば学年で一番強いかもしれないが、優しい性格なので、あまりもめているところを見たことがない。

「なんだよ、きのうは賛成したじゃないか」康介が詰め寄る。

きのう？　きのうもそんな話をしていたのか。貴は知らない。

四人の中で、一番勉強のできる準が割り込んだ。

「でも、このあいだ、森本《もりもと》先生のことをお願いしたばっかりだろ。あんまり続くと失礼じゃないか」

一方、準は身長こそ貴とほとんど変わらないが、腕などは力をこめたらぽきりと折れてしまいそうなほど細い。筋力も運動神経も平均以下なのに、人一倍気が強い。〝施設〟にいることを、同級生にからかわれたりすると、先に手をだしたりする。そして喧嘩になると結局負ける。

そんな性格もあってか、準も五年生まではいじめを受けていた。激しいものではなかったが、教科書を隠されたり、白いシャツの背中に泥靴の跡をつけられたりしていた。しかし、〝施設〟のメンバーの結束が意外に固いことや、学校内にうすうす噂で広がった『アル゠ゴル神』への薄気味悪さもあってか、最近ではいじめられていないようだ。準もまた、アル゠ゴルの崇拝者だ。

「ばかやろう、森本なんかに『先生』とかつけるな」康介が睨む。

森本というのは、四十歳ぐらいの体育専門の教師だ。担任のクラスを持たず、ほぼ全部のクラスの体育だけを受け持っている。言うことがむちゃくちゃで、露骨にえこひいきをする。
徒競走をやって、やる気の感じられない走りかたをした者は、トラックを三周のペナル
ティが与えられる。必ずしも、順位がビリだからとは限らない。「本当は一位になれるの
に、全力を出さなかった」などという理由をつけて、そこそこ足の速い貴などもしょっち
ゅうペナルティ対象になる。ようするに、気に入らない児童をいびりたいだけなのだ。そ
して、理由はわからないが〝施設〟の子どもが嫌いなようだ。康介の主張で森本教諭に対
する処罰の依頼が確定したのは、つい先週のことだ。
これまでに、アル＝ゴルに宛てて書いた手紙に、名を載せた対象者は三名だ。最初の中
学生は行方不明になり、二人目の六年生のいじめっ子は、土建業を営む自宅が燃えた。し
かし、森本に関しては――私生活のことまではわからないが――学校で見る限り、まだ処
罰は行われていないようだ。
貴は、先の二名の件は偶然ではないかと思っている。
「だったら、森本先生に対する依頼を取り下げたら？」
準が、自分の細い肘のあたりをさすりながら提案した。
「どうして取り下げるんだよ」康介が詰め寄る。
「だって」と準は一歩下がった。「森本先生のことは、無理みたいだし」

「おいっ、失礼なこと言うなよ。『アル＝ゴル神』は神だぞ。二人や三人、同時に始末できなくてどうするんだよ」

準も、一度主張をはじめるとなかなか引き下がらない。

「でも、中沢先輩は『一度に一人』って言ったんだろう？　それに、先生のこと呪ったりしたのがばれたら、あとでやばいことに……」

「おれ、決めた」康介が遮った。「おまえたちが反対なら、おれ一人の名前で書く。マモルを断罪してもらう」

貴も意見を言おうとしたとき、チャイムが鳴り、自動的に解散になった。それはつまり、康介の宣言が結論という形になってしまったことを意味した。

5　午前九時五十分

島崎智久は、出発する前に上司である佐野地域課長に報告しようと試みた。

樋口から、島崎家の自家用車を出すように命じられた件も含めてだ。どんなことでもすべて報告せよと指示されている。しかし、なかなかその隙が見つけられない。

出かけるまぎわに、見送りのつもりか理沙が二階から下りてきた。そこへ樋口が気安く話しかける。このあたりに美味《うま》い飯《めし》を食わせるところはないか、サービスのいい旅館はないか、そんな内容だ。

よせばいいのに、理沙が「でしたら、今夜の夕食はご一緒にいかがですか」と誘った。樋口も形ばかり遠慮したが、まんざらでもなさそうだ。

樋口を助手席に乗せ、エンジンをかける。

「意外に広いな」

シートを一番後ろに下げ、ゆったりとリクライニングさせた。

智久は、海岸線に沿う形で、県道を北東へ向かった。

県道とはいえ、このあたりには信号もほとんどないし、ときおりトラックとすれ違う程度で、対向車も少ない。黙っているのも気づまりなので、智久のほうから話題を振ってみた。

「北森さんの失踪について、県警本部ではどのようにお考えなのでしょう」

さきほどの樋口の話で思い出したのだが、隣の県で半年ほど前、海上で受け取った金塊を国内に持ち込もうとした一味が検挙された。

樋口の答えは短かった。

「知らん」

木で鼻をくくったよう、とはこういう態度をいうのだろう。樋口のほうで話題を変えた。

「ところで、このあたりの住人は、どうやって現金収入を得ている？」

「さきほども少し説明いたしましたが、この村には、自慢できるような観光名所や特産品というものが、ほとんどありません」

たとえば、左手のガードレールの向こう側は、延々崖が続いている。

ここからもそう遠くない、観光地としても有名な『東尋坊《とうじんぼう》』のように、サスペンスドラマのクライマックスシーンの撮影ができるほど派手に切り立った崖なら、それはそれで名所になるかもしれない。

しかしこのあたりは、場所によって傾斜に緩急があり、土の肌が露出して見た目がよくない。しかも、雑草や雑木《ぞうき》がところどころに生えていたり、野の花が群生していたりする。ひとことで言えば地味《じみ》なのだ。

浜は狭く岩だらけで、しかも沖に向かうと急に深くなるので海水浴には向かない。岩礁がある上に潮流がきついせいか、サーファーも寄り付かない。魚影もないらしく、魚釣りをする人の姿もほとんど見ない。

内陸側に目をやれば、道路のすぐそばまで荒れた畑や雑木林が迫り、その背景には、無計画に植林されたどす黒い肌の杉山が見えるだけだ。

樋口が何も言わないので、智久は説明を続ける。

「もちろん、県全体、あるいは北陸というくくりで見れば、豊かな土地は多いと思います。魚は美味いし、米も美味い。歴史は古く名所旧跡がたくさんあって、風光明媚《ふうこうめいび》、新幹線はすぐ近くまで開通したし、観光地としては一級だと思います。しかし、地区によって格差があるのも事実です。たとえば、この村の中だけを見ても、コシヒカリを作ってる田んぼがあるかと思えば、雑草が生え放題の田畑もあり、という感じです」

「漁はどうだ」

樋口の質問はもっともだ。一般論で言えば、日本海に面した北陸一帯は国内屈指の漁場だ。

「さきほどご覧になったのが、このあたりでは一般的な海岸の風景です。岩礁が多くて波が荒く潮の流れがきついので、良港がありません」

タイミングがいいのか悪いのか、道路脇の空き地にぽつんと立つ、《北陸名物海鮮丼》の大きな、しかし色あせた看板が見えた。店舗の歪んだシャッターには錆《さび》と落書きが見える。

「村内に働き場は？」

「役場やJA関連を除くと、限られてきます。十年ほど前に、大きなショッピングセンターができたときは期待もされ話題にもなりましたが、今は事実上閉鎖状態です」

「『ショッピングタウンいわもり』のことか」

その程度の下調べはしてきたらしい。

「はい。長ったらしいので地元の人間は『タウン』と呼びます」

車は、あまりにのんびりとした風景の中を進んでいる。ところどころに、廃屋《はいおく》になったまま取り壊しもせずに放置されている、ガソリンスタンドやドライブイン、何かの工場などの残骸が目につく。

智久自身、青水駐在所へ転任して来るまで、このあたりへはほとんど足を運んだことがない。いや、正確には通り過ぎたことはある。同じ県民から見ても、この一帯のわびしさは格別だ。

道なりに、つまり海に沿って北東へ進むと、やがて《久杉》と掲示のあるT字路にさしかかった。この先は久杉地区になる。久杉もやはり田舎の集落には違いないが、青水とくらべればまだしも人家は多い。北森巡査部長の姿が最後に目撃されたのも、この久杉にある神社の夏祭り会場だった。

信号手前の路肩に一時停止し、樋口の指示を求める。

「この信号を右折して、内陸方向に向かえば、この村唯一の駅と、その周辺にちょこっとした商店街があります。さきほど話題に出た『タウン』へ向かうなら、このまま道なりに直進したほうが近道です、ただ、もともと畑の中に造成したので、周辺に民家はほとんどありません」

「その手前にも、大きい施設があるな」

ああ、そうだった。

「はい、たしかに『タウン』の少し手前に、医療施設があります。海に臨む高台に造成された、『岩森の丘』です」

「病院ではないんだな」

「中にあったと思います。たしか『複合型ケアセンター』とかいううたい文句で、いくつかの施設が合わさったものです。地元の人間は、単に『施設』と呼んでいるようです。先にそちらを回ってみますか？　そういえばきのう——」

「なんだ」

いってみれば「部外者」である樋口に、余計な情報は与えないほうがよいか、という考えが頭をよぎったが、すでに口に出してしまった。続けるしかない。

「はい、北森さんの件とは関係ないと思いますが、一応報告いたします。きのう、午後四時過ぎだったと記憶していますが、その『岩森の丘』で、老人が一名事故死しています」

「事故死？」

樋口が首をわずかに傾けた。初耳だったのか、知っていてとぼけているのか、わからない。

「はい。散歩中に施設の外へ出てしまったらしく、崖から足を踏み外して転落死したようです」

「転落死」

樋口の顔に、嫌悪感のようなものが浮かんだ。

「崖に手すりはないのか」

「申し訳ありません。未確認です」

「警察はどう見ている？」

「きのうに引き続き、今日も現場の検証はしているようですが、県警としては、事故死と見ているようです」

「その施設での転落死というのは、今回が初めてか？」

「あ、いえ、ええと。申し訳ありません。それもすぐに調べます」

「きみの担当エリアじゃないのか」

「はい、あのあたりは別な交番の受け持ちです」

樋口は面白くなさそうにうなずくだけだ。智久は、手帳に《転落死調査》と書いて胸ポケットにしまった。

樋口の指示は、意外にも「右折してくれ」だった。『タウン』や『施設』は後回し、ということだ。

指示に従い、久杉の信号を右折する。この先しばらくは、さらに過疎的な雰囲気の景色が続く。

「ほかに、この村に金を産みそうな施設や地域はあるか。たとえば、産廃処理場だとか、発電所だとか、競輪、競馬、風俗街。なんでもいい」

言葉を探しながら答える。

「まず、発電所も公営ギャンブルも村内にはありません。以前、産廃処理場造成の計画がありましたが、政権交代のときの公共事業中断のあおりを食らって、そのまま塩漬けになっているようです」

「その計画を蒸し返す気配はないのか。産廃なら、かなり利権が動くだろう。人が二、三人失踪してもおかしくない程度の金がな」

物騒な話をさらりと口にする。

「おっしゃるとおりです」

たしかに、産廃処理場誘致問題は、ここ最近再燃しつつある。地元選出の国会議員が動いているという噂も聞く。

「そのほかに、なんでもいい。利権や地上げが絡みそうな、でかいハコモノやダムや橋や行き止まりの道路なんかはあるか」

ほかに、ほかに何があっただろうか。知識と記憶をたぐりながら、頭の半分では樋口の気持ちも予想している。

この男は、駐在所の裏手で海を見たときは、しきりに潮の流れを気にしていた。外国人による薬物の密輸だとか拉致《らち》だとかの可能性をにおわせるようなことも言っていた。

そして今、公共事業に興味が移ったようだが、地域課の一巡査部長が公共事業に絡んだ地上げ屋に始末されて、ボートで沖合に運ばれ鮫《さめ》の餌食《えじき》にでもなったなどと考えているのだろうか。

さすがにそれは企業小説だとか週刊誌の暴露記事だとかの読み過ぎではないか。いや、そもそもその場の思い付きであれこれと訊いているだけではないのか。

「ダムや巨大な橋の計画は聞いたことがありません。ただ、山間部の一部を切り崩して造成し、企業を誘致して工業団地を造る計画が、やはり途中で頓挫《とんざ》して止まっています」

「また頓挫か」

「はい。そんなのばかりです」

樋口が、鼻から小さく息を吐いた。

「それにしても、よくそんなにすらすらと出るな。たいしたもんだ」

智久は驚いて、樋口の横顔に視線を向けてしまった。そのせいで、ハンドルが少し揺れた。初対面以来、初めて樋口から肯定的な評価をもらえたからだ。思わず、礼を言ってしまった。

「恐縮です」

しかし樋口は、智久の礼など無視して、ときおり窓の外を流れてゆく、廃屋などに視線を向けている。

「しかし、たかだか人口一万人弱の村に、ずいぶんあれこれ誘致をしたもんだな」

「はい。今の村長は二期目ですが、先代、先々代とあわせて、地元では『誘致三兄弟』などと呼ばれています。もちろん、実際の兄弟ではありません。口の悪い連中は、『村は痩せて村長は肥える』などと言いますが、しかしそんなことでもしないと、外から金が入ってこないという現実もあります」

「なるほど。――さっきのショッピングセンターのことをもう少し詳しく」

あそこの話題なら、下調べなどいらない。村で知らぬ者はいない。

「『タウン』ですね。十年ほど前にあれができたときは、けっこう話題になって、地元テレビ局の取材も来ましたし、戦隊ヒーローショーをやったりしていました。しかし、一年半ほど前に、お隣の比山町に二倍ぐらい大きな『メガモールＨＩＹＡＭＡ』ができてから、急速にさびれはじめました。現在は閉鎖されつつあります」

「『閉鎖されつつ』ということは、完全に潰れてはいないのか」

「テナントが沢山入っていたメイン棟は、すでに空き家になった、と聞きました。ただ、同じ敷地内にそれぞれ個別に建っている、レンタルショップとか、飲食店なんかは、まだ営業しているようです。実は、わたしもこの中にある味噌《みそ》ラーメンの――」

6　午前十一時四十分

「なあ、また一人、落ちたらしいぜ」

マモルが作業の手を止めて、玲一《れいいち》にささやきかけた。

リネン作業室に、ほかの人間はいない。隣の洗濯室から、ごおんごおんと巨大な乾燥機の回る音が聞こえてくるだけだ。

玲一とマモルには、今日の午前中の作業として、洗濯物の処理の仕事が課せられている。具体的には、洗濯済みのシーツや枕カバーなどを折りたたんで、所定の棚に積んでいく。

玲一たちが生活するのは、青年の家『みらい』だ。今、作業しているこの有料老人ホーム『かもめ』はそのすぐ隣に建っている。

玲一が答えずにいると、頭半分ほど玲一より背の低いマモルが、背伸びをするようにして、顔を近づけた。

「なあ、レイちゃん。聞いてるか」

胃か歯が悪いらしく、口臭がひどい。

玲一は返事をしたくもなかったが、このマモルという男は、無視していると何度でも話しかけてくる。作業中の私語が職員に見つかると、チェックされる。チェック三回で『減点』一点だ。しかたなく、手を止めずに短く返答した。

「誰が?」

「決まってるだろ。『かもめ』のじじいだよ。また崖から落ちたってさ。カモメのくせに、飛べなかったんだな」

初耳だったが、無関心を装う。マモルはへらへら笑って、続けた。

「——この一年で、二人目だなあ」

「事故だろ」

「どうかな。もちろん、事務局のやつらはそう言うだろうけどな」

「そうか」

「逆にさ、それが売りだったりして。『当施設では、じじいやばばあを事故に見せかけて始末して差し上げます。そのオプションは、別途一千万円いただきます』みたいにさ」

無視して、玲一はシーツの折りたたみ作業に集中した。定刻の十二時まであと十五分しかないのに、まだ十枚以上残っている。自分の体より大きな布を、きちんと縁を合わせてたたんでいくのは、思った以上に難しい。いままで洗濯物などたたんだことのない玲一は、どう頑張っても一枚当たりに二分近くかかってしまう。

仮に多少時間がオーバーしても、食事時間を返上して作業すれば間に合うだろうし、そもそもこの作業での減点はない。しかし、これ以上マモルと一緒にいたくない気分だ。

もし、玲一が居残り作業をすれば、マモルはさっさと休憩に行くだろう。昼食後の保管室での作業は、別な相手と組むことになっている。今日はもうマモルの相手をせずに済む。マモルはそんな玲一の気分を知ってか知らずか、鼻歌交じりで枕カバーをたたんでいる。作業の枚数はシーツと同じだ。もちろん、シーツよりずっと簡単だ。しかし、玲一は取り合いをするつもりはない。マモルとくだらない諍《いさか》いをするぐらいなら、自分だけ居残り作業をしたほうがましだ。

「なあレイちゃん」マモルはしつこい。「落ちたじじいの名前、知りたくないか」

友だちでもなんでもないこんな男に、馴《な》れ馴《な》れしく名を呼ばれるだけで虫唾《むしず》が走るが、顔には出さないように努める。

「べつに」

「またまた、そうやってクールに構えちゃって」

マモルがへらへら笑いながら、肘で玲一の脇腹のあたりを軽く突いた。

ふいに玲一を、いつもの幻覚が襲った。

腹の底のほうから、熱く冷たく鋭いあいつが、激しい勢いで喉を突き破って噴き出してきそうになる。あいつは、玲一の意思とは無関係に、相手の体を幾度もぶちのめす。相手の体中の骨が粉々に砕けるまでなぶることをやめない。相手は、やがてうめき声もあげず、ぴくりとも動かなくなる。クズは抹殺《まっさつ》すべきなのだ。

なめくじを連想させる顔つきのマモルが、軟体動物のように床に横たわっている姿が浮かぶ。

歯を食いしばり、指が白くなるほど握った拳《こぶし》を見つめ、数秒間息を止めていたらどうにか収まった。

「レイちゃん、どうかしたか?」

「黙って、作業しろ」

抑えた玲一の声に、マモルは何を勘違いしたのか、またもくっくっと笑って、「じゃあ特別教えてやるよ」と言った。

「落ちたのは、林田《はやしだ》とかいうじじいらしいぜ。七十いくつだとか言ってたな。場所は、例の松林の向こうだってよ。落ちるとき、どんな顔するんだろうなあ。あひー、とか悲鳴あげるのかな。じじいになっても、死ぬのは怖いのかな。見たかったよな。惜しかったよなあ」

亡くなったのは林田さんか――。

玲一の頭に、林田健二《けんじ》の八の字に垂れた太い眉《まゆ》と、ひとなつこい笑顔がすぐに浮かんだ。今年でたしか七十八歳になるはずだ。

林田はいつも杖《つえ》を持ち、右足をひきずるようにして歩いていた。三年前に階段を踏み外して、右足首を捻挫すると同時に骨折もしたのだと、何度も聞かされた。

「医者は治ったと言うが、今でも痛むんだよ」

林田は、会うたびにそうこぼしていた。

事務局の職員は「あんなこと言ってるけど、林田さんが三年前に怪我をした記録はないのよ」と言うが、真相はわからない。玲一は職員の言うことも完全には信用していないからだ。

林田とは、それほど深い付き合いはなかったが、将棋の強い人だった。玲一も、娯楽室にある駒と盤で、二度相手をしてもらったことがある。どちらのときも林田が飛車角を落としたのに、二十分ともたずに負けた。施設内で勝てる相手はいないそうだ。

一方で、それほど頭が働くのに、自分の老いた妻が訪ねてきても、きまって「どちらさんですか?」と愛想笑いをするのだとも聞いた。そして、それが認知症と言う病気なのだと——。

マモルが、体を寄せるようにして、くくくっと笑っている。

無視していると、マモルは一人でしゃべり続けた。

「どうせ、死ぬんだったら、おれにやらせて欲しかったなあ。突き落とすとき、小便ちびっちゃうかも。あ、これ、ここだけの話ね」

玲一は無言のまま、たたんだシーツを持ちマモルのそばを離れた。

「なんだよ。無視かよ」

収納用の棚へ運ぶ玲一のあとを追うようにして、枕カバーを持ったマモルがついてくる。

「――でもさ、あれってたぶん自殺だよな。前のときも、警察じゃ事故ってことにしたみたいだけど」

「さあな」

玲一の耳にも入って来なかったということは、施設側もなるべく騒ぎにしたくないのだろう。

「おれ、わかるなあ。死にたくもなるぜ。こんな殺風景なところに毎日閉じ込められてさ。きのうとあしたの区別もつかないいんじゃ、頭おかしくなりそうだ」

「そうか」

「まったく冷てえな、レイちゃんは。人が一人死んだっていうのにさ。――あのさあ、暇《ひま》潰《つぶ》しに、ちょっといっちまったじじいかばばあを連れ出して、こっそり突き落としてみねえか。落ちてく顔を見てたら、胸がすうっとすると思うんだよね。なんていうか、こうすうっと。――やるなら、柵とかを厳重にする前だよね。今だったらさ、『なんだよ。また落ちたのかよ』で済むぜ。職員のやつらだってもみ消したいからな。それに、残った家族とかにも感謝されちゃったりして。やっと家族のんびり暮らせます。なんまんだぶーみたいな」

聞き流すのも限界だった。このままでは、あいつが飛び出してくる。

「おまえ、いいかげんにしろ」

静かに言い放って、じっとマモルの目を見た。マモルの瞳に、怯《おび》えの色が差すのがわかった。

「怖《こえ》えよ、レイちゃん。睨むなよ。冗談だよ。嘘に決まってるだろ。レイちゃんのマジな目は怖えんだからさ」

「あなたたち、作業中の私語は禁止ですよ」

大きな声が響いてきたほうを見ると、リネン室担当の職員、熊谷有里《くまがいゆり》がリネン室の入り口に立ってこちらを睨んでいる。

「すみません」

玲一は頭を下げ、小走りに作業台に戻った。誰かに悟られぬように、ほっと息を吐いた。このままマモルと二人きりでいたら、いつまで自制できたか自信がない。

マモルの体など心配していない。あいつを制御できないことが怖いのだ。

呼吸を整えながら、乾燥が終わって山積みになっているシーツの山から、また一枚引き出した。マモルも、枕カバーをたたむふりをしている。

「お昼までには終わらせてね」

熊谷有里が念を押したので、素直に返事をする。

「わかりました」

玲一の返答に満足したのか、有里はどこかあどけない笑みを浮かべ、少しきつそうな白衣に包まれた後ろ姿を見せて歩き去った。すると、すぐにまた作業の手を止めて、マモルが舌打ちした。

「くそっ、威張ってやがんなあ。どうせ、二コか三コぐらいしか上じゃねえくせによ」

少し前に見せた怯えはすでに消え、またしても玲一に馴れ馴れしい口をきく。

有里は、たしか二十三歳のはずだ。今年二十歳の玲一やマモルより、三歳年上だ。だが、童顔なので実際より若く見える。

「でもさ、いい体してるよな。おれ、がりがりに痩せてるモデル体型より、ああいうちょっとむちっとしたの、好きだな。それとさ、たいした美人でもないくせにお高くとまった女を見ると、ボコボコにしたくならねえか」

聞こえないふりをする。

「有里のこと、こんど、誘ってみようかな。優しいほうがいいかな、強引なほうがいいかな。どう思う？」

「……」

「なあ、レイちゃん。賭けねえか」

「……」

「おれは彼女、絶対に男を知らないと思うんだよね。こんどさ、おれがいただいて、確かめてみるよ。そんときは、レイちゃんも誘うよ。ゾクゾクするな」

「興味ない」

これはテストなのだと考えることにした。マモルというクズがもたらす不愉快に耐えて、何ももめごとを起こさず、平穏に作業を終える。それが、社会に出て、普通に暮らせるようになるための試練なのだ――。

「またそんな、冷たい言いかたするなよ。一万でどう？」

「どういう意味だ」

「処女だったらおれの勝ち、そうじゃなかったらレイちゃんの勝ち。ほかのやつも賭けに誘ってみようぜ」

「マモル」

「ん。どした？」

「ふたつ、頼みがある」

「なになに。金額上げる？」

「今後、作業に関すること以外、おれに話しかけないでくれ。それから、顔をあまり近づけないでくれ。息が臭い」

「なに……」

マモルの顔つきが一瞬で変わった。しかし、玲一がマモルのその濁った目を、再び静かに見つめると、目の周囲を赤くしていたマモルは、その先の言葉を呑《の》み込《こ》み、すっと視線を外した。

「──わかったよ、もう話しかけねえよ」

マモルが、そのままゆっくり離れて行ったので、玲一はマモルに聞こえないよう、静かに深呼吸した。

マモルは、今の会話を相当に根にもったはずだ。当分のあいだ、ひとけのない場所を歩くときと、就寝中は注意したほうがいいかもしれないと思った。

なぜなら、安っぽい大口を叩くだけで、実際はゴキブリ一匹潰すこともできそうに見えないあの貧相な男は、小学六年生のときに、自分の祖母を金槌《かなづち》で撲殺している。ただ殺しただけでなく、人相がわからないほどに顔を潰してあった。その理由を問われて、「いつも、もごもごしゃべってなに言ってるかわからねえから」と答えたそうだ。

そのことを、ただの一度も悔いたことはないと、本人はことあるごとに嘯《うそぶ》いている。今だって、「あとあとめんどうくさい」から実行しないだけで、自分以外の人を殺すことになんの罪悪感も抱かないとも。

先月、〝施設〟の建物裏に、ごみのように鳩の死骸が捨ててあった。首と両足をざっくりとナイフのようなもので切られており、あきらかに人間の手にかかったものだ。〝施設〟側は警察には届けず、敷地内にある焼却炉で燃やしたらしい。

じつは、これが初めてではなかった。一年半ほど前に最初の鳩の死骸が見つかってから、これで三回目だと聞いた。

誰も口にしないが、〝青年〟たちのほとんどが、犯人はマモルだと思っている。しかし、目撃者はいない。どうやって捕まえているのかもわからない。

午前十一時五十分を知らせるオルゴール音楽が、館内放送で流れた。

ミズホが、あれは『くるみ割り人形』という曲なのだと教えてくれた。ミズホは七歳までピアノを習っていたので、音楽には詳しい。「ここを出たら、クラシックのコンサートに行こう」と誘われている。

玲一は「いいよ」と答えたが、実現するとはミズホも思っていないだろう。なぜなら、玲一たち〝青年〟は、お互いについて連絡先どころか苗字も知らない――正確には知らないことになっている。知らされているのは、下の名前、それも漢字ではなくカタカナだ。

ただし、規則を破ってこっそり教え合うものもいる。しかし、その数は意外に少ないらしい。規則を守るからではない。不安なのだ。過去と決別できるのかという不安、新しい自分を世間が受け止めてくれるだろうかという不安だ。

玲一も、誰かに自分のことを語るつもりはない。

「レイちゃん、お先」

枕カバーをたたみ終えたマモルが、まるでさっきの緊張状態などなかったかのように、鼻歌を歌いながらリネン室を出て行った。

　このままでは、昼休み時間にかかってしまうかもしれないが、それでかまわない。減点にもならない。がんばれば、時間内に間に合ったかもしれないが、マモルと一緒に歩きたくないために、わざとペースを上げなかったのだ。

　あと二枚。気持ちを静めるために、ゆっくりと丁寧にたたむのだ。

　ふと気づくと、いつのまにか左手で、玲一のほとんど唯一の宝物である、ペンダントヘッドを握りしめていた。懐かしい人にもらったものだ。これを握ると心が落ち着く。あいつが体の奥のほうへ引っ込んでくれる。

7　午前十時二十分

「その〝施設〟というのは、まだ、できて新しいんだな」

「はい。市街地に作りにくい、老人ホームや児童養護施設、それから青少年を対象にした更生施設などの複合施設です。さらに、それらに併設して、外来も診《み》る病院や地域特産品販売所などもあります」

　しだいに、説明の口調もなめらかになってきたような気がする。

「そこで、きのう老人が崖から落ちて死んだ」

「はい。そう聞いています。たしか、老人ホームでは、アルツハイマー型の認知症患者ばかりを集めているそうですから、おそらくは事故ではないかと」

「アルツハイマー型ばかり――」

「はい。理由はわかりませんが」

樋口はそれきり黙ってしまった。

村道は、ゆるやかに左右にカーブを描きながら、ときに荒れた畑の脇を、ときにあまり手入れされていない雑木林の中を突き抜けて進む。この景色からは信じがたいが、あと十分も走れば駅に着く。

「駅の周辺に、カンラクガイはあるか」

それが「歓楽街」を意味すると理解できるまで、少し時間がかかった。このあたりにはなじまない単語だ。苦笑しながら答える。

「とても歓楽街と呼べるようなものではありません。駅前にちまちまっとした商店街があるだけです」

「暴力団はどこがしめてる」

「地場のごろつき程度はいると思いますが、いわゆる広域暴力団の傘下云々《うんぬん》という話は聞いたことがありません。金が動きませんから」

「ヤクは？」

「ここも北陸のはしくれですから、薬といえば『置き薬』ぐらいかと」

樋口がこちらに視線を向けたのを感じた。しまった、少し調子に乗り過ぎたか。

「風俗はないのか。ソープランドや、ウリをやってるキャバクラなんかは」

「せいぜい、カラオケスナックぐらいです」

「つまらない街だな」

シートを倒して、目を閉じてしまった。


「着きました」

智久が声をかけても、樋口は熟睡していて目を開けない。足でも蹴とばしてやろうかと思ったが、ちょうどいい機会でもあったので、ハザードランプをつけたまま車から降りた。あとでぶつくさ言われるのが嫌なので、エンジンとエアコンをかけたままにする。

狭い路地に入り、教わった携帯の番号にかけた。さすがに、少し緊張する。三回ほどのコールで繋がった。

〈もしもし〉

聞き覚えのある、低い、やや警戒気味の声だ。

「佐野課長でいらっしゃいますか。青水駐在所の島崎です」

〈どこからかけてるのか知らんが、今後はおまえの名前だけ名乗ればいい。こっちの名は、いちいち口にするな〉

「了解いたしました。報告です」

〈手短に〉

「樋口調査官を乗せて、村内を視察中です。ＰＣが嫌だと言うので、自分個人の車を出しました。許可をいただきたいのですが」

智久としては重要な報告だと思っていたが、ほとんど聞き流されてしまった。

〈適当にやってくれ。それより個人名は出すな〉

「では何と呼称すればよいでしょうか」

〈『やつ』でも『彼』でもなんでもいい〉

「では、彼の運転手として、視察中です」

〈具体的にどことどこだ〉

「まだ具体的にはどこも。県道を海沿いに走ったあと、岩森駅前に来ました」

〈駅前？　そんなところで何を調べるつもりだ〉

「わかりません。ただ、歓楽街が見たいと。風俗店がないかとも聞いていました」

〈歓楽街の風俗店？　前任の――ええと、なんといったか〉

「北森巡査部長ですか」

〈だから、名を出すなと言ってる。そいつの失踪と、関係するのか〉

「わかりません。あるいは、スナックあたりの女と何かあったと考えているのかもしれません」

〈それで？〉

「とりあえずそれだけです」

不満げな鼻息が漏れるのが聞こえた。

〈その程度でいちいち連絡してくるな。暇じゃないんだ〉

すべて報告しろと命じたのはあなたではありませんか——そう喉まで出かかったが、なんとか呑み込んだ。

「それでは、また進展がありましたら、連絡いた……」

言い終える前に、ぶつっと切れた。

不審船のことや公共事業のことも切り出せなかった。

まったく、どいつもこいつも——。

ただ公務員だという理由で、警官を「税金泥棒」などと呼ぶ輩《やから》が、ときたまいる。とんでもない話だと思う。民間の企業にこんな理不尽な管理職などいないだろう。樋口調査官にしろ、佐野課長にしろ、階級社会だからこそ許されるパワハラではないか。

若いから、階級が下だからといって、ばかにするなよ——。

なんとか気持ちを鎮めようと、その場に立って深呼吸を三回した。藍が生まれる直前、理沙に諭《さと》されたのだ。

――あなたは見かけによらず短気で怒りっぽいから、腹が立ったら、まず三回深呼吸してみて。

いくらか腹立ちがおさまった。急ぎ、車を停めた場所に戻る。

「あ」

短く声に出して、その場に立ち尽くした。

車に誰もいない。エンジンも切られ、キーもない。すぐさま周囲を見回したが、それらしき人物はいない。駅前通りの小さな商店街を見通せるが、樋口が入りそうな店はない。

智久が車から離れていた時間は、五分とないはずだ。だとすれば、あれは狸寝入《たぬきねい》りで、逃げ出す機会をうかがっていたということか。

「くそっ」

すぐ脇に立つ、古い薬局の看板が巻き付けられた電柱を、革靴の先で蹴った、電柱はびくともせず、ただつま先が痛いだけだった。たった今しまったばかりの携帯電話を取り出した。佐野課長にリダイヤルしかけて、すぐに切った。

こんな失態を報告するわけにはいかない。片時も離れずぴったりとくっついていろと命じられたのに、半日も経っていないうちからまかれました、などと言えるわけがない。

ますますばかにされるだけだ。こんなくだらないことで、評価を下げるわけにはいかない。自力でなんとかするしかない。

くそっ。

毒づいて、再び電柱を蹴った。痺《しび》れるほど痛かった。

8 午前十一時五十分

「また警察の人が来てるんだって？」

外出から戻ってきた白井容子《しらいようこ》主任が、がらんとしたスタッフルームに入るなり、誰にともなく声をかけた。

「はい。主任がお出かけになった直後ぐらいから来てます」

隣席の長根亜以子《ながねあいこ》が、書類整理をしていた手を止めて答えた。

熊谷有里も、パソコンのキーボードから指を離し、言い添える。

「わたしたちも、さっき少し事情を訊かれました」

今、事務所にいるのはこの三人だけだ。ほかの職員は、事故の後始末や、本来の業務についていてるし、幹部は警察の応対に追われて不在なので、堂々と私語を交わせる。

「あら、ほんとに？」

白井がもともとぎょろっとした目を、さらに見開く。

「――どんなこと訊かれたの？」

「林田さんの普段のようすとか――」

そう答えた亜以子は、有里と同期入所で同い歳《おなどし》、仲もわりといい。白井主任は今年ちょうど三十歳になるはずだ。独身で、録りためたドラマを見ながら、ポテトチップスの一気食いをするのがストレス発散だと公言している。少々怖いが気のいい、そして話し好きな上司だ。

「亡くなった林田さんって、事故じゃなかったんですか。わたし、そう聞いたんですけど」

いつもは明るい亜以子の声が、心なしか不安げだ。

『かもめ』入所者の林田健二が、近くの海岸の崖から転落して死亡したのは、皮肉なことに、敬老の日でもある、きのうの午後四時過ぎのことだ。

病棟を含めた、各施設の入所者たちは、それぞれ夕食前の自由時間を過ごしていた。職員たちにとっても、一日でもっとも緊張が緩む時間帯ではあった。

林田はアルツハイマー型認知症で入所していた、後期高齢者だ。

庭と外界とを隔てる小さな門を、自分で開けて外に出たらしい。らしいというのは、その場を目撃した者もいないし、防犯カメラの死角になっていて、映像が残っていないからだ。

林田はそのまま、誰にも見つかることなく、松林の中を通る遊歩道を五百メートルほど歩き、海岸の、高さ約十三メートルある崖から岩場に落ちた。結果、全身打撲、脳挫滅で即死した。

警察は事故と断定したようだ。

建前上、管理責任について報告書を提出することになるが、施設は刑務所ではない。一応の戸締まりはしているが、確固たる意志を持って脱走を試みれば、それは可能だからだ。そして認知症患者は、物事を忘れるという以外、頭も働くし運動神経も特別劣るわけでもない。そしてこれは人にもよるが、執着心がかえって強くなるケースがある。一度「外へ出たい」と思えば、成功するまで何時間でも挑み続ける。それらの気配が出るたびに拘束するわけにもいかない。

だが、マスコミにすら流されないのは、そういう表向きの言い訳とは別に、裏の力学が働いているという噂だ。

とはいえ、人が一人亡くなっている。遺族への説明や謝罪、そのほか手続きなどもあり、施設内はきのうからバタバタした雰囲気だ。もっとも、遺族といっても、法律でいう「親族」は、老いた妻一人だ。

白井主任が意味ありげに言う。

「それは、あくまで公式発表でしょ。もしかして違うのかも」

「違うってどういう意味ですか」

「ほら、たとえば、足を滑らせたんじゃなくて、自分から、とか」

長根亜以子が、息を吞む気配が伝わってきた。

「やだあ、やめてくださいよ。林田さんは、わたしが受け持ちだったんですから。自殺とかだったら、絶対にやだ」

涙もろい亜以子は、すでに鼻声になっている。

「でもねえ、林田さんは徘徊《はいかい》するタイプじゃなかったでしょ」

「どど、どういう意味ですか。やっぱり自殺っていうことですか」

「ちょっと、声が大きいわよ」

自分で焚《た》き付《つ》けておきながら、白井主任がたしなめると、短い沈黙が訪れた。

白井主任がさぐるような視線を向けて、有里に訊いた。

「熊谷さんはどう思う？　あなた、受け持ちじゃないけど、林田さんと仲が良かったでしょう」

「それほどでも」

「噓。だって、外出許可とってあげて、わざわざラーメン食べさせに行ったじゃない」

それは事実だ。しかしここは、きちんと説明しておいたほうがいい。

「あれは――林田さんが、ラーメンが大好きだっておっしゃったから。それに、なんていうか、たまに奥様がみえても、すぐに帰ってしまって、可哀相《かわいそう》だなって思ってたので。だから非番の日に実家へ」

父の店でおいしそうにラーメンをすすっていた林田の笑顔を思い出したら、涙があふれてきそうになった。自殺なんて悲しすぎる。

『だから、それを仲がいいっていうのよ。そのときに、『死にたい』とか、言ってなかった」

「そんな」目尻を拭って続ける。「だって、ぜんぜんそんな雰囲気じゃなかったです。すごく美味《おい》しそうにラーメン食べてもらって……」

「じゃあ、自殺でもないのかも」

白井主任は、さらに恐ろしいことを軽く口にした。

「でも、主任。事故でも自殺でもないとなると、どういうことですか」

「わたしにそれを言わせる？」

白井主任の声が一段と低くなった。普段のキンキンした声とは別人のようだ。

「――ここだけの話だけど、あの事故のすぐあとに、別な出入り口から〝青年〟が戻ってきたらしいの」

「〝青年〟が？」思わず大きな声を出してしまったのは有里だ。

ここで〝青年〟といえば、それは『みらい』の入居者のことを指す。

「声が大きいわよ」白井が軽く睨む。

「それは誰ですか」

声をひそめて亜以子が尋ねる。

「あのほら、前に小学生にしつこくしたとかで問題になった、マモルとかいう子」

「あ、その子、あたし知ってる」亜以子が目を見張る。

「でも、べつにただ出入りしただけじゃないですか」

有里がごく普通の感想を述べたが、白井は意味ありげに答える。

「そうかも知れない。そうじゃないかも知れない」

「やだ、そんな怖い言い方やめてくださいよ」

亜以子が、泣き顔を作って白井主任の腕にすがる。

「でも、あそこに入っているのは、すごく軽い犯罪の人たちですよね」

有里の頭には、午前の作業の時間に、リネン室で話したレイイチやマモルの顔が浮かんだ。レイイチはぶっきらぼうで愛想がないが、決して悪い人間ではなさそうだ。マモルにしても、ときどきいやらしい目で有里を見るが、それでも――。

それでも、の先が続かない。マモルなら、もしかしたら。

「やだなあ、二人とも真《ま》に受けないでよ。冗談よ、冗談」

話している内容がすこし刺激が強すぎることに、白井主任もようやく気づいたようだ。

「そうですよね」亜以子がほっとしたようにうなずく。

「事故か自殺か、もしかしたら、本人にもわからなかったのかもしれない」

せっかくその話題から離れかけたのに、白井主任が引き戻した。

「わからないって、どういう意味ですか」

よせばいいのに、亜以子が食いついた。

「積極的に死にたいとまでは思わないけど、生きてることにそれほど執着もない。人間てさ、ほら、死にたくないからいろいろ注意を払うわけでしょ。車に轢《ひ》かれないようにとか、崖から落ちないようにとか」

「生きる意欲ってことですね」

亜以子が理解できる、という顔でうなずいている。

「林田さんもね、熊谷さんに優しくしてもらって、美味しいラーメンを食べられて、それでもう、この世に思い残すことがなくなったのかも。人って、辛《つら》くあたられるとナニクソって思うけど、優しくされると、心が弱くなっちゃうじゃない」

「ちょっと待ってください」さすがに聞き流せない。「じゃあ、やっぱりわたしのせいですか」

感情が急激にたかぶり、涙腺が突然崩れた。

「そんな、そんな」

有里は机に載せた腕に顔を押し当て、声をあげて泣いてしまった。今は勤務中だと自分に言い聞かせるが、涙と声が勝手に出てしまう。

「うーっ、うーっ」

声をあげて泣いていると、白井主任が背中を叩いた。

「ちょっと泣かないでよ。わたしがいじめたみたいじゃない。そんなつもりじゃなかったんだから」

嘘だ、と思った。いじめたのだ。

白井主任は、人はいいが、少し残酷なところがある。誰かが困っていたりすると、すごく生き生きした表情になる。そこへ救いの手を差し伸べるのが趣味らしい。

「こうなったら、言っちゃうけど、わたし『薬』が関係してないかって思うのよ」

「薬ですか」

なんだか、会話はさらにまずい領域に入っていきそうだ。有里が口実を設けてその場を離れようとしたときだった。

「おい、どうした。おや、なんで泣いてる」

少し甲高い、特徴的な声だ。見ると、険しい表情をした二木寛《にきひろし》が立っている。

二木は、有里たちが所属する、老人ホーム『かもめ』の施設長であり、センター全体のナンバー2——正式な役職名は副センター長——でもある。正確な年齢は知らないが、おそらく五十歳前後、身長は有里とさほどかわらないので、百六十センチそこそことあまり高くはないが、柔道でもやっていたような、がっしりとした体格をしている。かすかに柑《かん》橘《きつ》系の香りがする整髪剤で、髪をオールバックにまとめている。

「すみません、なんでもありません」

白井が、あわててとりつくろう。

「勤務中に泣いてて、なんでもないことはないだろう」

「なんていうか、その——」

白井が口ごもる。二木には人を威圧する雰囲気がある。

「亡くなった林田さんのことを話していたら、つい」

白井が会話の内容をざっと説明するのを聞いて、二木が小さく息を吐いた。

「気持ちはわかるが、勤務中に私語はつつしむように」

「はい」三人の声が揃った。

二木は去りかけて、ああそれから、と振り返った。

「施設の中だろうと外だろうと、部外者に何か聞かれても、一切、ひとことも答えないように」

「マスコミ、という意味ですか？」白井が質問する。

「たとえ誰でも、だ。SNSも論外だ。想像にもとづいた風評を流したことがわかった場合は、懲戒処分もあることを忘れないように」

二木の足音が遠ざかると、白井が二木の口真似《くちまね》をした。

「処分もあることを忘れないように」

有里が笑っていいのか迷っていると、白井が肩をすくめて続けた。

「やな感じ」

9　午前十時三十分

車を停めるなり、島崎巡査部長は車を降りてどこかへ行ってしまった。

おそらく上司に報告の電話でもしに行ったのだろう。あのようすでは、「樋口透吾の行動を監視せよ」という指示を受けているに違いない。相手は比山署の地域課長あたりか。

島崎は悪い人物ではないと思うが、今回の調査にはあまり役に立ってはもらえないだろう。現に、にわかごしらえで知識を吸収したようだが、カラスからもらった資料以上の深い情報はなかった。このまま普通に警官の道を歩むなら、むしろ何も知らないまま、気づかないままのほうが、あの男のためだ。まして、公安がらみの可能性があるなら、なおさらだ。

嫌みな態度を取れば離れていくかと思ったが、生真面目《きまじめ》な性格らしい。

透吾はキーを抜いて車を降りた。目の前に、JR岩森駅の古臭い駅舎が建っている。ロングボディの外車ならつっかえてしまいそうな、狭いロータリーに面して、小さな商店が一軒あった。

日用品や食品などを売る店のようだ。透吾は、その店に入り、パッケージ入りのソフトクリームを買い、応対に出た中年の女に道順をたずねた。

クリームを舐めながら戻ると、制服姿の島崎が、何かつぶやきながら電柱を蹴るのが見えた。そのまま見ていると、きょろきょろしていた島崎が、透吾の存在に気づき、ぎょっとしたような表情を浮かべた。

「どうかしたか？」

「いえ、その――」

「どこかに逃げたかと思ったか」

島崎の視線は、透吾が舐めているソフトクリームに釘付《くぎづ》けのようだ。

「これが欲しければ、あっちの店に売っている」

「いえ、べつに」

キーを放り投げると、島崎は片手でキャッチした。

「いくら田舎でも、さすがにキーをつけたまま放置はできないからな」

「ありがとうございます」

島崎は趣旨のよくわからない礼を言って、そっと額の汗を拭った。

助手席に座り、たった今聞いたばかりの道順を教えた。

「車で行くほどではないが、どうせ、一緒に行動するんだろう」

「はい」

島崎が素直に答え、エンジンをかけた。

着いた先は、岩森駅から歩いて五分ほどの場所にある、一軒の喫茶店だ。駅周辺から続くささやかな商店街がそろそろ終わろうかというあたりに、控えめな看板が立っていた。

《ジャズと珈琲《コーヒー》の店――ブルー》

民家の一階部分を改築して喫茶店にした、ひなびた印象の店だ。

入り口の段差部分には、階段代わりにウッドデッキ風のステップがあり、木の板に手彫りの看板が飾られ、手作り感に満ちている。

この店の名は、カラス上司から送られてきた、接触者リストの中に載っていた。

失踪した北森は、非番の日は県道沿いのスーパーへ日用品を買い出しに行く前に、この喫茶店で小一時間ほどすごすのが習慣だったらしい。

「そこの駐車場で待っててくれ」

店の脇にある、砂利敷きのスペースをあごで指した。

「しかし……」

「大丈夫だ。逃げはしない。こんな田舎じゃ隠れる場所もないだろう」

「しかし自分は……」

「連れてはいけない。そんな制服姿でものを尋ねたら、相手は身構えて知ってることも話してくれない」

島崎は、未練がましくわかりましたと答えた。

透吾は、からんからんと派手な音のするドアベルを鳴らして店に入った。

かすかに煙草の臭いがするが、それを包み込むように濃厚なコーヒーの香りが満ちている。耳障りでない程度に、ジャズが流れている。

「いらっしゃいませ」

銀髪を、きれいにまとめてアップにした女性が、透吾を見てひとなつこそうな顔に笑みを浮かべた。

「こんにちは」

会釈しながら、店内をさっと見回す。

木製のカウンターに五席、四人掛けのテーブル席が三つ、それですべての狭い店だ。

狭いのは単に面積だけの問題ではなく、短めのカウンターが途切れたその奥は、天井まで届く棚になっていて、レコードがぎっしり挿してある。いったい、何枚あるのか想像もつかない。

ほかに客といえば、一番奥まったテーブルに、のんびりした雰囲気でしゃべっている老夫婦がひと組いるだけだった。透吾はカウンター席に座った。

「何にしましょう」

店主らしき女がそう言いながら、すっと何かを差し出した。かなり年季の入ったメニューに、《本日のおすすめ》の文字があった。紙の変色具合からして、おそらく二十年以上前に書かれてそのままだ。

「この、おすすめのブレンドを」

「はい。少々お待ちください」

彼女が、店主に間違いなさそうだ。彼女のことも、カラスのリストに載っていた。中堀《なかぼり》三千代《みちよ》、六十八歳、五年前に夫に先立たれ、独り身で店を切り盛りしている——。

客が注文してから、豆を挽《ひ》いて、ドリップするらしい。ごりごりという音のあと、コーヒーを淹《い》れる強めの香りが漂ってきた。

「クリフォード・ブラウンですね」

今かかっている曲のことだ。わずか二十五歳で、交通事故のため夭逝《ようせい》した天才トランペッター。

中堀三千代が、その銀髪の頭を上げ、嬉《うれ》しそうに答える。

「そう、マックス・ローチ・クインテットのやつ。どうしても好きなアルバムをかけちゃって。古い曲でごめんなさいね」

「とんでもない。とてもいいです。コーヒーもいい香りだし、仕事なんかしたくなくなりますよ」

わずかに腰を浮かすと、駐車場に停めた島崎の車が見えた。ガラスが反射して中のようすはわからないが、この隙にと報告しているのだろう。

「そうでしょ」と、店主の中堀は微笑んだ。「こんな田舎なんですけど、駅向こうに豆を煎《い》ってくれるコーヒー屋さんがあって、そのおかげでこの商売ができているようなものなんですよ」

そんな説明を聞きながら、もう一度ゆっくりと店内を見回す。

尻の部分と背もたれの布がすり減った椅子、もとの色がわからないほど変色した木のテーブル、壁に貼られた古いポスター、膨大な数のレコードのコレクションと真空管アンプのステレオコンポ、巨大なスピーカー。

演出を狙ったわけではないだろうが、場所が場所なら旅行ガイドブックにでも載りそうな、そして若いカップルが写真を撮るため順番待ちをしそうな雰囲気だ。

北森は、どんな気持ちで、あるいは何を求めてこの店に通ったのか——。

女店主が別なアルバムに替えた。

それが合図《あいず》のように、奥の席にいた老夫婦が席を立った。二人がドアベルを鳴らして出ていくのを待って、店主に質問する。

「実は、ある男性の行方を探しています。その男は現職の警官で、先月の半ばに行方がわからなくなりました」

中堀が、ほとんど表情を変えずに訊いてきた。

「失礼ですけど、おたくはどちらさま？」

「警察関係の者です」

「身分証とか、ありますか」

透吾は名刺を差し出した。どうとでも取れそうな肩書きがついている。中堀三千代は、短くそれを見つめ、ただ「あら、そうなの」とだけ感想を漏らした。

中堀店主は、名刺をカウンターに置き、洗い終えて乾いたグラスを、軽く磨いてうしろの棚に並べ始めた。

「ある男性って、北森さんのことね」

「はい」

「ご期待には沿えないと思うけど――」

北森が失踪するまで、彼の名すら知らなかったと言う。

「おみえになると、いつもあの隅っこの席で、音楽を聞きながらゆっくりコーヒーを二杯飲んでくださって、最後に『美味しかったです』って挨拶なさってお帰りになるだけなんですよ。いくら常連さんでも、こちらからお名前をうかがったりはしません」

もっともだ。

「では、警官であることもご存じなかったんですね」

「それは、うすうす感づきました」

「ほう」

「客商売ですからね。それで、何かのついでに『もしかしてお巡りさん？』って訊いたことがあります」

「それで、彼はなんと？」

「笑いながら『まあ、そんなもんです』って。やっぱりわかるかなあ、って苦笑いしていましたね」

「失踪はいつ知りました？」

「先月の終わりころね。警察のかたがみえて、いきなり『北森のことを訊きたい』って横柄に言うから、『そんな人知りません』って答えたの。そしたら『これこういう風体の客が来ていたはずだ』とか詰問調なのよ。まるでわたしがさらったみたいに。目つきはきついし。警察の人にもいろいろあるのね」

その点については曖昧《あいまい》に受け流した。

「でも、こうして探しているってことは、まだ見つかっていないの？」

「そのとおりです。また同じ話の繰り返しになるかもしれませんが、北森に関して、もう少しお聞かせ願えませんか」

「それはかまわないけど、あまりお役には立てないわよ」

「どんな細かいことでも助かります。たとえば、彼はどのぐらいの頻度で、誰と来ていましたか」

「そうねえ、決まった曜日というのではなかったかしら。時間も、午前だったり、夜に店を閉めるぎりぎりの時間だったり」

なるほど、とうなずいた。矛盾はない。

駐在は、住み込みであるがゆえ、一年三百六十五日勤務しているのだと思っている人間もいる。実際には休日――正確には非番と呼ぶが――が、当然ながらある。青水地区であれば、比山警察署から地域課の警官がやってきて、ローテーションによって週に一回か二回、丸二十四時間、代役で番をしてくれる。その間が〝休日〟となる。

「あのかたは、いつもふらっとお店に入ってきて、さっきご夫婦が座っていらした一番奥の席に、入り口に背中を向けるような恰好で座って、ブレンドを注文なさってましたね。必ず二杯」

「連れは？」

「いつもお一人でした」

離婚寸前だったらしい妻は東京にいて、実質的な独身生活だったこともわかっている。不仲の原因には事件性はないらしい。夫婦にははた目からはわからない事情があると、離婚経験のある透吾にはわかる。ジャズの趣味とあわせ、多少北森という人物を身近に感じた。

「世間話や身の上話のようなことは？」

「さあ」と首をかしげた。「曲とレコードに関すること以外はほとんどないわね。たまに、お天気のこととか、梅が咲きましたねとか、そんなことを話す程度でした」

透吾は、もう一杯コーヒーを頼んだ。今度はキリマンジャロにした。

がりがりと豆を挽く音を聞きながら、これ以上つついても何も出ないだろうと考えていた。ただ、予想外といっては失礼だが、旨《うま》いコーヒーだったので、島崎には悪いがもう一杯飲んでから出ることにしたのだ。

「何か、日常会話――たとえば、天気だとか旅行だとか以外の話をしたことがありましたか」

「そんなことあったかしら」

中堀店主は、再びグラスを磨きだした手を止めて、中空を見つめた。

「そういえば、〝施設〟のことを話したことがありました」

「施設？　あの『岩森の丘』とかいうしろもののことですか」

ええ、とうなずいて、透吾を見た。期せずして視線が正面から合ったが、中堀店主は、なぜかほおを赤らめて、視線を外した。とまどいを隠すように、でもねえ、とひとり言のように口にした。

「この村に住んでいたら、無視はできないわよね。あそこと『タウン』のことは」

「どんなふうな話題でした？」

中堀店主はもう視線を合わせようとせず、グラスを磨きながら答える。

「誰か知り合いがいませんかって」

「『岩森の丘』にですか？」

「ええ。それで、姪《めい》が働いてますって答えました」

それはカラスレポートにも載っていなかった。

「姪御さんがあそこで働いていらっしゃるんですね」

「はい。――そう言いましたら、こんど紹介してくれないかって」

「その理由は説明しましたか」

「いいえ、たしかはっきりとは。ただ、こんな村にあれだけの施設があると、やっぱり興味が湧《わ》くから、みたいにおっしゃってました」

「で、紹介したんですか」

「姪に話はしたんですけど、紹介する前にいなくなってしまって」

「さしつかえなければ、その姪御さんのお名前をうかがえませんか」

「いいですけど、迷惑のかからないようにお願いできますか」

「わかりました」

メモ用紙に、氏名と所属を書いて渡してくれた。

「桑野《くわの》千晶《ちあき》さんですね」たたんでポケットにしまった。「ご迷惑はかからないようにします」

「あ、そういえば――」

店主が何かを思い出したように、中空を睨んだ。

「なんですか」

じっと見つめる透吾と視線がぶつかり、中堀店主は「あら」という顔をして目を伏せた。

「どうかしましたか」

「なんでもないの。ごめんなさいね」とはにかんだような笑みを浮かべる。「この歳《とし》になっても、男の人に、それもお客さんみたいなハンサムな人に、そうやって見つめられると照れるわね」

「そんなことは、初めて言われました」

「嘘ばっかり。あまり愛想笑いしないところが、なんだか謎めいて気になる」

「買いかぶりです。それより、さっき何か言いかけませんでしたか」

「あ、そうそう。千晶の名前が出て思い出したんだけど、何日か前にも、あなたみたいに、北森さんのことをたずねて来た男の人がいたわよ」

「それも警察の人間ですか」

「わからないけど、名乗らなかったから、違うんじゃないかしら」

「どんな風に何を訊きましたか」

　店主は、少しずつ思い出すようにゆっくりと語った。

「やっぱり、世間話みたいにして、北森さんの話題を出して、『行方がわからなくて探してる』みたいなことを言ってたわね」

「ほかには？」

「〝施設〟や『タウン』の話題を出さなかったかとか」

「なるほど。──それで、どうして千晶さんのお名前で思い出したんでしょう」

「〝施設〟の話題が出たときに、『姪がいる』って言ったら、へえってうなずいてたけど、わたしの勘では、あれはすでに知っていた感じね」

「千晶さんの存在を知っていたんですか」

「そうみたい」

「そのことを千晶さんには？」

「忘れちゃってたから、話してない。明日会う約束だから、そのとき訊いてみる」

「そのほうがいいかもしれないですね。ちなみに、その男の特徴はどんな感じでしょう」

「そうねえ。あなたよりは、少し背が低いわね。体つきはがっしりした感じで、ちょっと野性的な感じ」

「凶暴、という意味？」

店主はあごに指先を当てて少し考え、「凶暴ともまた違う。目と声は優しい感じだった。いってみれば、知的で都会的なゴリラ、という雰囲気かしら」

「それは目立ちそうだ」

二人同時に、短い時間笑った。

透吾は、ほかにも何か思い出したら、名刺の携帯電話の番号に連絡が欲しいと頼み、カウンター脇のケースに冷えていた『地元名産、北陸ソーダ』を一本買って、店を出た。

店の脇の、砂利敷きの狭い駐車スペースに、島崎の車は待っていた。さすがに暇を持て余したのか、律儀にもシートは倒さずに、しかし居眠りしていた。

ドアを開けて乗り込むと、あわてたようすで島崎が起き上がった。

「失礼しました」

「待たせた」

島崎の前のダッシュボードに、びっしり水滴をつけている北陸ソーダの瓶を置いた。

「あ、ありがとうございます」

「飲んだら車を出してくれ。もう少し村内を見てから『タウン』と『岩森の丘』に寄りたい」

「了解です」

「それから、この車で何か音楽は聞けないか」

「何枚かCDはありますが」

島崎がコンソールボックスを開いて見せた。J‐POPとアニメの主題歌集がそれぞれ何枚か入っていた。

「わかった。もういい」

10　午前十一時

キン。

気持ちのいい金属音を残して、赤石隆一郎《あかいしりゅういちろう》が打ったボールは、フェアウェイのやや右寄りに落ちた。若干飛距離が足りないが、左ドッグレッグのコースだから、まずまずの位置だろう。

「ナイショッ」

同行者とキャディから、ほぼ同時に声があがる。

隆一郎は、ゴルフブランドのロゴが入ったキャップのつばをつまんで軽く会釈してから、ティーグラウンドを下りた。ボールの転がったあたりを眺めながら、小さく舌打ちする。

「ちょっと距離が足りんが、まあまあか」

「またまた、村長。あれで『まあまあ』だったら、わたしたちの立場はどうなりますか」

メンバーで一番歳の若い、上野弘樹《うえのひろき》がすかさず持ち上げた。営業職なだけに調子がいい。

隆一郎は、見えすいたよいしょが嫌いだ。あきらかなミスショットを「さすが」などと言われると、馬鹿にされているようで腹が立つ。聞き流せばいいのだろうが、短気は直らない。上野にも、初対面の挨拶で釘を刺したはずだ。

「『村長』も、おべんちゃらも、やめてくれ」

しかし、根っからの営業マン気質らしいこの男は「そんなことおっしゃっても、実質的な村長でいらっしゃいますし」と愛想笑いする。

もっとも、おべっかを使うのは彼に限ったことではない。隆一郎が、現村長の新川正雄《しんかわまさお》に、村長の椅子を譲り渡してからすでに五年が経つ。しかし、いまだに隆一郎を「村長」と呼ぶ人間は多い。現役の村長が、隆一郎の言いなりであることを知っているからだ。

今日の顔ぶれを見ても、まず、保守系大物代議士・鷺野馨《さぎのかおる》の筆頭格秘書である中条《なかじょう》俊一《しゅんいち》。絵に描いたような営業マンの上野も、中国に本社があり、急速に売り上げを伸ばし世界的企業に成長している製薬会社『星河《シンホー》』の、日本総支社の営業課長だ。本当はもう一人、比山警察署長の坂崎満《みつる》も予定メンバーに入っていたのだが、早朝に管内で強盗事件が起きたとかで、急にキャンセルになった。

場をセッティングしたのは、上野と中条だ。『星河』は、与野党を問わず、日本の政治家に多額の献金をしている。中でも親密だと言われているのは、鷺野だ。厚労大臣を経験しているので、ある意味当然といえば当然かもしれない。また、鷺野は四十代半ばまで警察官僚だったという変わった経緯もあって、警察関係にも顔がきく。

今日のメンバーに、いわゆる「キャリアの腰掛署長」である坂崎が入っていたのも、そっちの繋がりからだろう。そんな男がいようといまいと、隆一郎に興味はない。むしろ、場の空気を読めないへたくそが混じると、ペースを乱されるので、せいせいした。

さて、とプレーに気持ちを戻す。アウトの最終ホール、ここまでほぼボギーペースで回ってきた。パーもひとつとった。七十を二つ超えた身としては、かなりの上出来だ。もっとも、多少長めのOKパットもいくつかあるにはあったが。

隆一郎は、キャディの運転するカートの後部席に腰を下ろし、煙草をくわえた。場内は禁煙だが、隆一郎に注意する人間はいない。もちろん、キャディも見て見ぬふりだ。

すかさず駆け寄ってきた上野弘樹が、二列あるシートの前に乗り、すぐさま振り向いてライターに着火した。

考えてみるまでもなく、本来の立場からすればこれは逆であって、村に巨大な施設を作ってくれたり、さらに別の土地まで買いたいと申し出ている、上野の会社――正確にはその親会社――が客筋にあたるのだが、この土地では隆一郎がキングだ。三期十二年の長きにわたってワンマン村長として君臨し、築き上げた人脈金脈をバックにつけた身としては、たとえ相手が巨大企業のやり手課長だろうと、鼻先であしらえる自信がある。

そもそも今回は、中条と示し合わせて、この上野とかいうスマートなにやけ野郎の肝《きも》を冷《ひ》やしてやろうということになっている。その理由は、隆一郎自身や、中条のボスである鷺野を軽んじるようになったからだ。

一瞬のうちにそんなことを考え、隆一郎は鷹揚《おうよう》にうなずき、何食わぬ顔で上野から煙草に火をもらった。暑いとはいえ、秋の気配が漂いだした空に向かって煙を吹き上げる。続いて、中条も乗り込んでくる。

「キャディさん、行ってくれ」

「はい」

厚化粧で年齢不詳のキャディが、妙に色気のある声で答えた。隆一郎好みで肉づきが良く、制服の胸や腰まわりがぱつんぱつんだ。あとで誰かに名前でも調べさせようと、キャディの尻のあたりを眺めまわした。

やや高い位置にあったティーグラウンドから、コース脇に設けられた通行路を、カートがゆっくりと下っていく。

「赤石先生、今日は絶好調ですね」

隣から中条が声をかけてきた。この五十二歳の男は、礼儀正しいがどこか尊大な臭いを発散させている。自分自身もまた秘書を抱える、大物議員の大物秘書ともなればそんなものだろう。

「まあ、いい歳なんでね。なんとかOBなんぞ出さないよう、コツコツ刻んでますわ。みなさんの若いパワーにはかなわん」

中条が「またまた先生」とのけぞるふりをして、隆一郎が吐き出した煙草の煙をよけた。服に臭いがつくのが嫌いらしく、彼は煙草を吸わない。

「さっきだって、二百八十は飛んでましたよ。あれで『いい歳』なんて言われたんじゃ、わたしらの立場はどうなります。ねえ、上野さん」

「ほんとです」

こっそりメールチェックをしていた上野があわてて振り返り、相槌《あいづち》を打った。

「あとで腰が痛いなんて言わんでくださいよ」

狸《たぬき》どもめ、とまた腹の中で笑った。

自分は欲しいものはほとんど手に入れた。いまさら、誰かにゴマをすってこれ以上ため込むつもりもない。好きなゴルフと酒でもやって、余生を送るだけだ。

そう思っていたら、この晩年になってダメ押しのように金が転がり込んできた。

そもそものきっかけは、例の〝施設〟になった建物と土地だ。

あれは、もとは「かんぽの宿」だった。「かんぽの宿」は、郵政民営化後、民間の一企業に一括払い下げが決まりかけていたのを、時の総務大臣が待ったをかけた騒ぎがあった。たしかに黒字の施設も一部あったが、事実上その鶴《つる》の一声《ひとこえ》で、ほとんどが赤字の巨大船団を始末しそこなった。結局、個別に存続させるなり売却させるなりという効率の悪い処分が続くことになる。隆一郎は、戦後の大失策のひとつだと思っているが、あまり関心はなかった。

そんなおり、『かんぽの宿いわもり』を岩森村で買わないか、と持ちかけてきたのが、地元選出の国会議員、鷺野だった。

建設時の費用が十数億と言われた施設の、売却希望金額がたったの七千万でいいと言う。ざっと二十分の一だ。それでも、全国のほかの土地では、もっと落差のある売買が幾度かニュースにもなったから、目立つほどではないらしい。しかも——ここが肝心なのだが——売却というのは表向きの話で、購入金額に匹敵する地方交付税の増額を約束するというから、いわば「ただもらい」なのだ。「鷺野先生は、郵政大臣も経験されていますから総務省にも顔がきくんです」と自慢げに耳打ちしたのが、中条だった。

これでは、いくら赤字国債を発行しても、追いつかないわけだ。

それにしても、旨すぎる話だとは思ったが、なにも損はないので、ありがたく受けることにした。今の村長の新川正雄は、もとは隆一郎の秘書をしていた男だ。隆一郎には子がおらず、特別跡を継がせたい人物もいなかったので、新川に継がせた。何代かさかのぼれば、新川が赤石の分家だという繋がりもある。

このことを恩に着て、新川はそこらのしつけの悪い犬より、よほど隆一郎に忠実だ。つまり、世間で噂のとおり、新川は傀儡《かいらい》村長だ。村会議員もそのほとんどが、隆一郎と――かなり遠いのも含めて――血縁か利害で繋がっている。だから、たとえば「来年、この村にスカイツリー並みのタワーを建てろ」と命じれば、可決してしまうかもしれない。

問題のかんぽの宿を買うという契約の直前、中条は追加の条件を出した。

「一年ほどで、ある中国系企業があの施設を買いたいと名乗り出ます。そのときは、購入金額と同額で売却してください。そうすれば、誰も突っ込まない」

なるほど、それが目的だったのかとようやく納得した。

ようするに、赤字補塡《ほてん》にさんざん国税が投入されてきた施設を、建ててから十数年とはいえ、まだまだ充分使用可能なのに、建設費用の二十分の一ほどで外国の企業に売却すれば目立つ。癒着だ、ハニートラップだと、週刊誌あたりが騒ぎ立てるかもしれない。目立つのを避けるために、間に一枚、地方公共団体をかませるわけだ。ほとぼりが冷めたころ、その中国企業から、鷺野のところに菓子折りが届く、という仕組みだ。

「おれを矢表に立たせるわけだな」

中条はにやりと笑った。

「ただで、とは言いません。めんどうなことに巻き込む迷惑料を払わせていただきます」

このころ、『タウン』の開発建設計画も持ち上がっていた。その予定敷地は、一人の所有者のものではなかった。ふたつの農家の土地にまたがっていたが、隣接した地主どうしはえてして不仲である。この両家も犬猿《けんえん》の仲といってよく、「むこうが売るならうちは売らない」などと子どものようなことを言っているという。

「それを、赤石さんのお力でまとめてください」

「なんとかしましょう」

結局のところ、売買の線ではまとまらず、鷺野の息がかかった大手デベロッパーと村が共同出資した会社が、地権者から借り上げ、それを『タウン』の経営会社に又貸しする、という形になった。

ただそれだけのことだったが、「マネジメント料」として、赤石の懐には一億円が転がり込んだ。「かんぽの宿」売買のときのお礼がわりに、鷺野が色をつけたのだろう。

もはや、やりたい放題だ。

こうして今まで、鷺野と赤石の二人で、この村を好きなようにいじってきた。

それが、最近になって、〝施設〟を実質的に運営する『星河』日本総支社が、独自に『タウン』の跡地を相場の倍以上の額で買い取る動きに出たらしい。隆一郎や鷺野への根回しなしにだ。

最初の〝施設〟の土地購入のときは、うるさいぐらいに顔を出し、手土産《てみやげ》を持ってきたくせに、少し日本での勝手がわかってきたら、金にモノを言わせ、地権者と直接交渉をやろうとしている。そこが、隆一郎や鷺野には面白くない。

鷺野の腹はわからないが、隆一郎は金のことはどうでもいい。ただ、自分の膝もとで好き勝手をされては黙っていられない。

それで「ほかにも買い手はいるぞ」とちょっと脅したら、急遽《きゅうきょ》、きょうのゴルフパーティーとなったわけだ。

カートが停まった。一番手前にボールのある上野が、まずは第二打を打つ。

上野は、一打目にボールの上っ面《うわつら》を叩いて、隆一郎たちが「蛇殺し」と呼ぶ、地を這《は》うようなゴロを打った。キャディだけが「ナイッショ」と声を上げたが、上野は嫌そうな顔をしただけだった。

へっぴり腰で第二打のアドレスに入った上野を見ながら、中条が声を落として言った。

「赤石さん、このまま、あいつのところに売るおつもりで？」

「『タウン』の土地を？」

「そうです」

「つもりも何も、あそこはおれの土地じゃない」

「しかし、赤石さんが『ノー』と言えばそれで終わりでしょう」

「売ったら、何かまずいかな。感情はともかく」

隆一郎は、芝の上に立ったまま、煙草をくわえた。中条は周囲を見回した。もちろん、聞き耳を立てているものなどいない。

「まだ詳しくは話せませんが、対抗軸が出てきまして」

「『星河』に対抗する会社か？」

「はい。——具体的には想像におまかせします」

「遠回しに言う必要はない。どうせ日本の企業だろう。〝施設〟の中で何をやっているのか知らんが、『星河』がうまいことやっているので、うらやましくなった」

中条が上半身を反らせて、意味ありげに笑った。

「さすが、赤石さん。そこまで読まれているなら、もう何も申し上げません」

「しかしなんだ。金さえ入ってくれれば、どこの国の企業だろうといいんじゃないのか。政治家連中は」

中条は目をむいて怒ったふりをした。

「とんでもない。鷺野は、地元を愛し、国民を愛し、そして何より国を愛す政治家です。

金は二の次です」

「そんなに国を愛する政治家が、外国の企業に元値が十数億もの物件を、たった七千万で売るかね」

「あれは、ああしないと死んでいた土地を活かせなかったからです。いいですか、村長。今、わが国では……」

「わかったわかった、もういいよ」

隆一郎は松の木のてっぺんにとまって鳴くカラスめがけて煙を吐いた。

「とにかく、あの上野とかいう男、少しいじめてやりますか。中国の親会社にも、日本のマナーとルールを教えてやらないと」

中条が意味ありげに笑ったとき、上野が二打目を松林に打ち込んだ。カン、と音がすると同時に、カラスが飛び立った。隆一郎は中条と顔を見合わせて小さく笑った。

「面白い。じつに面白い」

隆一郎が腹をゆすって笑った。

「まったく」

うなずいて、中条が歩きだした。

中条に話を合わせているが、隆一郎の興味は、バッグをカートに積んでいるキャディのむっちり膨らんだ服の下に移っていた。

11　午前十一時二十五分

三時間目が終わって休み時間になると、小久保貴はダッシュで教室を飛び出した。

康介たちにつかまりたくないからだ。さっきの、二時間目のあとの休憩時間に、なんとか機会を見つけて、遥に合図することができた。小さくうなずいていたから、たぶん来てくれるだろう。

貴と遥には、二人だけで話をするときの秘密の場所があった。音楽室の角だ。校舎二階の一番すみにある音楽室のさらに向こう側に、行き止まりの廊下がある。そこなら、ほとんど誰も近づかない。

遥と貴で決めた場所だ。廊下で話したりすると、すぐに冷やかされたり、ノートに相合《あいあい》傘《がさ》を書かれたりする。そもそものきっかけは、あとから〝施設〟に入ってきた遥が元気がないので、さりげなく相談に乗ったりしていた。そのうちに、困ったことがあると、この場所で話し合うような習慣になった。特別なことを話すわけでもない。「どうしてもお風呂に入りたくない日は、誰に言えばいいのか」とか、そんな話題がほとんどだ。

きょうはめずらしく、貴からの相談だ。

「なあに？」

少し遅れてきた遥が、首を小さくかしげて訊いた。正直なところ、可愛いと思っている。すごく可愛いと思っている。でも、遥は〝施設〟でも学校でも、人気者だ。ひとり占めはできないだろう。

「あのさ、マモルにまた変なこと言われたって？」

「あ」

遥の顔が急に曇《くも》った。やはり思い出したくないことのようだ。

「ごめん、思い出させちゃって。そのことを訊きたかったんじゃないんだよ。康介たちがそのことですごく怒って、アル＝ゴルに断罪してもらう、とか言い出して」

「『アル＝ゴル神』に？」

遥まで『神』をつけるのかと、少しがっかりした。

「やめさせたいんだけど。どう思う？」

「わたし、よく知らないんだけど、『断罪』ってどうなるの？」

「まだ、二人しか断罪されてないけど、一人は行方不明で、もう一人は家が火事になったらしい」

「それって、『アル＝ゴル神』がやったの？」

「康介たちはそう信じてる」

遥は、ふうんと言ったきり、考えこんでしまった。

「ねえ、遥ちゃんだって、自分が原因で、たとえ相手がマモルでも、変なことになったら気分わるいよね」

「わたし平気」

遥の答えは意外なものだった。

「――だって、あのマモルっていう人、ほんとにしつこくて、気持ちが悪いんだもん。でも、職員に言うと、問題が大きくなっていづらくなるし。だから、もし『アル＝ゴル神』が解決してくれるなら、それでもいい」

てっきり自分の意見に賛同してくれるものだと思っていた。だから、場合によっては遥に止めてもらおうと思っていたのだ。

「あのさ、おれ、シンちゃんに頼んだんだよ。康介たちにはまだ言ってないけど」

「シンちゃんって、〝青年〟のすごく大きい人でしょ。怖くない？」

「怖くないよ。見た目は大きな岩みたいだけど。でも、アル＝ゴルとかいう怪しいのよりは、よっぽど頼りになると思うよ」

「なんでもいい。マモルとかいう人がいなくなれば」

遥のその言い方が、いつもと違うので、心にひっかかった。

12　午後十二時四十分

昼食を終えた玲一が、自分のベッドで本を読んでいると、誰かの入ってくる気配があった。

同じ部屋のカイトだろうと思ってそのまま文字を追っていると、その影が声をかけてきた。

「マモルがどこにいるか知らないか」

カイトの声ではない。本の端から片目だけのぞかせると天井に頭がつきそうな大男が立っていた。シンだ。

玲一の身長も百八十センチをわずかに超えるが、それでもシンと話すときは見上げるような姿勢になる。カイトが仕入れてきた情報によれば、シンは「伸」という字を書くそうだ。名付けたのが実の親なら、すくなくともその願いだけは実現した。

二段ベッドのため、上半身を起こすことができない。玲一は、横になったまま答えた。

「知らない。どうしておれに訊く？」

「いつもつるんでるからだ」

「べつにつるんでるわけじゃない」

作業の組み合わせは職員が決める。なぜか、玲一はマモルと組まされることが多い。ほかの〝青年〟たちが、マモルと組むのを嫌がるからだろうと思っているが、問《と》い質《ただ》したことはない。誰と組もうと、自分の課題を果たすだけだ。

「仲がいいのかと思ったぞ」

その口ぶりに少しだけ腹が立ったが、もめるつもりはないので、聞き流した。そんな気持ちを知ってか知らずか、シンが念を押すように言った。

「もし、見かけたら、おれが探してたと言ってくれないか」

「わかった」

そう答えてまた枕に頭をあずけ、本に視線を戻した。

理由は訊かないし、本当に伝えるかどうかもわからない。そもそも、マモルなどと口をききたくないからだ。

ただ、そう答えないと角が立つ。角が立つともめ事が起きやすくなる。もめ事が起きると、減点になる。それがいやなだけだ。

わかったと答えたのに、シンは立ち去る気配がない。

「まだ何かあるのか」

本を顔の前に立てたまま訊く。

「おれがどうしてマモルを探しているか訊かないのか」

「『にじ』へ行った」

「あいつはきのう、夕飯前の自由時間に『にじ』へ行った」

「興味ない」


「『にじ』へ？」

『にじ』とは、児童養護施設の名称だ。頭の芯《しん》のあたりに、車酔いに似た軽いめまいを感じた。

「ああそうだ。目的はわかるよな」

本を脇に置き、目を閉じ、だまってうなずく。めまいだけでなく、胃のあたりに重苦しい不快感が湧いた。

マモルは、見た目の年齢が小学生程度の少女にしか欲情できない。

そのくせ、リネン室で熊谷有里をどうこうすると言ってへらへら笑っていたのは、カモフラージュのつもりなのだ。どうしてごまかしたいのか、ごまかすことに意味があるのか、理解できないし、したくもない。人を殺すのなんてなんでもねえ、と大口を叩くのは平気でも、幼女趣味と思われるのは恥ずかしいのだろうか。

とにかく、実際の性向を知っているので、あのとき、マモルの下品な賭けの話に吐き気を催すほどの憎しみを覚えたのだ。

シンが、怒りを押し殺した声で続ける。

「『にじ』の子に、指一本触れるどころか、たとえ着替えをのぞいたのでもわかったら、おれはあいつを殺す。それでまた刑務所に戻ってもかまわない」

理由までは知らないが、シンが、性的なことに関して異常なほどの潔癖症であることは、以前から感づいていた。おそらくは、子どものころに何かあったのだろう。その点についてどうこう言うつもりはない。しかし、火の粉がかかるのは面白くない。

「だからなぜ、そんなことをおれに言うんだ」

血流が速くなる。頼むから、あいつが起きないうちに、部屋から出ていってくれ。

「おまえの子分だからだ」

「違うと言っただろう。むこうが勝手にまとわりついてくるだけで、仲なんかよくない」

むしろ、おまえより先におれがこの手で始末したいぐらいだ、という言葉は呑み込んだ。

「じゃあ、産みの母親でも見分けがつかないような顔にしてもいいな」

「勝手にしてくれ」

うんざりしてきた。ふたたび脇に置いた本を取り上げた。どこまで読んだかすっかり忘れてしまった。

予鈴が鳴った。あと五分で午後の作業だ。

くそっ――。

腹の中にいるあいつが毒づいた。

邪魔しやがって。くだらない理由で、せっかくの読書の時間を奪いやがって。邪魔しやがって。どいつもこいつも――。

ベッドから下りて立ち上がった。シンが部屋を出て行こうとしている。

やめろ、やめておけ――。

玲一自身の指令が体の中をかけめぐる。しかし、一度目覚めたあいつは、すぐにはもとの場所へ戻らない。ドアのところまで、素早く駆け寄った。

やめろ、やめておけ――。

「ちょっと待て」

あいつが、廊下を去ろうとしているシンの背中に声をかけた。

シンは立ち止まり、こちらを向いた。大型冷蔵庫の上にバスケットボールを載せたような図体《ずうたい》だ。

「なんだ」にやにやしながらシンが訊く。「やるのか」

玲一はもう、どうでもよくなっていた。ひとつため息をついて、言葉が勝手に出てくるのにまかせた。

「おれは、嫌いなものが三つある。ひとつは、くだらない理由で読書の邪魔をされることだ。もうひとつは、くだらない野郎に自分の時間を奪われることだ」

シンの顔に赤みが増した。本気で喧嘩を売っているのかどうか、判断しかねているようだ。

「三つ目はなんだ」

「身に覚えのないことで、ねちねちと責められることだ」

睨み合いが続いた。じりじりした時間は長く続かなかった。ほどなく、「それぞれの作業の持ち場に戻ってください」というアナウンスが流れた。遅刻すれば、減点の対象になる。

そのとき、ようやく『お守り』のことを思い出した。あわてて、自分の胸もとをまさぐる。あった。首からぶら下げたペンダントヘッドにさわる。沸騰しかけた血が鎮まってきた。あいつも小さくしぼんでゆく。

「覚えておく」

シンは、玲一に聞こえるか聞こえないかの舌打ちを残して、小走りに去った。

玲一も大きなため息をひとつついて、自分が午後担当する作業場へと向かった。

また一人、短気から敵を作ってしまった。

シンは、マモルなど比較にならないほど手ごわいだろう。しかし、あの瞬間はどうしても抑えきれなかったのだ。

玲一は、午後の作業に指定されている、保管室のドアを開けた。ここは二重ドアになっていて、中にもう一枚ドアがある。たしか去年あたり、改装した記憶がある。

中はストック場で、積んであるのは、品番らしき英数字が印字されただけの段ボール箱だ。貴重品などなさそうだが、いずれにせよ、せんさくする気はない。

新しく届いたこの種の箱を、職員と一緒に、指示を受けながら整理して積み上げていく。重量がなく、作業としては楽だ。ただ不思議なのは、この作業に当たるメンバーが限定されていることだ。

マモルのような男は任されたことがない。シンもないはずだ。過去のことはどうあれ、〝施設〟内で問題を起こしたことのないメンバーだけが選ばれているようだ。

「せーふ」

そう言いながら、風を巻くような勢いで飛び込んできたのは、同室のカイトだ。自分で両手を広げて野球のセーフのポーズをとりながら、相好《そうごう》を崩した。

「まだ、職員は来てないでしょ」

小学生のように、きらきらとした表情で訊いた。

「ああ、まだだ」

「やっぱりね。あの人、遅刻魔だから」

あの人とは、作業担当の職員のことだろう。読みが当たって嬉しそうだ。

玲一は、このカイトのことが、嫌いではない。同室がマモルやシンになるより、こいつでよかったと思っている。

カイトはまだ十九歳で、高校は有名な進学校に通っていたらしい。クラスの三分の一は東大か京大に行き、いくつかのスポーツで、毎年のように全国大会決勝クラスの選手を輩出する、文武両道のエリート校だ。

カイトは、スポーツはあまり得意ではなさそうだが、頭の回転は速いし、難しい方程式も知っている。

たとえば、松林の向こうにある海岸の崖の高さが十三メートルあったとして、人間が飛び降りたときに水面に着くまで何秒かかるか、というような計算を、電卓も使わずにしてみせる。歴史も地理も詳しいし、ドストエフスキーだとかマルクスだとかいった人物の本も、山ほど読んでいる。

ただひとつ、同室にいて愉快でないのは、その手が血に濡れているという事実だ。

カイトは――規則に反して本人が語ったところによれば――高校三年生の冬、いよいよ明日が大学入試だという日に、それまでずっとカイトをいじめていた同級生の顔を、木工用のカッターナイフで十八回も切り刻んだのだそうだ。途中からは、顔を覆った指の上から。その同級生は右目を失明した。

「十八回、それぞれの感触が全部違ったんだよ。今でも手に残っている」

救いは、カイトが誰かを傷つけたのは、後にも先にもその一回限りだということだ。普段は、誇張でなく虫も殺さない。

玲一を兄のように慕っているカイトは、職員による定期検査でも発見されないような場所に、少なくとも五本のカッターナイフを隠し持っていることを、こっそり教えてくれた。

「あ、あの足音は、職員が来た」

何が楽しいのか、鍵のかかった二枚目のドアの前でくすくすと笑った。

『みらい』に収容されている〝青年〟たちが、「いずれも軽い犯罪歴のものばかり」というのは、あくまで世間向けの建前だ。一般の職員にすら知らされていないようだが、真実は違う。ぜんぜん違うのだ。

13　午後十二時二十分

生ビールが届いたので、さっそく乾杯した。

「くはあ、たまらんな」

赤石隆一郎が泡を吹き飛ばすと、『星河』日本総支社の上野が、まったくです、と何度もうなずいた。

「――愉快、愉快」

隆一郎は上機嫌だ。

「そりゃ赤石さんは、笑いがとまらんでしょうね。グロスで四十四、ハンデを入れずにトップですから。握りも総取りだし。わたしは、今月はもう小遣いなしですよ」

中条が、こぼしながらも上手く隆一郎を持ち上げると、営業の上野も負けじと割り込んだ。

「わたしなんて、大物のみなさんの隙間で縮こまっていましたから、大叩きもいいところです」

「本気で上達しようと思うなら、もうちょっとクラブに金をかけたほうがいい。——ところで、午後はもう少し気合を入れて握らんか」

つまり、賭けゴルフのレートを上げるという意味だ。

「ええっ、それはご勘弁を。わたしなんて、しょせんしがないサラリーマンですから」

上野がさっそく泣きを入れた。

「何を言ってる」と切り返したのは中条だ。「どうせ、会社から経費で出るんだろう。思いきって、二百ぐらい叩いてみなさいよ」

「ご勘弁ください」

三人揃って大笑いし、並べられた中華料理に箸をつけた。上野が取り分けて、まず隆一郎へ、次に中条へと渡していく。

前菜、肉料理、魚料理と続き、八割がた腹が満たされたタイミングを見計らって、中条が口調を改めた。

「じつは赤石先生、今日はちょっとお引き合わせしたい人物がいます」

「会わせたい？」

答えたのは赤石だが、上野が身を乗り出した。聞いてませんよ、という顔だ。

「ええ。——おい」

中条が、大きな声で呼びかけると、ついたての向こうで待機していたらしく、軽やかな足音とともに、一人の男が現れた。

「あ、あんた」

最初に反応したのは、上野だった。知った顔のようだ。

しかし、がっしりとした体つきの新顔の男は、上野のことはちらりとも見ずに、隆一郎に対して深々と腰を折った。

「ヒライコンサルティングから委託を受けた、深見《ふかみ》と申します。深川の深に、見るです」

一瞬は、なにごとかと身構えた隆一郎だったが、すぐに話の筋が読めた。

「ヒライというと、『タウン』の土地を売ってくれと新しく名乗り出た……」

「はい、交渉の代理をしております。よろしくお願いいたします」

「呼んだのは、あんたか」

中条を見ると、にやにやしている。露骨なほどにわかりやすい態度を見せる男だ。わざわざこの席に飛び入りさせたということは、それなりの意味があるということだろう。俗に言う「ブローカー」という人種だな、と思った。政治家と企業などの仲を取り持ち、高額な報酬と引き換えに多少の危ない橋も渡る。

隆一郎が提案した。

「昼飯、一緒にどうだ」

いきなりの話に、上野が「えっ」と小さく声を上げた。今日の全員のラウンドフィーも昼食代も、すべて上野、つまり『星河』持ちということになっている。

中条が答える前に、深見が頭を下げた。

「ありがとうございます。しかし、自分はすぐに失礼させていただきます」

「まあ、突っ立っているのもなんだ。話があるなら、とにかく一度座りなさいよ」

本当はどうでもよかったのだが、上野が目を白黒させているのが面白くて、わざとそんなことを言った。

深見が無駄のない動作で席に腰を落とすようすを、隆一郎はさりげなく値踏みした。

冷房が効いているとはいえ、残暑の厳しい外から来たのに、ノータイだが、紺のスーツをきちんと着こなし、汗ひとつかいていない。ゴルフウエアの面々の中にあっても、場違いな印象を少しも抱かせない。

立っているときにも見たが、背はあまり高くないが筋肉質の体つきのようだ。ただし、顔の造りは二枚目とは言い難い。部品の完成度でいえば、上野のほうがよほど整っている。

しかし、上野が束になってもかなわない存在感がある。にじみ出る威圧感を、意志の力で押し殺している、とでもいえばいいだろうか。さすが、中条が連れてきたブローカーだ。「ヒライの委託」などというのは隠《かく》れ蓑《みの》だろう。

隆一郎としては、半分気に入り、半分は虫が好かないという判断を下したが、今は好悪《こうお》は表に出さずにおく。

「よかったら、箸をつけたらどうだ」

タイミングよく、店員が取り皿を持ってきて、深見の前に置いた。

「ちょっとお待ちください」

ようやく上野が、誰に向けたともいえない、抗議の声を上げた。

全員の視線が上野に集まる。

「――ちょっとお待ちください。これは、このことは、聞いておりませんが」

「そりゃ言ってないからね」

中条がしゃあしゃあと答える。上野がハンカチでこめかみあたりの汗を拭った。

「しかしですね、先生。本日は、なんというか、わたくしども『星河』日本総支社が、赤石先生と中条先生と坂崎署長をご接待申し上げて――もっとも署長はおみえになりませんでしたが。とにかく、このあとも、場所を変えてじっくりお話しいただけるよう、ささやかながら宴席なども……」

だらだらとしゃべるその言外に「うちの会社が接待の金を出している」と主張したいの

だろう。「その席に、よりによって買収の競合相手を呼ぶとは」と。

　隆一郎がこらえきれずに、ふっと笑みを漏らすと、代弁するように中条が口を開いた。

「考え違いしちゃいけませんよ。上野さん」

　隆一郎は、せっかく面白くなってきたので、口を挟まずに見物することに決めた。

　ちらりと深見のようすを見ると、口もとにかすかな笑いを浮かべている。

　これまでずっと「さようごもっとも」を通してきた上野も、さすがにこの事態だけは納得がいかないらしく、汗を拭きながら抗議を続ける。

「考え違いとはどういう意味でしょうか。何か、段取りに手違いでもありましたでしょうか」

「そういうことじゃないんだ、上野さん」

　中条が、わずかに身を乗り出して、右手の人差し指を立てた。

「――いいですか。おたくの本社は、たしかに世界を股にかけて稼ぎまくっている、グローバル企業だ。しかし、この岩森村では、この赤石先生が『殿』なんです。岩森だけじゃない。行政的には、岩森村は隣の比山町の付属品みたいな扱いを受けているが、実態は逆だ。比山の町会議員の六割は赤石先生の息がかかっている。赤石先生が首を縦に振らない限り、道路一本通すことはできない。それが、この土地のルールです。だから警察署長だって、挨拶代わりに下手《へた》なゴルフをしにやってくる約束をしていた」

「おいおい、中条さん」

　さすがの隆一郎もたしなめた。その一方で、これはわざと上野に恥をかかせたのだろうとも、考えていた。慇懃無礼《いんぎんぶれい》を絵に描いたような上野の態度は、隆一郎も不快に思っていた。ぺこぺこと頭を下げながら、腹の中では「この田舎者」と蔑《さげす》んでいるのがはっきりとわかる。

　隆一郎自身はそういうとこにカッとなる時期は過ぎたが、中条はまだばりばりの現役だ。それも、永田町と霞《かすみ》が関《せき》をわがもの顔で闊歩《かっぽ》している。一度このエリート意識の強い男に痛い目を見せたかったに違いない。多少の政治献金ぐらいで、「飼っている」つもりになるなよ、と。

「だ、だからこそ、こうして何度も足を運び、赤石先生に礼を尽くさせていただいております。それに、そのヒライとかいう怪しげな会社は、クライアントの名もあかさずに、ただ『売ってくれ』の一点張りで、それからこれは当社が入手した情報ですが、いまだに居残っている飲食店などに、陰で金を渡し、マッチポンプ……」

「あなた」

　深見が初めて上野に対して口を開いた。感情が読めない目で見つめている。

「何か」上野が口を尖らせた。

「証拠もなしに、いいかげんなことを言うのはやめたほうがいいですよ」

「じゃあ、証拠をつかむまでだ。すでに、ラーメン屋とスパゲティ屋からは……」

「上野さん」中条が割り込んだ。

「はい」

「いくつか申し上げることがある。ひとつ、何度も足を運んでくれとお願いしたのは、赤石先生のほうからではないはずです」

「それは、言葉の綾《あや》というか……」

「ふたつ、職業蔑称のような呼び方はやめていただきたい。ナントカ屋、の発言のことです。大企業の課長さんも一票、ラーメン店の店主さんも一票、人間に貴賤《きせん》はありませんよ」

「申し訳ありませんでした」

上野が屈辱の表情で頭を下げたところで、ようやく隆一郎は口を開いた。

「まあ、そのぐらいにして、料理を食おうよ。さっさとすませて、午後も元気に回ろう。きみら、グロスでおれに負けたら、覚悟しとけよ」

「いや、先生。かんべんしてください」

中条が笑いながら生ビールのおかわりを注文し、深見はグラスのウーロン茶を飲み干して立ち上がった。

14　午後一時

「どうするの、お父さん」

調味料や割り箸の補充を終えた、妻の弥生《やよい》が訊いた。

「どうするって、何がだよ」

熊谷昇平《くまがいしょうへい》は、不機嫌な口調で訊き返す。何のことか、本当はわかっている。いや、それを言うなら、弥生のほうこそ答えがわかっていて訊いているのだ。

「ガス代もったいないし、スープも煮詰《につ》まっちゃうし」

「そんなこたあ、わかってる」

つい口調が荒くなる。しかし、毎日のように繰り返すやり取りなので、お互いに臨界点は認識していて、それ以上は踏み込まない。

「だったら、そろそろ落とそうよ」

落とす、とは鍋の火のことだ。スープの入ったものと麺ゆで用と、ふたつの大鍋を、いつ客が来てもいいように沸騰《ふっとう》させている。そのガスの火を消そうと言うのだ。店じまいとほとんど同義語だ。

「ばかやろ、まだ一時だぞ」

油よけに、表面にラップを貼った壁の時計は、午後一時二分か三分あたりを指している。

「だって、お客さんなんて、もう来ないわよ」

たしかに、最後の客が入ってから、すでに二十分以上経っている。その最後の客というのも、義理で来てくれた、昔の顔馴染《かおなじ》みだ。新顔の客など、もう何日見ていないだろう。

「どっこいしょ」

昇平は、両膝に置いた手に力を込め、調理場に置いた丸テーブルから腰を上げた。

そんな言葉が勝手に口をついて出るようになったのは、去年、五十五歳の誕生日を迎えたころからだ。

足腰の筋肉が衰えていくのと比例して、腹回りが太くなっていくのは気のせいではない。そして、もっと気になるのは、体力が落ちるのと並行して、気も弱くなっているような気がすることだ——。

口が裂けても、妻になど打ち明けないが。

「お父さんも、まだ五十六なんだから、少し体に気をつかってね。倒れられたら困るもん」

毎日のように弥生は繰り返す。昇平の答えも決まっている。

「ばかやろう。おれの体の心配より、客の心配でもしろ」

昇平がスープ鍋の蓋《ふた》をはぐってのぞき込むと、半量近くが残っていた。

しかも、客には言えないが、きのう作ったスープだ。今日売れ残ったら、さすがに廃棄するしかない。客の入りも、当然ながら売り上げも、このところずっと右肩下がりだったが、特にこの夏休み明け以降はひどい。

もともと、夏場はラーメンの需要が落ちる。対策として、二年前からつけ麺を始めた。それがなければ、落ち込みはもっと急だったかもしれない。

それでもまだ夏休みの間は、昼と夕食の時間帯ぐらいは間が持っていた。それがこの二週間ほどは、まるで凪《なぎ》の海のように、静まり返っている。地球上から人類が消えたのではないかとさえ思うが、テレビをつければ、芸能人が人気店の激辛ラーメンを食べてばか騒ぎをし、見ている客は大笑いしている。

そのこちら側で、五十六歳のため息をつく。

『こだわり味噌らーめん――くまがい』。

ここに店を開いたのは三年前、昇平五十三歳のときだ。末っ子の長男が高校を卒業し、どうしても進学はせず就職するというので、それを機に、それまで営業していた岩森駅近くの店から、この場所へ移ってきた。最初の店舗も賃貸だったし、長女のほうはすでに働いていたこともあって、思い切った賭けではあったが、踏ん切りがついた。

新しく選んだこの場所は、『ショッピングタウンいわもり』――通称『タウン』の一角にある。下見に来たとき、その人出の多さに驚いた。岩森駅周辺の比ではない。賃貸料は少し上がったが、全体として順風満帆《じゅんぷうまんぱん》に思えた。

ところが、昇平の力ではどうにもならないところで、運命が動いていく。今さらだが、こんなことなら——。

ぐじぐじと後悔しながら鍋の火を落とそうとしたまさにそのとき、店のすぐ前の駐車場に車が入ってくるのが見えた。地元ナンバーだ。

「おい、お客さんだぞ」

昇平の声に、テーブルの上を拭いていた弥生が、顔をあげ「あら、ほんと」と驚いた。見ていると、だだっ広い駐車場はがらがらなのに、一度切り返しをして、きちんとラインに合わせて駐車した。生真面目《きまじめ》な性格のようだ。

「警察だ」

「あら」

弥生も脇に来て、窓から外を見る。小ぶりの車から降り立ったのは、二人組の男だ。一人はあきらかに制服姿の警察官で、もう一人は色付きのシャツを着ている。

「何かしら」

「さあな」

男たちは、最近急に動きの悪くなった自動ドアから入って来た。

「いらっしゃい」

「すみません。まだ、営業中ですか？」

制服警官が、帽子をとって、額の汗をハンカチで拭いている。客として来たようだ。

「はい、だいじょうぶですよ」

「テーブル席にどうぞ」弥生が愛想よく案内する。

「どういたしますか」

制服警官の口調からすると、私服のほうが上司のようだ。昇平は、しまいかけた具材の用意をしながら、ちらちらと観察した。

上司らしき男は、シャツは紺でズボンは青、手にした上着は白といった恰好だ。どちらかといえば崩れた雰囲気で、普通のサラリーマンには見えない。私服ということは刑事だろうか。

「どうぞ」

弥生がグラスに入った水を置くと、制服警官は息もつかずに飲み干した。

「すみません、もう一杯お願いします」

弥生がおかわりのグラスを置いて注文を待った。

二人とも、『チャーシューつけ麺』を注文した。

できあがったものを、弥生が運んだ。今度こそ、本当に火を落とそう。

なんだか、たいして客も入っていないのに疲れた。あと始末は妻にまかせて、自分は奥の小座敷でひと眠りしようと思った。四人掛けのテーブルがぎりぎり三卓置ける小座敷は、今では単なる荷物置き場と休憩所として使っている。

長男の博司《ひろし》が、ほんとうに今年いっぱいで今の勤め先を辞めて、この店を手伝ってくれるなら、あの小座敷にも客を入れよう。そんなふうに考えていたが、見込みは狂いそうだ。博司には「辞めるな」と伝えなければならない。転職先を探すのは、むしろこっちだ。

そんなことを考えていたので、客が何か話しかけていることに気づかなかった。

「……お父さんったら」

「ああ」

「お客さんが声をかけてるのに、無視して」

弥生が軽く睨んでいるので、客のほうへ視線を向けた。

「はい？」

自分でも意外なほど、声がいらついていた。相手が警官だろうと、何も悪いことはしていないから、びくつく必要もない。どうせ、スープが美味いとか出汁《だし》はなんだとか訊くのだろう。そんなことを素人に話してみてもしかたない。

「本体のショッピングセンターが休業しているのに、よく頑張っておられるなと思いまして」

　そう訊いたのは、紺シャツのほうだ。

　どういうつもりなのかと、男の目を見た。客商売をしてこの歳になると、さすがに多少なりとも人を見る目はできてくる。興味もないのにひやかしなのか、あるいは本当に関心があるのか。しかし、この男の目からは何も感じない。

　ならばこちらも曖昧に答えるだけだ。

「今どき、どんな商売も大変ですよ」

　紺シャツは感情を出さずに質問を重ねる。

「お客さんは、どんな人が多いんですか」

「どうかしら」

　よせばいいのに、弥生が会話に加わり、真面目に答えた。

「――前は常連さんも結構いたんですけど。家族連れで買い物のあととかに」

「たとえば、敷地の反対側に、パチンコ・スロットの店がありますね、普通に考えて、あいう系統の店があると、近くの飲食店は客の入りがよさそうな気がしますが」

　そう言って、紺シャツは、がらんとした店内を見回した。悪気はなかったのかもしれないが、そのしぐさが昇平にはひどく嫌みに感じられた。

　弥生が、だめなんです、とぼやいた。

「何しろ、ショッピングセンター本体が閉鎖でしょう」

「ということは、最近は純粋にこの店へラーメンを食べにくるお客さんでもってるわけですね」

制服警官まで加わった。その利《き》いた風《ふう》な言いぐさに、しだいに腹が立ってきた。

「あのう、何か事件の聞き込みとかでしょうか」

「お父さんたら」弥生が睨む。

「別に失礼なこと訊いてないだろう」

「だって……」

「すみません。ひとつだけ、訊かせてください」

紺シャツが立ち上がり、椅子にかけてあった上着のポケットから抜いた、一枚の写真を見せた。

「この男性をご存じないですか。このお店によく通っていたらしいんですが」

「あら、駐在さん」

のぞき込んだ弥生が先に答えた。

「やはり、ご存じでしたか。北森益晴という警官です」

「そういえば、最近見えないわねって、つい二、三日前も噂していたんですよ。ねえ」

同意を求められたが、昇平はそれには答えず、直接紺シャツに尋ねた。

「あの人、どうかしたんですか」

男は表情を変えずに昇平と弥生を交互に見た。

「一か月ほど前から、行方がわからないんです」

制服警官のほうは、若いせいもあってかすでに大盛りの麺を食べ終えている。会話には加わらず、やりとりを傍《そば》で聞いている。

「それって家出っていうことですか」

弥生が訊き返す。

「おまえは黙ってろ」

「いえ、奥さんも一緒に聞いていただけるとありがたい」

「ほらね」

あごを上げてしたり顔になった。あとで、とっちめてやる。

「家出かどうかすらもわかりません。何も手掛かりがないので、こうして訊いて回っています」

「書き置きとか、ないんですか――ご結婚は？」

「していましたが、奥さんはずっと東京にいたようです」

「そうなんですね」

すっかり弥生が会話の相手をしている。紺シャツも、弥生に向かって質問する。

「北森氏に、最近何かかわったところはなかったですか。会話の中身でもいいし、服装や行動でも、ちょっと変だなと思ったこととか」

「特に感じなかったですけどねえ」

間をおかずに弥生が答えた。いつもあまりじっくり考えずに発言するので、それが夫婦喧嘩の原因になっている。

「ご主人はどうですか」

天井の蛍光灯を見ていた。ＬＥＤに取り替える前に店をたたむはめになりそうだ。ぼんやりとそんなことを考えながら。

「もしかして、あのことと関係あるのかなあ。でも、まさかなあ」

「あのことって、あれのこと？」弥生がこちらを見た。

「あのこと、というのはなんです？」

紺シャツの興味を引いたようだ。

「あなた。ついでだし、相談もかねて聞いていただけば」

「そうだな」

弥生の勧めに、すなおにうなずいた。紺シャツも、おくればせながら、と名乗った。樋口という名だそうだ。

「ちょっと待ってください」

昇平はドアのところへ行って、《夕方の部、五時から開店》の札をぶらさげ、自動ドアのスイッチを切ってテーブルに戻った。

「わざわざ閉める必要もないんですが」

首に巻いていた手ぬぐいをはずし、頭を掻《か》いた。

「――そもそも、こんなショッピングセンターなんてできなければ、よかった」

十年前、この『タウン』がオープンしたころは、田舎のど真ん中に一種ミスマッチなショッピングセンターが現れた、というので話題になり、テレビで紹介されたり、戦隊ヒーローショーやデビューしたてのアイドルのミニコンサートが催されたりした。

施設の構成としては、巨大な建物がひとつ、という造りではない。

ブティックや雑貨店、フードコートなどのテナントが多数入ったメイン棟と、それを囲むように独立して建つ、アミューズメントや飲食店などの店舗で構成されている。特に、パチンコ・スロットの店がオープンした直後は、付近の渋滞が問題になったほどだった。

しかし当初の物珍しさが消えるにつれ、特にメイン棟を中心に売り上げも客数も頭打ちになったようだ。横這いだったグラフの線は、やがて緩やかながら右下がりに転じた。若者向けのブランドショップに入れ替える、などのテコ入れ案は奏功せず、むしろ傷口を広げたらしい。

のちに考えあわせてみれば、『タウン』を統括する会社の経営陣が、メイン棟撤退の具体的なプロセスの検討に入った三年前、熊谷夫婦は暢気にも「お得感のある物件」のテナントとして、ここへ移ってきたことになる。

それまでこの場所で営業していた、大手チェーン店系列の手打ちうどんの店が撤退したあと、相場より割安に借りることができた。

ただ、什器《じゅうき》や冷蔵庫などは、新たに——ほとんどは中古で済ませたが——揃える必要があった。なけなしの貯金をはたき、わずかではあるが、商工ローンで借金することになった。

しかし、最初のころは悪いことばかりでもなかった。

以前の店は、駅の近くではあったが、車の往来がないため、馴染みの客しかこなかった。駅員だとか、駅前郵便局の職員だとか、ちょぼちょぼした商店街の店主連中だ。

それがここでは、いわば『裏玄関』に当たるとはいえ、ショッピングセンターの広大な駐車場への進入ゲート近くに、一軒だけ独立して建っている。

前を通る村道が直線なので、三百メートル先からでも看板が見える。ショッピングセンターに用のない人間でも、ふらっと立ち寄りたくなる。

さらにいえば、この村道と交差している県道を、西の海岸方面に一キロほどいけば、娘の勤務先でもある、『岩森の丘』がある。遠方からの見舞い客や、施設職員がときおり食べに寄ることもあった。

ここへ移ってから、なんとかやってこられたのは、この立地に負うところが大きい。移転直後は、客の総数が駅前時代の倍近くに増えた。家族連れが増えたためか、テーブル単価もわずかに上がった。ローンも計画通りに返済できていた。

二人とも朝の六時から夜の九時過ぎまで、毎日十五時間以上も働く日が続き、このままでは体を壊すのではないかとさえ心配し始めたが、幸か不幸か好景気はそう長く続かなかった。

メイン棟の客足の減少に、歯止めがかからなかったからだ。寸胴鍋にふたつ作っても足りなかったスープが、ひとつでも余るようになった。

追い打ち、というより決定的だったのは、一年半ほど前に、隣の比山町に面積も店舗数も二倍近く、そのうえシネマコンプレックスまである『メガモールＨＩＹＡＭＡ』ができたことだ。距離にして十キロも離れていない。店の客数はピーク時の半分以下になった。

そして今年の春、ついにメイン棟の閉鎖が決まった。中に入っていた、ファッションや雑貨などのテナントは、残らず移転ないし廃業したが、建物が独立している店の何軒かは、その後もテナント料を払いながら、営業を続けている。パチンコ・スロットの店、ＤＶＤやコミックのレンタル店、それに『くまがい』を含めた三軒の個人営業の店だ。

ただし、ほかの店のほとんどは『表玄関』側にかたまっているが、『くまがい』だけがぽつんと離れて、いってみれば裏口側にいる。取り残されたような気分だ。

今後のことについて、ほかのテナントと話し合ったこともある。『タウン』の経営母体や村にかけあって、メイン棟の営業を再開してくれないかと嘆願しようというのだ。

しかし、ことは単純ではない。こういった巨大な施設にはしばしばあることらしいが、権利関係が複雑なのだ。

まず、土地そのものを地権者は手放していない。実質は、大手デベロッパーと村が共同で借地している形だ。その上に建つメイン棟を含めた『タウン』は、地場の不動産会社が統括経営している。パチンコ・スロット店も、その不動産会社が直に経営している。

噂によれば、その不動産会社のワンマン社長は、もう客商売はこりごりで、メイン棟からはさっさと手を引き、営業収支がかろうじて黒字のパチスロ店を、少しでもいい条件のところへ売ろうとしているのだという。

外国の巨大資本の企業が丸ごと買収する交渉に入ったとか、何かと噂のある前村長の赤石が裏で動いている、などという噂を聞いた。

一度、その経営元の不動産会社が、個人経営の店主を集めて、説明会のようなものを開いたことがあった。『タウン』全体を再開発する計画がある。具体的にいつとはいえないが、その折にはすみやかに退去されたし。その場合、保証金は全額戻すし、多少ながら、「移転支援金」のようなものも出させてもらう。そんな趣旨だった。

「再起の可能性がないならば、この際、よそへ移る手もあるんじゃないか」と、胸算用を始めたところだった。

「そしたら、あいつが現れたんです」

昇平が嘆息する隣で、妻の弥生もうなずいている。

「あいつというのは、その不動産会社の人間とは別にですか」

会話を始めてからずっと、あまり感情のこもらない態度を見せていた樋口の目に、興味の灯がともったように見えた。

「別です。どっちかというと対立関係にあるみたいです」

「対立関係。——男ですか、女ですか。どんな印象の人物でしょう」なんとなく楽しそうだ。

「なんだか、このへんではあまり見かけない、びしっと高そうなスーツを着た男の人」

弥生が補足する。

「なるほど」

「垢抜《あかぬ》けた感じなんだけど、顔はちょっと野性的ね。あえていうと、ちょっとゴリラ似というか」

「ほう。ゴリラですか」樋口がうなずく。

「あ、でも、顔の造りが似ているっていうだけで、下品な感じはなくて、精悍《せいかん》な印象」

「いわば、知的で都会的なゴリラですね」

なぜか楽しそうに言って、ひとりうなずいている。

「そのゴリラ男に、何か、嫌がらせでもされましたか」

制服警察官が真面目に訊き、昇平と弥生は顔を見合わせた。

「嫌がらせというほどでもないんです」昇平が答える。

「では、何を？」

「なんというか、『もうしばらく、ここを出ていかないでくれ』と」

「出ていかないでくれ？」

訊き返す樋口に、昇平は、ええ、とうなずいた。

「わたしも、どっちかというとかっとなって頭に血が上りやすい性格なもんで。『うちはうちの好きなときに出ていって、好きなところで商売する』と言い返しました」

「そしたら『この店の味がなくなるのは寂しい』とか、『資金繰りのことなら、多少は相談に乗る』とか言い出して」

「受けたんですか」

「保留にしましたよ。なんだか怪しげなんで、あいつら結局裏でぐるになって、何か企《たくら》んでいるんじゃないか、とか考えちゃって」

「そうしたらどうしました」

「何日か経ってやってきて。こんどは封筒を置くんですよ。中を見たら万札が入っている」

「二十万円です」と弥生。

「なんだこれはと訊いたら『もうしばらく、ここで頑張ってもらう応援金です。税務署に申告しなくても大丈夫です。もしこれ以上必要なら、先日お話ししたような融資方法で』って。それでね、はっきり言わないけど、その『融資』っていうのも、なんだか審査とかゆるゆるみたいなんですよ」

「それはまたずいぶん好条件ですね。現金は受け取ったんですか」

「もちろん突っ返しましたよ。怪しいから」

「その男の名はわかりますか？」

「たしか、深見とか言ってました」どういう字を書くのか、説明した。

「深見ですか」樋口の目が、明らかに輝いた。「「さあ、名刺をもらったけど、すぐにすてちゃったな」

昇平が首をかしげると、弥生が「たしか」と言った。

「ヒライコンサルティング、とか書いてあった気がします」

「場所とか電話番号とか、ご記憶にないでしょうか」

弥生が答える。

「細かい住所は忘れたけど、牛崎《うしざき》市の駅前あたりの地名でしたね。なんとかっていう、ビルの名前が書いてありました」

「ありがとうございます。非常に参考になります」樋口が頭を下げた。

「それでね、同じ個人経営のほかの二軒に聞いたら、やっぱりうちと同じこと言われて、二十万出されたって」

「ほう、気前がいいですね」

「パン屋さんは、気持ちが悪いので返したと言っていました。スパゲティ屋さんはもらったみたい。それで、ちょうどそのころ店にみえた北森さんに『変な話でしょ』って相談したんです」

樋口は、なるほど、とうなずいた。地上げのブローカーにしては、少し変わっている。

「具体的には、何日ごろのことですか。つまり、北森氏に相談したのは」

弥生と顔を見合わせた。弥生が答えた。

「たしか、二十万円の話があって、二、三日ぐらいあとでした。だから、八月の上旬――いや、お祭りのころかな」

「つまり、失踪の直前ということか」

樋口はうなずきながら、手にしている書類の端に、小さくメモを書き込み、質問を続ける。

「その後、何か動きはありましたか？」

「ぱったり、誰も来なくなりました」

「お時間をとらせてしまい、申し訳ありませんでした。ご協力ありがとうございました」

樋口が、見かけの雰囲気とは違って、丁寧な礼を言って立ち上がった。制服警官も立ち、さすがに気を付けはしていないが、ぴしっと背筋を伸ばしている。

「あの」弥生が声をかける。

「何か」

樋口が、弥生の目を見た。年甲斐《としがい》もなく、弥生がはにかんだように見えて、なんとなく腹が立った。

「あの、北森さんのことが何かわかったら、教えていただけますか」

「わかりました。必ず連絡します」

弥生が、レジのところに置いてある、最近はさっぱり減らない名刺サイズの店のカードを樋口に渡した。

「ありがとうございます。最後にお願いがあります」

樋口は、壁に何十枚も貼られた、笑顔の客のスナップ写真を見ている。ここ最近はほとんど増えていない。

「なんですか」

「あの写真を一枚お借りできませんか」

それは、この店で撮った、笑顔の北森が写ったインスタント写真だった。弥生が画びょうを抜いて、樋口に渡した。樋口は礼を言って受け取り、麻の上着のポケットに入れた。

二人はもう一度礼を言って、出て行った。

その背中を見送りながら、昇平がひとりごちた。

「あの樋口とかいうやつ。無礼なんだか礼儀正しいんだか、よくわからない男だったな」

脇で弥生が嘆息した。

「でも、いい男だった。わたし、見つめられて、なんだかひさしぶりにドキドキした」

「てめえ、この」

丸めた手ぬぐいを投げつけた。

15 午後一時三十分

昼食のあと、熊谷有里がレクルームでお年寄りとボールゲームをやっていると、館内放送で名を呼ばれた。

呼び出しを受けたのはもう一名いて、同僚の長根亜以子だ。スタッフルームへ来るように、という内容だった。その場の責任者の白井主任が、目顔で「行きなさい」と指示したので、すぐに向かった。

「なんだろう」

不安になって亜以子と顔を見合わせたが、もちろん想像もつかない。まさか、午前中の私語のことで叱られるわけでもないだろう。

こわごわスタッフルームへ行くと、先輩職員に、隣接のミーティングルーム『C』へ入るよう言われた。『C』は、来客を通す小部屋だ。

ノックをし、名乗った。

「熊谷と長根です」

中からすぐに返事が聞こえた。

「入ってください」

ますます緊張した。二木副センター長の少し甲高い声だったからだ。

「失礼します」

中にいたのは、二木と、見知らぬ中年の男だった。見知らぬ男は、紺色の麻のシャツに白い麻のジャケットを羽織っている。少しくだけた雰囲気だが、引き締まった顔つきだと思った。

二人は、六人掛けテーブルの一方に、あいだにひとつ席を空けて座っていた。有里たちはその反対側に座るように指示された。

有里たちが現れる前にも、何か話し合っていたようだ。

「わかりました。そういうことでしたら、わたしは席を外します」

やや不本意そうに、二木が言った。

「申し訳ありません」

来客の男が感情のこもらない口調で答えると、二木は有里たちのほうを向いた。

「こちらヒグチさんとおっしゃる。警察の方だ。といっても、きみたちが想像する〝刑事さん〟とは違うそうだ」

「ヒグチです」

紹介された男が、長身に似合う長い手を伸ばして名刺を差し出した。有里たちは、自分が持ってきていないことを詫びて、恐縮しながら受け取った。部署や役職などは書いてない。あるのはただ、所属団体と個人名、携帯電話の番号だけだ。少なくとも、フルネームが樋口透吾ということはわかった。

二木が軽く咳払《せきばら》いをして、口を開いた。

「席を外してくれというので、わたしはこれで失礼するが、午前中に注意したことを忘れないように」

二木の言いたいことはわかった。あのとき去り際に言った、想像にもとづいた風評を外部に漏らしたり、ＳＮＳにアップしたりすれば、懲戒処分もありうる、という趣旨の忠告のことだろう。

ようするに、この来客によけいなことは言うな、と釘を刺したのだ。

それではわたしは、と二木は腰を浮かせた。

「スタッフルームにおりますので、終わりましたら声をかけてください」

「ありがとうございます」樋口が頭を下げた。

二木がドアを出て行くなり、樋口はすっと立った。

いままで二木が座っていた椅子の背に、自分の白い麻の上着をかけ、部屋の隅に動かした。そこには、なんとなくこの殺風景な部屋に不釣り合いな、派手に葉を茂らせた観葉植物が置いてあるのだが、まるでそれを隠すような恰好になった。

「こんなもんか」

樋口はただそう言っただけで、理由を説明しようとはしなかった。

もしかすると、と有里は思った。少し変わった人なのかもしれない。

濃紺のシャツ姿になった樋口は自分の椅子に戻り、軽く咳払いして、有里と長根亜以子を交互に見た。

「まず最初にお願いしておきますが、これは事件の正式な取り調べではありません。ここでおうかがいしたことで、あとで罪に問われるとか、裁判所へ呼ばれるとか、そういうことはまったくありませんので、安心して、できればざっくばらんに本当のことを教えてください」

「わかりました」

二人同時に声を揃えて答えてしまい、こんなときだが、顔を見合わせて笑った。それで緊張がややほどけた。最初は怖い人かと思ったが、口調は丁寧だし、多少年上ではあるが、有里の好みのタイプでもあったので、協力しようと思った。

「では、さっそくうかがいます。まず、この人物に見覚えがありますか」

そう言って、どこにしまっていたのか、一枚の写真を出した。二人一緒にのぞき込む。お巡りさんの恰好をした男性の、身分証に貼ってあるような硬い写真だった。見覚えがない。亜以子と顔を見合わせて、また同時に首を左右に振った。

「いいえ、ないと思います」

「そうですか」

樋口は、少し考えて、まあそんなものか、とつぶやき、舌の先で上唇を小さく舐めた。そのしぐさが、誰か俳優に似ていると思った。

「――それでは、この人物に見覚えはありますか」

もう一枚写真を出した。少しピンボケだが、さっきと似た雰囲気の男性だった。今度もまた、亜以子のほうを見ようとしたとき、樋口が軽く咳払いした。

「先にひとつ、お願いしておきます。ご友人の意見は求めずに、自分で判断してください。

見たか見ないか、知っているか知らないか、それだけですから」

「はい」と首をすくめた。昔から、すぐに人の意見を求めてしまう癖がある。

「それで、この人物に見覚えは？」

亜以子がすぐに首を左右に振るのが視界に入ったが、有里は考えていた。そこに写っている男性よりも、背景に見覚えがある。ここはどこだろう。よく知っている場所だ。ここは——。

「あっ」

つい声を上げてしまった。なんのことはない、これは両親の店だ。それに、写っているのは、さっきの制服を着た男性と同一人物のようだ。おそらく、撮った時期も場所も雰囲気もまったく違うので、同一人物に思えなかったのだ。

「うちの親の店です」

いや、それだけではない。有里の記憶にある人物だった。

少なくとも、二、三回は見かけたことがある。有里が最後に見たときには、父と何か世間話をしていた。父がめずらしく、元気のなさそうな表情だったので記憶に残った。おそらく、あのときに撮ったものだろう。

ただ、それ以外には、名前も年齢も知らない。

そう説明したら、前の駐在さんです、と教えてくれた。

「あの人、何かしたんですか」

「ちょっと事情がありまして。――それで、そのときの、会話の内容は覚えていますか？」

「すみません。ひとことも記憶にありません」

樋口は、第一印象で鋭いと感じた目を細めて、笑った。

「あやまる必要はありませんよ。次の質問です。ここの施設について、ご存じのことを説明していただけますか。どんなかたが入所されて、どんなかたが働いているのか」

「はい」

パンフレットに載っている範囲で答えようと思った。

そもそも、『岩森の丘』というのは、たとえば『ショッピングモール』といったような施設全体の名称であって、実際には四つの主だった施設から形成されている。職員には、有里や白井主任のように住み込みで働くものと、亜以子のように通いのものがいる。

まず、例外的に外来患者を受け入れ、小規模ながらも複数の科を診《み》る『岩森の丘クリニック』。そのほかに滞在型の――人によっては収容型と呼ぶ――施設が三つある。

対象年齢の最も高いのが、有里の所属する、混合型介護付有料老人ホーム『かもめ』だ。民営なのだが、公営の「特別養護老人ホーム」いわゆる「特養」に近い料金の安さと、安心の待遇が売りだ。しかし、少し条件が変わっていて、アルツハイマー型認知症の患者を優先している。それがまた、年寄りを抱える家族には願ってもない条件らしく、わずか二十名の定員に対して、現在百人を超える入居待ちがあるそうだ。

二木寛はこの『かもめ』の施設長を兼務している。

つぎに、下は三歳から上は十八歳までを対象にした、民間児童養護施設『にじ』だ。これは、日本各地にある民間児童養護施設と、実態は変わらない。家の事情などによって、家庭で育てられることがむずかしい児童をあずかり、世話をして学校へも行かせている。運営資金は国からの補助を主体にしているらしいが、経営母体の製薬会社からそれなりの支援があるらしい。

三つ目が、十八歳から原則として二十代までの男女を対象とした、青年の家『みらい』だ。

『みらい』だけ、名称がそっけないのにはわけがある。

有里には詳しいことはわからないのだが、先輩職員の受け売りでいえば「ここは、法務大臣の認可を受けて更生保護事業を営む、正規の『更生保護法人』ではない」のだそうだ。

入所している青年たちはみな、窃盗や軽めの傷害、無免許運転などといった、比較的、量刑的に軽い犯罪に手を染めたものたちだということだ。社会復帰したいのに、身を寄せる先や勤務先がない。そんな事情を抱えた若者たち。彼らの更生を目的とした、一種の民間更生保護施設なのだ。

ここの青年たちは、ほとんど現金収入を得ていない。〝施設〟内で職員の補助をしたり、土産物店に置くようなアクセサリーなどを作る工場に働きに出たりしている程度だ。運営に必要な資金は、やはり経営元の製薬会社から出ているのだろう。

あまり深く考えたことはないが、そんなに金を遣って、こんなボランティアのようなことをして、どんな利点があるのかまではわからない。

言葉を選びながら、相当に大雑把な説明をしていると、ノックもなしにドアノブが回る音がした。

16　午後一時五十分

「それじゃあ、小笠原《おがさわら》さん。そういうことで、今週末、よろしくお願いしますね」

「は」

空返事をしながら、まったく別のことを考えていた小笠原泰明《やすあき》は、いきなり具体的な話を振られてとまどった。

「――あ、ええと。なんでしたっけ」

「待ち合わせ場所ですよ。岩森駅前のロータリーで、深夜零時に」

「はあ」

「家内におにぎりぐらいは作らせますから、現地に着いたら少し仮眠しましょう。前夜、

「ここで一杯やりたいところですが、お酒はだめですよ」

ここは職員と〝収容者〟兼用の食堂だ。向かいに座ってにこにこしているのは、この〝施設〟でもっとも上の立場にある、峰聡《みねさとし》センター長だ。

泰明は、相手の役職に関係なく、関心のない話は適当に受け流す癖が身についてしまっている。今も、和定食のおかずである白身魚の煮つけの身をほぐすことに集中しながら、頭の中ではまったく別のことを考えていた。

向かいの席に座る峰センター長の、のんびりした話にははいはい返事をしているうちに、うっかり約束をしてしまったようだ。相手が峰なら、もちろん釣りの話に決まっている。

小笠原が、会ったその日に『能無し』の烙印《らくいん》を押したこの峰という男は、こうした施設ではめずらしくない、中央官庁からの天下りだ。具体的には厚生労働省の元キャリア組で、六十七歳。いわゆる「渡り」の三期目だ。この男の経歴については知らないし、興味もないが、この規模の施設に来たからには、もう少し切れ者かと思っていた。

ところが、蓋をあけてみれば、服を着て歩く地蔵と変わらない。事実、若い職員たちのあいだでは「道祖神《どうそじん》」とか「峰地蔵」などと呼ばれているらしい。

春先から夏にかけて、この峰地蔵に興味があるのは、渓流釣りだけだ。ひと月も前から「このあたりの川は九月いっぱいまでしか入れない」とぼやいている。つまり渓流釣りは禁漁期に入るのだそうだ。

しかたなく、切れ切れに聞こえていたここまでの会話を繋げてみる。

つまるところ、「今年のシーズンもそろそろ終わるから、その前に一度釣りに行きませんか」と誘われて、上《うわ》の空で肯定的な生返事をしてしまったのだ。すると、急に話が具体的になった。あれよあれよという間に、週末の夜中に出発して、夜明けとともにイワナ釣りを始めることに決まってしまったようだ。やはり今週末は都合が悪くて、と切り出すきっかけもなかった。

困った。釣りになどまったく興味はない。小学生のころに、年上の従兄《いとこ》に連れられて釣堀で色の薄い金魚を釣って以来、まがりなりにも釣り上げたのは、犯罪者ぐらいなものだ。いや、洒落《しゃれ》を言っている場合ではない。

「しかし、センター長、最初にも申し上げましたが……」

「大丈夫ですよ。釣竿《つりざお》以外の道具もこちらで揃えますから。小笠原さんの身長なら、わたしのウェーダーで間に合いそうだ」

では、と言い残し、峰は白湯《さゆ》のようにうすいほうじ茶を飲み終えた、カップを下げに去っていった。

面倒なことになったなと顔をしかめたのは一瞬で、すぐにそのことは頭から振り払った。前日あたりに、適当な理由をつけて断ればいいのだ。

泰明の思考はすぐに、林田のことに戻った。

崖から転落死した老人が、この一年弱で二名。これは多いのか少ないのか。問題は数量的なことではない。本当に事故なのかどうか、だ。自殺、あるいは事件である可能性はないのか。

今日も所轄から刑事が二名来て話を聞いていったそうだが、報告を受けたところでは、形ばかりのようだ。「事故」という結論ありきに思える。こんなとき、ことを大げさにしないために、泰明のような人間が雇われているのだが、泰明はこの件に関して、何も働きかけをしていない。

泰明の役職は、三名いる「施設長」の一人であり、「保安担当」という、部下も組織もない立場を兼任している。そして、ほとんど実権のない施設長より、どちらかといえば保安担当のほうに存在意義がある。

泰明は、県警本部の元生活安全部長だ。人口も少ない地方の県警本部ということもあって、生安部長の椅子はノンキャリア枠だ。総務部長や警備部長に比べれば若干下に見られるが、それでも組織図的には本部長のすぐ下だ。

叩きあげで警視長まで上り詰めたが、どうしても当時の本部長と反《そ》りが合わず、早めの天下り先を探していた。そこへ振られた話が、現職だ。

この〝施設〟は、立地こそへんぴな片田舎だが、一時は各方面から熱い視線が集まったと聞いている。そこへ――。

「小笠原施設長」

今度声をかけてきたのは、二木副センター長だ。皆は「副長」と呼ぶ。傀儡の峰をおいて、この男が〝施設〟の実質的なトップだ。

「ああ、副長」

軽く会釈を返す。

「探しました」二木が無機質な印象の目を向ける。

「すみません。午前中に終わらせたいデスクワークがあったもので、少し遅い昼食です」

「なるほど」

二木は『星河《シンホー》』の日本採用ではなく、上海《シャンハイ》にある本社から派遣されてきている人間だ。国籍は日本だが、アメリカの永住権も持っている。小学校から大学まで米国で過ごし、経営学修士《MBA》とニューヨーク州の弁護士資格も持っているそうだ。

そんな人物がいわば執行役員として送り込まれたことからも、『星河』本社がこの〝施設〟にかける意気込みがわかる。

「お願いがあります。『保安担当』として」

そういうことであれば、上の空というわけにはいかない。

「何か」

「ちょっと確認していただきたいことがあります」

二木はテーブルの向かいに腰を落とした。周囲に聞き耳を立てるような人影はない。

「ミーティングルーム『C』に来客がいます。若い女子職員二名に対し面会を申し込まれ、現在面談中です」

「警察？」

「それが、微妙で」

二木が、《樋口透吾》の名刺を差し出した。どこにでもありそうな、平凡すぎてすぐに忘れてしまいそうな、その所属団体名に聞き覚えがある。実情を知る人間は、その組織を『I《アイ》』と呼んでいた。由来までは知らないが、まがりなりにも、県警の幹部を務めた泰明だからそんな異名を知っている、ともいえる。

警察ではないし、もっと言えば公務員ですらない。民間の団体だが、聞くところによれば、政府機関も出資しているらしい。内閣機密費の一部が充《あ》てられているとさえも聞く。

何をする組織かといえば、主として政府関係者の依頼を受けて、秘密裡に対象人物の調査や事件の裏を探る、つまり探偵業のような仕事だ。しかし、対象が大物すぎて普通の民間会社にはたのめない、非常にデリケートな問題を扱うのだ。

たとえば、上級官僚や閣僚議員などに、スキャンダルの噂が立ったとする。収賄でも不倫でもいい。その事実関係や相手の素性を調べ、なんらかの対策を講じるための材料を集める。つまり、闇に葬るか、あえてリークするか。ときには、調査だけでなく、対策の実働もするようだ。金銭やそのほかの方法で、ときに穏やかに、ときに強引に、解決を図る。組織の幹部には、元警察官僚や法務省のOBなどが名を連ね、公的組織でないがゆえに、たとえ首相といえども、一度つかまれた事実を握り潰すことはできない。目障りだが、ときに利用したい存在でもあるらしい。

泰明が持っている知識はその程度だ。もちろん、その構成員に会ったことはない。

「樋口透吾——」

「まさか、ご存じですか」

二木が目を細めた。とりあえず、いいえ、と答える。しかし、この男の名にも覚えがある。

「それで、ここへやってきた用件は?」

「一か月前に行方不明になった、なんとかいう駐在を探しているそうです」

その話なら耳に挟んだ。離婚寸前の田舎警官が蒸発したという案件だ。当人には公安の息がかかっていたという噂も聞いた。だから、上層部は急いで「個人的な失踪」として幕引きを図った。

「しかし、この樋口という男、駐在とは無関係の、この施設のことを根ほり葉ほり聞いています」

「ほかに狙いがあると?」

やはり、公安がこの〝施設〟の何かを探っていたのではないか、と喉まで出かかった。経営母体が中国の企業なら、それもまんざらあり得ない話でもないのではないか。しかし、二木に話してみたところで、本音を語るはずがない。

「それを確かめていただきたい」

「顔は見られますか？」

「わたしが部屋を出るなり、その男が上着でカメラのレンズを隠しました」

つい、口もとに笑みが浮かんだ。

「やるな」

「喜んでいる場合ではありません」

「わかりました。行ってみましょう」

この、福祉施設の看板をかかげながら、その実態はまるで檻《おり》のようなコロニーに来てから、初めての出番らしい出番だ。

樋口は、何を探りにきたのか――。

『複合型』を名乗るだけあって、この施設には顔がいくつもある。この日本という国において、それはつまり設立から運用までには、認可や許可の複雑なフローが存在するということだ。複数の段ボール箱で保存しなければならないほど大量の書類が発生し、どのファイルの表紙にも一ダース以上のハンコが並ぶ。省庁も複数絡んでいるし、県や村も楔《くさび》のように、なんとか利権に食い込もうとする。

　管理職ポストが喉から手が出るほど欲しい役所としては、けっこう露骨な綱引きがあったらしい。好き勝手なことを言い出した関係省庁の間に立って、話をまとめたのは内閣府だとか官房副長官だとかいや長官その人だ、などという噂を就任後に聞いたことがある。いずれにしても、いわゆる「官邸」案件だったのは間違いなさそうだ。

　ところが、この〝施設〟の前身であった『かんぽの宿』を某日本企業に売却しようとしたところ、首相周辺でスキャンダルが起きた。ある地方都市に、大都市圏でも見ないような大型の複合病院が新設されたのだが、この許認可にあたって、不正があったとマスコミが叩いた。当該病院の理事長が首相の長年の知己《ちき》で、一緒にゴルフをやったとか食事をしたと写真付きですっぱ抜いた。簡単にいえば、設立のハードルを下げるかわりに見返りをもらったというのだ。

　その問題は、通常国会のほとんどを潰すほど尾を引いたが、結局は末端の役人が自殺をしてうやむやになった。やれやれという時期に、どこか似た臭いのするこの〝施設〟に、あまりスポットライトを当てたくないのが人情だ。

　そこで代わりに登場したのが、郵政大臣や厚労大臣を歴任した、与党の大物鷺野馨だ。あっという間に話を一度白紙に戻し、結果的に『星河』にただ同然の値で売ってしまった。首相は面白くなかったはずだ。

だが、そんな政治背景はひとまずおくとして、どうして『I』などというあの組織が介入してきたのだろう。それに、樋口という名前、たしかに覚えがある――。

《ミーティングルームC》と表示のかかったドアの前に立った。

わざとノックはせず、いきなりドアノブをひねって押し開けた。

「あっ」

〝施設〟の制服を着た女子職員が二名、申し合わせたように口を半開きにした驚きの表情でこちらを見ている。その向かいには中年の男。すばやく目を走らせると、たしかに監視カメラのレンズをしかけた観葉植物の前に、上着をかけた椅子が置いてある。

「おや？」

小笠原は、わざとらしく不審げな声を出した。

「小笠原さん、何か」

熊谷という名の女子職員が問いかけてきた。それを無視して、眉をひそめドアの表示を見る。演技力に自信はないが、しょせん猿芝居だ。

「おかしいな。どういうことだ」

ひとり言を口にし、室内に視線を戻すと、樋口と思われる男が、あせったようすも腹を立てた気配もなく、じっとこちらを見ている。

「失礼ですが？」男が、静かに質してきた。

「この部屋は予約しておいたはずなんだが」

あえて横柄な口調で不機嫌そうに答え、樋口を見返す。やはり見覚えがあった。間違いない。かつて警視庁捜査一課にいた樋口透吾だ。しかし、樋口のほうではこちらの顔など覚えていないだろう。

「わたしたちは、副センター長の二木さんにここへ案内されましたが」

樋口が、相変わらず感情を表に出さない視線を向けている。小笠原も目を逸《そ》らさない。

「そうですか。では、予約を受けた職員のミスかな」

「なんでしたら、わたしたちが移りますが」

その気もないくせに、樋口が下手に出る。

「結構です。わたしのほうで確認して対処します」

媚《こ》びすぎない程度に頭を下げて、部屋を出た。

こめかみのあたりに汗をかいていることに気づいた。

おれとしたことが緊張したのか――。

たしか十七、八年前のことだ。樋口は非番の日にひとり息子を誘拐され、行方がわからなくなった。その案件に関する捜査が膠着《こうちゃく》状態になった後、何かに取りつかれたように、自分が担当する事件の被疑者を追った。誘拐事件から退職するまでの五年間、一日も休まなかったとか、公休や待機の日は単身で息子の行方を探したとか、そんな噂を聞いた。

なぜ彼を知っているかといえば、その鬼と化していた時期に、合同捜査で一緒になったことがあるからだ。東京で同居女性を刺殺した男が、地方を転々としながら、老人宅に押し入り、やけになって強盗殺人を繰り返すという重大事件の捜査の際だ。

犯人がこの県内でも罪を犯し、警視庁から数名の捜査員が送られてきて、県警一課と合同捜査を行った。当時刑事部総務課にいた小笠原は、合同チームの調整役をやった。やけに、ぎらついた目をした男がいるので、親しくなった警視庁の刑事に「あれは誰だ」と訊いた。それが樋口だった。

不思議な縁だ――。

警察に残っていたなら、再会の可能性もある。しかし、彼の今の立場を考えると、こんな場所で顔を合わせることになるのは、奇跡に近いかもしれない。この辺境の〝施設〟が呼びよせたのだろうか。

17　午後三時五分

「待たせて、悪かった」

樋口透吾が、身をかがめるようにして乗り込むと、退屈そうに待っていた島崎が驚いたような顔を向けた。ラーメン店を出たあと、急に〝施設〟へ行けと命じ、中で聞き取りをするあいだ、ずっとここで待機させていたのだ。

「何だ。どうかしたか」

「いえ。なんでもありません」

あわててシートベルトを締めようとしている。

「気になる、いいから言ってくれ」

「その、なんというか、お詫びなど言われたのは、お目にかかって以来、初めてのことだなと思いまして」

「なんだ、そんなことか。——それにしても、ここはずいぶん環境のいい立地だな」

駐車場からは、温泉町の小規模ホテルを思わせる造りの建物二棟と、新しく建て増ししたらしい病院棟などがほとんど見える。

「ここは、もとは『かんぽの宿』でしたから」

カラスからもらったレポートでその程度は知っていた。

それ以外にも、島崎が事前に調べておいたらしい、この〝施設〟の特性について、車で来る途中に説明してくれた。

「児童、青年、老人、それらの収容施設をまとめて作るというのは、発想としちゃ面白いと思うが、外国資本が乗り込んでくるほどの旨みはどこにある？」

その疑問に対する明快な回答は、にわか仕立てのカラスレポートにも載っていない。

「たとえば、小学生の子どもたちと老人を一緒にレクリエーションさせたり、青年の勤労の一環として老人の世話をさせたり、逆に老人が若者に野菜栽培のテクニックを教えたり――」

「それは、運用の問題だな。おれが知りたいのは、利権だよ」

「利権？」

「そう。きみの説明を聞いただけではまるで、社会還元のボランティア活動みたいだ」

「それじゃだめなんですか……」

「車を出してくれ。松林の中に駐車スペースがあれば、見てみたい」

「はい」

島崎がアクセルを踏みかけたそのときだった。

「ちょっと待て」

「はい」

今、建物のひとつから、二人の青年が出てきた。がっしりした体格と、痩せてひょろっとした印象の、いずれも男子だ。

「エンジンを切ってくれ」

しんと静まりかえった。

青年たちは、屋根付きの通路を通って、別の棟へ向かうようだ。透吾たちの乗る車から、十五メートルほどか。この角度なら、太陽の光が窓に反射して、車内は見えないはずだ。二人の口の動きに集中する。

痩せたほうの青年の唇が「○○ちゃん」と動いた。おそらく「タ行」か「ラ行」から始まる二文字だが、特定はできない。

その、がっしりとしたほうは、前を見たまま返事をしない。かといって喧嘩をしているわけでもなさそうだ。痩せている青年の唇の動きをさらに読む。

「――とで、×だんを見に行こうよ。あそこに、きっと、何かを×めたんだと思うよ」

がっしりが小さくうなずいた。驚いたことに、次の瞬間、彼がこちらを見た。ただ無意識に視線を向けたのではなく、あきらかに気配を感じて探っているようすだ。

「出してくれ」

「はい」

「急発進せず、ゆっくり出してくれ」

島崎は言われるままにした。

一般にも開放されている松林の、駐車スペースに車を停めた。

〝施設〟の敷地と、村の土地である松林の公園は、圧迫感のないフェンスで区切られている。乗り越えようと思えば乗り越えられそうだ。いや、乗り越える必要もなさそうだ。フエンスにはところどころに開閉できる門がついていて、錠もかかっていない。

崖から充分な距離をとって、少し歩き回ってみた。島崎は車のそばで待機している。

午後になって風が少し強くなった。蒸し暑かった空気が、いくらかしのぎやすくなっている。

海から吹く風を受けながら、透吾はいましがた見た青年たちの表情を思い出していた。

あの顔つき、そして目、あれは修羅場《しゅらば》をくぐった人間のものだ。カラスレポートでも、島崎の説明でも、収容されている青年たちは、たしかに法は犯したが、窃盗だったり、未成年飲酒だったり、人身事故のからまない無免許運転だったりと、比較的軽度な罪状のはずだ。

しかし、あの「○○ちゃん」にしろ、痩せたほうにしろ、へたなちんぴらよりも、腹が据わって見えた。まだ二十歳そこそこだろうに、何を見、何に触れたのだろうか。

まあいい、と自分に言い聞かせようとした。今回の件には関係ないだろう。二十歳前後の道を外した男を見ると、感傷的になる癖がどうしても抜けない。まずは——。

そう考えたところで足を止めた。

北森は〝施設〟に興味を持っていた。そして、あきらかに自分の意思に反して失踪した。これだけきれいに姿を消したということは、拉致されたか、殺されたか——。

この、白く清潔感のある〝施設〟に、末端とはいえ公安警官を跡形もなく抹殺できるような、そんな魔物が棲《す》んでいるのだろうか。社会的弱者を収容する施設を標榜《ひょうぼう》しながら、実はその魔物を閉じ込めておく檻なのか。

透吾は松林の向こうに広がる海を、見渡した。

何もかも呑み込んで、素知らぬ顔のできる広大な海原を。

その後、島崎の運転で、作業が中断されたままの産廃処理場計画地や、工業団地予定地を見てまわった。

「このあたりに、現実的に死体を埋められるか」

島崎は、最初のうちは言葉につまっていたが、しだいに「車が入れるのはここまでなので、森まで担ぎ上げるのに苦労しそうです」だとか「ここなら、人目につかずに作業できそうですが、月夜でもなければ自分の手も見えないような闇です」などと答えるようになった。

この広大な過疎村の、あちこち食い散らかしたような、山林や荒れ地のどこかに、掘って埋めた跡があるかどうかなど、とても一日や二日で調べられるものではない。これはカラスの自分に対するいやがらせなのかもしれないと、ようやく感じ始めた。

「失礼ですが、調査官殿はご結婚はされていますか」

すれ違う車も数えるほどしかない田舎の道を、あちこちぐるぐると走り回ってよほど退屈だったのだろう、島崎が任務に関係のないことを訊いてきた。

「ずっと昔していた。今は、していない」

「では、今朝ほどの女性は奥様ではなかったのですね」

声に笑いがまじるのを、抑えられなかった。

「悪いことは言わない。あの女は見なかったことにしろ」

「わかりました」

会話が終わってしまった。

「そっちはどうだ。警官の、それも駐在員という特殊な立場の妻であることに、不服はなさそうか」

「あ、自分のところでありますか」驚き、少し照れたように答える。「改まって話し合ったことはありませんが、おそらく大きな不満はないと考えています」

「そうか。それはよかった」

島崎は皮肉と受け止めたらしく、ハンドルを握ったまま苦笑した。

「あの、もうひとつ差し出がましいことをうかがいますが、今夜のご予定は決まっていますか？」

「三ツ星レストランでディナーを食って、キャバクラで腹ごなしして、五つ星のスイートに泊まる」

「は」

島崎の顔を見た。島崎も真意をたしかめるようにこちらを見た。

「その性格を直さないと、警察では出世できないぞ。まあ、おれに言う資格はないが」

「自覚しています。——それより調査官殿、さきほどの続きですが」

「今夜の予定か」

「はい。実は理沙が——いえ、その妻が、よろしければ、我が家で夕飯をご一緒にどうかと、さきほど電話してきまして」

「奥さんが？」

「はい。どこか予約などされていないなら、是非にと」

そういえば、朝もそんなことを言っていた。シートを倒して、後頭部をヘッドレストに預けた。唇を細めて小さく息を吐く。

「わかった。せっかくだから、お言葉に甘えさせてもらう」

「了解です。ちょっと失礼します」

島崎が路肩に停車して、車を降り、電話をかけている。相手はもちろん妻だろう。

——もし、上司の方がお見えになるなら、早めに連絡してね。こっちも準備とかあるから。

透吾の別れた妻も、結婚した直後はそんなふうに言うこともあった。

戻ってきた島崎が嬉しそうに報告した。

「妻も喜んでいました。何もありませんが、肩は凝らないと思います」

さらに何か所か見て回り、これという収穫もないまま、駐在所へ戻ることにした。妙な気だるさを感じながら、街灯もまばらな夜の景色を眺める。

――うん、おとうさんとのる。

風を切るドアミラーの音が、そんなふうにしゃべった。

――あなたのせいだから。

今夜の空耳は、やけにはっきり聞こえる。

――ちょっと、聞いてる？　あなたのせいだから。わたし、許さない。

――今、そんなこと言ってる場合じゃないだろう。

――今だから言うんでしょう。今でなければ聞く耳持たないじゃない。

――とにかく、すべてまかせてくれ。かならずなんとかする。

――たったの三分間もまかせられない人に、何をどう期待すればいいの。

「……さん。樋口さん」

「ああ」

島崎がのぞき込んでいる。

「着きました。駐在所です」

うたた寝していたようだ。なぜ今さら、あんな夢を見たのだろう。

「すまない。つい、寝てしまった」

返事がないので、島崎の顔を見た。困ったような表情を浮かべている。

「どうかしたか」

「いえ、その、ひどくうなされていましたので」

上司の人使いがあらくて寝不足なんだと言い訳して、車を降りた。

18 午後六時五十分

「そんなこと、もう止《や》めたほうがいいよ」

話し合いが始まってすぐに、小久保貴はそう主張した。

今部屋の中には、『にじ』で暮らす六年生の男子全員、つまり四名が集まっている。

ここでは、男子と女子は別部屋だ。

よそではそうでないところもあるらしい。たとえば、準が前にいた施設では、中学卒業まで男女混合の部屋だったそうだ。「部屋の中にカーテンとかつけたりして、女なんてめんどくせえだけだから、こっちのほうがせいせいする」と言う。

貴は、男女混合の部屋割りも、それはそれでなんとなく楽しそうだと思うが、そんなことを言えば絶対に、ほかの男子に冷やかされるから、口にしない。それに、たしかにめんどくさそうな気もする。準が言うように、女子は何かにつけ口うるさいし、すぐ言いつけるし、すぐ泣く。嘘泣きも上手い。

それはともかく、『にじ』では男女に分かれ、それぞれ四部屋ずつ、合計八部屋がある。部屋によって多少人数や構成の割合が異なるが、小学校低学年から中学までが同じ部屋に暮らす。たとえば貴たち六年の男子は、四名が各部屋に一人ずつばらばらに分かれている。そうしないと、同じ学年だけでかたまってしまうからだそうだ。

各部屋で、年長者は、年下の面倒を見なければならない。ただ、男子は中学生ぐらいになると、ほとんど小さい子の面倒など見ないので、小学生の高学年が忙しくなる。

職員が親代わりなら、お兄さんお姉さんの代わりということになる。現に、遥の部屋の一年生は、いつも遥にぴったりとくっついていて、離れようとしない。その子は、親にあまり食事をさせてもらえなかったそうで、大きめのレジ袋に入ってしまいそうなぐらい、体が小さい。

ここには、さまざまな児童がいる。康介のように、「ここで三か所目」という者もいるし、中には「物心がついたときには施設にいて、普通の家は知らない」という者もいる。施設にいる理由も、渡り歩く理由も、さまざまだ。

真紀也のように、両親が交通事故で同時に亡くなってしまったケースもあるし、康介のように虐待されているのを、学校の先生が通報して収容された例もある。ただし、ほとんど、お互いの身の上は詳しく知らない。以前のことは話したくないし、聞きたくない気もするからだ。中には、訊いてもいないのに、細かく説明する変わり者もいるが――。

貴は、両親が離婚したあと母親と暮らしていたのだが、母親のようすがだんだん変わっていった。最初は平日昼間の事務の仕事と、休日の夜のレジの仕事をかけもちでやっていたのだが、最初にレジの仕事をやめて、いつからかわからないが、事務の仕事もやめたことに気づいた。

お酒を飲ませる店の仕事ではないと思った。帰りはそれほど遅くないし、お酒や煙草の匂いもほとんどしないからだ。ただ、なんとなく着ているものや持ち物が変わった。髪の毛や爪の手入れをする時間が長くなった。それと、ほんのりとだが、帰ってきたときに何かの匂いがすることに気づいた。香水とは違う。たとえば、なんとなくお風呂に入ったあとのような匂いだ。

ただ、母親はときどき疲れた顔を見せはするが、昔とあまり変わらない態度で接してくれていた。

それがある日、何の連絡もなく、母親が帰ってこなかった。翌日もその翌日も帰ってこない。

すぐに相談できる親戚もなかったので、学校の先生に言うと、学校から警察に連絡してくれた。さらに警察から児童相談所に連絡がいったそうで、今いるこの『にじ』よりずっとちいさかったが、やはりそういう子どもをあつめた施設に一時的に保護された。

何日待っても、母親は帰ってくるどころか、連絡もない。施設の人も警察の人も同じように、「まだ事件と決まったわけじゃないから。お母さんは、きっとどこかで元気にしているよ」となぐさめてくれた。「だったら、すぐ探してきてよ」と言いたかったが、もちろん言えない。

その施設で半年ほど暮らしたあと、ここへ移ることが決まった。

「お母さんとは、すぐに連絡がとれるようになっているから大丈夫」

移ることで、母親と完全に縁が切れそうな気がして泣きじゃくる貴を、施設の人はそう言ってなぐさめてくれた。いまだに、生きているのか死んでいるのかすらわからない。死んだという連絡がない限りは生きているのだと思っている。

康介あたりに話せば、絶対に「なんだよそれだけ？　殴られてないなんて、ゼンゼンラッキーじゃん」とばかにされるに決まっているので、誰にも言ったことはない。

「こんな相談してること、職員にばれないかな」

真紀也が不安げに言った。

ふだんは、夕食のあとすぐに部屋に戻ったりしない。だいたいは、レクルームで午後八時のリミットまでテレビを見たり、レクルームにだけ置いてあるマンガを読んだり、あるいはたまにトランプなどをやったりして過ごす。宿題程度は部屋ですることもあるが、中学生ぐらいになって本格的に勉強をする生徒は、自習室へ行く。静かだし、ちょっとした図書室が隣接しているので、便利だからだ。

この部屋のほかの児童や生徒も、ほとんどはレクルームか自習室へ行っている。残った小さな子は、この話し合いのあいだだけ、別な部屋へ移ってもらった。

「そんなことより、まだ『アル゠ゴル神』を信用してないのかよ」

康介が、貴を睨む。またそれか、とうんざりする。

「信用とかっていう問題じゃないよ」

たとえ架空の邪神《じゃしん》だろうが、紙に誰かの名前を書いて呪い殺してもらう、などという発想や行動が問題だと思っている。そういう発想が、いじめに繋がったりするんじゃないのか。

「じゃあ、なんで反対する？」と準。

「だから、学校にいるときも言っただろ。そんな迷信みたいなことに夢中になってるのがばれたら、ここを出されるぞ。集団のいじめみたいだし」

「いじめじゃないよ。『断罪』だよ」

康介が、中沢先輩に教わった難しい言葉を口にした。

一番体の大きい真紀也は苦笑いしている。それを見た康介が、すかさず問う。

「じゃあ、真紀ぼうはどう思う？」

「おれ、どっちでもいいや」

「なんだよ、主体性がないな」

勉強のできる準は大人びた言葉をたくさん知っている。そんなことより、と話を戻した。

「でさ、具体的にどうするわけ？　問題を整理すると、森本先生——あ、いけね、森本だ。あいつのことはもうお願いしちゃったんだよな」

「そういうこと」と康介。

「そして、そっちの結果が出ていないのに、マモルの『断罪』をお願いするっていうのがもめてる原因だよな」

「そうだ」

「あのさ、三日ぐらい前に、中学一年の大樹《だいき》のこともお願いするつもりだって、言ってなかったっけ？　だったら、三人同時になっちゃうぜ。たしか、中沢先輩が決めた『掟《おきて》』で、『一度に一人』って決まっていなかったっけ？」

「それは、そっちは、なんていうかまた考えるよ。——とにかく『アル＝ゴル神』なんだから、一度に何人だって問題ないって。中沢先輩もたぶんいいって言うよ」

「考えてみたら、逆にいいチャンスかもしれない」準の言うことがますます大人びていく。

「『アル＝ゴル神』が超絶の存在であるかどうか、これではっきりする。三人同時にお願いして、三人とも『断罪』されたら、これは本物だよ」

貴はこれ以上話す気はなくなっていた。これではきりがない。康介と準は、アル＝ゴル神を崇拝することでいじめから解放された、と信じている。貴が何をどう言っても、アル＝ゴル神崇拝をやめるつもりはないだろう。

とにかく、もう説得はあきらめて、今後はあまりかかわらないようにしようと思った。別れを告げて自分の部屋に戻りながら、うまく自分でも説明できない、空《むな》しい気分を感じていた。彼らを説得できなかったせいかとも考えたが、少し違う気がする。

では何か――？

なんとなく思い当たる。自分はたぶん、仲間外れにされているのだ。アル＝ゴル神に同調しない姿勢をはっきり見せるようになったころから、みんなの態度が少しずつ変わってきた。

今だって、貴を会話に入れたのは、露骨にのけ者にすると、職員に告げ口されると考えたからではないか。現に、貴が部屋を出ても、解散したようすはない。貴がいなくなってから、本格的に打ち合わせを始めたような気さえする。

いや、それだけではない。彼らと話していて居心地の悪さを感じる理由は、ほかにもある。ただ、それは何かと訊かれても、うまく説明できそうもないのだが、なんとなく、康介たちの会話が嘘臭いのだ。芝居がかっているといえばいいだろうか。たとえば、台本を読んでいるような印象だ。あれは、どういうことだろう。

ぼうっと立ち止まってそんなことを考えていたら、ほかのメンバーがまだ残っている部屋から、「カクセイ」という言葉が聞こえた。準の声だ。

以前にも何度か聞こえたので、どんな意味かと辞書で調べてみた。貴たちが使うような辞書には「カクセイ」という音の単語はあまり多く載っていない。準が使いそうなのは、その中でただひとつだ。

「覚醒」

辞書によれば、《目覚めること》とか《意識をはっきりさせること》《迷いから覚めること》などという意味らしい。『アル゠ゴル神』とどうかかわってくるのかわからない。準がどういうつもりで使ったのかも知らない。しかし、おまえたちこそ目を覚ませよ、と言ってやりたい気分だった。

やっぱり、シンしか頼る人はいないかもしれない――。

夕食の少し前に、シンがわざわざ『にじ』のほうまで来て、貴にそっと教えてくれた。

「マモルのやつをとっちめようと思ったが、職員の手伝いで、夕方まで戻らないらしい。夕方になったら、話をつける。だけど、どうやらあいつ、おれが怒ってるのに感づいたらしくて、避けてるんだ。何だかんだ口実をでっちあげて職員と一緒にいる。今日は無理でも、あしたには話をつける」

「無理しなくていいよ」

　頼んでおいて変な言い方だが、ついそう答えた。シンは、ごつごつした顔にしわを寄せた。シンが笑うとそうなる。

「大丈夫だ。まかせとけ」

　ここへ入って間もないころ、花壇のところに魔人のように大きな男が立っているのに気づいた。おそるおそる見ていると、どうやら指にとげでもささったらしい。それを抜こうとしている。「手伝います」と言いだせずにいると、自力で抜いたようだった。そのあと、水道で手を洗っているその巨人に絆創膏《ばんそうこう》を差し出した。

「どうぞ」

　顔を上げた巨人は最初貴を睨んだが、それが絆創膏だとわかって、嬉しそうにうなずいた。それがシンだった。それ以来、なんとなく挨拶するようになり、会話をし、お互いに身の上を話すようにまでなった。いまでは、なんとなく兄のように思っている。

　そのシンに、マモルのことを相談したのだ。自分のことだけならまだいいが、遥に変なことをされたら、許してはおけないと。

　するとシンは、貴以上に腹を立ててくれた。あんなに大きな体をしているのに、幼いころにひどい虐待を受けたらしいのだ。

19　午後七時三十分

「島崎巡査部長、首尾はどうでありましたか」

その声に、とり急ぎ日誌を記入していた島崎智久が振り返ると、妻の理沙がにやにやしながら敬礼している。

「なんだよ。やめてくれよ」

苦笑しながらも軽く睨む。ときどき理沙は、生真面目で融通がきかない智久を、こうやってからかう。

「で、どっち？　上、下？　一緒でいいよね」

上とはつまり居住スペースのことであり、下とは駐在所たる交番スペースのことだ。樋口を誘い、夕食を提供するにあたって、智久と樋口の二人だけで下で食べるか、理沙や藍と一緒に二階で食べるか、と訊いているのだ。

「上で一緒に食うよ」

そう答えると、理沙がにこやかに敬礼した。

「了解であります」

その嬉しそうな表情が、なんとなく面白くなかった。理由はなんだろうと考えて、思い当たることがあった。おそらく、嫉妬だ。

今日一日、樋口と一緒に回って感じたことがある。とにかく、樋口は女性に受けがいい。歯の浮くようなお世辞《せじ》を言うわけではない。智久に対するより、ほんの少し丁寧な口をきくだけなのだが、樋口がもともと持っている剣呑《けんのん》さというか、鞘《さや》にきっちり収まっていない刃物のような物腰が、なぜか女性に受けがいい。低めの声で丁寧な応対をされると、女性たちははっきりと幸福そうな表情を浮かべた。途中で土地の事情を聞くため立ち寄った、大きな農家の六十過ぎの主婦まで例外ではなかった。

そして理沙さえも、最初から好意的だ。

樋口は今、一階のユニットバスでシャワーを浴びている。宿直要員などのために、二階にある家族風呂とは別に設けてあるものだ。

樋口に、夜の宿泊先がどこになるかはともかく、一日汗をかき田舎の埃《ほこり》を浴びたので、使ってくれと言った。そうしたら、理沙が気をまわして、買い置きしてあった、智久の新品の下着を提供した。

「サイズが合うかわかりませんが、よろしかったら」

樋口は断るだろうと思って見ていると、あっさりと受けた。

「奥さんがそう言ってくださるなら、遠慮なく」

樋口がシャワーを浴びている隙に、佐野課長に報告の電話を入れると、すでにどこかの呑み屋にいるらしく、またしても不快な思いをさせられただけだった。

制服その他の装備を解かないまま、二階に上がった。

「藍は？」

「もう寝た」

肩から力が抜けた。一日の最後の楽しみが一気に消えてしまった。

まだ三歳になったばかりの藍は、七時近くになると寝てしまうことが多い。世間の幼児の中には夜更かしの子もいるらしいが、早寝早起きが理沙の教育方針だ。

親子三人の寝室にしている和室の襖《ふすま》を開け、そっと忍び込む。うつぶせで寝ている藍にタオルケットを掛けなおしてやり、子ども用のシャンプーの香りがする髪の匂いをかいでから、ぷっくりとしたほおにキスをして、またそっと部屋を出た。

智久が、広いとはいいがたいダイニングのテーブルに、装備品をがちゃがちゃいわせながら腰を下ろしたとき、香ばしい匂いに気づいた。

「もしかして、この匂いは？」声に元気が少し戻った。

「正解です」

夕食は智久の好物である、鯖《さば》の一夜干しだった。

焼きたてでまだじぶじぶいっている鯖の、うす皮の上から箸で軽く裂け目を入れて醤《しょう》油をまわしかけ、脂と醤油がからんだその身を、熱々の白米と一緒に口へ放り込む瞬間は至福のときだ。

ただ、「煙が出て油がつくから」と、普段はなかなか焼いてくれない。

「樋口さんが、地元の焼き魚が食べたいって言うから」

「なるほど」

それに、これもまた智久が大好きな、しかも大ぶりのあさりの味噌汁がある。いつになく、小ねぎも浮いている。

いやそればかりではない。テーブルの上をよく見れば、量は多くないが、刺身もあるし、自分で揚げたらしい、カツもある。サラダもただキャベツを刻んだだけのコールスローではなく、色どり豊かにいろいろな野菜を使った本格的なものだ。

「なんだか今日はごちそうが並んでるね」

自分でも意外なことに、そんな嫌みが口をついてでた。

「いやだ、この程度でごちそうなんて言わないでよ。恥ずかしいから」

そのとき、一階出入り口の引き戸が開く気配がした。シャワーを終えた樋口が外に出たのか？　いや、違う。少し前に車が停まるような音も聞こえた。ふいに、北森が失踪した事実を思い出した。樋口は拳銃を携帯しているだろうか。まさか、無防備にそこらに放り出してはいないと思うが。

「しっ」指を立てて、唇に当てた。「音を立てるな」

押し殺した声で、素早く理沙に命じる。

出入り口には、見落とすはずがないほどはっきりと《ご用のある方はインターフォンを鳴らしてください》と書いてある。いきなり入ってきたということは、緊急な用件か不審者の可能性がある。

「藍を頼む。もし、少しでも不審な気配がしたら――わかってるな」

非常事態の行動については、赴任する前からくどいほど説明してきた。

「わかってるけど」

理沙は暢気な表情のままだ。

幸い、まだ装備は解いていない。腰には拳銃がある。それを手で押さえ、足音に注意しながら階段に向かった。

「誰かいませんか」

下から響いてきた声に聞き覚えがあった。

それでも、腰の拳銃に手を当てたまま、足音を殺して階段を下りた。

そこに立っていたのは、顔見知りの二人の男だった。

「こんばんは。――駐在さん、どうかしたかね。怖い顔して」

一気に緊張が解けていく。

「あ、ああ。どうも」

智久は、間の抜けた返答をして、拳銃に回した右手をそっと放した。腋《わき》の下や背中に汗が浮いたのが自分でもわかった。

「山村《やまむら》さんじゃないですか」

一人は、この駐在所の管轄である青水地区の、自治会長を務める、山村喜一《きいち》だ。正確な年齢は忘れたが、そろそろ七十に手が届くはずだ。

もう一人、山村のすぐ後ろから入って来た不機嫌そうな男は、やはり青水地区で兼業農家を営む、関本《せきもと》という五十年配の男だ。

なぜすぐに名前が浮かぶかといえば、赴任直後、自治会の集まりに顔を出して挨拶をしたときに「こんな若造で大丈夫か」というような嫌みを、関本から聞こえよがしに言われたからだ。その口調は、仮にベテランが来たとしても「こんな年寄りで心配だ」とでも言いそうに聞こえた。

「お二人揃って、どうかされましたか」

「ちょっと相談があって」

そう答えた山村会長が、智久の斜め後ろへ視線を向けた。つられて智久も振り返ると、ようやくシャワーを終えたらしい樋口が、まだ湿った髪をタオルで拭きながら立っている。

「あ、この方は大丈夫ですから」

すめた。

曖昧に紹介しつつも、樋口がよけいなことを言わなければよいが、という心配が頭をかすめた。

「立ち話もなんですから――」

そう言いながら、智久は隅の壁に立てかけてあったパイプ椅子を二脚広げる。樋口も、あたりまえのように予備机の椅子に腰を下ろした。

「麦茶ぐらいしかないですが――」

理沙を呼ぶほどのこともない。智久は冷蔵庫から麦茶のボトルを出し、グラスに注いで、机で向かい合う形になった二人の前に置いてやった。

「あ、こりゃどうも」

山村会長はすぐに口をつけ、半分ほど空にした。関本はむすっとした表情で、やや身を反らせるようにして腕組みをしている。やはり、愉快な話ではなさそうだ。

机の脇に紐《ひも》でぶら下げた団扇を山村が見つけ、胸もとをあおぎながら説明を始めた。煙草の臭いが漂う。

「なんちゅうか、事件というほどでもないんだけども、このところ、ちょこちょこっとしたことが起きてるんですわ。でまあ気になって、一度相談しておこうと」

二人とも、やはり樋口の存在が気になるようで、ちらちらと視線を向ける。

「ちょこちょこっとしたこと、ですか」

事件と呼べるような届けは、自分が赴任してから出されていない。山村会長が、もったいをつけたようにうなずく。

「まあ、細かいことなんだけども、気持ち悪がる人も出て、わたしらが代表で来たっちゅうことです。――たとえば、富永《とみなが》さんとこ。あ、本家のほうな。その富永さんのところで、ボヤ騒ぎがあったのは聞いとりますか」

「はい」

前任者の北森のときに起きた案件だ。日誌で読んだ。

「あれは、富永のじい様が、ぼけて煙草の吸いさしを薪《まき》の山に放り込んだから、ということで落着したけども、富永のじい様は、絶対にそんなことはしておらんと言ってる。何日か前に本人と話したが、顔を真っ赤にして『そんなことするわけがなかろう』と怒っとった。あのじい様、多少腰は曲がってるが、頭ははっきりしてる」

智久は、張り詰めた気持ちがますます緩んでいくのを感じた。なんだ、そんなことか。いまさらそんな話を蒸し返してどうなるというのか。その富永のじい様という人物に直接会ったことはないが、七十に手が届こうというこの山村会長に年寄り扱いされているのだから、かなりの高齢者だろう。どれだけ、その本人の言い分があてになるのか。

智久の気持ちが顔に出たのかもしれない。山村会長が、あはん、と咳払いして、真剣な表情になった。

「ところが、似たようなボヤ騒ぎがほかでも二件、起きてたんだよ。駐在さん」

「ほかでも？」

関本が、おう、とうなずいた。

「古川《ふるかわ》さんのところと、その隣の畠山《はたけやま》さんのところもだ」

「それはいつのことですか」

智久の背後から、樋口が口を挟んだ。

山村は怪訝《けげん》そうな表情を浮かべ、あらためて訊いた。

「そちらさんは？」

「ちょっと別件の用がありまして、県警のほうから」

樋口より先に智久が答える。

「県警？　何か事件でも？」

山村自治会長の目に、好奇の光が差すのが見えた。智久は、すぐにその火を消しにかかった。煙草の不始末の相談に来て、警官失踪事件の噂話を持ち帰られてはたまらない。

「それより山村会長、似たようなボヤというのは何のことでしょう。わたしは聞いていませんが」

「それなんだがね」山村の関心は、本題に戻ったようだ。「まず古川んところは——たしか、中学一年の大樹とかいう悪ガキが、隠れて煙草を吸って不始末した、ちゅうことになった。大樹は否定したらしいが、これが初めてじゃないもんでね。親にしてみても、身内の恥になることだし、二、三発ゲンコツくらわして、警察にも消防にも届けんかった」

「あまりお勧めの処理じゃありませんね。ゲンコツはともかく、小さな失火でも届けていただかないと。それで、もう一軒のお宅も、またそのダイキ君の煙草ですか」

「いや、大樹はおらん」

「おらん？」

「これもまた、初めてじゃないらしいが、家出をしたんだな」

だんだん、穏やかでない話になってきた。

「いなくなってどのぐらいなんですか」

「いなくなってはいない」山村が眉を強張らせた。

「すみません。お話の意味がちょっとわかりづらいんですが」

「だから、今説明してるところなんだって。せっかちだな、こんどの駐在さんは」

背後で、樋口がふんと鼻先で笑う気配が伝わってきた。山村会長はそれには気づかずに続ける。

「——さっき言った、煙草の不始末でゲンコツくらったのがよっぽど不満だったようで、その日のうちに家出しよったそうだ。家出も常習犯らしいんだな。だから親も『どうせ友だちの家を泊まり歩いて、三日もすれば帰ってくるだろう』ぐらいに構えとったら、たしかに三日後の夜中に、大阪で保護された。あまりタチのよくない連中とつるんで、集団で喧嘩をしたそうだ。とはいっても、まあ尻にくっついとった程度だろうが。で、とりあえず保護して家人に連絡をとろうとしたら、その大樹本人が『家に帰ると暴力を振るわれる』と少し大げさに言ったらしい。腕だか背中だかにできた青痣《あおあざ》も見せたらしいが、どこでつけたか怪しいもんだな。とにかくそんなこんなで、児童相談所に話がいったりなんだりして、結局、ほれあそこの〝施設〟にしばらく預けることで話がまとまった。駐在さんが赴任してくる、一週間ぐらい前の話だわ」

「〝施設〟というのは、例の『岩森の丘』？」

「ああ、そうだ」

初耳だった。もちろん、北森の失踪前後から、自分が赴任する前日までの日誌や報告書の控えには目を通している。北森失踪後、約ひと月のあいだは、比山署から派遣される代理の警官が、交代で詰めていたはずだが、中学生の家出騒ぎ程度は、特筆に値しないと判断したのかもしれない。

「それで、家庭内暴力はひどいんですか？」

相談ごととは、煙草の不始末らしきボヤ騒ぎのことなのか、不良中学生のことなのか、そろそろ要点を絞ってもらいたい。

「まあ、ゲンコツのひとつふたつ、どの家でもやってることだから、そっちの話はこの際おいて——それより、今はボヤの話だ。古川のところはともかく、畠山のボヤは、大樹が大阪で喧嘩しとったころに起きた。燃えた納屋《なや》は普段火の気はないし、畠山さんとこは婆さん一人で煙草も吸わない。ちゅうことは、いわゆる不審火かもしれん。となると、古川のボヤも、ほんとに大樹じゃなかったのかもしれん。さらに言えば、富永のじい様の言い分も本当かもしれんちゅうことだ。どうだ。三軒続けば、立派な連続放火事件だろう」

「どうしてすぐに届けてくださらなかったんです」

「わしに言われても困るな。まあ、あんたもおいおいわかると思うが、薪が燃えたぐらいのことで、隣近所をお上《かみ》に売ったりはせんのよ。この枯れた土地で、百年二百年と一緒に生き延びてきたいわば一蓮托生《いちれんたくしょう》の身だからな。全部身内みたいなもんだ。とにかく、あんたはさっきから届けたとか届けないとか、そんなことばっかり気にしてるが、肝心なのは、もしもこれが放火ならば、今もどこかに犯人がおる。これは、ちょっと気味悪いぞ」

山村会長の長い演説中に、またも樋口が鼻で笑う気配がしたが、今は気にしていられない。

「山村会長、もし、本当に放火だとしたら、気味が悪いとかいう話ではないですよ」

「会長、そろそろ、うちの話をお願いしますよ」

さっきから、あきらかに割り込むタイミングを狙っていた関本が、とうとう痺れを切らしたらしく、怒鳴りすぎたか酒を飲みすぎたかで割れたような声で言った。

山村が「ああそうだった」とうなずく。

「放火の話はひとまずおいて、この関本さんのところでは、物がなくなったらしい」

放火の次は盗難か――。

「なくなったのは、どんな物ですか」

智久の問いに、直接関本が答えた。

「カマだ」

「カマ？」

すぐには意味が分からず、首をかしげた。

「鎌、知らんか。草を刈る、あの鎌」

身振りを交えて、少しいらついた口調で関本が説明した。

「ああ、鎌ですか」

またしても、多少拍子抜けした。

放火に繋がる話だから、たとえば車からガソリンが抜かれるとか、灯油タンクが盗まれるとかいう事件かと、少しだけ身構えていた。それが鎌とは。どこかに置き忘れでもしたのだろう。

落胆ついでに、直前の話題だった放火疑惑も、このあたりでときどき見かける野焼きの不始末ではないかという気がしてきた。野焼きならきのうも見かけた。

関本が智久をあからさまに睨んだ。

「駐在さん。あんた『どうせどこかで失くしたんだろう』とでも思ってないか」

多少酒でも入っているのか、もともと〝血の気〟が多いのか、関本の顔は赤い。

「いえ、そんなことは……」

「買ったばっかりの鎌だ。まだ、試し切りぐらいにしか使っていない。それも二本」

「二本ですか」

たとえ鎌二本といえど、盗難届が出されれば立派な「事件」になる。気乗りがしないまま「盗難届は……」と言いかけたところで、樋口がまた割り込んだ。

「ほかに盗まれたものは？」

関本は一瞬、「なんだこいつは」という視線を向けたが、とりあえずは関心を持ってもらえたことに満足したようだ。

「納屋の中が荒らされてたが、ほかには盗《と》られていない」

「どんなふうに荒らされていましたか」重ねて樋口が訊く。

「どんなって——納屋の中には、最近じゃほとんど使ってない、鋤《すき》だの鍬《くわ》だのがあったんだ。かなり年季が入ってほとんど古道具だが、一応はきちんと泥も落として、壁から下げてあった。それが、ばらばらに地面に放り出してあった。その中で、新品の鎌だけが盗まれた。それも二本とも。古いのは放って、ちゃんと新しいもんだけ盗ってった」

「ばらばらに放り出してあった――」樋口がひとり言のようにつぶやいてから、さらに関本に問いかける。

「その鋤や鍬は、新品ではないとすぐにわかるものですか」

「そりゃ、見ればわかる」

「盗まれたのは夜ですよね。暗かったのでは？」

「わたしらは寝てたから気づかなかったが、納屋には出入り口のスイッチで点《つ》く蛍光灯はあるし、戸口の前には常夜灯もついてる。月の明るい夜だったしな。それに、懐中電灯を持っていればどうということもない」

「なるほど。では、現場を見た被害者として、どういう印象を持たれたのか聞かせてください」

「面白半分か、あるいは嫌がらせか。鎌だって新品だから持っていっただけで、欲しかったわけじゃないかもしれん」

何か思うところがあるのか、樋口は納得したようにうなずいている。

「関本さんのお宅で、あるいはご近所で、ほかに何か盗まれたものはありませんか。どんな物でも結構です」

樋口とうまが合うのか、関本の口が軽くなってきた。

「うちは、鎌だけだが、隣の重森《しげもり》さんところでは、買ったばかりの防鳥ネットが盗まれた」

「ほう、防鳥ネットですか」

「農作物を野鳥に食い荒らされないように張るネットのことだ。それも家庭菜園で使うような貧弱な代物じゃない。十メートル以上もある本格的なネットだ。そんなもの盗んでどうする？」

「やはり嫌がらせだと？」

おそらく煙草が吸いたいのだろう。さきほどから貧乏ゆすりをしていた山村会長が脇から答えた。

「それを調べて欲しいからこうして来た」

「どうせ嫌がらせに決まってる」関本が腕を組んで決めつける。

「――なぜなら、近所でも似たようなことが起きてる。畑を荒らされたり、スコップを盗られたところもあるな。ただ、盗まれるのは、どれもほとんど新品だ」

「どれも新品――ところで、防犯カメラはありますか？」

智久が質問しようとしたことを、先に樋口に訊かれてしまった。山村が答える。

「そんなもんない。さっきも言ったような理由でな。――しかし、さすがに設置しようかちゅう話になってる」

「どうせ、一味はわかってる」

樋口が、関本に質問した。

「失礼ですが、さきほどから、関本さんは嫌がらせをしている犯人に心当たりがあるようですが、よろしければ教えていただけませんか」

「そりゃ……」

「想像で言うのはまずい」

あわてて山村会長がさえぎったのを、関本が不機嫌そうに睨んだ。それにかまわず、山村が続ける。

「ひとつだけ言っとくと、これは偶然だと思うが、被害に遭ってる家の人間は、署名した人間なんだよ」

「なんの署名です」

「潰れた『タウン』の営業を再開して欲しいっちゅう運動の」

会話に、短い空白ができた。智久がその沈黙を破った。

「それで、わたしに、というか警察にどうしてほしいと？」

「今すぐどうということはないし、年寄りはもめごとや面倒が嫌いだ。だけどもよ、せめて駐在さんには覚えておいてほしいし、誰かがひとくくりにしてまとめておいて欲しいんだわ。あっちで噂、こっちで噂、というレベルじゃなくな」

「つまり、ひとつひとつに分解してしまうと、ボヤだとかこそ泥だとか小さな事件で、わたしが言うのもなんですが、警察がまともに被害届すら受けそうもない話ですけれども、俯瞰《ふかん》すると、何かひとつの意思が働いているのではないか。こういうことですね」

「さすが、今度の駐在は若いだけあって、呑み込みが早い。話は長いが」

山村が嫌みたっぷりにうなずいた。

「了解しました。『まとめてひとつの届け』というのは無理ですが、報告は上げておきます。機会があれば本署のほうで相談もしてきます」

「よろしく」

言いたいことを言い終えると、二人はそそくさと立ち上がった。駐車スペースに停めた白いクラウンを山村が運転して、磯の香りと潮騒《しおさい》の闇の中に消えて行った。

足もとで鳴く虫と一緒にそれを見送りながら、智久が漏らした。

「話の途中で思い出しましたが、今来た山村氏は、反村長勢力のメンバーです」

「なるほど。たしかこの村は、前の村長がいまだに陰で実権を握っているんだったな」

「はい。そうです」そのあたりの事情は、知っているかぎり昼間のドライブのあいまに説明した。「村長や副村長が議会となあなあのこの村では、一握りの人間が行政の舵取《かじと》りをしています。三代続けてごく近い一族から村長が出て、事実上二十年近く彼らが実権を握っています。さすがに政権交代の動きが出てきてます」

「さっき来た二人がその反対勢力だと？」

「関本氏のほうは断言できませんが、今のようすからするとそうでしょうね。それに、『タウン』再開の話も出たし」

樋口の目が、興味を示して光った。

「たしか、今朝のきみのレクチャーでは、ハコモノや開発に絡む利権のトラブルはないと聞いたが」

「はあ、実は噂話とすらも言えないような風聞でして。なにしろ赴任してまだ日も浅く……」

「そんなことはいいから、内容を聞かせてくれ」

「『タウン』の建物は不動産会社の持ち物ですが、土地は借り物です。それをひっくるめて売買する話が出ているとかいないとか」

「なるほど」

めずらしく樋口の興味を引いたようだ。しかし、北森の失踪とこんなことが関係あるのだろうか。とにかく、説明を続ける。

「具体的な名前も知りません。ただ、一部には、〝施設〟を作った『星河』じゃないかという噂もあります」

「そんなに手を広げてどうする」

「よほど儲《もう》かる仕組みがあるのではないでしょうか」

「またその元村長が肥え太るから、反村長派は売らせないために、中核である『タウン』の再開運動をしているというわけか」

「村長に反対するからだけでなく、事実、やはり『タウン』は便利でしたからね。大義名分も立ちます」

「だから、村長たちがどの程度絡んでいるかはわからないが、さっさと売却したい連中が、再開派の農民たちに嫌がらせをした。今の連中はそう言いたかったわけか」

「まあ、そうだと思います」

「ということは、昼間『くまがい』で聞いた、売らないでくれと金を出した連中は、その売却反対派と繋がっている可能性がある」

「かもしれません」

「きみはどう思う」

「自分は――」意見を控えようとしたが、この樋口相手には、言いたいことを言ったほうがよい気がしてきた。

「なんとなく、ピンときません。あれだけ大きな物件の売買に関する圧力をかけるのに、薪が燃えたとか、鎌が盗まれたとか、せこい気がするからです」

樋口が笑い出した。

「たしかにせこいな。盗まれたのは新品ばかりというし。――じゃあ、ほかにどんな可能性を考える」

「わかりません。やはり、誰かのいたずらでしょうか」

「そうだといいがな。――奥さんの実家はどこだ」

「新潟《にいがた》ですが」

樋口は、少し遠いか、とひとりごちてから、重ねて訊いた。

「ほかに、身を寄せられる親戚か何かないか。数日間」

「そういった親戚はありませんが」

「きみの実家は？」

何を言いたいのだ。

「もともと借家でしたので、自分の結婚を機に、大阪に出た兄を頼って、引っ越しました」

「そうか」

また考えている。今朝初めて顔を合わせてから、一番といってもいい深刻な表情だ。

「小さな子がいて大変だろうが、できれば奥さんを実家に帰したほうがいいかもしれない」

「は？」

何かの聞き間違いかと思った。

また「二度聞くな」と笑われるかと思ったが、樋口は真面目な顔で答えた。

「この村では何かが起きている。残念ながら、それが何かまだわからない。しかし、偶発の事故じゃない。あれもこれも繋がっている気がする」

「繋がるとはどういう意味でしょうか？　その真相と理沙がどう関係するんですか」

口調が荒くなった。家族の安全のこととなれば話は別だ。職務より、いやもちろん自分の命より大事だ。

樋口は、まばたきのペースすら変えずに答えた。

「人を殺すことをなんとも思ってないか、あるいは、商売にしている人間がいるかもしれない」

「今、何と？」

第二日

1　午前七時三十分

桑野千晶は、食堂の一番隅のテーブルに座り、児童・生徒向け、朝食タイム終了五分前の予鈴を聞いていた。

ヴィヴァルディ作曲の『春』だ。

本来は、朝の空気にふさわしいさわやかな楽曲なのだろうが、「早く食べないとお皿を下げますよ」と、せわしなく尻を叩かれている気分にしかならないのが不思議だ。

今、食堂に残っている数人は、すべて小学生で、およそいつも同じ顔ぶれだ。もともとすべての動作が遅い子もいれば、あごが弱くて嚙《か》むのが苦手な子もいる。それでもほぼ全員が、なんとか時間内に食べようと一生懸命だ。

問題なのは、彼らより上の世代だ。今朝もまた、中学生十一人のうち四人が、朝食を取らなかった。首根っこを押さえてここまで連れてくれれば、多少なりとも食べるのだろうが、この施設の方針としてそこまではしない。

この施設の成り立ちと関係あるのだが、現在高校生はいない。しかし、今中学三年の彼らが進学して、そのままここに残ったらと考えると少し頭がいたい。高校生は対処したことがない。自信がない。

いや、そんな先のことよりも、千晶には、今朝はもっと気になることがあった。

高熱でも出さない限り、必ず姿を見せる江島遥の顔がなかったことだ。夏風邪《なつかぜ》でもひいたのだろうか。それとも――。

遥は小学六年生、七月に十二歳の誕生日を迎えている。もしかすると、女児特有の体の変調かもしれない。

大学で社会福祉を学んだ千晶は、この児童養護施設『にじ』の児童指導員をしている。それも、第一班の主任という役職をもらっており、第一室から第四室までを受け持っている。男子部屋と女子部屋、各二室だ。それぞれ児童四～五名が暮らす部屋には、専属で担当する保育士と呼ばれるスタッフが原則一名ずついる。千晶の立場は、彼らを統括し補助するのが役目だ。すなわち、合わせて二十名近い児童の「お母さん」役ともいえる。

もちろん、保育士以外にもさまざまなスタッフがいて、彼らとの調整をするのも業務のうちだ。

子ども相手の仕事だから、きれいごとばかりではない。人手が足りないときは、体調の悪い児童が汚したあと始末をしたり、学校へ忘れ物を届けに行ったりもする。宿直もする。現に今朝はその宿直明けだ。ゆっくり朝食を食べ終え、食器を下げたあと、退出するまでのしばらくの時間を、この日当たりのいい食堂でのんびり過ごしているところだ。

ちょうどおりよく通りかかった、遥のいる部屋を担当する保育士、三ノ宮晴彦《さんのみやはるひこ》に声をかける。

「あ、三ノ宮君」

「はい」

朝のミーティングの準備だろう。プラスチック製のコップをトレーに並べていた三ノ宮は、手をとめて千晶のほうを見た。さらりとした前髪をさりげなく、左手でかきあげる。

「遥ちゃんの顔が見えないようだけど」

三ノ宮は、きれいに手入れされた両の眉を、心配そうに歪ませて、二度うなずいた。

「今朝はなんだか気持ちが悪いとかで、朝ごはんはいらないそうです」

「気持ち悪い――熱は？」

「平熱です」

「嘔吐《おうと》や下痢は？」

「それもなさそうです」

そこで千晶は一拍置き、周囲に児童の姿がないのを確認した。若い男性相手に口にするのは少しためらいがある。

「風邪や食あたりでないなら――初潮では？」

「あ、それも違うと思います」

三ノ宮はあっさりと否定した。

「なんだか、昨夜は消灯後も同室の子と話し込んで夜更かししたみたいです。ぼくが夜中の見回りをしたとき、何人かで、ごそごそひそひそやってる雰囲気がありましたから。だから寝不足じゃないかなとも思うんですけど、遥ちゃんにはめずらしく、どうしても学校へ行けないというので、先ほど学校へ電話連絡を入れました。ときどき、ようすを見に行きますから」

そう言い終えると、まだ何かありますかという顔で待っている。

「そう、それならいいです。ありがとう」

「失礼します」

コップを載せたトレーを持って三ノ宮が去っていった。

まさか、いじめとかでなければいいけど――。

念のため、あとで遥のところへ行って、少し話をしてみようと思った。

桑野千晶は、今年三十七歳になる。児童指導員として、ようやく多少の自信もついてきたというところだろうか。

千晶が、大学を卒業してから勤務した児童養護施設は、この『にじ』で三か所目になる。すべて民間施設だ。

最初に勤めたのは、児童の数が十名前後の家庭的な施設だった。「前後」というのは、しばしば変動があるからだ。退所していったり、入所してきたりと。

そこの建物は、もとは個人経営の歯科医院だったという、やや大きめの一軒家を改築したものだった。

施設長をはじめ、人柄のいいスタッフばかりが揃った施設で、千晶はそこに七年ほどいた。あっという間の七年だったという気がしている。本音を言えば、もう少し大規模なところで自分の能力を高めてみたいという思いも頭の隅にあったが、家族的な温かさは魅力だった。

ところが、終わりは突然に訪れた。当時六十七歳だった施設長の病死で、あっけなく廃業することになった。

このとき、職員と児童の半分ほどをひきとってくれたのが、東京の郊外にある、大規模な施設だった。千晶も誘われるまま、そこへ移った。

その施設は、これまでとは反対に、子どもの数は常に五十名以上、小学生だけでも各学年に五名前後で、合わせて三十名近くいる。スタッフの数も二十名を超える大所帯だった。

千晶はここでいくつかのことを学んだ。

まずは、児童養護施設も〝経営〟のことを考えなければならない、ということだ。収容している子どもの頭数に応じて、行政から補助金が出る。これが主たる収入だ。

一方、子どもたちにかける養育費、つまり食費や医療費それに衣類代などに加え、建物の維持費、もちろん職員の給与も支出になる。民間である以上、この収支が赤字続きになれば立ち行かなくなる。

そこまでは理屈として理解していたが、この二か所目の大規模施設は、あきらかに商売臭がした。

すべてのことが「収支内で」と計算されているのだ。児童数が多いため、補助金や寄付などではまかないきれないところもあるのだろうが、最初の施設に比べて、児童が身に着けている衣類などの傷みが目についた。

違和感を抱いたのはそれだけではない。収容されている子どもたちが、ずいぶん荒れていた。

最初の施設では、まるでひとつの大家族のように、児童は職員を親のごとく慕い、年長者はすすんで小さな児童の面倒をみていた。あれはひとつの理想のありかただと今でも思っている。

ところがその大規模施設では、小学生までが五人部屋、中学生以上は二〜三人部屋になるのだが、この閉じた集団の中でいじめなどの問題が起きていたのだ。

考えてみれば、むしろこちらのほうがあたりまえの姿なのかもしれないが、千晶にとってはひとつひとつがショックの連続だった。

小学生では、年長の者が下の者をいじめる、あごで使う、ときに尻を蹴ったり、頭を平手ではたく、などの暴力もふるう。これが中学や高校生の世代になると、あからさまな暴力や恐喝《きょうかつ》などの要素が入り込んでくる。もちろん、それらの行為は厳しく禁じられているし、発覚すれば対象少年に特別カリキュラムを施す。

だが、大人の目を盗むことはいくらでもできる。それに、気づいていても根絶できない事情もあった。

少年少女たちと職員との間に存在する感情的な問題だ。

こういった施設での職員による体罰、ときには性的虐待などが、たまにニュースでとりあげられる。もちろん、大多数は仕事に熱心で使命感に燃えた職員なのだが、人間の中には自分より弱い存在に対して、嗜虐《しぎゃく》の感情を持つ者もいる。あるいは、ストレスをそのまま対象にぶつける不器用な人間もいる。近年これが社会問題化し、職員の体罰や虐待行為は厳しく規制されることになった。

この変化を、敏感に嗅ぎ取った子どももいた。収容されている児童は、現実問題として、温かい家庭で愛情をいっぱいに受けて育った子のほうが少ない。大人の顔色を見ながら、暴力を避けながら、罵倒され、反抗し、逃げ、たくましく生き抜いてきた児童も多い。そんな彼らの一部は、本能的に「このごろなんだか、反抗しても、以前ほどの体罰は与えられない」と気づいた。

子どもの順応は早く、そして残酷だ。

職員が話しかけても無視されるのはいいほうだ。一度では返事をしないので二度呼ぶと、聞こえよがしに舌打ちしたり、「うるせえな」という声が返ってくる。まれにだが、職員に対する暴力事件も起きた。

しかし、よほどのことがなければ警察への通報はしない。マイナスのイメージになるし、悪い噂が立てば、児童相談所から児童を回してもらえなくなる。最悪の場合、認可を取り消されることもある。

千晶も、まだ十歳の男子児童から、あまりに直截的《ちょくせつてき》で卑猥《ひわい》な言葉をかけられて、唖然《あぜん》となったことがあった。箒《ほうき》の柄で胸や尻を突かれたこともあるし、「ブス」や「ババア」の罵声程度は、とりたててめずらしくもない。

自分が求めていたものはほんとうにこれだったのだろうか。どこか別の、最初のような家庭的な施設を探して転職しようか。いや、むしろあそこが希少な存在であって、もうどこにも存在しないのかもしれない。そもそも、自分はこの仕事には向いていなかったのではないか――。

三十歳を二つ三つ過ぎたころからそんな疑問が膨らみ、抑えきれなくなった。まるで、それを見透かしたかのように、千晶の両親の出身地でもある、北陸で暮らす伯母《おば》から連絡があった。

「こっちに、大手企業の資本が入った、複合施設ができるらしい。先日、地元住人に対する説明会があったので、聞いてきた」と言うのだ。

なんでも、児童養護施設から青少年の自立支援施設、さらには老人ホームまであって、ちょっとした病院も併設される。将来的に終末医療の施設も作る予定なので、まさに「揺りかごから墓場まで」ということになる。

資金の出所や職員の身分はあくまで民間だが、行政がバックアップし、たとえば、敷地も村が提供するらしい。日本という国が抱える最大の課題のひとつである、医療・福祉行政の、新しいビジネス展開のモデルケースを目指す……云々。

全体の話が壮大すぎて、説明を受けた伯母自身が完全には理解できていないようだ。ただ、伯母から千晶への用件は明快だった。

「この前電話したとき、千晶ちゃんがこっちに戻りたいって言ってたのを思い出したのよ」

桑野家では、千晶が義務教育を終える時期に、いくつかの事情が重なって、千晶の兄を含めた一家四人で東京へ引っ越しをしたのだ。両親も、東京を終《つい》の棲家《すみか》と決めているようだ。それについては是非もないが、千晶は今でも、日本海に沈む夕日の美しさを夢に見る。

「その新しくできる施設でね、職員を募集しているの。心機一転、まっさらの職場はどう？　とにかく、もらってきた資料を送るから……」

たしかに、送られてきた資料を読むと、行き当たりばったりの商業主義ではなく、かといって個人の頑張りだけが頼りの零細でもないようだ。中国に本社がある、世界的な製薬会社『星河《シンホー》』が、おおもとの経営母体らしい。児童、青年、老人の施設をただ三つ併設しただけでなく、人的、有機的な交流を試みると謳《うた》ってある。

それで、ものはためしと応募し、採用が決まったのが三年半前の春だ。キャリアを買われて、当初から主任の肩書をもらった。建物も設備も新しいし、自然に囲まれた周囲の環境もいい。昔、一家で暮らしていた街よりもずっと田舎で、職員寮に住み込みという形になった。どうしても東京のごみごみした暮らしになじめなかった千晶にとっては、それはむしろ望ましい環境だった。

環境だけではない。施設にもまた、ほとんど不満がない。

この施設全体の敷地は、約一万五千平方メートルある。それほど広いとはいえない。都心の小学校ぐらいだろうか。もとは『かんぽの宿』だったというだけあって、ちょっと見は、地味めのホテル旅館、という雰囲気だ。宿泊棟だった二棟に、三つの施設と、スタッフルームなどを作り、調理室とホールがそのまま給食室と食堂になっている。病院棟だけは新しく建てたらしい、人の背丈ほどのフェンスで囲まれた敷地内には、あまり広くはないが、テニスコート二面分ほどの運動場もある。

いずれは、もっと広い敷地に、別棟としてさらに新しい施設を造る計画まであるそうだ。そして、ここと別棟をシャトルバスで繋ぐ予定だという。そうなったら、まるで、映画に出てくる理想の医療施設のようではないか。

しかし最近、その理想郷のような施設に、千晶は小さな違和感を抱くようになってきた。たとえば――。

「桑野主任」

「あ、はい」

考えごとをしていて、自分の名が呼ばれていることに気づかなかった。制服を着た事務職の女性がこちらを見ている。

「ごめんなさい。ぼんやりしていて。何かしら」

「お客様がお見えですけど……」

思い出した。今朝は約束があったのだ。

「いっけない」あわてて立ち上がり、礼を言ってロビーへと向かった。

今日は宿直明けの公休日だ。だから伯母に車で迎えに来てもらって、隣町のメガモールまでショッピングに行く約束になっていた。以前はもっと近い場所に、『タウン』という愛称で呼ばれる商業施設があったのだが、今年の春、営業不振で潰れてしまった。ちょっとした衣類などの購入にも、いちいち足を延ばさなくてはならなくなって、不便になった。

噂によると、〝施設〟の別棟を建てるのはその『タウン』の跡地らしい。

伯母は人影のまばらなロビーの長椅子に座って待っていた。

「伯母さんごめんなさい。待った？」

声をかけながら壁の時計を見た。待ち合わせは八時半で、まだ五分前だ。よかった。

「大丈夫よ。今来たばかりだから」


千晶が運転することになった。

伯母からキーを受け取り、バンタイプの軽自動車の運転席に座る。

エンジンを始動させたとき、遥のようすを見るのを忘れたことに気づいた。しかし、もう遅い。明日、一番で気にしてあげよう。

施設の敷地を出て、目的のメガモールを目指す。のんびり走って三十分ほどだ。

「伯母さん、元気だった？」

ハンドルを握りながら、助手席の伯母にちらりと視線を走らせる。

「元気よ。見てのとおり」

「よかった。じゃあ、あとで美味しいものでも食べようか。わたしおごる。お寿司がいい？　お肉がいい？」

「あら、悪いからいいわよ」

「ごちそうさせてよ。わたしほら、住み込みだから、あんまりお金使う機会がないのよ。貢《みつ》ぐ彼氏もいないし」

半分本当で、半分嘘だ。もちろん、これまでの人生に、恋愛は何度かしてきた。しかし、タイミングが合わないとしか表現しようがないのだが、結婚するまでには至らなかった。この地へ転職し、住み込みになってからは、恋愛の予感すらなくなった。ただし、恋愛ではない男女の関係はまた別だ――。

「じゃあ、遠慮なく回転寿司の金皿でもごちそうになるかな」

二人同時に声をたてて笑った。

千晶の母より五歳年上の、この三千代伯母は、岩森駅近くで『ブルー』というジャズ喫茶を経営している。

長く独り身だったが、四十歳のころ、その『ブルー』にまずは客として訪れ、すぐに常連になった。そして、半年ほど通ったのち、十二歳年上のマスターと結婚した。店はたまに地方紙の囲み記事で紹介されたり、全国版の旅行雑誌に載ったりしたこともある。もちろん、味も店の雰囲気もいいからで、平日の昼でも席の半数以上は埋まる程度の客の入りだった。商売としてはそこそこうまく行っていたが、今から五年前にマスターは病死した。それ以来、三千代は一人で切り盛りしている。

「身《み》の丈《たけ》に合った商売」が口癖で、あまりしゃかりきに頑張っているという印象はない。ほかの家族と遠く離れて暮らしていることもあって、最近では三千代を母親のように慕っている。

途中、パトカーとすれ違った。それを見て思い出したらしく、三千代が話題を変えた。

「そういえばきのうね、警察の人が来たのよ」

「警察？　どういうこと？」

「行方不明のお巡りさんを探してるんだって。あれ？　そういえばあの人、警察の人だったのかしら」

「なんだかあやふやね。大丈夫？」

広い畑から、山あいに入った。いわゆる里山《さとやま》と呼ばれるような、なだらかな丘陵だ。道路はその中を縫って進む。まだまだ強い日差しが木々の葉から透けて、アスファルトに迷彩模様の影絵を作っている。

「いなくなったのは、北森さんっていって、うちのお店によく来てくれた方なのよ。ほら、言わなかった？　あなたに会いたいって」

「ああ、思い出した。そのうち時間ができたらとかって、お返事してた方ね」

「そうそう、あの方」

「やだ。なんだか急に身近な話じゃない。ほら、鳥肌《とりはだ》が立った」

「大げさね。――でも、どうしたのかしらね。行方不明なんて」

「まさか、駆け落ちとか」

「北森さんが？　まさか。そんな人には見えなかったわよ。それに、警察だって、そんな理由じゃないと思うから調べてるんでしょ」

「で、どうしてそのお巡りさんの話題になったんだっけ？」

「きのう来た人も、千晶ちゃんに会いたそうな感じだったのよ」

受け答えしながらも、意識は前方に集中する。ここからしばらく、くねくねと曲がった道が続く。視界があまりよくない。

「ところで、その北森さんていう警察の人、わたしにどんな用事があったのかな」

「〝施設〟に興味があったみたいだけど、詳しいことはわからないわね」

「ふうん」

それきり、話題は尻切れとんぼに終わった。

しかし、千晶の頭の中では〝施設〟に関する複雑な思いがよみがえっていた。

〝施設〟こと『岩森の丘』を受け入れた地元のメリットは何か。

青年支援施設『みらい』の入居者――土地の人間は『収容者』と呼ぶ者が多いが――である、非行青年たちは、いずれも軽度の犯罪行為の前歴であることが前提だ。しかし、それでもやはり住人の抵抗感情はある。程度の差はあれ、老人ホームや児童施設も同様だと聞く。都市部の住宅街に作れば、反対運動が起きることは目に見えている。今は、保育園でさえ、反対されて作れないのだ。現代は自分の生活圏に異質なものが入り込むのを嫌う風潮が強い。

そこで誰かが――謳い文句どおりなら、政治家か官僚だろうが――ならばいっそすべてひとまとめにしてしまおう、と考えた。

村や住人に対する見返りとしては、法人税や職員から天引きされる地方税が収入になって、村が潤うという点である。しかし何より説得力があったのは、彼らが要介護の認定を受けたときは、格安の料金で入所できることが約束されたことだ。また、病院にかかる際の初診料が免除されるなどの、優遇措置がとられている。少子高齢化に加えて過疎化も激しい村では、老人予備軍たちの将来に対する不安は大きいのだ。

千晶は、このシステム自体には何の異論もない。

介護などの現場は、この先ますます人材不足に陥るだろうと言われているし、大きい資本が入って安定経営ができれば、目先のことにとらわれない、一貫した支援や教育ができると思うからだ。ここはモデルケースと聞いたが、ぜひ成功して全国に広まればよいのにとさえ思う。罪を犯した青年ばかりでなく、ドロップアウトして社会に適応できない青少年の受け皿となるなら、それは素晴らしいことだ。引きこもりは、大きな社会問題だ。

しかしその一方で、勤めて三年半近くもいると、いくつか問題点も見えてくる。いや、問題とまで言ってしまうのが大げさなら、違和感とでも表現すればよいだろうか。

児童養護施設『にじ』以外の入居者と、千晶が接する機会はない。しかし、広いとはいえ同じ敷地内にいるから、すれ違うこともあれば挨拶をすることもある。どんなようすかも漏れ聞こえてくる。

たとえば、老人ホーム『かもめ』では、その入居者のほぼ全員が認知症患者だ。しかもアルツハイマー型に限定されている。

介護が必要な老人は、認知症患者ばかりではない。内臓疾患の者もいるだろうし、足や腰を痛め、自力で立ち上がれない者もいるだろう。なぜ、同じ病症の老人ばかりを集めたのか。

千晶にはもうひとつ気になることがあった。それは、入居しているお年寄りたちが大人しいことだ。

千晶も、学生時代には、老人ホームへ実習にも行ったし、働き始めてからでも、一般の人間よりは、福祉や介護に関する情報に触れる機会も多かった。だから多少は認知症に関する知識もある。

認知症というのは、原因となる病気そのものの名称ではなく、特定の症状だけを指すのでもない。ある状態——いってみれば複合的な症候の総称だ。

単一の病気ではないから、当然、原因もひとつではない。比率が多いものでは、アルツハイマー型やレビー小体型などが有名だ。これらのタイプだとすれば——個人の体質や進行度合いにもよるが——感情の起伏が激しい患者もいるはずだ。

ところが、アルツハイマー型ばかり集めたはずの『かもめ』の入居者たちが、みな揃って大人しいのだ。大声を上げたり、職員に拘束されたりしている姿はまず見たことがない。だからといって、興奮する元気もないほど衰弱した印象でもない。職員と和気藹々《わきあいあい》の雰囲気を作っている。

もちろん、それは良いことだ。怒声や泣き叫ぶ声が、常に響き渡っているよりはずっと良いことなのだが、どこか作り物めいた印象を受ける。その理由を問われても、はっきりとした根拠はない。説明するのもむずかしいので、ほかの職員に言ったことはない。そしてほかの職員がどう思っているかも知らない。

同じような違和感は、『にじ』にも抱く。

中学生たちはさすがに反抗的な態度をとる者もいるが、現在二十二名いる小学生のほとんどが従順なのだ。注意すると、一度で言うことを聞く。間違っても「くそババア」などと言い返されたことはないし、まして体を棒で突かれるなど、想像もできない。

これは、考えようによっては、認知症の老人が大人しいよりも不気味だ。いくらフィルターにかけようと、ここに保護されているからには、家庭になんらかの問題をかかえている、つまりは〝親もとで暮らすことができない〟子どもたちなのだ。だからいい子であっていけないということはないのだが、現実の問題として、優等生すぎる。子どもでも大人を騙《だま》す嘘を平気でつくし、芝居も上手だ。しかし、これほど長くふりをし続けているとは考えにくい。

ほとんど反抗しない小学生の集団など、学生時代から通じて、その例を聞いたことがない。あるとすれば、子どもたちを暴力や恐怖で支配する、特殊なフリースクールぐらいではないのか。

一方で、その彼らの一部が凶暴になった時期があった。ちょうど一年ほど前のことだ。突然奇声を上げたり、ささいなことで暴力をふるう事件が頻発した。それは、『にじ』の中でも、学校でも起きた。現に学年主任と担任の一人が、施設まで相談に来たほどだ。しかし、たしか二週間か三週間ほどで鎮静化した。

違和感は、まだほかにもある。

第三の〝施設〟つまり、青年の家『みらい』の入居青年たちの目つきだ。

千晶は今年三十七歳だ。

その千晶がこんなことを人に言えば「自意識過剰」と笑われてしまうかもしれない。

しかし、感じるのだ。

彼らのうち何人かに視線を向けられると、そのたびに、背骨のあたりがむず痒《がゆ》いような、あるいは胃の底のあたりが重たいような、うまく人には説明できない不安感が湧きあがるのだ。

鏡を見ても、年相応だと思うし、最近では化粧も手抜きで、きょうだってほとんどすっぴんに近い。それほど不美人だとは思わないが、フェロモンをまき散らしているとはお世辞にもいえないはずだ。だから自分が持つこの嫌悪感は、勘違いか偏見ではないかと、何度も自問自答した。

しかし、やはり気のせいではない。

女は、おそらく男が思っているよりも、他人の視線に敏感だ。同性からの検閲するような視線もそうだが、男性から向けられる性の対象としての値踏みの視線には、まるで生臭い風を顔に吹きつけられたような不快感を抱く。

千晶に対して無関心な青年もいるが、明らかに性の対象として、露骨なまでに体の特定の部分だけを睨《ね》めつけるようにする若者が、数名はいる。もちろん、彼らの年代が、その体内に抱えた欲求を自分で持て余していることは百も承知だ。非行や暴力はそのはけ口のひとつと言ってもいいと、学校の授業でも現場でも教わった。

しかし、ここで受ける視線は、漠然とした性欲や年上の女性への憧憬《しょうけい》などではない。暴力ずくで支配し、思うがままに弄《もてあそ》びたい。そんなエネルギーに満ちている。いわば、暴力を伴った性衝動だ。単なる行為では満足できず、殴ったり首を絞めたりすることに喜びを抱きそうな気さえする。

考えすぎだろうか。意識しすぎと笑われるだろうか。

わが身の心配だけではない。〝施設〟には、自分よりも若くて魅力的な女性職員が何人もいる。彼女たちは不安を感じてはいないのだろうか。彼女たちの身に、いつか何かが起きそうな気がして怖い。

これらの違和感の原因となっているのではないかと、最近気になっていることがある。

薬剤投与だ。

この施設に『入居』するにあたっては、条件がある。開発途中の新薬やサプリメントの被験者となることだ。

口の悪い人間は「人体実験」などと言うが、もちろんそんな危険なものではない。基礎研究が済み、動物を使った実験を何年も経て、市販されてもおかしくないような、いわば「薬の卵」を使用するのだ。

それは栄養剤であったり、風邪薬であったり、場合によっては抗鬱剤《こううつざい》であったり精神安定剤であったりと、さまざまだ。アルツハイマー型認知症ばかりが集められたのも、そのあたりに目的があるのかもしれない。

しかし、とこのごろ思うのだ。本当に副作用はないのか。まだ実験段階の薬を、「いや」と言えない子どもや青年に投与していいのか――。

そんなもやもやを抱えていたときに、深見に出会った。

彼は、千晶の肉体的精神的な隙間を埋めてくれたと同時に、知識的な疑問にも答えようとしてくれた。

だからこそ、わたしは彼に協力した――。

「あら、ちょっと千晶ちゃん。入り口通り過ぎちゃったわよ」

伯母の声でわれに返った。

「あ、ごめんなさい。この先でUターンするから」

せっかくの休みなのだ。よけいなことは考えずに、大好きな伯母とショッピングでも楽しもう。

2 午前九時四十分

樋口透吾は、適当な——というよりそこらじゅうにいくらでもある——空き地に車を停めた。

乗っているのは島崎家のコンパクトカーだ。今日は別行動をとる必要が生じたので、どこかレンタカーの店まで連れていってくれと頼んだら、ならばこれを使ってくれと言われた。

きのうの朝の態度とずいぶん違うので怪訝な顔をしていたら、「妻がファンだそうです」と仏頂面《ぶっちょうづら》で答えた。レンタカーの話は朝食のときに軽い気持ちで出したのだが、妻の理沙がそれを聞いていたらしい。

透吾は、ゆうべ駐在所に泊まった。夕食をごちそうになったあと、辞そうとしたら、ぜひ泊まっていってくださいと、理沙に強く勧められた。その言葉に甘えて、一階の待機室に布団を敷いてもらい、そこで寝た。

朝食もごちそうになった。とりたてて珍味や手の込んだ料理はないが、ひさしぶりに焼きたての卵焼きを味わい、刻《きざ》み葱《ねぎ》のたっぷり入った納豆を堪能した。「これから聞き込みに行くのに」と島崎は苦い顔をしていた。

朝食をとりながらさりげなく聞いたところでは、妻子を実家へ避難させることまでは考えていないようだ。今日も外出こそ控えるが、このまま駐在所で留守番をするという。生真面目な島崎は、透吾の脅しを妻にややぼかして伝え、実家に帰るよう促したが、理沙は断ったという。最初に受けた印象どおり、気が強いらしい。

透吾も、それ以上強くは勧めなかった。

幼い子どもがいたので、老婆心で言ったのだが、島崎やこの駐在所がどうにかなる可能性は低いだろう。細かいできごとのあれこれが指し示す方向が違うからだ。ただし、絶対に安全だとも断言はできないが。

別行動は、透吾が提案した。

――頼みがある。たしか、手伝えることはないかと言っていたな。

――たしかに言いましたが、その必要はないと……。

――必要が生じた。昨夜陳情に来たおやじ連中が言っていた、事実関係の裏を取ってくれないか。どの家がどんな悪さをされ、何を盗まれたのか。

——青水地区の農家へ行ってですか。

——そうだ。本部から応援を頼もうかと思ったが、きみの顔を潰してはいけないと思ってな。

——そうですか。

立場上、嫌とは言えないだろうが、あまり気乗りがしていないようだ。

——あの集落の聞き込みなら、この駐在所から遠くない。万一のときのことを考えて、妻子の近くにいれば安心だろう。

島崎家を気遣ってのことだと受け止めたらしく、島崎は了解し、不審事案が続くという地区へ向かい、透吾は島崎家のコンパクトカーのハンドルを握ることになった。

これで、少なくとも島崎の身は安全だろうと思った。

透吾は、停めた車の中で、ゆうべ寝る前に手を入れた地図を広げた。

岩森村の、昨日訪問した場所と今日行ってみたい場所に印をつけてある。出発前に、主だった道路とそれら目標物の位置関係を、あらためて確認する。

もっとも、たいした情報量ではないので、作成した時点ですでに覚えてしまった。

ガソリンはまだ充分にある。しばらく海岸線に沿って車を走らせ、ときどき停めては海を眺めた。残暑の気配はあるが、心地よい風が吹いている。潮騒《しおさい》も海鳥の鳴き声も嫌いではない。足もとをのぞき込みさえしなければ、いい保養だ。

かさのはる荷物は持ちたくなかったので、スポーツグラスと呼ばれる小さな双眼鏡をジャケットの内ポケットに入れてきた。それを取り出して海を眺める。

場所によって、波の巻き方が違う。たとえば、流れのきついところでは、少し沖合いまで漕《こ》ぎ出《で》て死体を落とせば、二度と岸に流れ着くこともないだろう。海流のデータをカラス上司と島崎の両方に頼んであるが、おおまかなところがわかれば充分だった。

次に再度『タウン』へ向かうことにした。ラーメン店を営む熊谷夫婦に会って、もう少し聞き出したいことがある。

目的地に近づいたころ、カラスの鳴き声が車内に響いた。

上司からの電話だ。すでに任務についたあとで、メールならともかく、電話連絡してくるのはめずらしい。ハンズフリーで応答する。いきなり〈運転中か？〉と訊いてきた。

「問題ありません」

〈死体が出た。岩森村だ。十七分前に緊急通報があった〉

「続けてください」

〈『ショッピングタウンいわもり』知ってるな〉

「はい、通称『タウン』」

〈その中にある、閉鎖したメイン棟建物内だ〉

「わかります」

〈ほう〉

どういう意味の、ほう、かわからないので黙っていた。

〈――定期見回りに入った警備会社の人間が見つけ、通報してきた。全裸の若い男だということ、全身に刺し傷のようなものがあるということ、まだこの二点しかわからない。今からすぐ向かえるか〉

交差点の黄色信号が赤になったので、返事をあとまわしにしてアクセルを踏み込むと、タイヤが鳴った。あたりにいたカラスが一斉に飛び立った。

県道に出た。五百メートルほどまっすぐ行った先に、畑の中にそびえる『タウン』メイン棟の建物が見えている。その敷地へ、サイレンを鳴らし、回転灯をつけたパトカーが入っていくところだった。

車を停め、確認する。

「この事案に、首を突っ込んでいいんですか」

〈現場を見て決めろ。おまえにまかせる。話が通ってるはずだ〉

「迅速かつ手厚い後方支援、感謝いたします」

〈嫌みのつもりか〉

「とんでもありません」

仕事が増えたが、突発事案なら是非もない。

〈あとどのぐらいで着く〉

「すでに現着しています」

〈ご苦労〉

手際がいいなとも言わずに、ぷつっと切れた。おそらく、デスクの上の本立てに『褒《ほ》めると部下は伸びない』とかいうタイトルの、ビジネス書でも挿さっているはずだ。

反対側の車線に目が行った。路肩に一台、気になる車が停まっている。黒光りするベンツだ。

透吾はゆっくりと車を前進させた。まずはナンバーを読み取る。このあたりをカバーしている『牛崎ナンバー』だ。次に車体の特徴だ。塗装は漆黒でモールが金色、フロント以外の窓は黒いフィルムが貼られ、フロントガラスさえも多少色がついている。もちろん違反だが、そんなことは気にしない人種なのかもしれない。

白いワイシャツ姿の男が二人、車のすぐそばに立って、また一台パトカーが入っていく『タウン』のほうを見ている。

コンパクトカーを、道を挟んでベンツの十メートルほど手前に停めた。

太陽の位置を確認し、むこうからこちらの車内が見えないことを確かめてから、スポーツグラスを出し、目に当てた。ベンツの周囲に立っていた男たちもこちらを見ている。一人はだらしなくネクタイを緩め、もう一人は外してしまっている。今日も残暑がひどいから違和感はない。

恰好だけを見れば、通りすがりの営業マンがパトカーに気をとられて見ている、といった風情《ふぜい》だが、体全体から発する崩れた雰囲気や、なによりこちらを睨んでいるその目にかけた銀縁のサングラスは、勤務中のサラリーマンの趣味ではない。

『くまがい』の夫婦が言っていた、「逆地上げ」の男の仲間たちだろうか。後部席にも人影が見える。

車外に立つ背が低く痩せたほうの男が、運転席ドアに手をかけて、またこちらを見た。もう一人、背が高く筋肉質に見える男が、後部のウインドーに顔を近づけると、ガラスが十センチほど下がった。

筋肉質の男は、透吾のほうをチラチラと見ながら、バックシートの人物に向かって何か報告している。中のようすはわからない。

会話が終わったらしい。男たちはそれぞれ運転席と助手席に乗った。

ベンツがゆっくりと動き出す。足を怪我したアリでも追い抜けそうなスピードで、センターラインぎりぎりまで寄ってきた。

後部のウインドーが、さらに下がって全開になった。後部席の男と視線がぶつかった。

あきらかにさきほどの二名とは迫力が違う。髪は短く刈り上げ、首回りが筋肉で太いのがすぐに見てとれた。「知的で都会的なゴリラ」の表現がぴったりだ。

男は、まったく表情を変えず、透吾の目から視線を外さないまま、ウインドーを上げた。ベンツはタイヤを鳴らし、黒いスリップ痕とゴムの焦げる臭いを残して去っていった。

透吾は短く息を吐いた。

車内には、さらにもう一人乗っていた。ゴリラ男の向こう側だ。そいつは、ほかの三人とは違った世界の人間だ。ひとことで言えばそれこそ都会のサラリーマン。上司の命令とはいえ、自分はなんでこんなところにいるんだろう、そんな顔つきに見えた。だとすればあの都会的ゴリラは、やはり大企業や政治家、役人などに吸い付いて汚れ仕事を請け負う、「コンサル」とか「ブローカー」とか呼ばれる連中か。

不思議な村だと思った。あの、融通が利かないこと以外にとりえのない島崎巡査部長でさえ、「この村には何もない」と言っていたのに、丸一日動きまわっただけで、いろいろな人間関係に触れることができた。

彼らを呼び寄せたものは何か。

――あなたのまわりには、屑《くず》ばっかり集まる。

妻の声が聞こえるようだ。つい、一人で笑いそうになった。

――それはおれのせいじゃない。

——あなたのせいに決まってるじゃない。生ごみは生ごみ置き場に、ドブネズミはドブネズミの巣に集まるのよ。

——ずいぶんな褒《ほ》め言葉《ことば》だな。

腹は立たなかった。むしろ、真理をついていると感心した。

妻の予言は当たっていた。今のこの、路地裏をこそこそすり抜けてゆくような生き方に、英雄の風格はない。そもそも、組織そのものが日陰者のような存在なのだ。

多少事情を知る人間は、声をひそめて、樋口が属する組織を『I』と呼ぶ。

しかし、正確には『I』は組織名ではない。組織名は、一度や二度聞いても覚えられないほど平凡で意味を持たない名称だ。

『I』とは、この組織に属する、樋口たちのような調査官を示す記号だった。英語の「investigator」つまり「調査官」の頭文字だ。なんの面白みもない役人が考えたに違いない。

しかしそれが、いつの間にか組織の略称になってしまった。

ドブネズミはドブネズミたちのいる場所へ、必然的に集まるものなのだ。さっき車に乗っていた連中の本業が、赤字に悩んでいるラーメン店の夫婦をなだめすかすことだとは思えない。もっと大きな、彼らを満足させる餌が、このあたりにあるということだ。

それはいったい何か。

その正体こそが、北森巡査部長の失踪を究明する、鍵になるかもしれない。

ベンツのあとを追いたい強い衝動が湧いたが、とりあえずは目先の案件だ。カラスの指示を無視するわけにはいかない。

また一台、そしてまた一台、サイレンを鳴らしたパトカーが『タウン』に入っていく。近隣署からの応援も来たのかもしれない。この地域では重大事件なのだろう。

電話で会話したくなかったので、記憶しておいたベンツのナンバーをカラスにメールで送った。いちいち要件を書かなくても、登録名義などを調べて、折り返し連絡が来るはずだ。

「それじゃご対面と行くか」

またしても、スマートフォンに着信があった。こんどは島崎巡査部長からだ。通話ボタンを押して耳に当てた。

〈島崎です〉興奮気味の声が流れる。〈たった今連絡がありまして、『タウン』で、若い男性の死体が見つかったそうです。殺人の可能性もあるとか――〉

3　午前十時十分

「ねえ、レイちゃんはどう思う？　マモルのやつ、やっぱり、出奔《しゅっぽん》かな」

カイトがこの話題を持ち出したのは、今朝からもう三度目だ。

もしこれがほかの人間だったら、睨みつけて、ひとつふたつ脅すところだ。うるさい、その口をふさいで手を動かせ、と。しかし、カイトの人なつこさは、憎むに憎めないところがある。舌足らずな口調に不釣り合いな、ときおり混じる難しい言葉遣いも同様だ。自分をいじめていた同級生の顔を、カッターナイフで切り刻んで片目を失明させた凶暴さは、みじんも感じられない。それに何より、しゃべりながらでも、玲一より手の動きは速いのだ。

「ここを出ても、あいつには行くところはないだろう」

「そうだよね。マモちゃんって、弱者をいたぶるのは得意だけど、社会性はなさそうだもんね。だってさ、このあいだ世界地図見せて『カナダはどこ？』って聞いたら、バルカン半島のあたり指さしてた。笑うと殺されそうだから、自分の太ももをつねって真面目な顔してたけど」

「あんなやつと、かかわらないほうがいい」

「でもさ、からかうと面白いんだよ。それとさ、人間の脳って、使わない部分はどうなるんだろうね。レイちゃん、考えたことない？　筋肉とか関節とかは、二週間も使わないと、ほとんど使い物にならなくなるらしいよ。だったらさ、二十年間一度も使ってない脳細胞って、どうなってるんだろうね。ねえねえ、気にならない？　スッカスカに腐ってるか、それともロリコンのことがびっしり詰まってるのかな。おれ、許されるなら、マモちゃんの頭蓋骨を切開してみたいよ。――あれ、もしかして、この施設って、そっちの研究もしてたりして――」

カイトはクスクス笑いながらも、作業の手は休めず、また一枚シーツをたたみ上げた。マモルと一緒のときは、圧倒的に玲一のほうが手際がよかったが、カイトにはかなわない。これだけ延々としゃべりながらも、まるで早送りのビデオを見るように、みるみるこなしてゆく。

今週このリネン室は、午前の作業は玲一とマモルの受け持ちだった。ところが、今朝からマモルの姿が見当たらないのだ。緊急措置として、同室のカイトと組むように指示された。草むしりなどの作業は一日ぐらい休んでもどうということもないが、シーツ類が足りないと、とくに〝老人〟たちは困るらしい。

「ねえ、そっちの手伝おうか」

自分の割り当て分を終えたカイトが、恩に着せるふうでもなく訊いてくる。

「早いな」

「おれさ、わりと、器用なんだ。あとね、同じ八回たたむにしても、折っていく順番で違いが出るんだよ。不思議だけどね。一枚当たりはわずかでも、これだけ枚数があると、けっこう差が出るよ。具体的に説明する？」

「いや、いいよ。手伝ってくれなくてもいい。自分のぶんは自分でやる。そっちに座って休んでろよ」

「だったら、本、読んでてもいい？」

「ああいいよ」

カイトは、ポケットからぐしゃぐしゃに丸まった紙の束を取り出した。これが「本」だ。カイトによれば「本は中身が読めればそれで存在価値はある」ということで、カバーをかけて折り目もつけずに読む人間の気が知れないらしい。

作業場から突然会話が消え、ごおんごおんという乾燥機が回転する音だけが聞こえてくる。

しかし、読み始めてすぐ、カイトは本をポケットにしまってしまった。飽きたのか。

「ねえ、どう思う？　おれたちが、一週おきぐらいに二錠ぐらいずつ飲まされている薬」

「ああ、気分がやすらぐとか、栄養補給とかの薬だろ」

「レイちゃん、信じてるの？」

「信じるも信じないもないだろう」

「いや。あの薬ぜったいやばいよ。おれたち、ぜったい臨床実験のモルモットにされてるよ」

「臨床実験？　薬を飲むことか？」

「だけどそれは、入所のときに説明を受けてるだろう。合法的だし、まったく安全だって。それに、入所の条件になってる」

「まあ、そうだけど」

栄養剤や、発売前の薬品を、体調や状況に応じてモニターとして服用する、という約束だ。

「あれ、やだな、レイちゃん。安全とか真っ正直に信じてる？」

「どういう意味だ」

「だってさ、ここの経営母体は外国資本の製薬会社でしょ。バリバリの営利団体じゃない。どうしてこんな田舎にこんな儲けにもならない施設を作ったと思う？　ただの栄養剤や、発売直前の高い薬を飲ませるため？」

少し考えてみたが、いや、前にも考えたことはあるが、答えなどわからない。

「さあな。あんまり考えたことはない」

カイトは特別それをばかにするふうでもなく、自慢げでもなく、淡々と説明した。

「ヒントはさ、たぶん薬剤の製造コストにあると思うよ」

またなんだか難しい話をしようとしているようだ。あまり関心はないのだが、とりあえずは耳を貸す。

「現代の薬ってさ、一種類開発するのに、ものすごく時間とお金がかかるんだよ。コストがどのぐらいかかると思う？」

「さあな。一億円ぐらいか」

クイズに出すぐらいだからと、少し多めに答えた。

「何言ってるんだよレイちゃん。モノを知らないにもほどがあるよ」

「関心がないからな。じゃあ十億ぐらいか」

カイトが肩をすくめて見せた。

「研究期間は十年以上、かかる費用は平均五百億円って言われてる。五億じゃないよ、五百億だよ。それも一種類につき」

「五百億か」

「あれ、なんだか無感動だね」

感動もなにも、ものすごい金額だと思うが、桁《けた》が大きすぎて実感がわかない。五百万も五百億も、地中海クルーズも土星探査も、縁がないことでは同じだ。

「あまり理系でないレイちゃんのために、ざっくり説明すると、新しい薬を開発しようと思ったら、まずは基礎研究というのを数年やる。これで、方向性が決まったら、いよいよ臨床実験。まずは動物を使った臨床実験だ。これも数年かかる。ここまで問題なく成功して、初めて人間の実験にかかれる。ここまでいい？」

「ああ、わかる。理系じゃないけどな」

「オーケー。そのあとの、人体実験――じゃない、人間を対象とした臨床実験、これが大変だ。だって、いくら『実験』とかいったって、重い副作用が出たり、まして後遺症が残ったり死者が出たりしたら、薬の開発も頓挫して百億単位の金がパーになる。おまけに会社のイメージは大きくダウンだ。だから、大きな声じゃ言えないけど、この臨床実験をなんとかもっと自由にできないかと、どこの製薬会社でも思ってる。言ってみれば、成功しか許されない実験じゃなくて、試行錯誤が許される実験をしてみたい。料理で言うなら、ちょっとずつ調味料を足していって、何度も味見を繰り返すより、どばっと入れてみて、濃すぎたら一から作り直す、みたいなほうがてっとり早いでしょ」

「そんな、乱暴なものか」

「薬なんて、しょせんはギャンブルなんだよ。認可が下りて発売された薬だって、ときどき薬害裁判がおきてるでしょ。――だから、どこまで本当か知らないけど、一時期日本でも、ホームレスに一回五千円とか渡して薬を何回か飲んでもらうっていう、そんな噂があったよね。そのぐらい切実ってことだ」

「そうなのか」

「だから、警察とか役所とかの監視の目が届かないところで、好き勝手な臨床実験ができたら、製薬会社は天国みたいなものだよ」

「ここがそうだと？」

「可能性はある」

「そこまでは、なんとなくわかった。それで、そろそろ作業が終わりそうなんだが」

「レイちゃんはほんとに、そういうことに関心ないよな。――結論を言うよ。もし今おれが言った仮定が当たってるなら、ここの三つの〝施設〟に集められた、ガキんちょと、おれたち不良青年と、老人たちは、その人体実験のいわばモルモットなんだよ。おれたちは支援施設だとか養護施設なんかじゃなく、実験動物の檻に入れられてるんだ」

「しかし、いくらなんだって……」

そのとき、複数の人間の興奮気味な会話が近づいてきて、作業室の前の通路を通り抜けて行った。

上履きのゴム底がキュッキュッと音をたてて遠ざかっていく。早足というより、小走りに近い。「どうして」とか「そんなことは」というような単語が聞こえたが、前後がよく聞き取れなかったので、意味はわからない。

「何かあったみたいだね」

今までの重苦しい話題が嘘のように、軽い調子でカイトが言った。

「ずいぶん、あわててたな」

「おれはたぶん、大怪我か死人が出たと思う」

「たとえば？」

「話の中に『タウン』って聞こえた。彼女たちが話題にするタウンといえば、あそこの『タウン』しかないでしょ。廃墟になりかけのあんな場所で起こりうる、興奮に値する事態といえば、重傷者か死人。ひょっとしてマモルじゃないの」

玲一はカイトのようにいちいち理屈を考えはしない。しかし、死体が見つかったのではないかという意見には、同感だった。それもマモルの。

きのう、部屋に押しかけて来たシンのせりふと、燃えるような瞳を思い出した。

——おれはあいつを殺す。それでまた少年院や刑務所に入ることになってもかまわない。

「ねえねえ、聞いた？」

飛び込んできたのは、ミズホだ。

「あ、ミズホちゃん」

カイトはミズホのことも気に入っている。

「どうかしたのか」

玲一の問いに、ミズホが唾を呑み込んで、ゆっくりと答えた。

「マモルが死んだって噂だよ」

カイトと顔を見合わせた。

4　午前九時

「遥ちゃん、具合はどう？」

　三ノ宮晴彦は、部屋の中をのぞいて、二段ベッドの上段に寝ている江島遥に声をかけた。

「はい。大丈夫です」

　布団を頭からかぶっているらしく、くぐもった声が返ってきた。晴彦が立っているドアのところからでは、死角になって足のあたりしか見えない。

「ちょっと入ってもいいかな」

「あ、ほんとに大丈夫です」

　大丈夫、と言い切るわりには、鼻に詰まったような声だ。風邪でもひいたのだろうか。だったら、悪化する前に薬でも飲ませたほうがいいだろうか。

　小学生とはいえ、女の子の部屋ではあれこれと気を遣う。特に高学年になると、妙になれなれしく接してきたり、その反対にわけもなく毛嫌いされたりする。特に、不用意に体に触れたりはしないようにと、主任の桑野千晶にもくどいぐらいに言われている。

「遥ちゃん」

　ベッドのわきに立って、やや伸びをしてベッドをのぞき込んだ。やはり、頭まで布団をかぶっている。

「大丈夫です」

布団の中から、遥が答えた。その声に少しひっかかるものがあった。もしかして、泣いていたのでは？

「遥ちゃん、ほんとうに大丈夫？　何かあった？」

「何もないです。少しだけ気持ち悪くて。でも寝ていたら治ると思います」

「飲み物でも持ってこようか？」

そこでようやく遥が布団から顔を出した。熱で上気したように、目の周りがほんのりと赤い。

「熱は？」

「さっき計ったけど大丈夫でした。――すみません、少し寝たいので」

つまりは出て行ってくれ、ということだ。あまりしつこくしても、「いやらしい」などと報告されかねない。

「じゃあ、何かあったら呼んでね」

そう声をかけて部屋を出ようとして気づいた。

「ねえ、それ、血じゃない？」

布団の下にわずかに見えている、ピンク色のTシャツの襟のあたりに、ぽつんとシミがついている。うっかりすると見落としそうな小さなシミだが、茶褐色のそれは血痕《けっこん》に見える。

「えっ」

遥が強張った表情になり、Tシャツの襟を引っ張ってみようとするので、手を貸してやった。

「ほら、ここ」

「あ、これは——」

「血だよね」

「ええと、鼻血です」

「鼻血？」

「はい。さっき、強くかんだときに、少し血が出てしまって」

「そうなんだ。——大丈夫？」

「もう止まったし、ほんとうに平気です」

何かあったらいつでも呼んで欲しい、ともう一度言い残して部屋を出た。

親密すぎず冷たすぎず、「いいお兄さん」の役を果たすのも大変なのだ。

5　午前十時十分

樋口透吾が『タウン』の敷地内に入ると、警察関係の車両であふれかえっていた。東京の事案と多少異なると思えるのは、マスコミ関係者の姿がほとんどないことだ。当然、そのほうが活動はしやすい。

メイン棟の、正面出入り口付近には、警察関係者らしき姿が複数見えた。忙しそうに出たり入ったりしている。樋口が近づいていくと、制服警官が樋口を制止した。

「立ち入り禁止です」

透吾が身分証は出さずに立場を説明すると、警官は無線で指示を求めた。三分ほど待たされて、回答があった。指示を受けた警官は、軽く会釈した。

「どうぞ。福本《ふくもと》課長のところへお願いします」

名だけは知っている。比山署の刑事課長だ。

警官は、黄色の規制テープを持ち上げて、中へ通してくれた。

電気が通っていないせいか、自動ドアが半分開いた状態で止まっている。その隙間を抜けて中へ入った。埃と、古くなった塗装剤が混じったような臭いがした。

建物の中央を貫く広い通路が、反対側まで続いている。商店街でいえば、センター通りといったところか。全体が吹き抜けになっていて、見上げれば二階の店が手すり越しに見える。さらにその上方には、樹脂製の半透明の天井が見えている。そこから差し込む光で、電灯がついていなくても、館内は歩き回るのに不自由しない程度に明るい。

まだ、看板が放置され、店内装飾もそのまま残っていたりするのが、生々しい。アロマショップ、日用雑貨、ブティック、携帯ショップ、業種はさまざまだが、共通していることは、どの店にも商品はひとつもなく、人間もいない。

空の什器類やぽつぽつと残されたマネキン人形の残骸などに、埃が積もっている。

営業していたころには、家族連れや若いカップルなどで賑わっていたに違いない通路を、十メートルほど進むと、とつぜん、ソフトクリームの看板を立てた店があった。抹茶《まっちゃ》味に、マンゴー、それにチョコ味も。

——うん。ソフトクリームたべる。

——おいしいか。

——うん。おいしい。

直角に交わる通路との交差点があり、そちらの通路沿いにも店の残骸は並んでいる。五、六軒ほど進んだ突き当たりは、それぞれ駐車場への出入り口になっているようだ。

そして、その交差点から四軒目の前に、人だかりがしていた。

中心部にいるのは鑑識の制服を着た職員たちだ。それを遠巻きにするようにして立っているのが、刑事だろう。野次馬の目がないせいか、遺体にはおなじみのブルーシートがかぶせられていなかった。十メートル以上離れた透吾のところからも、転がされたままの、裸の体の一部が見えている。無数に、赤褐色のしみのようなものが見えている。

近づいていく透吾の気配に気づいて、遠巻きにしている刑事たちが、透吾にきつめの視線を向けた。

「福本課長はいらっしゃいますか。樋口さんをお連れしました」

制服警官が問いかける。どの顔も不機嫌そうだったが、いわゆるごま塩頭を短めに刈った五十年配の刑事が一歩踏み出し、そこそこ愛想よく答えた。

「おれだ」

警官に礼を言って返す。

「樋口といいます。一応の了解はとれていると思いますが」

当たり障りのない口上を述べた。福本が、しぶしぶ、という雰囲気でうなずいた。所轄署の刑事課長なら、警部のはずだ。今のところ、この場の一番の責任者といったところか。

透吾より頭一つ背の低い福本が上目遣《うわめづか》いで探るように見る。

「本部の警務部から、署長のところへ連絡が来たそうだよ。『調査の人間が行くから、融通を利かせてやってくれ』と。行方不明の駐在のことを調べてるんだって？」

「ええまあ、形ばかり。つまらない仕事です」

福本はにやにや笑っている。

「あんたらの組織の噂は聞いたことがあるよ。たしか『I』だか『J』だかと言ったな。実際、そこの人間に会うのは初めてだが。こんな田舎にまで来るんだな」

めんどうなので詳しい説明はしない。

「警察の手をわずらわすほどでもない細かい仕事を、下請けでもらっています」

「おれが聞いた話とはずいぶん違うが、まあいい。しかし、駐在の失踪とこんな殺しが関係あるかね」

口調も顔つきも人当たりがよさそうだが、さぐるように透吾に向けている視線は冷たく鋭い。こんなときは、ぶつかり合うのは得策ではない。

「わたしは指示されたとおりに動くだけです。事務方のお偉いさんは『念には念をいれろ』が口癖なんです。万一のことがあったら、責任を取りたくないんでしょう」

福本は口もとだけでにやっと笑った。

「ま、そんなもんだろうね。——隠すこともないし、自由に見てもらってかまわない。ただし、うちの連中の邪魔はしないでもらいたい。それと、わかってると思うが、鑑識が終わって、本部の連中が来て、許可が出るまで現場には近づかないで欲しい」

当分先になる。福本自身もどこか不服そうだ。

「それは承知しています」

ごま塩頭の刑事は満足げにうなずいた。

「まあ、なるべくなら見ないほうがいい。しばらく焼き肉が食えなくなる」

「なるほど」

「おたくも、もとは警官でしょ。目つきや口の利き方でわかる」

「もうずいぶん前ですが」

福本は、ポケットに手を突っ込んで軽くうなずいた。

「とにかく、お手柔らかに頼むよ。――まあ、何かあったら、おれに声をかけて」

「ありがとうございます」

頭を下げ、死体の見えやすい角度に回り込んだ。

それでもまだ四、五メートルほど離れているので、細かい部分はわからない。ふと思い出して、スポーツグラスを取り出した。

やはり全裸で、若い男のようだ。数えきれないほど、体中に傷がある。さきほど赤褐色に見えた部分は、刺し傷だろう。十やそこらではきかない。めった刺し、というやつだ。

《猟奇殺人》という、マスコミ受けしそうな見出しが浮かんだ。

あの日以来、初めて「息子はもう生きていないかもしれない」という思いが浮かんだ。

「凶器は鎌らしい」

福本が、背後から急に声をかけてきた。

「鎌、ですか？」

ふり向かずに訊き返す。首筋のあたりが、むず痒い。

「ほら、草刈りなんかに使う」

「変わった凶器ですね。特定できた理由はなんですか」

双眼鏡をおろし、福本に向き直った。

「ブツが落ちてた。二階に。――おい、それ見せろ」

そう言って福本が顔を振ると、部下らしき者が近づいて、デジタルカメラの液晶画面を見せた。やはり、まだ手をふれるわけにいかないので、写真に撮ったのだろう。たしかに、草刈りなどに使う鎌が写っている。刃も柄も血まみれでやはり茶褐色をしている。しかし、物自体は新しそうだ。

――買ったばっかりの鎌だ。

――それも二本。

「見つかったのはこの一本だけですか」

「今のところはそうらしい。何か知ってるのか？」

「いえ。特に理由はありません。指紋は？」

福本はあっさりと首を左右に振った。

「まだやってないが、これだけ血まみれでも見当たらんようだ」

「鎌の出どころは？」

「ちょっと待ってよ。死体が発見されて、まだ三十分と経ってない。おれだって来たばっかりだ。あんただってわかるだろう、おれたちは超能力者じゃない」

「すみません。がっついて」

気色《けしき》ばんだのは一瞬で、透吾が下手に出ると、すぐに機嫌を直した。感情の起伏が激しいようだ。

「まあ気がせくのは一緒やね。——なんかこう、大向こう受けを狙った、おかしなやつじゃなければいいけどな。劇場型とかいったかな」

「死因は失血死ですかね」

そう質問しながら、死体の下に敷かれている黒いものに目が留まった。はじめは、少し変わったシートかと思ったが、違うようだ。まさか、という思いと、やはりそうか、という思いが交錯《こうさく》する。

——買ったばかりの防鳥ネットが盗まれた。

福本は、冷やかすような口調で、質問をはぐらかした。

「あんた、やっぱり相当場数を踏んでるな。この現場を見て顔色も変えない」

「買いかぶりですよ」

福本は、ふうん、とうなずいて、透吾の疑問に答えてくれた。

「これもはっきりしたことは言えんが、絶命の原因は違うかもしれんな」

「違う？」

福本自身も不思議そうに眉根を寄せている。

「二階から落とされてる」

そう言いながら顔を持ち上げた。つられるように、透吾も見上げた。二階部分の手すりが見えている。何人もの鑑識員が、指紋採取や何かの痕跡を探しているのが見えた。あの部分から落ちた、ということだろう。

「刺しておいて投げ落としたということですか」

「だいたいそのようだが、少し変わったやりかただな」

「というと？」

「自然にほどけたようだが、被害者は網にくるまれていたらしい」

「あの、死体の下に敷かれている黒いやつですね」

ああ、とうなずく。透吾が、二階の手すりと床を交互に見ていると、福本が続けた。

「まだはっきりしたことはわからないが、実家が農家のやつがいてね、『あれは防鳥ネットじゃないか』と言っている。都会の人は知らないかもしれないが、農作物を鳥に荒らされないように、畑の上に張るネットのことだよ」

——家庭菜園で使うような貧弱な代物じゃない。

「ネットの上から刺していますか。刺してからネットでくるんでいますか」

福本のにこやかな目がわずかに細くなり、光を増したように見えた。

「細かいところを突きますな」

「細かい性格で」

福本は、あはん、と咳払いしてから答えた。

「それもまだ、確定的なところはわからんが、ちょっと見たとこ何か所か網が破れているな」

つまりは、網で動きを封じて刺したということか。

「網にくるんでめった刺し、ですか。変わった手口ですね」

現役時代にも、そんな事件には出会わなかった。

場所を移動した。すぐ脇に、扉が開け放たれたままの非常階段があった。遺体を落としたこの場所に意味があるとすれば、単にこの階段を上ってすぐ、という以外にないだろう。

「階段に血痕がありますね」

福本は、透吾の問いかけに直接答えず、そばにいた、鑑識の係長らしき男に声をかけた。

「下で刺してから階段を上ったちゅうことか」

福本の質問に答える前に、鑑識員は透吾にちらりと視線を走らせた。福本がうなずく。

「このかたは大丈夫だ」

鑑職員が、それなら、という顔で説明した
「ガイシャを刺したのはおそらく二階です。血だまりがあるし、凶器もそこに落ちていましたから」

「鎌だな」

「はい。それと、取り替えたらしいネットも」

「替えのネットもあったのか」

「そういうことになります。そっちはかなりボロボロです」

「――ということはつまり、なんだな」

その先が言いづらそうに、福本が言葉に詰まった。代わりに、透吾が引き取った。

「まずは気絶させるなりして、ネットに巻いて、鎌でめった刺しにした。当然、ネットもボロボロになる。だから新しいネットに巻きなおして、さらにとどめのつもりでもう何回か刺して、二階から落とした。しかし一度では死ななかったので、もう一度引きずりあげて落とした」

「おそらくは」

鑑識係長が、渋いものを口にしたような顔で、うなずいた。

「複数犯でしょうか」透吾は続けて問う。

「おそらく」小さくうなずいた。「複数の靴跡が残っています。二十三センチ程度から二十六センチ前後まで。正確な種類や数はまだです」

「女か。――こりゃあ、筋が読めてきたかな」

脇で福本が苦笑した。透吾にも彼の言いたいことはわかった。女まじりのグループ、集団による凄惨な犯行、とくれば、顔見知りないし仲間割れによるリンチだ。たとえば「おれの女に手を出した」「おれの妹を妊娠させた」といったような――。

だとすれば、捜査本部が立つかどうかという時期に、犯人は割れるだろう。

「少し気にかかることがあります」

この鑑識員は福本と仲がいいのか、よくしゃべる男だった。

「なんだ」福本が笑みを消して尋ねた。

「指紋がないのは、手袋をしていたからでしょうが、ほかにも痕跡がほとんどありません」

「毛髪や糸くずか」

「ええ。そこらじゅう埃だらけなので、断定的なことは言えませんが、かなり注意しているみたいです。犯行が荒っぽいのに不思議だなと思って」

「よく捜せば、何かあるはずだ」

透吾はその場を離れ、電話をかけた。

〈はい。島崎です〉

「手柄を立てさせてやる」

〈いきなり——どういうことでしょう〉

「まだ、青水地区にいるのか」

〈はい、聞き込みを続けています。そちらに行きましょうか〉

「ちょっと待て。それより、昨夜の陳情団が言ってた、鎌や防鳥ネットの話は、裏がとれたか」

〈とれました。盗まれた納屋や物置小屋も見せてもらいました。写真も撮って……〉

「ほかには、何か怪しいことは？」

〈目的はわかりませんが、鎌を盗まれた家の近くの家で、庭に張っておいたロープが切られたそうです〉

「ロープ？　切って盗まれたのか」

「いえ。軒先に張った大根を干したロープだそうですが、切っただけで、盗んではいかなかったようです。大根が落ちて泥だらけになったと、農家の人間が怒っていました」

「大根は切ってなかったか」

「は？」

「あるいは、近くのビニールハウスも切り裂かれてなかったか」

〈えっ、どうしてわかるんですか〉島崎が驚きの声を上げた。

「まあいい。――たしか、手柄を立てて、さっさと駐在所勤務から抜け出したいとか言ってたな」

ゆうべ、食事をとりながら、透吾にはビールを飲ませ、島崎自身はウーロン茶で我慢していた。このあと勉強するからと言って。島崎は透吾の誘い水に、うっかり「はい」と口にしかけたようだが、あわてて言葉を飲み込む気配があった。

「どうかしたか」

〈誘導はやめてください。そんなことは言ってません。あやうく、ひっかかるところでした〉

「とにかく、本家筋にあたる比山署の信頼できそうな上司に、今すぐ連絡を入れろ。刑事課の課長がこっちにいるから、すぐに話はまわってくるだろう。内容の正確さより、スピードを優先しろ。あと十分したら情報として無価値になるかもしれない」

〈何を報告するんですか〉

「あいかわらず、二度説明しないと理解できない男だな。鎌と防鳥ネットが盗まれた一件だ。こっちの情報が流れる前に特定できれば、署長賞ぐらいはもらえるだろう」

〈しかし、今、聞いてしまいました〉

「ばかかおまえは。さっさとしろ。それから、もう一本の鎌が、ここにはないようだ。それを捜せ」

〈しかし……〉

通話を切った。

これで、捜査の目は青水地区に向かうだろう。そしてしらみ潰しに、地元住人に聞き込みを行うだろう。あの自治会長たちがおそれていた、「隣近所を売る」事態の発生だ。聞き込みに関しては、島崎一人にまかせるよりも、数十倍効率がいい。こういっては申し訳ないが、島崎では一日嗅ぎまわっても、本質が見えるかどうか怪しい。なにより、人数が増えれば、島崎は安全だ。

突然、「ギャア」という不快な鳴き声がしたので、切ったばかりの携帯を見た。着信はしてない。本物のカラスだ。近くの電線に止まって、透吾を見下ろしている。

「おまえも、おれを見張ってるのか」

首をかしげているカラスに声をかけ、福本のところへ戻る。

「課長、検視官がお見えです」

若い刑事が走ってきて、福本に報告した。いよいよ県警本部のおでましだ。

「本部からお客様が到着ですね」

「捜査本部が立つと面倒だな」

福本が誰に言うともなくぼやいた。

「お気持ちはわかります」

透吾がそう言うと、福本の顔に、出会ってから初めての本物らしい笑みが浮いた。

6　午前九時二十分

職員の三ノ宮が出て行くなり、遥はあわててTシャツを脱いだ。

間違いない。これは血のシミだ。しまった。気づかなかった。

ゆうべ、着替える前にきちんと体を拭いたはずだが、まだ残っていたらしい。浴室を使いたかったが夜中にそんなことをしたら、すぐに見つかってしまう。そして、何をしているのかと追及されてしまう。

「ばれなかったかな」

遥は、まだ少しぼんやりする頭を左右に振って、ひとり言を漏らした。三ノ宮でよかった。あの男は、少し前に何かと口実を作って部屋をのぞきにきたので、主任の桑野さんに相談した。注意を受けたらしく、それ以来あまり馴れ馴れしくしなくなった。もし、女性の職員だったら、布団を剝がれてしっかりチェックされていたかもしれない。

これまでのことが切れ切れによみがえる。

そもそもは、おとといの夕方のことだ。〝施設〟の運動場で、女子だけでドッジボールをしていたら、またあの男に声をかけられた。マモルだ。康介たちが、アル＝ゴルに処分してもらおうと言っている、あのマモルだ。

運動場は、〝施設〟の人なら誰でも使える。ほとんどは『かもめ』のお年寄りか、『にじ』の子どもたちばかりだが、たまに『みらい』のお兄さんお姉さんも来る。

「遥ちゃん、こんど、お兄さんと遊んでよ」

声をかけられて振り返ると、マモルが立っていて、妙に赤っぽい唇が濡れていた。全身の毛が逆立つほど気持ちが悪かった。すぐに、そばでサッカーをしていた貴たちがかけつけてくれて、遥を囲むようにして守ってくれた。

「なんだよ、おまえら」

マモルが貴たちを睨んだ。怖いというより、気味の悪い目だった。黒目が大きくて、やはりなんだかぬめっとした感じがする。マモルの体は大人にしてはあまり大きいほうではないが、それでも迫力があった。ただ、こちらにも男子が四人いた。

「聞いてんだろ。なんとか言えよ」

マモルが伸ばした手で、貴の額をつつこうとしたのだが、貴がその手を払った。「やめてください」と脇から言ったのは、康介だ。

「てめえら、なんていう名だ」

もちろん、誰も答えない。

「ふん、上等だよ。顔は覚えた。おまえら、ひとけのないところを歩くときは用心しろよ」そこで少し間をあけた。「ぶっ殺してやるからよ」

小さな声だったが、とても不気味だった。貴やそのほかの男子はみな、さすがに緊張からか強張った表情をしていた。

職員の助けを呼ぼうかと思ったとき、マモルは背を向けて向こうへ行ってしまった。

「おまえこそ、もうすぐ『断罪』されるぞ」

康介がその背中に叩きつけるように言った。

「早く『アル＝ゴル神』に頼もう」

そう言ったのは準だ。

「おれ、『みらい』に、一人知ってる人がいる」

貴がその場にいるものたちに言った。

「誰？」訊いたのは真紀也だ。

「あそこでは『シン』って呼ばれてる」

男子のあいだから、「え、シンさんと」「まじで」という声があがった。

「うん。とにかく、シンさんに相談してみるよ」

「その人強いの？　マモルにやられたりしない？」

遥と同じ六年の別の女子が訊くと、貴が自慢げに答えた。

「大丈夫だよ。すごく体がでかくて、喧嘩も強いんだ。たぶん、この〝施設〟にいる人間で一番でかい。マモルなんかが百人集まっても、シンさんにはかなわない」

そのあとも、男子は『アル＝ゴル神』とシンさんとどちらが確実か、などとこそこそ相談していた。遥は気分が悪くなったので、同室の内田文花《うちだふみか》につきそわれて部屋に戻った。

文花は、遥よりひとつ下の五年生で、遥を姉のように慕っている。

あまり詳しくは聞いていないが、文花の母親が父親と離婚し再婚した。文花はその再婚相手から「ひどい目」にあって、ここへ来たらしい。

文花につきそわれて部屋に戻ったとたん、安心したのか、ふらついてしまった。過去にも何度か同じような症状になって、保健の先生に「貧血ね」と言われた。

「遥ちゃん、だいじょうぶ？」

文花が、二段ベッドを上がる遥を支えてくれた。

「うん、大丈夫。ありがと」

それでも文花はベッドに横になった遥のそばを離れようとせず、不安げにのぞき込んでいる。

「マモルに絡まれたこと、お兄さんに言う？」

文花がきいた。お兄さんとは、三ノ宮のことだ。かえって、ややこしくなる。

「言わない。──ねえ、文花ちゃんも秘密にしてね」

「──うん。わかった」

文花は少し不満そうだったが、それ以上の理由は聞かずにうなずいた。

結局、職員には誰にも話さないことに決めた。貴を通じて、事情を知っている男子たちにも口止めを頼まないと。

内緒にしておきたい理由は、自分でもよくわからない。貴は「マモルの仕返しが怖いのか」と訊いたが、たしかにそれもあるかもしれない。だけどそれだけではない。たぶん、もめごとが嫌いなのだ。

遥がまだ家にいたころ、大人たちの、特に両親ののしり合いの喧嘩を、いやというほど見てきた。お金とかお酒とかがこの世からなくなればいいのにと、何度呪ったかわからない。

今でも、誰かが言い争っている声を聞くだけで、心臓が苦しくなってくる。

本心を言えば、『アル゠ゴル神』でもシンとかいう青年でも、だれでもいい、自分の知らないところでこっそりけりをつけて欲しい。

薬が飲みたい――。

不安がつのると、あの薬を飲みたくなる。康介たちが隠しているあの薬だ。

あれを一錠飲むと、すごく気分がよくなって、貧血気味のときでも動き回れるようになる。二錠飲むと、なんでもできる気がしてくる。頭に血が上って、興奮してくる。鼻血が出ることもあるぐらいだ。康介たちは、その状態を『覚醒』と呼んでいる。たしかに、何かに目覚めたような気分だ。

だけど、あとになってみるとそのあいだのことをよく覚えていない。それに副作用なのか、頭痛もする。だから、飲むにしても一錠だ。きのうはつい二錠飲んでしまい、鼻血も出た。そのあとは元気になって動き回ってしまった。そしてその反動で今朝は起きられなかった。

これからは、やはり一回一錠にしよう――。

遥は、残りあと一錠になった『薬』を手にもって眺めた。

康介に言えば、またくれるだろうか。『アル＝ゴル神』の信者になると言えばくれるに違いない。

この薬がないと、この世界を生きていく自信がない。

7　午前十時三十分

玲一とカイトは、まず、今週のシンの受け持ち作業場である、食堂をのぞきにいった。

朝食後の片付けもあらかた終わって、食堂内はがらんとした雰囲気だ。職員がテーブルに集まって、お茶を飲みながら談笑している。――いや、笑ってはいない。いつもなら、楽しそうな雑談の声が食堂内に響いているのだが、今日はなぜか額を寄せ合うようにして話している。

「すみません」

玲一が声をかけると、六人ほどかたまっていた職員のうちの、半分ほどがびくっと反応した。

「あら、何か用？」

いつも陽気に元気よく声をかけてくれる食堂のおばさんが、めずらしくぎこちない笑顔で玲一に答えた。何かあったんですかと訊きたいところだが、それよりまずはシンのことが気になる。

「シンを見なかったですか」

「さっきまで手伝ってくれてたけど、もう自由時間だから」

「ありがとうございます」

おばさんは、玲一の礼にも答えず、ふたたび顔を伏せて、仲間とのひそひそ話に戻った。

「やっぱりなんかあったみたいだね」

「ああ」

「さっきまでいたってことは、シンちゃん、逃亡しなかったのか」

カイトが不思議そうに首をかしげた。すっかり、シンがマモルを殺したものと、決めつけているらしい。

次にシンの部屋へ行った。同室の青年がベッドに腰を下ろしたままポータブルゲームに夢中だ。その手首にタトゥーを消したらしい痕が見える。

「シンは？」

「さあ」とこちらも見ずに首をかしげる。「あ、ちくしょう、まずった」

部屋を後にして、レクルームに向かう。

ここにも今日はなぜか人の気配がない。シンの姿もない。もちろん、マモルもいない。

「じゃあ、外かな」

カイトの言葉にうなずき、玄関へと向かった。

廊下の途中で、スタッフルームから出てきた女性職員にぶつかりそうになった。

「きゃっ」

胸もとを抱えるようにして身をすくめたのは、熊谷有里だ。

「――危ない」

「あ、有里さん。何かあったんですか」

カイトが軽い口調で尋ねた。有里は少し困ったような顔で振り向いたが、「ええ、ちょっと」と答えて、すぐにまた背を向けた。

「もしかして、誰かいなくなったとか」

カイトのかまかけに、再度振り返った有里の顔は、さっきよりずっと強張っていた。

「――そして見つかったとか？」

「誰かに聞いたの？」

なんとなく、唇が震えているように見える。やはり間違いなさそうだ。

「朝から、マモルの姿が見えないし、職員さんたちがバタバタしてるので」

有里の黒い瞳が左右に揺れた。

「まだわからないの。確認中だって。――とにかく、まだほかの子には言わないで。絶対ね。お願いね」

そう念を押して、こんどこそ足早に去っていった。

「本当みたいだな」

「やっぱりシンちゃんやったんだ。有言実行だな。しかもソッコーだ。見直したよ」

シンは、『菜園』にいた。しゃがみこんで何かしている。

あまりに体が大きいので、こうして丸まっていると、人間ではなく何か荷物でも積んであるのかと思ってしまう。

玲一とカイトが近づいてゆく気配に気づいているはずだが、シンは形ばかりの柵の内側に入って、土に膝をつき、スコップを片手に土いじりをしている。何か植えているようだ。

ここはフェンス際に位置していて、普段はあまりひとけのない場所だ。家庭菜園や花壇などに興味のある人間なら誰でも、「作業」ではなく「趣味」として土いじりができる。ノルマも課題も採点もないから、奥の塀の近くでは、すっかり茶色くなって首を垂れたヒマワリが刈られずにいるし、その手前では、過密状態で植えられたコスモスが窮屈そうに育っている。

地味な場所なので、特に〝青年〟の姿はほとんど見かけない。だからこそ玲一は、晴れた気持ちのいい日に、ここの片隅に置かれたベンチに座って、ぼんやり考えごとをすることが多い。

「ちょっといいか」

背後から玲一が問いかけると、シンは片膝をついた姿勢のまま、振り返らずに答えた。

「なんだ」

「あのさ……」

カイトが、気軽な調子でそう言いながら玲一の脇から一歩踏み出した。いきなりシンの怒声が飛んだ。

「入るな」

カイトがびくっと足を引く。

「あ、ごめん。まだ植わってないと思って……」

「マモルを見かけなかったか」

玲一の問いに、シンは振り返らずに答えた。

「知らねえ」

「朝からマモルがいない」

「そうか」

「ゆうべ、マモルと会わなかったか？　探していただろう」

「どういう意味だ」

巨大な背中の奥からくぐもった声が聞こえた。

玲一は普段、誰かと対峙《たいじ》していて、体格的に引け目を感じることはほとんどない。身長は百八十センチを超えているし、筋力にもそれなりの自信はある。あまり自慢になることではないが、幼いころから素手の喧嘩なら負けた記憶はない。もっとも、そもそも喧嘩になることが少なかったが。

しかしこうして岩のようなシンの後ろ姿を見ていると、その自信も揺らいでくる。

「質問したとおりの意味だ。朝からマモルの姿が見えない。それにこれはまだ噂だが、どこかでマモルの死体が見つかったらしい。ゆうべ、おまえは見つけ次第絞め殺しそうな勢いでマモルを探していた」

スタッフルームの入り口近くで、聞き耳を立ててこの情報を仕入れた、ミズホの名は出さない。

「おれには関係ない」

シンはあいかわらず背中を向けたまま、怒りを含んだ口調で答えた。手もとを見れば、何か花の苗を植えているようだ。

一本一本が大ぶりのタラコほどもありそうな太い指で、苗の根もとのあたりを、ぐいぐいと押し固めている。気が済むとふたたびスコップを手に持ち、十センチほど離れた場所にまた、拳大ほどの穴を掘った。

「ねえ。それ、手伝おうか。もう少しそっと……」

カイトが脱線しかけるのを、玲一が手で制した。

「もう一度聞く。きのうの夜、どこかへ出かけてないか。——そんなことはしたくないが、職員に頼んで防犯カメラを確かめてもらうこともできるぞ」

ほんとうにそんなことが可能かどうかわからない。ハッタリだ。

「出かけた」

どうでもいいという口調でシンが答えた。

「どこへ」

「海岸」

「理由を聞いてもいいいか」

「海が見たくなった」

「マモルと一緒にか？」

「あんな野郎は知らない。一人だ。カメラの映像を見ればわかる」

「どのぐらい外にいた」

ようやく、シンの態度に変化が現れた。ポケットに何かをしまいながら、ゆっくりと立ち上がり、手についた泥をはたき落とし、振り返った。

怒りのせいだろう。顔を真っ赤にさせて、その巨体が玲一に触れんばかりの位置に立った。

「おまえ、何様だ。おれがどこで何をしようと勝手だ。職員に密告するならしろ。犬」

拳を握り締めて耐えた。真相を確かめるのが先決だ。

「どうしても喧嘩を売りたいなら、あとで相手になる。今は質問に答えろ」

「そんな義務はない」

「あのね、マモルが本当に死んだっていう確証はないんだよ。また聞きなんだ」

二人の間に満ちた殺気を吹き飛ばすような暢気な声で、カイトが割り込んだ。シンはちらりとカイトに視線を投げたが、すぐに玲一に戻した。

「あの糞《くそ》野郎が死のうがどうしようが、おれには関係ない。おれがやったと思いたいならそう思え」

「関係なくはない。ここは真面目に更生しようとしている人間がほとんどだ。マモルみたいな例外を除けばな。おまえだって、そうだったんじゃないのか」

「ぐずぐずうるさいぞ」

シンは、泥がついたままの利き手の左手で、玲一の胸もとをつかんだ。玲一はあえてさからわなかった。シンはそのままシャツをねじりあげる。あごが持ち上がった。玲一でなければ、体が浮いていただろう。

ふと、シンにまつわる噂のひとつが浮かんだ。昔、絡んできた相手の男の喉ぼとけを、片手で——それも指先で——潰したそうだ。この力で締め上げれば、マモルのような貧弱な体なら、ひとたまりもない。

玲一が重心を落としてこらえたため、体こそ持ち上がらなかったが、万力のような力で絞めつけられて、さすがに息苦しくなってきた。やはり行きつくところまで行かねばだめか——。

苦しくなっていく中で、そんな考えが頭をよぎった。

しかし、どうしてもこの男と取っ組み合いの喧嘩をする気分になれなかった。どちらかが怪我をする。第一、「指導」の対象になってしまう。減点はいやだ。

玲一は、一旦呼吸を止め、右手でシンの左腕をつかんだ。その盛り上がった筋肉を、指の先で押した。普通の相手なら、痛みに悲鳴をあげているはずだ。

さすがにシンの顔が歪み、締め上げる力が緩んだ。その隙に、玲一はシンの腕を振りほどき、二歩ほど下がって呼吸を整えた。

「おまえは、話をするときに、いちいち相手の首を絞めるのか」

玲一はシンの目を睨んだまま責めた。シンは興奮がおさまらないようで、肩を上下させて息をしている。

「おれは、他人にあれこれ説教や指図されるのが嫌いだ」

玲一も息を整えながら答える。

「それはおれも同じだ。それだけじゃない。本音を言えば、おれもマモルなんかどうなろうと興味はない。いや、ボロボロにしてやりたいのをずっと我慢していた。なぜ我慢したかといえば、あんなクズでも手を出して問題を起こせば、『みらい』のほかのメンバーに迷惑をかけるからだ」

「マモルを殺すと、どうして迷惑がかかるんだ」

「わかってるだろうが。また禁止事項や制約が増える。もしかすると、処方される薬も増える。それが嫌なら出ていけと言われる。おまえは今すぐ追い出されて、行き場があるのか。それだけじゃない。問題が大きくなれば、この〝施設〟そのものが閉鎖されるかもしれない。そうなれば、みんなまたばらばらだ。おまえ一人のせいで」

「そんなこと知るか」

「おれ、わりとここが気に入ってるんだよね」

　この状況下でも、カイトの口調はどこかのんびりしている。玲一はシンの目から視線を逸らさずに言う。

「おまえ、もし、本当にマモルをどうにかしたなら、すぐ自首しろ。たぶん、もうすぐ警察が来るぞ」

「関係ない」

「関係ない？　自分が普段から何を言ってるのか考えてみろ。おれたちだけじゃない。職員だって知ってるぞ」

　シンの声は大きいし、あたりをはばからず「マモルを探し出して殺してやる」などと言っていた。ほかに何人も聞いたはずだ。気配を察したマモルは、午後ずっと職員の手伝いをしていたし、夕方以降は消灯までどこかに隠れていたようだ。

　何か起きたとすれば、そのあとだろう。

「どうでもいい」

　やはり投げやりにそう言うと、シンはそのままくるりと反転し、また地面に膝をついた。花壇作業に戻るつもりらしい。

「どうしてもとぼけるなら、職員に言う。犯人探しが始まる前に、おまえのことを報告する」

「勝手にしろ。犬」

　玲一は、いちど大きく深呼吸し、シンに背中を向けた。

　大股で歩いていると、カイトが小走りで追ってきた。

「待ってよ、レイちゃん。本当に密告する？」

「さあな」

　そっけなく答えた玲一の前に回りこんで、カイトは人差し指を左右に振りながら「チッ、チッ、チッ」と舌を鳴らした。

「レイちゃんは、そうはしないと思うな」

「なぜ」

　カイトはクスクス笑う。

「レイちゃんもさ、内心じゃ『もしもマモルが死んだならせいせいする』って思ったんじゃない？　あんなやつのこと好きな人間はいないもんね。だけど、その犯人がもしもシンちゃんだったらって、ほんとは心配してたんだろ？　さっき、シンちゃんが本当のことを打ち明けてくれたら、最終的にはかばってやろうと思ってた。どう、違う？」

　玲一は答えずに歩を進める。

「ところが、思惑《おもわく》がはずれた。でもさ、シンちゃんはいつもああいう口のききかたしかできないんだよ。自己弁護もしない。その辺、レイちゃんに似てるから、わかるだろ。だからって、何かをしたとは限らない。違う？」

玲一は、トランプのババ抜きで勝てそうなときと変わらない、無邪気な笑顔を浮かべるカイトを見て、急速に興奮が冷めていった。

「おまえって、変なやつだな。――たしかに、そのとおりかもな」

シンのあの態度は、マモルを直接手にかけてはいないように感じられた。もし本当に殺したなら、もっと満足そうな表情を浮かべていたはずだ。どちらかといえば、自分が殺し損ねて不機嫌だという印象さえ受けた。

「シンちゃんじゃなさそうだね」

「そうかもな」

もう犯人捜しはやめようと思うそばから、カイトが提案してきた。

「まずは事実関係を確かめないと。そもそも、ミズホちゃんが立ち聞きした話が本当なのか。そして死因は事故か他殺か。仮に他殺だとしたら、外部の人間か内部の人間か、単独犯か複数犯か。手を下していないにしても、シンちゃんは何か知っている。ならば事後従犯か。でもさ、ぜったいに犯人は身近にいるよね。――だって、わざわざ遠距離から交通費をかけて、あんなクズを殺しに来るわけないもんね。この施設の関係者か、少なくとも村の人間だよね」

玲一はあきれてカイトの顔を見た。

「よくしゃべるやつだな」

「よく言われる」カイトは楽しそうに、指先で鼻の頭をこすった。

「──暇つぶしに、真相を突き止めてみない？」

「どうやって」

たしかに休憩や自由時間はあるが、施設の外に出てうろつきまわる自由も時間もない。

「そこは工夫だよ。レイちゃん」

にっこりと笑って左手の親指を立てた。が、すぐに首を小さくひねった。

「さっきシンちゃんは、おれたちに見つかっても、あわてたようすはなかったよね」

「まあな。興奮してたが、あわててはいなかった」

「もしも、何かを埋めて隠した直後なら、多少あわてると思うんだよ。でも、おれたちが近づいていっても、平然としてた」少し考え、人差し指を立てた。「──つまり、何かを埋めたんじゃなくて、掘り出したあとだったんだ」

「なるほど」

「それも小さいものだ。ポケットに入る大きさだよ」

8　午前十時三十分

県警本部から検視官が到着し、本格的な検分が始まったようだ。捜査一課のおでましだ。樋口透吾は、あまり近づきすぎないように、やや離れたあたりから観察する。鑑識の職員も増えている。県警本部の鑑識課員たちだろう。もとからいる所轄の係員たちと手分けして、床を舐めるように調査している。

廃屋となりつつある、『タウン』のメイン棟全体を立ち入り禁止にしたので、よけいな野次馬はいないし、現場付近に邪魔な黄色の制止テープは張り巡らされていない。

スマートフォンが一度、震えた。メールの着信だ。

ポケットからそっと出して画面をのぞけば、こんどこそカラス上司からだった。

《車ナンバーは調査中。その殺し、本来の案件と関係が薄そうなら深入りするな》

自分が行けと言ったくせに——。

そんな捨《す》て台詞《ぜりふ》が浮かんだが、カラスは「行け」とは言ってない。「おまえにまかせる」と言ったのだ。いつものごとく、重要なことには言質《げんち》を与えない。

ただ、釘を刺されなくとも、初めからそのつもりだった。どんな猟奇的殺人事件が起きようと、そしてその現場が目と鼻の先であろうと、本来の任務と無関係であるなら、首を突っ込むべきではない。それに、地元の警察関係者に不用意に顔を覚えられたり、まして や旧知の人間に再会したりすると、今後の活動がしづらくなる。あまり大っぴらには動け ない。それが、透吾が身を置く組織の宿命だ。

透吾は、警察職員ではない。公務員ですらない。「元」だ。元は警視庁の警官だったが、 今はただの民間人だ。透吾だけではない。同僚たちも、上司のカラスも、その上もそのま た上も、すべて「元」だ。ひとくくりに警察関係といっても、刑事だったり、公安だった り、SATだったり、変わったところでは科警研や鑑識あがりもいる。さらには、やはり 「元」だが、自衛官や麻薬取締官まで揃っているらしい。

誤解のまま『I』と呼ばれるようになってしまったこの組織の最大の特徴は、民間の調 査機関のくせに、民間の仕事は受けない点にある。グローバル企業の社長や会長クラスか ら要請があればまた話は別だが、ほとんどの調査対象は政治家や高級官僚といったところ だ。

与えられる任務は、単なる「身元調査」のようなものから「スキャンダル探し」まで、 さまざまだ。半年ほど前のことになるが、「首相官邸にスパイが入り込んでいる」という 密告がなされ、調査した。このときは、透吾の同僚が、官邸職員にばけてもぐり込んだ。 結局は、それらしき人物がいないことと、密告ルートを逆にたどって、官邸内に混乱を招 くためのフェイク情報であることをつきとめた。

正確な組織図は透吾も把握していない。

ただ、うっすらとわかるのは、誰か飛びぬけた一人が君臨しているのではなく、数人のリーダーによる合議制らしい。もちろん、かれらの素性や氏名など、透吾の知るところではない。

とにかく、その組織がこんな田舎へ自分を派遣したのは、どういう意図なのか――。

目立たぬように少しばかり鑑識活動を眺めていたが、とりたてて収穫はなさそうだ。たしかにこの田舎の村で起きた殺人事件となれば、駐在の失踪となんらかの関係があるかもしれない。しかし、その判断はせめて検視報告書があがってからでいいだろう。ちらほらと応援組らしい捜査員たちの顔がまじってきた。ほどなく、理事官や一課長も臨場して、捜査一課の刑事たちがわがもの顔に働き出すはずだ。そして今夜にも、合同捜査本部が立つ。

そろそろ退却の潮時だ。

見落とした収穫物はないかと、ひとあたり現場付近を見回していると、福本課長がごま塩頭を掻き、とってつけたような愛想笑いを浮かべて近づいてきた。胸の内で舌打ちする。立ち去るのが一歩遅かった。

「何か興味を引くことでもありましたか」

福本が遠慮なく探りを入れてきた。

「いえ、とくに。ただ、残酷な事件ですね」

「やっぱり複数犯のようやね」

「やっぱりと言うと、足跡のほかにも何か根拠が？　――そうか、刺し傷か」

「ご明察。釈迦《しゃか》に説法かも知れんが、鎌っちゅうのは、こう刃に角度がついとって、どっちの手で柄を持って突き立てたのかわかる。つまり、右手か左手か。傷痕を見ると、右利き左利き混じっているようやね。それに、内臓にまで達する深いものから、かすり傷ぐらいの浅いものまで、合わせて約三十か所」

「三十――複数犯だとしても、ずいぶん刺したもんだな」

鑑識から借りたらしい、ポリ袋に入った血だらけの鎌を眺めまわしている。骨にでも当たったのか、刃の先が曲がっている。

「やはり、一本しかありませんか」

「一本じゃまずいことでも？」

「いや、ただ何となく」

「一本でも五本でも、同じでしょ。おれは、悪ガキ仲間のリンチと見てる。あの始末見ると、酒かトルエンもやってラリッてたのかもしれん。まともな神経でできることじゃない」

たしかに、単なる殺人ではなく、よほどの恨みを抱くか「常軌を逸した」人間の犯行に見える。もちろん、そう装った可能性もある。

そんなことを考え始め、やはりまだ深入りはやめようと思った。これだけ派手な現場だ。すぐに犯人は割れるだろう。あとでその結果を聞けばいい。

「ありがとうございました。わたしはそろそろ」

失礼します、と告げようとすると、福本が意外そうな顔をした。

「まだ、検視は始まったばっかりやから、せめて結果だけでも聞いていったら」

「ほかにも用件があるので」

「ガイシャの身元がもうすぐわかるかもしれん」

「ほう、手際がいいですね。みなさん優秀だ。解決も時間の問題でしょう」

少しだけ返した透吾の嫌みは無視して、福本はさらに突いてきた。

「こいつは、けっこうな事件だ。マスコミも押し寄せてくるでしょう。ところが、さっきから見てると、おたくはあまり興味がなさそうだ。――となると、もっとでかいヤマを抱えてる？　どう、図星じゃないの？」

この男、だてに刑事を長くはやっていないようだ。何を考えているのかと福本の目を睨んだ。しかし、まったく動じたようすもない。

こっちがドブネズミなら、こいつは老獪《ろうかい》な狸というところか――。

そのとき、現場付近がざわついた。見れば、警察以外の人間が来たようだ。被害者の身元確認のためかもしれない。だとすれば、ずいぶん手回しがいい。全裸だったはずだが、身元に繫がる証拠物でも落ちていたのだろうか。

到着したのは、男性一名、女性二名の三人連れだ。男は見覚えがある。きのう〝施設〟で顔を合わせた、二木とかいう幹部だ。意外なところで見る。

福本が自慢げに言った。

「おう、来た来た。いやね、部下に少年課から移ってきた若いのがいましてね。こいつがまあ、おれなんかと違って仕事熱心なやつで、例の〝施設〟のガキどもの面子《メンツ》も、ひととおり頭に入れてたらしいんですな。それでガイシャの血だらけの顔を見て、『この面《ツラ》見たことあるぞ』ちゅうことになって、施設に問い合わせたところ、ドンピシャですわ。人相の合いそうな若造が一人、ゆうべから帰ってないと。それで、職員に急ぎ来てもらったわけです……」

福本が話している途中で、「きゃあ」という悲鳴が聞こえた。

見れば、三人連れのうち、一番若い女性が口もとを押さえたまま、くずれ落ちそうになっている。それを、男性の職員と刑事らしき男が両側から支えている。もう一人のやや年配の女性は、すでにしゃがみこんで嗚咽《おえつ》しているようだ。

あんな死体を、一般人の、それも女性に見せたのか。少し無神経だろうと思うが、やはり口は挟まない。

「間違いないようですな」

福本が満足そうにうなずいている。

「それじゃわたしはこれで」

こんどこそ退去しようとした。

福本が、去りかけた樋口にふたたび顔を近づけてきて「なんだったら」と切り出した。しつこい男だ。ねばっこいというべきか。

ワイシャツに染み付いた煙草の臭いが、汗にまじって強烈に匂った。

「――あとで、情報を知らせましょうか。捜査本部の資料を、ひと組多く作ればいい」

「どういう意味です」

どのみち必要な資料は手に入るが、真意を探ってみた。

「おたくの狙いが知りたい。本部の警務の口利きで、民間人の調査員が割り込んで来るなんて、すくなくともこのあたりじゃ初めてのことだ。おたくらのことだって噂でしか聞いたことがない。都市伝説みたいな噂だと思っていたら、ほんとにいたんで驚いた。――まあそんなことはいい。とにかく、あんたらが顔をつっこんで来たっちゅうことは、よほどの裏があるんでしょ。芋づる式に、永田町まで繋がってるとか。――なればこそさ、ギブ、アンド、テイク、ちゅうことで」

妙なイントネーションで言われ、コソ泥の打ち合わせでもしているような気分になった。性格がひねてしまった恵比寿《えびす》様のようなその顔を見て、急に腹が立ってきた。

「あなたが言うように、わたしはたしかに現職の警察の人間じゃない。しかし、それなりの責任をしょってやっている。秘匿《ひとく》の義務もある。街で出会う人ごとに、自分の仕事をぺらぺらしゃべっていたら、誰も仕事など頼まない。あのガイシャがどこの誰で、何十回刺されて死んだのか、まったく興味はない。仮に、あったとしても、おたくに流すことなどひとかけらもない」

そんなことを言われても、福本はただにやにや笑っている。

こんな相手に地を出してしまったことを後悔した。軽く会釈して背を向けた透吾に、福本が最後にもう一度声をかけてきた。

「あんたが村内をうろうろしてる噂は、きのうのうちから耳に入ってる。この村はだだっぴろいが、人は少ない。雪野原のカラスみたいに目立ってるぞ」

嫌なたとえだ。無視してそのまま歩き続けた。

車へ戻る途中、ふと思い出してポケットからスマートフォンを取り出した。

本家のカラスから再びメールが来ている。

《長くなる。電話乞う》

建物の陰の、警官たちの出入りがない場所へ移動した。本当は、よく冷えた喫茶店にでも入りたいところだ。死体の転がった冷房の切れた建物内にいた上に、嫌な男を相手にしていたので、シャツが汗でべっとりとへばりついている。

「樋口です」

はい、でも、おう、でもなく、いきなり用件が返ってきた。

〈照会のナンバーは、『株式会社ヒライイコンサルティング』の所有。社名はカタカナ。本社は牛崎市、社長はヒライキョウイチ、平たい井戸、京都に数字の一だ。来年還暦だ〉

「初めて聞く名ですね。どんな会社ですか。フロント企業？」

牛崎市といえば、県庁所在地を差し置いて、県内でもっとも人口が多く、それなりのビジネス街、繁華街をかかえている。やや内陸にあるが、旧街道が交わる街としての歴史も古い。だから、そのコンサルタント会社も、地元の暴力団の隠れ蓑、あるいはフロント企業かと思ったのだ。

〈たしかに堅気《かたぎ》の仕事ではなさそうだ。取引先として名があがっているのは、地場の有力企業だな。情報誌の購読料やコンサルタント料の名目で、金をもらっているようだ。この資料を見る限り、商売は長いがあまりぱっとしない印象だな。おまえが見たのが、社の所有するたった一台のベンツだ〉

スモークガラスだらけのベンツの後部席に乗っていた、三十代半ばほどに見えた、あの男の目を思い出した。口もとを含めた顔全体が、意志力の塊のようだった。

都会的ゴリラ――。

もうひとつ気になっていることがある。車のシートの序列でいえば、その向こう側に座っていた堅気風の男が、上客だったということになる。彼は、上級公務員だとかエリートサラリーマンの匂いがした。何かの商売の途中だったのではないか。だとすれば、『くまがい』の立《た》ち退《の》きに関することの可能性もある。そっちの用件で来てみたところ、とんでもない騒ぎになっていたので、急遽撤収した。そんなところではないか。

〈ちょっと待て〉

何かぼそぼそと読み上げるような声が聞こえた。

〈――追加報告が来た。ただし、この短時間だ。深く調べはついていない。――やはり、『ヒライ』の商売は、こぢんまりやっているようだな。社員も五人しかいない〉

「上場企業クラスないし、公共団体に食い込んでる形跡は？」

とたんにカラスの機嫌が悪くなる。

〈どこまで甘える気だ。自分で調べろ〉

「甘えついでにもうひとつ。そのヒライコンサルが、この岩森の『タウン』が完全廃業したあとの土地売却にかかわっていないか、調べられますか。村長一派との結びつきとか」

ふん、と鼻先で笑う気配が伝わった。

〈『タウン』売却については事前に調べてある。村長一派は、それこそ県内最大の構成員を持つ大海《おおうみ》組とつき合いがある。もちろん表には出していないが、赤石前村長と大海組組長の市村《いちむら》とは縁戚関係にあるらしい。今の村長は傀儡なのは知ってるな。もともと、地権者が売るとか貸すとかゴネていた『タウン』の土地を、村も出資する会社の一括借り上げという形にまとめたのは大海の仕事だ。まとめたんじゃない。脅したんだ。しかし、今回の売却に関してはまだ煮詰まっていないようだ〉

さすがに、大海組のことは調べてある。全国でも屈指の広域指定暴力団の二次団体だ。しかも、歴史は本家よりも古く、幕末の博徒集団までさかのぼるという。県内に拮抗《きっこう》勢力はなく、今の組長の方針で、クスリや風俗よりも行政に食い入る方向へ舵を切った。表立ってあくどい稼ぎもせず、ここ数年は波風を立てていないはずだ。すでに県警も、北森巡査部長の失踪と関連がないか、調査しているだろう。

〈念のために言っておくが、例の駐在の失踪に大海組はからんでいないと、県警本部の組対関係者から報告が来てる。バーターで仕入れたネタだ。信頼度は八十五パーセント。不満なら、自分で裏を取るか?〉

「遠慮しときます」

暴力団の事務所に単身乗り込むつもりはない。

〈――ところで、おまえの鼻先で検視が始まった殺しは、駐在失踪の案件と関係はありそ

うか〉

「どうでしょうか」

〈なにを見てた。やる気がなさそうだな〉

「ただの過疎村だと思っていたら、いろいろと魑魅魍魎《ちみもうりょう》が出てきそうで、話がこんがらがってきましたよ。手当をはずんでください」

〈おまえに与えた時間はあと半日だ。くだらん冗談を言ってる暇はないぞ……〉

予想どおりの答えだ。

「もうひとつ、お願いがあります」

〈なんだ。まだあるのか〉

「ご存じだと思いますが、地元の人間が〝施設〟と呼ぶ組織があります。たしか『岩森の丘』とかいう名の複合医療施設です」

〈それで？〉

「実質的な経営母体は中国の製薬会社だと聞いていますが」

〈『星河《シンホー》』という名のでかい会社だ。十年もすれば、世界で五本の指に入る規模にのしあがるだろう〉

「日本における執行責任者は誰なのか。どの政治家と繋がりがあるのか」

〈なにもかもこっちに調べさせて、ご自身はその間、ジャズ喫茶でおくつろぎじゃないこ

とを希望する〉

樋口が返答する前に切られた。かけ直したところでもう出てくれないだろう。頭の中は、すでに別な案件に移っているに違いない。

「しかたない。『ブルー』で一服は後回しにして、自分で調べてみるか」

9　午前十時四十分

メガモールを伯母と訪れ、買い物に付き合っていた桑野千晶は、スマートフォンにメールの着信があったことに気づいた。

見れば、職員宛ての一斉メールだ。〝施設〟には、その性質上完全休業日はない。公休も宿直もすべて交代制だ。したがって、連絡事項は、出勤の有無にかかわらず一斉送信される。

「なんだろう」

軽い気持ちで開いて文面を読んだ千晶は、声をあげてしまった。

「ええっ」

さっきから、「ねえ、ねえ、どっちがいい」などと言って、秋物のスカートの色を決めかねていた伯母の中堀三千代が、その声に驚いた。

「どうかしたの？」

からし色と紺色のスカートを左右それぞれの手に持ったまま、伯母が尋ねる。

千晶は、自分でも意外なほど大きな声で「施設の」と言ってしまってから、あわてて店内を見回し、トーンを下げた。「――男の子が亡くなったって」

「どうして？　事故か何か？」

「わからない。閉鎖した『タウン』の建物の中だって。――ちょっとごめんね」

伯母に断って一旦店を出て、勤務先にかけてみた。いつもは、呼び出し音が三回も鳴らないうちに誰か出るのだが、応答がない。一度タイムアウトになったので、もう一度かけ直すと、ようやくがちゃっと繋がった。

「桑野です」先に名乗った。

〈あ、どうも。三ノ宮です〉

さすがにのんびり屋の彼でも声が緊張している。

「メールが届いたんだけど、誰か亡くなったの？」

〈はい。それが、『みらい』の青年らしいんです〉

「『みらい』の？」

ついに起きたか――。

そんな思いが真っ先に浮かんだ。何が、と具体的には説明できない。ただ、『みらい』

施設内に充満していた若い怒りのようなものが、ついに破裂したのではないか。ふとそう思った。喧嘩、リンチ、そんな不吉な言葉が次々に浮かび上がる。


「誰だかわかる?」

〈ええと——ちょっと待ってください——ええと〉

だめだ、完全に取り乱している。

「三ノ宮君、上の人に代わって」

〈しょ、少々お待ちください〉

結局、副施設長に電話を代わってもらい、犠牲者が戸井田守《といだまもる》という二十歳の青年らしいと聞かされた。これからすぐに戻ると言うと、施設の受け持ちは違うし、非番ならばその必要はないと返された。

〈その必要があれば、あらためて連絡するから〉

時間に都合がつくようなら顔を出します、と答えて切った。しかし、心は決まっている。

「どういうことになったの」

どちらかのスカートを買ったらしく、支払いを済ませてきた伯母が尋ねる。

「伯母さん、ごめん。わたし、これから戻らないと」

「ああ、ぜんぜん気にしないで。緊急事態じゃしょうがないわよ」

「タクシー呼ばないと」

「だったら、この車使いなさいよ」

「ええっ、だって伯母さんは？」

「わたしがタクシーで帰るから」

せっかく来たから、もう少し買い物をして、ゆっくり帰ると言う。

「じゃあ、ほんとにごめんね。埋め合わせはするから」

「回らないお寿司でね」

手を振って別れた。

施設までの最短コースをカーナビで表示させ、あまり裏道を通らない、二番目の候補で行くことに決めた。

走り出して五分と経たないうちに、またスマートフォンに着信があった。今度は、メールではなく、電話だ。躊躇することなく、路肩に車を停め、電話を受けようとした。

画面に指先が触れる寸前で止まった。

深見梗平《きょうへい》──あの男からだった。

いきなり下腹のあたりがうずいた。ひと呼吸おいて、通話状態にした。

「もしもし」

〈深見です〉

どうもこんにちは、と答えながら、なんて愛想のない挨拶をしてしまったのかと悔やんだ。

〈今、どちらですか〉深見がその野性的な見た目とギャップのある、柔らかい声で尋ねる。

「ちょっと買い物に出たところです。伯母と隣町のメガモールへ」

〈そうですか。じゃあ、お邪魔してしまいましたね〉

切らないで、と思った。

「あ、でも、もう買い物は終わって、これから〝施設〟に戻るところです」

〈そうですか〉やはり淡々として感情が読み取れない。

「あの、何かご用があったのでは？」

〈ええ、たしかきょうは千晶さんは非番だと記憶していたので、少しだけでも会えたらなと思ったもので〉

年甲斐もなく、左胸の内側が、締め付けられるような思いがした。覚えていてくれたのかという喜びだ。きょうが非番であることを伝えたのは、最後に会った二週間前のことだ。それも、何かの会話のついでに、つい漏らしたという程度だった。

「とても嬉しいんですけど、ちょっと緊急の事件があって」

馬鹿な、せっかく電話をくれたのに。

〈緊急の？　どんな事件です〉

後悔したが遅い。それに、どこまで話してよいかと迷ったが、もともと自分もたいしたことは知らない。

「うちの〝施設〟に入っている青年が、亡くなったそうなんです」

〈そうですか。――さっき、『事件』といいましたね『事故』じゃなく〉

「ええ。なんだかその」電話で口にするのがはばかられるような単語を、無理に喉から押し出した。「殺されたらしいんです。例の潰れかけた『タウン』で」

〈『タウン』で？〉

いつも感情をあまり表に出さない深見も、これにはさすがに少し驚いたようだ。

〈――こんな平和な村で〉

「あんな」と言わずに「こんな」と言ったのを聞き逃さなかった。さらに脈が速くなる。

つまり、岩森村にいるということだ。

会いたい、と思った。もう会わないと自分に言い聞かせたのに、声を聞いただけで、無性に会いたくてしかたなくなった。

「深見さんは、いつこちらに――いえ、いつまでこちらに？」

深見はごく自然な口調で答えた。

〈もう一度あなたにお会いできるまで〉

顔が熱かった。

焼けたストーブのすぐ近くまで寄せたときのように、一気に火照《ほて》った。自分ではわからないが、おそらく真っ赤になっているだろう。

深見のあれもこれもが一瞬で浮かんだ。すべてを見透かされそうな瞳、強い意志を感じさせる固く結ばれた唇、そこから漏れる低く柔らかい声、シャツの下から現れる筋肉質で厚い胸、たくましいのに華奢《きゃしゃ》な印象すら与える指。決して二枚目というタイプではないが、彼のすべてに惹《ひ》かれていた。いや、惹かれている。

現に今も、彼の声を聞いた耳と、彼の指が触れたすべての皮膚が、熱を持った。

伯母には「もう二年も決まった彼氏はいない」と言った。嘘ではない。彼を「彼氏」とは呼べない。ただいっときの――。

〈もしもし?〉

「あ、はい。すみません」

〈気障《きざ》なことを言ったので、怒ってますか〉

「ぜんぜん、そんな。嬉しいです」

〈今夜でもけっこうです。ちょっと会えませんか〉

でも、と喉まで出かかった。前回「今日で最後にする」と、あなたが言ったのに。

施設に戻ると、同僚が、十一時半から全体職員会議があると教えてくれた。

あと五分もない。

「場所は？」

「食堂です」

そう答えて、小走りに事務室を出て行った。

もとは『かんぽの宿』だったこの〝施設〟は、部屋数は多いが、大人数が集まれる場所が少ない。したがって、年始の会合や、全体ミーティングなどを行う際は、食堂を利用する。

千晶が食堂に入ると、すでに前方には、簡易ステージと演台が設けられていた。男性職員を中心に、手早くセッティングしている。

総務の職員が出てきて、ハウリングさせたり、マイクを爪で叩いたりして調整したあと、いよいよ峰センター長が登壇した。

「みなさん……」と言ってマイクを持ち上げたところで、強烈なハウリングが起きた。峰センター長はあわててスタンドにマイクを戻した。

「ええ、みなさん。すでにお聞きになったかたもいるかと思いますが、本日早朝、とても痛ましい事件がおきました。ええ、今わたしは『事件』と申し上げました。そうです。警察からの連絡によれば、これは事故ではなく、事件だということです。それもこの岩森村で前例を見ないような痛ましい――」

痛ましいを繰り返すわりには、どこかひとごとの印象を抱かせるスピーチが続く。

要約すれば——こうしたケースではほかに言いようがないのだろうが——職員は浮足立つことなく、落ち着いて各自の職務を遂行し、三つの〝施設〟の利用者に動揺を与えたり、ましてあわてて怪我などさせないよう、充分に注意を払ってもらいたい。そして、おそらくマスコミが押しかけてくるだろうが、何も答えてはいけない。「お話しすることはありません」「警察からそのように指導されています」とだけ言うように。いずれ改めて、〝施設〟としての見解をマスコミに流す予定である。

そんな趣旨だった。

センター長の話が終わりそうな雰囲気になったときだった。年配でキャリアもあるが、単なる主任職にある男性職員が、挙手するなり指名もされないのに質問し始めた。

「犠牲者は、青年施設『みらい』の収容者だと聞きましたが、本当でしょうか」

質問というのは想定外だったらしく、峰センター長はとまどったように見えたが、すぐに落ち着きを取り戻して、諭《さと》すように答えた。

「ええ、まず『収容者』というのは、適切な表現ではありません。『居住者』ないし『利用者』です。よろしいですか。ええ、みなさんも、特にマスコミなどの前では、利用者に関する呼称や待遇、プライバシー、その他に関する一切のコメントを控えるようにお願いいたしますね。——それでなんでしたっけ？　あ、被害者の名前ね」

そこでマイクから離れ、演台の脇に立つ職員に尋ねた。職員が復唱するとき「マモルね」という声が、千晶のところまで聞こえてきた。

「ええ、トイダマモルさん、二十歳」すぐにメガネを外して、職員を見渡した。「――氏名も含めて、部外者には一切口外しないこと。必要があれば、警察から発表があるはずです。よろしくお願いします」

ほかの質問は受け付けませんと言わんばかりに、そう言い放って、壇を降りていった。さきほどの職員がふたたび登場してマイクセットの撤収を始めたところをみると、これで終わりのようだった。

「怖いね」

千晶のすぐ前で、若い女性の職員が話している。

「でも、今の話、わかった？」

「うーん。『マモル』とかいう名前と、『何にも言うな』しか記憶にない」

「だよね」

たしかにそうだとうなずきたい気分だった。

「今のセンター長のお話を忘れずに、ええ、各自持ち場に戻ってください」

センター長の口癖がうつったらしい男性職員が、手をメガホン代わりにしてそう怒鳴った。

10　午前十時五十分

「ねえ、やばいからもう帰りませんか」

　小久保貴は、これでもう何度目かの嘆願をした。

　少しも勢いが衰えない九月の太陽が、じりじりと首筋や腕を焼く。喉が渇いてきた。熱風が、膝丈ほどの雑草を鳴らして吹き抜けてゆく。

　目の前で、背中を向けている古川大樹は、自分だけ飲んで空にしたペットボトルを放り投げ、振り返りもせずに答える。

「しつけーな。てめえが自分で来たいって言ったんだろうが」

　たしかにそう言ったが、もちろん、進んで来たかったからではない。反論したいところだが、これ以上食い下がって「だって」だとか「でも」と言ったところで意味はないだろう。

　小学六年生と中学一年とでは、一歳、あるいは一学年、という歳の差以上に、いってみれば「迫力」に大きな隔たりがあるのだ。まして、相手はあの大樹だ。

　貴は、少なくとも今の施設に来てから、病気でもないのに学校を休んだことは一度もない。しかし、大樹たちは、二学期になって早くも二回、学校をサボって「指導」されたと聞いている。

つまり、今日が三回目だが、少しも懲りたようすがない。貴などとは神経の太さが違うのだ。

大樹は入所してきてまだひと月にも満たない、いわゆる新顔だが、入所したその日に『にじ』のトップに立った。トップに立つことを、彼らの言葉で「シメる」と言うらしい。

本人の話では、大樹は自分の家に火をつけて家出し、大阪で複数の高校生相手に喧嘩をしているところを、補導されたのだそうだ。家に戻されそうになったが、父親が日本刀を振り回すのだと訴えると、警察が近所に聞き込みなどをしてくれて、この施設に収容されることになったらしい。少し大げさな気もするが、まんざら誇張ばかりではないと思わせる、眼光の鋭さが大樹にはある。

『みらい』に入っているお兄さんお姉さんたちは、過去にちょっと法律に触れることをして、それを『矯正』するために集団生活をしている、と説明された。怖い人なんて一人もいません。みんな優しいお兄さんお姉さんです。女の施設長さんはそう言っていた。

ただ、ほかの児童がどこからか仕入れてくる噂では、少し内容が違う。ここへ送られて来るのは、少年院や刑務所でも持て余し者だった、殺人鬼とかサイコパスばかりだというのだ。だから、『みらい』に「トップ」はいない。誰が一番強いかを本気で決めようとすると、殺し合いのバトルロイヤルになって、ほとんど全員死んでしまうからだという。

それもまたかなり話を作っている気がするが、マモルなどはたしかに「優しいお兄さん」には見えなかった。シンやレイのように年下の子どもには優しい人でさえ、ときどきとても怖い目をする。

一方、『にじ』は児童養護施設だ。三年前に小学生を対象に募集したので、一番年長の者でもまだ中学三年生だ。

しかも、本人が問題児というのではなく、家庭になんらかの問題があって引き取られた子がほとんどなので、大樹のような根性の据わった不良が入ってくると、わりと簡単に天下を取れる。

親に虐げられてきた子どもは、自分より弱い人間には高圧的だが、自分より強い人間の前では、口答えをするどころか、緊張のあまり過呼吸を起こしたり、失禁したりすることさえあるらしい。

実は、大樹ほどではないが、小学生をいじめる中学生がいた。『みらい』のお兄さんたちにもガンを飛ばすほどの威勢の良さだったが、今年の四月のある日、急に姿が見えなくなり、それきり行方不明だ。これが康介が『アル＝ゴル神』に頼んで『断罪』してもらった中学生だ。

康介が、マモルの次は大樹だと公言するのも気持ちとしてはわかる。

ただ、そんな大樹でも、大人たちがいる前では無茶はできない。だから、教師も保育士も目が届かない場所に出没する。それが通学路だ。

〝施設〟から、一番近い小学校まで、歩いて三十分ほどかかる。

もともと、村にあった三つの学区を統合したので、貴たちよりも遠くから通う児童さえいる。したがって、低学年児に対しては、親や代理人の――車や自転車を使った――送迎が認められているほどだ。

広範囲から、ばらばらに集まってくるので、貴が東京にいたころに存在した『登校班』というものはない。それぞれが、勝手に登下校する。

一方で、もともと両親の付き添いが期待できない『にじ』の児童たちは、集団で登下校する。小学生だけで二十二人もいるからだ。中学になると部活などもあってバラバラになるが、小学生のあいだは全員で登校し、学年ごとに分かれて下校する。ちなみに、中学校は道路を挟んだ向かい側に建っており、施設から通う生徒は十一人だ。

つまり、時間差はあるが、中学生と小学生は同じ道を通学することになる。

今朝、登校途中のことだ。

貴が遥の体調のことを考え、石を蹴りながら歩いていると、登校班の列が突然停まった。

「うわっ」

あやうく、前を歩く堤真紀也のランドセルにぶつかるところだった。

「何で停まるんだよ」

「しっ」

真紀也が前方を小さく指差した。列の先頭を阻《はば》むように、一人の中学生が立っている。大樹だ。

「きっと招喚《しょうかん》だ」

真紀也の前にいる康介が振り返ってささやいた。

大樹の名を聞いていやな気分になったが、こんな一本道で待ち伏せされたらどうしようもない。一人だけ逃げるわけにもいかない。相手は一人だが、貴たち数人が歯向かっても勝負になるかどうかわからない。

貴は周囲を見渡した。どこか近くに、大人がいないかと思ったのだ。

左手はうっそうとした森だし、右手は田んぼだ。人の姿などなく、カエルの鳴き声が聞こえるだけだ。これは偶然ではない。計画的だ。通学路の途中、もっとも寂しい場所を選んだに違いない。

「これから兵士を招喚する」

大樹が宣言した。

まるでその声に反応したように、森の中でカラスが鳴いた。低学年の女子が悲鳴をあげて、そのまま泣き出した。つられて、さらに二、三人が泣く。

「うるさい。おい、おまえら、こいつらを連れて先に行け」

大樹に指名された五年生と六年生の女子が、泣いている下級生たちの手を引いて、先に行った。

結果的に、五年と六年の男子ばかりが残った。

残った男子たちは、ただもじもじしている。下手に目立ったことをして指名されたくないからだ。

大樹がときどき唾を吐きながら、一人一人の顔を見て歩く。まず、五人いる五年の男子のところで立ち止まった。その中でも体が一番大きい西山蓮斗《にしやまれんと》の胸をついて「おまえ」と言った。つぎは六年生だ。

「おまえとおまえ」

康介と真紀也の胸をつつき、そのすぐ後ろにいる貴を睨みながら唾を吐き、最後尾の準に向かって、「あとおまえ」と指名した。これで合計四人になった。

大樹は、放課後や学校をサボって何かをする場合に、手下が必要になると、中学生仲間ではなく、小学生の中から兵士を「招喚」する。同じ中学生だと、先生に報告されたりするのを警戒しているのかもしれない。

貴は今回も招喚されなかった。今回だけでなく、これまで一度も指名されたことがない。貴もどちらかといえば負けん気が強く、ぎりぎりの状況になれば、大樹相手でも、なかばやけくそで立ち向かっていくと思う。そんな性分を大樹も見抜いているのかもしれない。あるいは、『みらい』のシンが、貴を弟のようにかわいがっているのを知っているのかもしれない。

ただし、ゲームを真似たのだと思うが、兵士だとか招喚だとか大げさに言っても、大それた騒ぎを起こすわけではない。前回は、海岸近くのぶどう畑へ忍び込み、まだ完全に熟していないぶどうを盗んだそうだ。このとき、兵士たちには見張り役や、大樹がフェンスを乗り越えるための踏み台代わりをさせた。学校をサボったのはもちろんばれたが、ぶどうのことは大人たちは知らない。

その程度なら、身の危険はないと思うが、それでも泥棒は泥棒だ。立派な犯罪だ。見つかれば大変なことになる。

「ほかのやつは学校へ行っていいぞ」

大樹がそう言い放った。残った六年生は貴しかいない。招喚されなかった五年生は、いかにもほっとした表情で足早に歩きだした。しかし、貴はその場に残った。

大樹が兵士四人に向かって言う。

「おまえたちは、おれについて来い。これから、こっそり施設に戻って、自転車を持ち出す。そのあと目的地へ向かう」

「どこへ行くんですか」

康介が聞いた。

「ついてくればわかる」

大樹に睨まれ、最近では少し威張っている康介も、うつむいてしまった。

「てめえ、何見てんだよ」

その場に居残っている貴に気づいた大樹が、目を細めて地面に唾を吐いた。

「あの、おれも連れていってください」

「なんだって」

大樹が大げさに顔をしかめた。芝居じみて見えた。

「こいつと、親友なもんで」

そう言って、康介の肩を叩いた。親友というほどではないが、置いていくわけにはいかない。

「命令に従うか」

「はい」

「じゃあ、許す。おまえも兵士にしてやる」

「お願いがあります。その代わり、こいつは学校へ行ってもいいですか」

そう言って、もう一度康介の肩を叩いた。

「何言ってんだよ」

反論したのは、康介本人だった。

「だって、康ちゃん」

「おれは行くよ。臆病ものじゃないからな」

「よし、よく言った」

大樹がにやにやする。

「でも大樹さん。あんまり大勢でサボると騒ぎになりますよ」

貴の必死の説得をじゃましたのは、またしても康介だった。

「だったら、こいつを学校に行かせてやってください」

康介は、たった一人混じっている五年生の蓮斗を指差した。

「ぐだぐだめんどくせえな。よし、おまえは学校へ行け。——おい、さっさと行くぞ」

「うぃっす」

その後、大樹に率いられた貴たち六年生四人は、人目につかないように施設に戻り、まず身の軽い準がフェンスを越えた。そして、裏手にある出入り口の鍵を開け、それぞれの自転車を持ち出した。代わりに目立つランドセルを物陰に隠し、手ぶらか小ぶりなサブバッグだけを持った。

「遅れずについて来い。途中で消えたやつは、あとでヤキを入れる」

こうして貴たちは、大樹に連れられ『タウン』へやってきた。

フェンスを越えて敷地に入り、変電施設の陰から見張っているのは、中の店がなくなってしまった『タウン』の建物だ。

大樹が言うには、この中でなんとあのマモルが殺されているらしいと言う。

すぐには信じられなかったが、見ているうちに、警察や消防の車がうじゃうじゃと集まってきた。

「ほら、言ったとおりだろうが」

大樹は自慢げだ。

「どうして知ったんですか」

康介が遠慮気味に訊いた。

「おれにはワルの仲間がいっぱいいるんだ」

鼻の穴をふくらませて胸を反らせた。なんだか曖昧な答えだ。「ワルの仲間」とは中学生のことだろうか。しかし、〝施設〟には大樹以上の悪などいない。それとも、『みらい』のお兄さんたちだろうか。こんなとき、シンと連絡がとれたら心強いのだが。

少し落ち着いてくると、学校へ行かなかった後悔が、次第に強くなってきた。

警察や消防の人たちが、数人がかりで重そうな丸まったシートを運んでいく。「あの中にマモルの死体が入っているんだ」と大樹が言った。

貴はそれを聞いて、心臓が飛び出そうなほどドキドキした。しかしそのあとは、目立った動きがない。

周囲にマスコミや野次馬が増えていくばかりだ。それも最初はめずしかったが、そろそろ飽きてきた。

やることがないせいか、腹も減った。朝食の時間、ずっと遥につきそっていたので、何も食べていない。胃がきゅるきゅると鳴るほど空腹だ。喉も渇いた。これ以上見張っていても、死体は運ばれてしまったし、そろそろ行きましょうと遠慮気味に言うのだが、大樹は首を縦に振らない。

しかたなく、隣でおなじようにしゃがんでいる康介の顔を見た。賛成してくれると思ったからだ。しかし康介は、無表情に前を見つめるだけで、貴の意見に反応しない。

やはり康介は変わってしまった。

六年生に進級してすぐの頃だった。康介が、「貴にだけ」と、自分が受けた「せっかん」について教えてくれた。

康介の両親はとても厳しい人たちで、康介が少しでも口答えしたり、不服そうな顔つきをしたりすると、すぐに「せっかん」したのだそうだ。といっても、殴ったり蹴ったりするのではない。たとえば、一週間とか十日間、家にいるあいだはずっと、暗い押し入れから出てはいけなかったり、沸かさない——つまり水の——風呂に入らされたり、食事のときにテーブルにはつくけど、両親がおいしそうに食べるのを見るだけで、ひと口も食べてはいけなかったり、そんなことがあったそうだ。

「空腹が身に沁《し》みれば、自分がとても悪い子だったと、心の底から反省できるでしょ」

というのがお母さんの口癖で、今でも食事のたびに耳もとで言われている気がすると、教えてくれた。

貴は、親からそんな扱いを受けた覚えはない。むしろ、大切にされていたほうではないかと思う。だから、もしかすると康介があまり自分の考えを言わないのは、その「せっかん」のせいなのではないか、とよく考えた。

それが、『アル＝ゴル神』を知ってから人が変わったようだ。明るく活動的になったのはいいが、優しい気持ちが消えてしまったようだ。

その康介が唐突に口を開いた。

「大樹さん。おれ、なんか腹へっちゃいました」

乱暴者の大樹に向かってそんな口をきいたことに、貴は驚いた。さらに驚いたことには、康介に釣られたように、準や真紀也までもが「おれも」「おれもすいた」と言いだしたことだ。

さすがに三人に迫られて、大樹の口調は多少軟化した。

「だったら、なんか食いもんでも買ってこいよ」

そう言って、何かを思い出したように、ズボンのポケットに手を入れた。

もしかして、小銭でも渡してくれるのかと思ったが、その手に握られて出てきたのは、ポリ袋に入ってぐしゃっとつぶれたカレーパンだった。半分ほどかじってあるらしく、中身がはみ出している。

大樹はあたりまえのように、袋から出したカレーパンに自分だけかじりついた。ほんのり、カレーの香りが漂ってくる。

康介たちのごくっと唾を呑む音が、聞こえた。

「旨そうだな」

準がぼそっと漏らすのが聞こえる。みんな、知らないあいだにずいぶん勇気が出るようになったなと感心する。

指についたカレーを舐めながら、大樹は振り向いた。貴たちを眺め、「買いに行ってこいよ。もしかして、おまえら金持ってきてないのか」と笑った。

学校へ現金を持っていくのは禁じられている。自宅通学の児童はこっそり持ってきているらしいが、貴たち〝施設〟の子どもがそれをやって見つかると、すぐに施設へ連絡が行く。そしてしばらく持ち物検査が厳しくなる。

だから貴は今、一円も持っていないし、ほかのみんなも同様だろう。

今から、給食の時間に間に合うように学校へ行くのは無理そうだなと思うと、ますます空腹感が強くなった。カレーパンの匂いで思い出したが、今日のメニューはカレーライスだ。人気のメニューだ。食べたかった。涙が出そうになってきた。

康介があきらめずに食い下がる。

「大樹さん。もう行きましょうよ。今ならまだ給食に間に合うかも」

「ランドセル、置いてきちゃったぞ」と貴が口を挟む。

「うっせーな。だったら、あとでそこの味噌ラーメン、おごってやっから」

『くまがい』という看板のラーメン店を指差した。

たぶん嘘だと思うが、そう言われてしまっては、さすがに折れるしかない。

そのとき、康介がすばやくポケットから何か出して、口に入れるのを見た。小さかったので、ミントタブレットか何かかもしれない。水もないので、康介は少し苦しそうに飲み下した。もしかすると、栄養剤かもしれない。いくらかでも腹の足しになるのだろうか。

貴は、空腹感をごまかすために、違うことを考えようとした。

大樹にマモルが死んでいることを教えた「ワルの仲間」とは誰なのか――？

通学途中で待ち伏せしていたということは、朝〝施設〟を出るときにはすでに知っていたことになる。職員の人たちでさえ、いつもと何も変わらないようすだから、知らなかったはずだ。なぜ、大樹は知っていたのか。

気になりだすとどうしても知りたくて我慢できなくなった。

「大樹さんは、どうしてマモルが殺されているって、朝から知っていたんですか」

「すげえだろう」

「すごいです」素直に褒める。「仲間って、誰のことですか」

「知りたいか」

まさか「シン」の名前などでなければいいがと思いつつ、「知りたいです」とうなずく。

「じゃ、教えてやる」声も姿勢もやや低くした。「お告げがあったんだよ」

「何のお告げですか」

「ふふ、アル゠ゴルだよ」

「アル゠ゴルが？」

貴は思わず大きな声を出してしまった。

「しっ、うるせえよ。——ここの〝施設〟にきたら、おまえらがみんなアル゠ゴル、アル゠ゴル言ってるから、おれも試したんだ。あのマモルとかいう野郎、弱っちいくせに、なめた口のききかたしやがって。もちろん、あんなやつ、自分でなんとかできるけどな。だけど、自分でぶっ殺したら少年院行きだろ。だから試してみた。だから、あいつの名前を書いて、04番の靴箱に入れておいたんだ。そしたら、今朝、これが入っていた」

大樹がポケットから紙きれを出した。下手な字だ。《マモル》と書いたのは大樹らしい。脇からのぞいた康介が、「『アル゠ゴル神』の印だ」と大きな声を上げた。そこには『アル＝ゴル神』の印だと康介たちが主張する、鳥の足跡のような朱色の印がつけられていた。さらに、一画一画を定規で引いたような字で《タウン》と書き添えられていた。どうやら、康介たちは先を越されたらしい。いや、ほんとうにそんなことが起こり得るのか。

「へえ、すごいですね」

康介が感心している。しかし、興奮具合がなんとなくいつもと違う感じだ。

一方、準と真紀也は、康介の雰囲気に圧《お》されたのか、さっきから静かだ。

だけど、と貴は思う。この紙は、アル＝ゴルなんかじゃなくて、誰か人間が作ったものだ。神様は、こんな手書きの返事など書かないはずだ。

「あんまり動きがなくなったな。そろそろ行くか、味噌ラーメンでも食うか」

大樹が腰をかがめて、『くまがい』のほうへ歩き出した。

すると、その途中で変電設備のすぐ近くに、まるで車体を隠すようにして、一台の車が停めてあるのを見つけた。オレンジ色のコンパクトカーだ。

「なんだこの車」

窓に額を押し付けるようにして車内をのぞき込み、かっぱらうか、と言った。

「へえ運転できるんだ」

康介が小馬鹿にしたような口調で応じた。その言い方に貴は驚いた。大樹もむっとしたようだが、暴力はふるわず、自慢に変えた。

「まあな。オートマなんてちょろいぜ」

「でも、キーはどうするんですか」

たしかに、キーがなければ運転はできない。前に見たアメリカの映画では、その辺に停めてある車は、たいていサンバイザーの裏に隠してあると言っていたが、ドアが開けられなくては話にならない。それに今は、ピッと鳴るリモコンのようなキーのはずだ。

大樹がいまさらながら、ドアのノブを握ってガタガタと引っ張って試している。やはり、計画性はなく、その場の思い付きで行動するタイプのようだ。

ザクッザクッという音が聞こえる。何かを地面に刺すような音だ。見れば、いつのまにか、少し離れたところで、康介が手にした棒のようなものの先を、地面に突き刺している。

「康ちゃん。それ……」

貴の問いかけを大樹が遮る。

「おい、なんだよそれ。鎌じゃねえの?」

「そうですよ」康介のしゃべり方は、ますます横柄になっていく。

「どうしたんだよ」

「そこに落ちてました」

「落ちてた?」

大樹は、康介が鎌の先で示した、雑草が生い茂るあたりを訝しげに見た。

「ほんとか？　てめえ、おれに嘘つくと、どうなるかわかってんだろうな」

「嘘じゃないもん」

康介が口先を尖らせて抗議する。

「ちょっと、貸せよ」

大樹が手を伸ばしたが、康介が反射的にさっと鎌を引いたので、空振りする形になった。

大樹の目の周囲が、ぱっと赤くなった。

「てめえ、いい度胸してんじゃねえか」

「あ、すみません。つい」

妙に大胆になった康介も、さすがにここは詫びて、鎌を差し出した。

「なんだよこれ」

鎌を手にした大樹が裏返ったような声を上げた。

「大樹さん、ちょっと声がでかいですよ」

康介の態度はますます不遜《ふそん》になっていく。

大樹は、しかし手にした鎌に気をとられてそれどころではないようだ。脇からのぞいた貴も息を呑んだ。鎌はひどく汚れている。それも、たぶん血で。

「これ、人間の血じゃねえの」

大樹は値踏みするように、手に持った鎌を上下に振っている。

「康ちゃん。元あった場所に戻しておいたほうがいいよ」

直接大樹に言えないので、康介に訴える。

「だとしたら、マモルの血かな」

康介は聞こえていないのか、無視しているのか、大樹が振ったり眺めたりしている鎌を一緒になって見ている。

信じられない、と思った。もしこれが本当にマモルを殺した凶器なら、大変なことだ。さっさと警察官に渡さないとならないのではないか。しかし、それでは学校をさぼってしかもこんな場所に来ていたことがばれてしまう。

やはり、鎌なんて元の場所にそっと戻して、早くこの場から逃げたほうがいい。

血を見たせいか、凶器を手にしたせいか、大樹の中の凶暴な性格が目覚めたらしい。いきなり「糞野郎」と言うなり、そこに停まっていた乗用車のタイヤに振り下ろした。しかし、角度が悪かったらしく、表面をこすっただけで跳ね返された。

「おまえ、刃の先っぽを当てて持ってろ」

大樹が準に命じた。準はひざまずき、左手に持った鎌の先をタイヤに当てた。

「これでいいですか」

「そのまま持ってろよ」

そう言うなり、大樹は鎌の刃の背のあたりを足の裏で踏みつけた。ぶほん、という音がして、一気にタイヤはぺちゃんこになった。

「ザマミロ」

大樹が唾を吐きかけ、ぐいぐいとねじって鎌を抜いた。

「ポリ公がいたら、これでぶっ刺してやるけどよ、今は車で我慢してやる」

「だ、誰か来ます」

貴は、声が裏返ってしまいそうになるのを、どうにか抑えた。『タウン』のメイン棟の出入り口から出てきた、痩せて背の高い男が、こちらに歩いてきそうな気配だ。

「やべえ、たぶん車の持ち主だ」

大樹が頭を低くし、たった今パンクさせた車の陰に身を隠した。

「あの中から出てきたってことは、警察じゃないですか？」

やや腰をかがめた康介が言う。

「――ポリ公のこと、ぶっ刺してくれるんですよね」

嫌みではなく、期待を込めた口調だ。ばか、と言ってやりたかった。

大樹は、まだ手にした鎌を上下に振っている。まさか本当に刺すつもりなのだろうか。

「ねえ刺さないんですか」

康介がしつこく大樹に訊く。おかしい。みんなどうかしてる。

特に今日の康介は変だ。いや、ここ十五分ぐらいで、急にハイテンションになってきた。

別の人間が乗り移ったみたいだ。

「みんな、逃げよう。つかまったらやばいって」

こらえきれずに貴が声を上げると、大樹がくるりと振り向いた。

「どけっ」

貴たちの間を割って、いきなり後方に向かって走りだした。警官を刺すどころか、まっ先に逃げ出したのだ。しかも、手には鎌を持ったまま。

大樹が逃げてゆく先には、敷地全体を囲んでいる、金網のフェンスがある。そのフェンスを越えれば、昔は田んぼで、今はただの荒れ地になった草むらが、ずっと向こうまで広がっている。

振り返ると、車の持ち主らしい男は、別な中年の男に捕まって何か話している。逃げるなら今しかない。

「おれたちも行こうぜ」

もう一度三人の顔を見て、先に走り出した。すぐあとから真紀也の重い足音が聞こえる。ほかの二人もついてくるだろうか。

大樹のあとに続いて、金網のフェンスを乗り越えた。よかった。真紀也のすぐ後ろから準と康介もついてくる。持ち主らしき男からは、変電施設の建物が邪魔になって見えていないはずだ。

草地を全力で走り抜け、ちょっとした雑木林の中にたどりついたときには、喉から肺が飛び出そうになっていた。

「はあ、はあ、はあ」

五人の荒い息だけが、薄暗い森の中に吸い込まれていく。全員、膝に手を当て息を整えている。

「はあ、はあ、なーんだ。ポリ公、ぶっ刺すんじゃ、はあ、なかったのか」

息もたえだえに、康介が抗議した。

「なんだ、てめえ。その口のききかたは」

大樹が体を起こした。その手にはもちろんまだ鎌がある。

「だって、さっき、言ったじゃん。ポリ公なんて、ぶっ刺してやるって」

「よせよ康ちゃん」

貴が康介のシャツを引いたが、大樹はその貴の体を乱暴に押して脇へどかした。手にしている鎌を、ひゅっひゅっと二回上下に振った。

「てめえ、さっきから、誰に向かって口きいてるんだよ。本気でぶっ殺されてえか」

「自分より年下は殺せるんですか。さっきは逃げたくせに」

「やめなよ康ちゃん」

「うるせえ」

大樹は、康介に対してではなく、止めに入った貴に向かって、血で茶色く変色した鎌をいきなり横なぎに払った。

「うわっ」

貴はとっさに身をのけぞらせたが、シャツのボタンのあたりに引っかかって、みりっと裂けた。

そのままよろけるように、数歩下がった。あまりに驚いて言葉が出ない。もしもよけなかったら、胸の肉が切られていただろう。なんてことをするのか。

「てめえも切られてえのかよ。こら……」

大樹がやくざのものまねのような口調で、なぜか康介でなく貴を脅している途中に、しゃきん、という音がした。見ると何か黒くて細い棒のようなものが、康介の手から伸びている。あれはなんだろうと思う間もなく、康介が素早く手を振った。黒い棒が、大樹の頭に当たったように見えた次の瞬間、大樹はうめき声をあげることもなく、その場に崩れ落ちた。

11 午前十一時十分

島崎智久は、とまどっていた。

とまどわせた相手はもちろん、樋口透吾だ。

署からの連絡で、『タウン』内で若い男の死体が見つかった、という情報を得た直後、こんどは樋口から電話があって、いきなり「手柄を立てさせてやる」と言う。何事かと思えば、ゆうべ窃盗やボヤの陳情に来た二人の男の話の中身を、信頼できる上司に報告しろと言う。

そうしたくてもできなかった。信頼できる上司など思いつかないからだ。やむを得ず、佐野課長に電話をかけた。

〈何か進展でもあったのか〉

不機嫌そうに言う佐野に、窃盗やボヤ騒ぎのことを報告しはじめると、すぐに怒り始めた。

〈わざわざくだらんことで電話なんかしてくるな。そんなことより、命令はどうした〉

「それが……」

おまえは何も考えずに、とにかくあの男にへばりついておけと命じ、一方的に電話を切った。

怒りと屈辱感で、頭に血が上った。警官の制服を着用していなければ、目の前の暢気な里山に向かって、怒鳴り散らしていたかもしれない。相変わらずの残暑と、誰に向けていいのかわからない腹立ちで、呼吸が苦しくなった。理沙のいましめを思い出し、三回深呼吸したが、簡単にはおさまらない。

しばらくのあいだ、蒸し暑い風になびく麦の穂を眺めて突っ立っていた。そう長い時間ではないはずだが、暑さのせいか、頭が少しぼうっとしてきた。なんとか気を取り直して一度駐在所に戻ろうと思ったところに、今度は佐野課長のほうから電話がかかってきた。

〈さっきの話、もう一度話してみろ。要領よくな〉

通常の連絡用に使ういわゆる署活系無線を使わず、課長みずから携帯に電話をしてくるのはイレギュラーだ。せっかく静まりかけた怒りがぶり返しそうになる。それをなんとかこらえ、盗まれた新品の鎌や防鳥ネットのことを説明しはじめた。すると佐野は、今度は少しあわてた口調でさえぎった。

〈その話、誰かにしたか〉

「いえ、課長にしかしておりません」

〈ならば誰にも言うな。追って連絡する。それまで、ほかの人間に報告しなくていい。別命あるまでその場で待機せよ〉

何がなんだかわからなかった。もはや、腹立ちを通り越して、空しい。

しかし、命令は命令だ。暑いので、アイドリングしたままのミニパトの中で、シートを倒し、エアコンをフルにかけながら待機した。県条例など糞くらえだ。

しばらくラジオを聞いていたが、それにも飽きてミニパトに据え付けられた基幹系無線のスイッチを入れた。切っているのもまた規定違反だが、今の自分は特命任務中だ。それに第一糞くらえだ。

ところが、無線からは、まるで暇な智久をあざわらうかのように、忙しそうなやりとりが、ひっきりなしに流れてくる。今朝はやはり『タウン』での殺人事件に関する内容がほとんどだ。

それを聞くうち、あっ、と声をあげ、前かがみになり、耳をそばだてた。

「今、なんて言った？」無線機に声をかける。

はっきりともう一度〈──ネット──鎌──〉という単語が聞こえた。

どうやら、殺しの現場にそれらの品が落ちていたらしい。それでようやく樋口の言った意味がわかった。手柄を横取りされるという意味も──。

「なんだよそれ。先に言ってくれ」

合点《がてん》がいくと同時に無線からさらにやりとりが流れた。

〈──比山3、現在久杉地区へ──こちら本部、比山5は至急──〉

ここだ。パトカーが何台もここへやって来る。智久は急いでシートを起こし、身なりを整えた。

樋口も、車を貸してやったのだから、もう少し丁寧に教えてくれてもよいものを。そう思ったが、すぐに、車を貸したからこそ、わずかでも教えてくれたのだろうと思いなおした。

やがて、サイレンを鳴らした警察車両が、何台も田舎の集落に集まってきた。

「この家は、何か盗られてないか」

手伝いで走り回っている智久に質問したのは、比山署の刑事だ。停めたパトカーのボンネットに住宅地図を広げて、一軒の農家を指差している。このあたりは典型的な過疎地区だから、二十年も前のボロボロになった住宅地図が、今でも通用するのだ。

樋口が言ったように、特ダネをつかんだ自分がヒーロー扱いになるのかと思えば、単にひと足先に現着した地域課の警官でしかなかった。制服警官が少ないせいもあって、いいようにこき使われている。あっという間に、手柄は佐野課長に横取りされたらしい。

「何も盗られていないとのことです」

智久は不満を殺して答えたが、相手の刑事はもちろんそんな事情は知らない。

「とのこと？　誰に聞いた」

「家のお婆さんです。世帯主の母親です」

「婆さん一人だけか」

「はい。ほかの家人は、農作業に出たり、外出していましたので」

「もう一回、聞いてきてくれ。しっかりと裏を取ってこい」

「鎌が盗まれていないかどうかですか」

「ほかに何を聞く。稲の作況指数でも訊くか」

ガキ相手みたいに、馬鹿にするのはやめてください。そもそも、このネタを上げたのは自分です。そう喉まででかかったが、呑み下した。ただ了解しましたと答えて、指示された家に向かった。

12　十一時二十分

樋口透吾が、野次馬として店から顔をのぞかせていた熊谷昇平にひと声かけて、島崎に借りた車に戻ると、左の前輪がパンクしていた。

しゃがみ込んで、原因となった傷を探すと、上方のやや左寄りに、細身の刃物でつけたと思われる傷があった。

停めたときは異常はなかったから、誰かにいたずらされたのだろう。透吾は小さく悪態をつき、周囲を見回した。それらしき怪しい影はない。

ひと目につかぬようにと、『タウン』専用の変電設備の陰に停めたのが、かえってあだになった。ここなら、しゃがんでしまえば、周囲からはほとんど目につかない。むしろいたずらはしやすい。予備のタイヤに交換しようと立ち上がったときだった。

「パンクですか」

聞き覚えのない声に振り返ると、さっきの男が立っていた。ベンツの後部座席にいた、野性味のある男。おそらく、『ブルー』の店主が「知的で都会的なゴリラ」と評した人物だ。だとすれば、男の名は深見——。

素早く周囲を見回す。ベンツの姿は見えない。一人、歩いて来たのか。

「ちょっと停めたすきに、いたずらをされたみたいです」

ごく普通に答えて、接地面がぺしゃんこになったタイヤの脇腹を蹴った。

男は腰をかがめ、タイヤを指先で突きながら「ひどいですね」と言った。

「子どもでしょうか」

男の声からは、感情が読み取れない。

「だとしたら、かなり力があるか、複数名いたのかもしれない。こう見えて、パンクさせるのも、そこそこ力が要《い》りますからね」

まるで、やったことがあるような言い方だ。

「ところで、人殺しみたいですね。今朝から大騒ぎだ」

男が、強引に話題を変え、メイン棟のほうに視線を向けた。

「そのようですね」

透吾もとぼけて答える。警察関係者以外にも、まだ『タウン』に居残っているテナントの関係者たちが、だだっぴろい駐車場に数人ずつかたまりとなって、黄色のテープが張られた出入り口のあたりを、こわごわのぞいている。

「なんでも、鎌で三十か所以上めった刺しらしいですね」樋口が言う。

「鎌で！」

男が大げさな身振りを交えて驚いた。

「そういえば」透吾は、パンクしたタイヤの傷に目をやる。「この傷も鎌でできないことはない」

「ほう。めった刺しの犯人がまだこのあたりに潜んでいたと？」

「同一犯とは言ってない。同じく『鎌』を使ったのかもしれない、と言ったまでです」

透吾は会話を中断して、ほとんど荷物のない後部トランクを開けた。よかった。予備タイヤのあるモデルだった。最近は、荷物スペース確保のため、予備タイヤを積まない車種も多いと聞く。タイヤと備え付けの工具を取り出した。少し時間をとられることになりそうだ。

「手伝いましょうか」男が訊く。

「いや、一人でできます」

そのとき、背後から人が近づく気配を感じた。

『くまがい』の店主、熊谷昇平だ。仕込みの最中らしく、胸のあたりに無数のしみがついたTシャツに、下は膝丈ほどのジャージというラフな恰好だ。

「どうしました」

「パンクです。いたずらされたみたいで」

しかし、駆け寄ってきた熊谷は、タイヤを見ようともせず、すぐそばに立つ男に注意を払っている。

「あんた、やっぱりそうじゃないかと思った」

「こんにちは」

男が会釈する。

熊谷が、透吾のほうを向いた。

「この人ですよ。ほら、きのう話した。うちに金を持ってきて、営業を続けてくれと言ったのは」

見れば、男は苦笑しているが、特別あわてたようすも、とりつくろう気配もない。軽く頭を下げて自己紹介した。

「深見といいます」

「わたしは樋口」

思ったよりも静かな対面になった。

「深見さんは、ヒライさんのところの方ですか」

ずばりぶつけてみた。深見は顔の筋肉ひとつ動かさない。

「いいえ。仕事の関係で、何人か紹介してもらった程度です。そういうあなたは、警察関係の方ではなさそうですね。そんな臭いはするが」

「おっしゃるとおり、警察の人間ではありません」

熊谷店主は、この奇妙なやり取りに割り込めずに聞いている。

誰か大声で呼んだ。

見れば、熊谷の妻が店の前まで出てきて、伸びあがって手を振っている。

「なんだ、でかい声出して」熊谷が怒鳴り返した。

「お鍋が噴いちゃってる」女房も声では負けていない。

「ばかっ、早く止めろ」

「もう止めたわよ」

「くそっ」いきなり走り出そうとして、二人に詫びた。「失礼しますね」

痛むと言っていた腰をかばうような恰好で走り出した。

「さっき、出る前に止めろと言ったはずだぞ」

「聞いてないわよ。どうするの。濁っちゃったけど」

二人は言い争いをしながら、店の中に入っていった。

透吾が薄く笑いながら視線を戻すと、やはり口もとだけで笑っている深見と目が合った。

「それではわたしもこれで」

深見は背を向けたが、数歩進んだあたりで立ち止まり、振り返った。

「そうだ、この土地ではわたしのほうが少しだけ先輩のようなので、ひとつ教えて差しあげます。このど田舎限界集落のモデルみたいな村は、樋口さんが思っているより、ずっとホットな土地です」

「それはもしかすると、『タウン』の土地売買に関する、地上げじみた行為のことですか」

深見が、ははっと笑った。都会的なゴリラの口もとから白い歯がこぼれた。

「その程度のもめごとに、あなたみたいな切れ者を送り込んでこないでしょう。ここは、ただの過疎村じゃない。『政』、『官』、『財』の私欲の吹き溜まりですよ」

「そして、そいつらに食らいついたブローカーとか」

深見は曖昧に、笑っただけだった。少し揺さぶりをかけてみる。

「北森駐在のことについて何か知っていますか」

「いえ、わたしが関心あるのは、『施設』と『タウン』の地権の行方だけです。利害関係があなたと交錯しないことを願っています」

深見はそう言い捨てて、こんどこそ振り返らずに去っていく。

樋口は、顔では笑って見せていたが、内心歯ぎしりをしていた。今回の案件を完全に舐めてかかっていた。「なんの特徴もないことが特徴みたいな過疎村」などと説明を受け、その気になっていた。「たまには田舎でのんびりしてこい」という言葉を信じてしまった。焼きが回ったらしい。

思わず笑いがこぼれた。ここしばらく、こんなに自然な気持ちで笑うことなどなかった。今さらカラスを問い詰めてみたところで、正直に教えてなどくれないだろう。あの男がこの入り組んだ事情を知らなかったわけがない。むしろ、知った上でのことなのだ。これは一種の懲罰なのだ。

思い当たる理由がある。

透吾は、前回の任務でカラスの指示に背いた。無実の男が無実である証拠を、「隠蔽《いんぺい》せよ」という命令を守ったふりをして、地方紙の記者にリークした。結局それが、国会の予算委員会が大荒れになる騒ぎまで起こす始末となった。

馘《くび》に相当する造反だ。

『組織』の規範は、社会通念や良識などではない。クライアントの意図、それがすべてだ。だからこれは、褒美《ほうび》どころかその懲罰なのだ。二日間で真相究明などできるわけがない。失点を記録するために、送り込まれたとしか思えない。

ならば、と思った――。

自力であばいてやる。カラスたちがあばかれたくないことまで。

13　午前十一時十五分

島崎智久は、隙を見て逃げ出した。

自分は青水地区の受け持ちだ。仮に殺人事件が青水で起きたなら、そして、だから現場保全をせよと命じられるなら、全力で使命を果たす。

しかし、事件は離れた場所で起きた。あとからやって来た刑事どもが好き勝手する、その使い走りに終始するつもりはない。そもそも、今の自分に与えられた任務は、あの樋口調査官の行動監視にあったはずだ。

今では、監視どころか、協力しようという気にさえなっている。

人格はともかく、あの情報収集力と行動力は、やはりただの「事務屋」ではない。

少し前の電話で佐野課長が、青水にとどまって何か情報があったらあげろというようなことを言っていた。かまうものか。しばらく見ているが、鎌と防鳥ネットのほか、いくつかの小さい農具が盗まれたのと、樋口調査官が指摘したように――なぜわかったのか少し不思議だったが――庭先に張ったロープや温室のビニール、そして大根が何本か切られたぐらいだ。血など一滴も流れていない。

服務規程違反かもしれないが、自分はあの樋口調査官のところへ行くべきだ。役に立てるはずだし、正直なところを言えば、めったに見られないような手法が、見られるかもしれない。

幸いなことに、智久がミニパトに乗り込んで、そっと現場から遠ざかっても、誰も止めようとはしなかった。

とりあえず、『タウン』へ向かうことにした。電話をすれば、来るな、と言うに決まっているので、連絡せずに向かう。ふだんは軽トラぐらいしか走っていない道路を、警察車両がせわしなく行き交っている。ミニパトの一台ぐらい、誰にもとがめられることはないだろう。

県道をしばらく行き、近道を抜けることにした。日中もほとんど車や人の往来がないのに、歩道にきちんと街路樹まで植わったきれいな道路を飛ばした。

左右にススキが茂った野原の中を進んでいるとき、突然、黒い小さな小石のようなものがいくつか降ってきて、ガツガツッと車のボディに当たった。

あわててブレーキを踏む。尻を振って反対車線にはみ出すほどの勢いで、ミニパトは停まった。後続車がいないのが幸いだった。

今のはなんだったのか。

フロントガラスにひびは入っていない。音の割に衝撃は小さかったようだ。

人為的なものだろうか――。

再発進し、そのままゆっくりと百メートルほど進み、ハザードランプをつけて路肩に停めた。

さっと周囲を見回し、不審者の姿がないことを確認してから降りた。

何かが当たった痕跡は、すぐに見つかった。ボンネットや左側のフェンダーのあたりに、何か所も小さく塗料の剝げた部分がある。やはり小石が当たったらしい。それもかなり小粒のようだ。

急いで運転席に戻った。エンジンをかけ、再びゆっくりと車を発進させた。後方をミラーで確認し、振り返ってもみたが、なんの動きもない。もしかすると、草むらにひそんでいた子どものいたずらで、度胸試しにパトカーに向かって小石を投げ、あわてて逃げたのかもしれない。

さて、どうする。

今は、県警本部全体を騒がすような殺人事件を追っている。子どもの投石程度にかまってはいられない。しかし、とも考える。たまたま大事には至らなかったものの、こんな悪さを続けていたら、いずれ大事故に繫がる可能性もある。もしまだあのあたりにいるのなら、見つけ出して一度注意しておくべきかもしれない。

自分は一般人ではない。警官なのだ。

智久は、一台の車も通らない道をUターンした。

右手のススキの原の中を睨みながらゆっくりと進む。石が飛んできた角度は、やや上からだった気もするが、とっさのことだったので絶対の自信はない。

あれか――。

右手前方に、一軒の廃屋が建っているのを見つけた。道路から十メートルほど奥まったススキの海の中に、漂流する朽ちた船のように佇《たたず》んでいる。小石が飛んできた方向とも一致する。

「あれだな。あそこからだ」

智久は、視線を廃屋に向けたまま、ノーアクセルでゆっくり進んだ。真正面ではなくやや手前に車を停めた。エンジンはかけたままだ。

見たところ、人が住んでいるようには思えない。だとすれば、もし中に人がいれば、まぎれもなく不審人物だ。

さて、次はどうする。

応援を呼ぶか。車搭載の基幹系無線機からは、相変わらずピーとかスーなどという音とともに、警察内部のやり取りが流れてくる。今はみんなピリピリしている。こいつのマイクを握って、「不審者発見の可能性あり」と連絡すれば、近隣一帯の警察官が駆け付けてくるだろう。

そして「ご苦労、邪魔にならないところで野次馬の整理でもしていてくれ」と指示されるのだ。

エンジンを切り、キーを胸ポケットに入れた。

「拒否します」

小声で宣言してから、車を降りた。頭を低くし、あらためて周囲を観察する。人影は見当たらない。そもそも、熱い風に一面のススキがなびいているので、人が一人二人隠れていたとしても、見つけられないだろう。

そのとき、ススキがざわついた気配がした。

「誰かいるのか」怒鳴って、すぐに頭を下げた。

遠くの森でカラスの鳴く声が聞こえる。

やはり何も起こらない。ふたたび立ち上がり、拒否しようとする足を無理やり交互に動かした。そろそろと進む。気休めにしかならないだろうが、まだ植えて間もない若木の街路樹に身を隠す。そんなことをしながら、ようやく古い家の正面のあたりに立った。

かつては、道路から建物のあいだに、広めの庭があったのだろう。今ではすっかりススキに覆われている。ただ、路《みち》の名残はかすかに認められる。砂利が敷かれ、踏み固められた場所には草も生えにくいらしい。

腰から抜いた金属製の特殊警棒を、ひと振りして伸ばした。警棒を左手に持ち、その小《こ》径《みち》とも呼べない路の跡を、ススキをかき分けながら進む。右手は拳銃のホルスターに当て、警棒でススキをかき分ける。

「っくしょん」

こらえきれなかった。一キロ四方に響き渡るようなくしゃみをしてしまった。

どこからかガサガサッと音がしたので、あわててしゃがみ込む。

かなり離れた場所から、数羽の鳥が飛び立った。ふうっと息を吐き、もう一度深呼吸した。自分の鼓動が聞こえるほど脈が速くなっている。かすかに、笑い声を聞いたような気がするが、たぶん空耳だろう。

どうする。やはり応援を呼ぶか——。

いや、行く。まだ人影すら見ていないのに、こんなところで腰を抜かしているぐらいなら、警官になどなるべきではなかった。

立ち上がり、尻をはたこうとして、両手がふさがっていることに気づいた。かまわず、やや前かがみになって先へ進む。ようやく、もとは玄関だったところまでたどりついた。

郊外に行けばどこでも見かける、典型的な農家の作りだ。もとはガラスのはまった引き戸になっていたのだろうが、今はあとかたもない。見たところ足跡らしきものは見当たらない。

無言で三和土《たたき》に入り、上《あ》がり框《かまち》に右足を載せたところで、止めた。

今自分は引き返せない橋を渡ろうとしている。ここで連絡をし、応援を待つべきではないか。ここまですればもう充分だ。

しかし、単なる勘違い、妄想だったらどうする。皮肉なことに周囲はススキだらけだ。この先ずっと「枯れ尾花」呼ばわりされるだろう。そうなれば、自分はもう警察にはいられない。

玄関を上がるといきなり台所になっている造りだ。板の間にはぶ厚く埃が積もり、足跡などは見当らない。

その板の間に踏み込んだ。みしっと音がする。耳を澄ますが、ほかに音は聞こえない。反対側の足も出す。またしても床が鳴る。

もうかまわずに、ゆっくりと階段を目指した。あれが投石だとすれば、おそらく二階から放たれたものだからだ。

それを見つけた瞬間、足が動かなくなった。全身のうぶ毛が逆立った。

間違いではなかった——。

階段にははっきりと、五、六人分の入り乱れた足跡が残っている。どこから来たのか。跡を目で追う。どうやら、裏口から出入りしているらしい。

まだ新しいものが複数ある。しかも、それらはどれも上向きで、下りたものはない。つまり、ここにいる。まだ上にいるのだ。

深呼吸したがあまり効き目はない。鼓動は痛いほどだ。しかし、気分は妙に静かだった。

耳を澄ます。物音がしたか？　したようにも思う。気のせいかもしれない。行くか、行けるのか――。

自分に問う。妻と娘の顔が浮かんだ。理沙が藍を抱きかかえ、藍が自分で摘んだタンポポの花を持った手を振っている。二人の口が、いってらっしゃいと動いた。

ほんの数分前に自分に言い聞かせたことを、もう一度ゆっくり胸の内で繰り返した。

こんなところですくみ上がっているぐらいなら、警官になどなるべきではなかった。

「誰かいるのか」

二階に向けて怒鳴った。複数であることと石を投げるという行為からして、まだ若いと踏んだ。あえて「きみたち」と呼ぶ。

「きみたちは、走行中の警察車両に向かって石を投げた。これは器物損壊や公務執行妨害だけじゃない。殺人未遂の可能性もある。今なら、穏便に済ませる。おとなしく下りてこい」

少し脅して返事を待った。静まり返っている。

「どうした、返事をしろ」

やはり反応がない。

「下りてこないなら、今から上がっていく。すでに応援を呼んだから、まもなく大勢かけつけてくる。ここでは、逃げ場がないぞ。これ以上罪を重ねるな」

ゆっくりと一段目に足をかけた。予想外に大きなみしっという音がして、思わず逃げだしたくなった。

みしっ、みしっ、永遠に続きそうな階段をようやく上り切った。まっすぐのびた板張りの廊下の左手側、つまり道路に向いた側に三部屋並んでいる。反対側は納戸や手洗い場のようだ。

一番手前の部屋は和室だった。襖が倒れているので中が見渡せる。人の気配がない。埃が積もっており、出入りの気配もない。

ふーっ、ふーっ、息を吸い、吐く。

埃とカビの臭い以外は何も感じない。

そっと廊下を進む。またしても床が鳴ったが、もう慣れた。いや、麻痺《まひ》しはじめている。

二番目の部屋は洋室のようだった。フローリングと呼ぶよりも昔の世代、いわゆる板張りの床だ。その上に――。

見つけた。部屋の中をあちこち動きまわったようで、入り乱れた足跡がとっさには数えきれないほど残っている。

しかし、人の気配はない。

「誰かいるのか」

返事はない。別な出入り口があるのかもしれない。

智久は、背後にも注意を払いながら、ゆっくり部屋に入った。左手には警棒を持ち、右手はすでにホックをはずしてある拳銃ホルスターに当てる。

一歩ごとに床板がたわみ、湿った音がする。自分以外に動くものはない。

そのまま窓際まで近寄った。床に、豆つぶほどの小石がいくつか落ちている。

やはりそうだ。ここから狙ったに違いない。思いきり投げれば、女性や子どもでも道路まで届くだろう。

部屋の床に視線を戻す。足跡の中には、はっきりと形の残っているものもいくつかある。

「男女か。しかも複数」

足跡を見ているうちに、ある考えが浮かんだ。階段の足跡に上向きしかなかった理由だ。下りるときも上向きで、つまりあとずさりするような恰好で下りたのかもしれない。

理由はわからない。あえてこじつければ、まだ二階にいるとみせかけたかったのかもしれない。

とにかく、これでようやく署に連絡だ。犯人を取り逃がしてしまったかもしれないが、結果的に見れば、踏み込んだ時点でもぬけの殻だったのだろう。それでも、智久の評価は上がるに違いない。手柄を、本署や県警本部の連中に横取りされずに済んだ。

右手にクローゼットらしき扉が見えた。

静かにしかし深くゆっくりと呼吸をしながら、近づく。右手に警棒を持ち替え、左手を扉の取っ手にかけ、ゆっくりと開いていった。

誰もいない。

おもわず、ふーっと息を吐く。そのとき、隅のほうにゴミ用のポリ袋が置いてあるのが見えた。迷ったが、ポケットからハンカチを出し、それで結び目のあたりを持って引っ張り出した。半透明なので、中が透けてみえる。服だ。丸めた服が入っている。いや、そんなことより——。

血だ。べっとりとついている。しかも、まだ乾ききっていないように見える。中をもう少しよく見ようと顔を近づけたとき、床板が鳴る音を聞いた。

みしっ。

息を呑み、あわてて振り返ろうとした。

その瞬間、頭に強い衝撃を受け、視界が暗くなった。

14　午前十一時四十分

「ねえ、レイちゃん。残りはおれがやっておくから、何が起きたのか探りに行ってもいいよ」

今日の受け持ちであるリネン室で、手際よくシーツをたたみながらカイトが言った。

「いや、そういうわけにはいかない」

玲一も手を止めずに答える。

「自分の分は自分でやる。——規則だからな」

「しかし、意外に人の足跡を追うっていうのも、難しいものだね」

カイトの、妙に大人びていながらのんびりとしたしゃべりを聞くと、ささくれ立ちかけた心が落ち着く。もしかすると、今の自分に必要なのは、こんな友人かもしれない。

カイトが続ける。

「でもさ、考えてみたら笑えるよね。造物主が、性欲と食欲とルサンチマンだけで作りあげた、あの野獣人間を、せっかく始末してくれた犯人を捜そうとしてるんだから」

「犯人捜しってわけでもない」

むしろ、犯人がこの施設にいないことを証明したいのだ。しかし、シンの態度があれでは、いずれ職員が警察に通報するだろう。〝青年〟たちは、また痛くもない腹を探られるのだ。

「そういえば、ガキんちょたちのあいだで、『アル゠ゴル神』とかいうのが流行《はや》ってるの知ってる？」

「アル——なんだって？」

「いいよ、たぶん知らないと思った。なんていうか、架空の邪神らしいんだけど、そいつに頼むと消してくれるんだって」

「消すってどういうことだ」

「前に一人、弱い者いじめが得意の、ちょうどマモルみたいな中学生がいたらしいんだけど、小学生がその『アル＝ゴル神』とかに頼んだら、ある日いなくなったんだって」

「脱走じゃないのか」

「荷物とか財布とか隠して持っていたポータブルゲームとかが、そのまんまだって」

「消えたのか」

「ほら、シンちゃんも言ってたけど、最近マモルが小学生につきまとってたでしょ。だから、またあいつらがお願いしたのかなって、ふと思った」

驚いてカイトの顔を見てしまった。

「信じてるのか？」

カイトが笑う。

「『アル＝ゴル神』という実態は信じないけど、現象は信じるかもしれない」

「何を言ってるのかわからない」

玲一が首を振ると、カイトはけらけらと笑って話題を戻した。

「マモルは誰かと一緒に『タウン』まで行ったと思うんだよ。車を持ってるやつとね」

「車か」

「もしくは、自分で自転車を漕いで行った」

「自転車を漕いで？　つまり自分の意思でか」

「そう。何か目的があれば、行くでしょ。ここからなら、とばせば十分もかからない」

「それもあるか」

もし、マモルが本当に殺されたのだとしたら、その犯人は〝青年〟の誰か――とくにシンである――可能性が高いと、最初は思った。だが、そうとばかりは断言できない気がしてきた。

あのマモルのことだから、外部と連絡をとっていた可能性はある。この〝施設〟は、侵入には厳しいが外出に関しては割とゆるい。どうせ、どこにも行けないだろうと、考えているのかもしれない。

マモルも車で迎えに来てもらったとか、自力で自転車を漕いで行った可能性もなくはない。問題はその動機だ。

昼休みまであと五分を知らせるオルゴール音楽が流れた。

「今日のおかずは、鮭《さけ》の西京《さいきょう》焼きと五目豆か。くそっ、ひじき入れたな」

「よくわかるな」

「普通、わかるでしょ、匂いで。おれ、あんまり和食は好きじゃないんだ。それにさ……」

「作業中のところ、おじゃまします」

リネン室に入ってきたのは、職員の熊谷有里だった。さっきのあわてぶりはおさまったようだが、顔色はあまりよくない。

「あ、有里さん。お疲れさん」カイトが明るく挨拶する。

「なんだか、楽しそうね」

「そういう有里さんはお疲れみたいですね」

「そう?」

「目の下に隈《くま》ができてるし、やっぱりマモルが殺された件ですか」

「うん。スタッフルームはパニックみたいにたいへん」

すんなり認めた。

有里はきのうまで、老人施設の『かもめ』担当だった。林田さんが死んだことと関係があるのか、きょうから『にじ』の担当に移ると聞いた。

「有里さん。今日から、ガキんちょ相手ですよね?」

「そうなの——でも『ガキんちょ』じゃなくて、『児童』って言ってね」

有里もまた、ほかのほとんどの職員と同じように、カイトの本当の過去を知らされていないのだろう。知っていれば、まるで友だちに対するように、こんな普通の会話はできないかも知れない。

「最近のガキんちょは、悪知恵が働くから注意したほうがいいですよ」

「だいじょうぶよ。みんな優しそうだし」

「それって『クスリ』を飲まされているから？」

「えっ、薬って？」

「ほら、栄養剤とか、たまに飲まされる頭痛や胃痛の新薬とか」

「それを飲むと、優しくなるの？」

有里の表情を見る限り、知っていながらとぼけているようには思えない。

「なんでもないです。気にしないで」カイトが手を振った。

「気になるわよ」

「あのそれより、ちょうどいい機会だからひとつ教えてください」

「何かしら」

「ここって、パンフとかでは『更生保護施設』的に書いてあるけど、正式な『更生保護法人』じゃないですよね」

「どういうこと？」

「ちょっと調べたんだけど、『更生保護法人』っていうのは、『更生保護事業法に基づいて法務大臣の認可を受け』てなんたらかんたらっていう施設のことで、ここはその認可を受けていないはず。それに、この『岩森の丘』を後押ししてるのは、厚労省でしょ。そこに法務省管轄の組織が入っているのも変だし。つまり、似て非なるものってこと。そこに収容されているぼくたちは、さてどんな存在なんでしょう」

となりで聞いていて、玲一にはさっぱり理解できない。

「わたし――」

有里は途中まで何か言いかけて、入居者相手にそんな話をしてはいけないことを思い出したらしい。

「いけない。わたし、寝具セットを取りに来たんだ。さぼってると叱られる」

「寝具なら、おれ、とってあげるよ。何枚？」

カイトは、有里の言うとおりに、シーツや枕カバーを揃えてやった。

「どうもありがとう。それじゃ、作業がんばって」

背中を向けて去りかけた有里が、そういえば、と言って振り返った。

「あなたたちのあいだで、上履き収集が趣味の子っていないわよね」

おかしなことを訊くと思ったが、カイトは真面目な顔で聞き返した。

「紛失？」

「そうなの。いくつも」

「それは、新品っていうこと？」

「そうなの。新品の上履き。用度品室から、上履きが何足もなくなってるんだって。ほら、備品管理もわたしの仕事でしょ。管理が甘いって、上の人に怒られちゃった」

「ふうん」

カイトが何か考えている。

「今度、手の空いたときに探しておきますよ」

「ありがとう。よろしくね」

有里は手をふってこんどこそ本当に去って行った。

その背中が角を曲がって見えなくなるまで、カイトは見送っていた。

「有里ちゃんてかわいいよね。年齢より幼い感じで。マモルがちょっかい出してたのもなんとなくわかるな」

満足そうにうなずいて、玲一を見上げた。

「それに、下っ端の職員は『クスリ』のことを知らないっていうこともわかった」

「知らないんじゃなくて、ほんとにただの栄養剤なんじゃないか」

カイトはふふっと笑っただけで、それ以上は反論しなかった。

カイトはどんどん性格が変わっていくようだ。この〝施設〟へ来て、初めて会ったころのカイトは、薄暗い湿った洞窟の奥から、腹をすかせて外をのぞく手負いの獣のようだった。何も持っていないその手にも、見えないカッターナイフを握っているように思えた。

それが今では、年上の女性職員に対してさえ慣れた口をきく。

カイト本人に聞いたところでは、以前のカイトは老若男女を問わず、徹底した人嫌いだった。本人はその後の変化は、ここで行われているカリキュラムや指導のたまものではなく、さきほど口にしていた、頻繁に処方される『クスリ』のせいだと考えているようだ。

それならそれで、言ってくれればいいのに、とカイトは言う。有効で副作用がないなら、それはもう立派な完成品だ、と。

作業のノルマを終えて、食堂に向かって通路を歩きだしたとき、曲がり角の向こうから、急ぐような足音が聞こえてきた。

「……こんなところにいるとは思えませんけど。そもそも、この施設の中にはいないんじゃないですか」

若い男の声は職員のようだ。あせっている雰囲気だ。

「いないならいないことを確認せよ。それが二木副センター長のお達し」

口のききかたからして、上司らしい女の声が答えた。

「——施設内のすべての部屋を捜すように、という指示なんだからしょうがないでしょ。この前だって、どこにもいないと思ったら『かもめ』に隠れてたじゃない」

「はいはい。肝試《きもだめ》しとか言って、亡くなったお婆さんの布団に隠れてた事件ですね」

「それにしても、五人なんて。多すぎでしょ」

角を曲がって姿を現したのは、三十代ぐらいの女と、もっとずっと若い男だ。女のほうは、たしか桑野とかいう名で、『にじ』の主任だ。いつもは温厚な印象の人だが、今はすごくいらいらした表情を浮かべている。なんとなくのんびりした顔の若い男の名は知らない。

「こんにちは」

最初にカイトが挨拶した。

「あ、はい。こんにちは」

桑野が、今の会話を聞かれただろうかと探りを入れたそうな顔で答える。

「どうかしたんですか」

玲一が桑野に向かって質問した。

彼女が答える前に、若い男の職員が早口で言った。

「きみたち、見かけなかったかな。朝から見当たらない子が五人もいるんだ。小学生四名、中学生一名、学校をサボったらしくて……」

「三ノ宮君」桑野にきつい口調で注意され、三ノ宮と呼ばれた若い男は首をすくめた。

15　午前十一時四十五分

遠くの森の中で誰かが笑っている。

ものすごく不愉快な声だ。ヒステリックなほどに甲高い声で、アハハアハハと笑っている。

「うるさい」

自分の声が、笑い声に対して怒っている。しかし、笑い声は止まるどころか、こんどはアホウアホウと挑発しはじめた。さらに、その声の向こうからサイレンも聞こえ、アホウアホウという声がさらに賑やかになった。

なぜ自分はこんなに騒々しい場所で寝ているのか。そうか、自分は警察官だった。警官だから、騒々しいのも痛いのも我慢しなければならないのだ。

いや、そんなことはない。いつもそうして我慢ばっかりだ。そもそも――。

意識が自分の中に戻ってきた。

目を開いた。

汚い天井が見えた。硬い板張りの床に寝ていることがわかった。どこからか吹き込んでくる風が、体の上をなでるようにして流れていく。埃臭い。何かすえたような臭いがする。

アホウアホウと哄笑《こうしょう》しているのはカラスの声だった。近づいてくるサイレンは——まだ多少かすんだ頭で考えた——あれは、そうだ救急車のものだ。

思い出した。

この廃屋に入るまでの高揚感と、入ってから後頭部に衝撃を受けて倒れるまでの緊張感、そして、ここで見たもののほとんどが、あるものははっきりと、あるものはぼんやりとよみがえった。

最初の一撃を受けて床に崩れ落ち、気絶と覚醒のなかばあたりにいた時間がしばらくあった。その間に何か重要なものを見た気がするのだが、思い出せない。やがて、すぐそばに人の気配が近づき、風を切る音とともに再度右のこめかみに衝撃を受けて、完全に失神したのだ。

「くそっ」

悪態をつきながら上半身を起こしかけたとき、後頭部に激痛が走った。

「痛《い》てっ」

半起き状態のまま、上半身を左手で支えた。こめかみは鈍く深い痛みで、後頭部は痺れるような鋭い痛みだ。右手でそっと後頭部をさわった。

「ぐっ」

うめき声が漏れた。打撲だけでなく、裂傷を負ったらしい。頭髪がじくじくと湿っている。指先を見ると、やはりどろりとした血液がついていた。

「くそっ」

あのとき、床板を踏む音を聞いた。その正体をたしかめようと振り返ろうとしたときに、殴られたのだ。正体は見えなかったが、たしかに人の気配があった。足跡に細工して逃げたわけではなく、どこかにひそんでいたのだ。

「ふざけやがって」

何度目かの悪態をついて、なんとか立ち上がろうとし、ふたたびめまいに襲われて横たわった。

無理に起きるな。寝ていたほうがいい——。

自分を説得した。

うるさいほどに大きくなったサイレンが突然止んだ。鳴いていたカラスどもは飛び去った。

犯人が乗り逃げしていなければ、路肩にはまだミニパトが停まっているはずだ。それを見て停車したのかもしれない。だが、そもそもサイレンを鳴らした救急車が来たのは、なぜだ。まさか偶然ではあるまい。最初から智久を回収するためにこの場所をめざしてきたのだとすれば、どうやって知ったのか。ミニパトを見つけた通行人が通報したか。それならばまず、警察が来るはずだ。——まさか、襲った犯人が通報したのか。怪我人がいます、と。なにがなんだか理解できない。

　思考を切り裂くように、突然大きな声が聞こえてきた。

「こちら比山救急隊です。家の中に通報されたかたはいますか。怪我人はいますか。警察関係者はいますか」

　こんなことは、警官である智久でも初めての体験だった。

　現着したにもかかわらず、進入する前に、車両に搭載の外部スピーカーを使って、怪我人の有無を確認している。無理もないと思った。救急隊といえば、ときにわが身を顧みずに危険の中にも飛び込んでいくのだろうが、日中でもほとんど人通りのない一面のススキの原にぽつんと立つ、この廃屋はさすがに不気味だろう。それに、無人のミニパトだ。何が起きているのか、まずは確認しても無理はない。

　痛みをこらえて再度上半身を起こし、窓に向かって叫んだ。

「警官です。怪我人あり。頭部打撲、裂傷と出血あり」

　反応がない。もう一度叫ぼうとしたとき、バタンバタンとドアの閉まる音が続けて聞こえた。

　助かった、と安堵《あんど》すると同時に、このときになってようやく、制服のズボンのベルトが外されていることに気づいた。まさか。あわてて、それがあるべき箇所に手を当てる。ない。全身に鳥肌が立つ。やられた――。

救急隊員が階段を駆け上がってきたときには、智久はすでにパニック状態だった。

怪我のせいではない。気絶しているあいだに、装備品が奪われてしまった。少なくとも、拳銃と身分証と警棒、それに手錠だ。私物の手帳は床に放り出してある。中から、理沙と藍の写真が半分ほどのぞいている。

大丈夫ですかと声をかけて、智久の上にかがみこむ隊員に向かって怒鳴った。

「誰か――外で誰か見ませんでしたか。怪しい人間」

「怪しいとは？」

まずは瞳孔収縮の対光反射検査をしようとしたのだろう。ペンライトを握った隊員が訊き返す。

「もしいれば、自分を襲った犯人たちです。複数人の可能性があります」

「襲われたんですね」

全部で四名いる隊員たちが、顔を見合わせている。一人が強張った声で答える。

「路肩に無人のＰＣが停まっていた以外に、人影などは確認していませんが」

「つ、通報をお願いできませんか。拳銃、身分証などを奪われました。自分の携帯は盗まれたようで……」

「当然、通報はしますが、落ち着いてください」

「携帯とはこれですか。部屋のすぐ外に落ちていました」

隊員の一人が差し出したスマートフォンは、見間違いようもなく、智久のものだった。一度は盗もうとして、足がつくかも知れないと思い、捨てたのだろう。隊員たちは、手際よく処置を進めていく。一人は無線で通話を始めた。

「傷の具合をみますから、動かないでください」

「こちら比山113、対象者の処置にかかっています。搬送先について――」

「瞳孔収縮異常ありません」

「後頭部中央やや左寄りに、裂傷あり。長さ約四センチ、深さ――。なお、警察への緊急通報願います。用件は――」

智久は、隊員たちの応急処置に身をまかせつつ、断りを入れて電話を操作した。やはり、この端末を使って救急通報した履歴があった。持っていると居場所を特定される恐れがあるので、捨てていったのだろう。殴っておいて、通報――。どういうつもりなのか。

智久は、小刻みに震える指先で、慎重に1、1、0、とボタンを押した。自分の口からも報告せねばならない。

《はいこちら警察です。事件ですか、事故ですか》

「自分は、比山署地域課青水駐在所勤務、巡査部長島崎智久です。拳銃、身分証、警棒など奪われました。時刻はヒトヒトフタマルからサンマルのあいだ。場所は、岩森村村道7

号線近くの廃屋——緊急配備をお願いいたします」

息を呑む気配とそれに続く短い沈黙ののち、電話口の職員が復唱するのを、どこかぼんやりとした気持ちで聞いていた。

自分の警察官人生はこれで終わった——。

通話を終え、そう自覚したとき、気を失う直前に見たものを、ようやく思い出した。

「そうだ。血のついた服だ」

ポリ袋に入った血だらけの服を見た。

いまさらながらに、部屋の中を見回す。そんなものは影も形もない。犯人が持ち去ったのだろう。

「あの、みなさんがここへ入るときに、ポリ袋を持った人間を見ませんでしたか。血で汚れた服の入ったポリ袋」

自分でも間の抜けた、そして未練がましい質問だと思った。やはり答はノーだ。救急隊員たちは、互いに顔を見合わせ、首をかしげるだけだ。

「人影はまったく見ませんでした」

「そうですか」

もっともだ。拳銃を奪ったのだ。いつまでもぐずぐずしてはいないだろう。なぜか救急の通報だけして、さっさと逃げたに違いない。

16　午後一時十分

桑野千晶は、ひとけのなくなった食堂の片隅で、コーヒーを飲んでいた。いや、正確には、カップを目の前に置いただけで手もつけず、ただため息をついていた。

離れたテーブルで、ひと仕事終えた食堂担当の職員たちが、遅めの昼食をとりながら談笑している。彼らも千晶の存在には気づいているのだろうが、声をかけてくることはない。その点で、ここは出入りの多い談話室よりも落ち着く。

それにしても、と何度目かの嘆息をする。とんだ宿直明けの公休日になったものだ。

行方の分からない五名の子どもたち――中学生一名、小学生四名、すべて男子――のことは、おおよそ把握することができた。彼らが行きそうな場所を探すと同時に、学校にも職員が赴き、教師の許可を取って、一緒に登校した児童たちから話を聞いたのだ。

どうやら、中学生の古川大樹が、朝の登校途中で小学生の列を待ち伏せ、小久保貴ほか六年生の男子四名を連れていったらしい。施設の自転車置き場から彼らの自転車がなくなっているので、一旦ここへ戻り、どこかへ出かけていったのだろう。つまりは、ある程度離れた場所だ。

外部の人間による誘拐でないことはわかった。いや、どうせそんなことだろうと、千晶たちも思っていた。

なぜなら、こんな騒ぎは、これが初めてではないからだ。騒動のいわば首謀者である大樹は、本人の非行と家庭内暴力、その両面の問題からこの施設に収容されて約一か月。二学期が始まってからわずか二週間余りだが、その間に無断欠席はこれで三回目だ。学校だけではない。外出禁止の時間帯に、平気で敷地の外へ出ていったりもする。体《てい》よく追い出したいところだが、親は地元で多少顔の利くうるさ型らしく、しぶしぶあずかっている形だそうだ。

敷地と外界との境界には、当然フェンスもあるし、扉にも鍵がかかるが、小学生や中学生にとって、人の背丈ほどの障害物を乗り越えることなど、朝飯前だ。かといってあまり厳重にしてしまうと、監禁しているようでイメージがよくない。今後の課題だろう。

課題といえば、投与した試験薬は効かなかったのか――。

日頃はここのシステムを批判的な目で見ているくせに、ついそんなことを考えてしまった。

〝児童〟も臨床実験の対象であることは、〝施設〟の人間で知らないものはない。それには法的にどういう手順が要求されているのか、それをどこまで満たしているのか、詳しいことは千晶にはわからない。問題なのは、そういう建前上のコンプライアンスの面ではなく、「栄養補助剤」といいながら、一種の精神作用に働く薬を混ぜているのではないかという噂が根強いことだ。

もちろん、薬品の化学式など極秘中の極秘で、ここの職員あたりが入手できるものでもないし、仮に見たところでちんぷんかんぷんだろう。なぜそんな噂が立つかといえば、「栄養剤」を飲ませたあとに、あきらかに粗暴な児童がおとなしくなったりする事例を、いくつも見ているからだ。

一番顕著だったのは、一年前のあの一件だ。

収容児童の大半に、栄養面での問題がみられるという理由で、栄養補助のサプリメントを処方した時期がある。ところが、これを児童に飲ませたところ、服用後一時間から数時間ほどで、かなりの変化が確認された。一種の興奮状態になるのだ。夕食に飲ませたあと、夜中に廊下を走り回ったり、部屋の中で大合唱をしたりと、これまでになかった騒ぎになった。しかし、すぐにはサプリメントとの因果関係がつかめず、翌日の夜も飲ませた。また同じ騒ぎになった。結局、そのサプリの投与を中止して、別のものに切り換えたのは、三週間近くも経ってからだった。

しばらくして、こんな噂が流れた。

「本来、アルツハイマー病に処方するはずの新薬が、外見と品番が似ていたため、間違って児童に配られた。未完熟の脳に想定外の影響を及ぼしてあんな騒ぎになった」

それが事実なら、隠蔽しようとしたことも許せないが、そもそもそんな副作用のある薬を、たとえ老人とはいえ投与してもいいのか、それがずっとひっかかっている。

千晶は、五名がいなくなった件を警察に届けたほうがいいと、及川温美《おいかわあつみ》施設長に上申したが、「少し待つという、上の判断です」とあっさり却下された。しかし、及川個人は通報したがっているように感じた。何しろ、日ごろ接している可愛い子どもたちなのだ。

若い職員たちは、昼食後に、子どもたちが遊びに行きそうな場所——海岸だとか県道沿いにある大型書店内のゲームコーナーなど——へあらためて捜しに行った。しかし、いまだに見つかったという報告はない。

千晶は食欲もなく、こうしてコーヒーを眺めている。

少し前に及川施設長から、もともと公休日でもあるし、もう帰宅していい、と告げられた。誘拐や重大事故でないという見通しが立った時点で、幹部たちの関心は、ふたたび戸井田守殺害事件に戻ったようだ。

ならば帰ろうか、という思いが、急速に湧きあがった。さっきの深見梗平との電話では、仕事の目処《めど》がたってから再度連絡する、ということになっている。

《早めに帰れそうです》

気づいたら、深見宛てにそんなメールを打っていた。

「やだ、わたし、何やってるの」

あわてて、取り消しのメールを送ろうとしたら、すぐに返信が届いた。

《では、午後五時に駅前の例のPで》

ぼんやりとした頭で《わかりました》と返した。

普段なら絶対にこんなことはない。子どもたちの無事が確認されるまで待機しているだろう。しかし、深見と会えるという誘惑には、あらがえない。さっきほんの少し電話で話しただけで、まるでどこかのスイッチが入ってしまったようで、体の芯が熱い。深見のざらりとした指先が、千晶の唇をなでまわした感触がよみがえる。

帰ろう――。

そう決めて立ち上がると、もう迷いはなかった。

「お疲れさまでしたー」

「こんなときに、ごめんね。何かあったら、いつでも電話して」

「大丈夫ですよ」

笑顔で会釈する後輩や部下たちにもう一度頭を下げて、千晶は建物を出た。職員用駐車場へ向かいながら、胸の内でしきりに言い訳をする。

わたしほんとうは、いくら公休日だって、こんな大変な事件が起きた日に、気軽に職場をあとにする人間じゃないのよ――。

しかし、足は止まらない。職場における印象よりも、自分で確立したモラルよりも、深見に会いたい気持ちが勝っている。このあと、伯母に借りたままの車で職員寮まで帰り、シャワーを浴び、身支度を整え、待ち合わせ場所である岩森駅近くのパーキングまで行くつもりだ。約束より、少し早めに着けるかも知れない。

午後の太陽が照り付ける村道を走りながら、深見とのこれまでのやりとりが、切れ切れによみがえった。

——千晶さんが勤める〝施設〟の、そもそもの出資元は『星河』という中国の企業なのは知ってる？

——知ってます。

——ならばその会社が、なぜ日本の、それもこんな片田舎で、こんな大掛かりな社会奉仕みたいなことに金をかけているのかは、考えたことがある？

——社会奉仕そのものが目的ということはありませんか。それに、栄養剤だとか、少量ですけど風邪薬なんかも処方して、入居の方たちにモニターになってもらっているんです。

——なるほど、社会奉仕か。ところで、その栄養剤とかの処方には、千晶さんたちもタッチしてる？

——いいえ。段ボールが事務局に届いて、それを人数分渡されるだけです。ほかの薬はちゃんと医師が処方しています。

深見はすぐには何も言わず、ベッドに仰向けになり、天井を見ている。その横顔に問いかけた。

——どうして深見さんは、そんなことに興味があるんですか。

深見は初めて千晶に出会ったとき、「自分は大手物流会社の社員で、倉庫兼配送拠点の候補地を探して全国を歩いている」と説明した。都会的な物腰や知識から、東京に住む人だろうとは思ったが、職業については嘘だとすぐに感づいた。

深見は頭に手を当て横向きになり、千晶の目を見た。

——そんなことより、頼みがあるんだ。こんど、施設で配布している栄養ドリンクと、処方薬をもらってきてくれないかな。できるだけ多くの種類を。考えてみれば、そもそもただで配ってるんだから、問題ないよね。

強引な理屈だと思ったが、自分はそうするだろうと思い、結局そうした。深見への思いと、〝施設〟に対する不信感、その両方が背中を押した。

ばれたら、刑事告訴されるかもしれない。それでもいい。そう決めた。

その次に会ったときに、深見にそのサンプルを渡し、肌を合わせ、いよいよ帰るときになって唐突に「しばらく会えない」と言われた。事務的な口調だった。

そんな予感がしていたので、思ったほどショックではなかった。「だったら渡したサンプルを返せ」とは、自分がみじめになりそうで言えなかった。そのかわり、もう二度と会わないと決めた。

固く決意したはずだったが、一度電話で声を聞いただけで、あっけなく崩れた。

17　午後十二時三十分

樋口透吾は、『タウン』の駐車場から、タイヤ交換を終えた車を出した。

久しぶりだったため、思ったより手間取ってしまった。すでに正午を回ったというのに、ほとんど調査の成果をあげていない。

しかも、パンクしたタイヤの修理をして返さねばならない。それが無理なら、せめて修理代は置いていかなければならない。

きのう来たときは、ほとんど人影もなかったこの『タウン』周辺が、あまりのんびりできる雰囲気ではなくなっている。いくら田舎とはいえ、周辺の道路や立ち入りが禁止されていない区域は、騒ぎを知って集まってきた野次馬や、地元のマスコミの車で賑わい始めている。誰もかれもカメラを持っている。下手に顔写真など撮られたくない。

村道を数百メートルほど進み、あえて前後の見通しがあまりよくないカーブにさしかかったあたりの、道路わきに広がる雑草の中に後ろから車を突っ込んだ。

ここなら見とがめられることもないだろう。

手入れのされていないけやきの巨木が、ちょうどよい日陰をつくってくれている。島崎の嫌みが聞こえてきそうなので、アイドリングを止めたいところだが、エアコンを切るには少し気温が高すぎる。

この地で起きていることを、一度、自分なりに整理してみることにした。

まず、そもそも調査の対象であった、北森巡査部長の消息については、ほとんど進展がないといってもいい。

その代わり、もやもやと立ち上ってきたのが、すっかり寂れた『タウン』を取り巻く煙だ。どうやら、その火元となっているのが、用地の売買のようだ。

正体は不明だが、不動産売買のブローカーのような仕事をやっているらしい、深見という男も、それを匂わすようなことを言っていた。すなわち、この岩森村のことを「ただの過疎村じゃない。『政』、『官』、『財』の私欲の吹き溜まり」だと断じていた。

それが本当なら、象徴的な存在は、地元の人間が〝施設〟と呼ぶあれだろう。

〝施設〟自体は社会福祉法人だが、その出資元をたどれば、中国に本社がある巨大製薬会社だ。三年前に作ったのなら、ようやく軌道に乗り始めたところだろう。それが今また、『タウン』の土地購入に名乗りをあげた。

その巨大資本に、横やりを入れてきたのが、『ヒライ』という会社だ。カラスの調べでは、社員数名のちっぽけな組織らしい。ヒライ自体の組織は小さいが、問題なのは、あの深見という男がからんでいる点だ。

ヒライないし深見を動かしているクライアントの正体に関して、カラスに聞いたがはっきり教えてもらえなかった。彼でもつかめていないのか、あるいは知っていてとぼけているのか、電話の声とメールだけでは判断がつかない。『星河』のライバル会社とでも考えていれば、そう遠くないだろう。つまりは、日本の同業企業だ。どんな旨みがあるのかいまだにわからないが、『星河』が〝施設〟を作って成果があがったのは間違いなさそうだ。そこで『タウン』の土地も買収して、事業を拡大しようと動いた。それを察知した日本の企業が、『星河』一社にだけ美味い汁を吸わせるかと横やりを入れた。

そして、さらにそれぞれに行政のバックがついている。もちろん、見返りを期待して。

構図としてはざっとそんなところだろうか。

問題は、北森駐在というピースが、その大きなパズルのどこにあてはまるのか、ということだ。もしかすると、この絵の中に北森の納まる場所はないのではないか。そんな気さえしてきたが、それならそれで、無関係という確証を得なければならない。「違うと思います」などという報告では、カラスに目玉をつつかれてしまう。

次にどこを攻めるべきか。

絵を構成するピースの中で、次に会うべきはブルーの店主である中堀三千代の姪、桑野千晶だ。北森がアポイントをとろうとして、果たせなかった相手だ。

シフトレバーをドライブに入れかけたとき、メールが届いた。

《折り返せ》

これはいったいどういうことだ。今まで、任務の途中でこれほど頻繁にカラスと連絡をとりあったことなどない。自分が知らないだけで、地球最後の日が迫っているのかもしれない。

〈どこだ〉

繋がるなり、先を越された。機嫌が悪そうだ。

「『タウン』を出たところです」

〈相棒のヒヨコが襲われたぞ〉

「島崎が？　どういうことですか」

〈そこから五キロほどの田舎道沿いの空き家だ。殴られ、頭部に全治二週間ほどの裂傷。実弾入り拳銃、身分証、その他を奪われた〉

顔からすっと血の気が引くのを感じた。

「実弾入り拳銃――」

棒読みのように繰り返した。

決定的だ。警察官が絶対に犯してはならない失態だ。

せっかく手柄をくれてやったのに、そして本人も出世したいようなことを言っていたのに、これでもう警官人生は終わりだ。ブツが無事に見つかって依願退職、発砲でもされれば懲戒免職だ。

何をやってるんだ、あのばか――。

〈聞いてるか。警察庁もちょっとした騒ぎだ〉

「やつは今、病院ですね」

〈そうだ。切り捨てろ。やつとおまえは会ってもいない。いいな。間違ってもこちらに火の粉を飛ばすな〉

切られそうになった。あわてて大きな声を出す。

「待ってください。謹慎させてください」

〈意味がわからん〉

「やつの身柄が、警務部や総務課あたりに確保される前に、自宅――つまり駐在所に謹慎という仮処分にしてください。怪我が治るまでという建前で、三日、いえ二日でいいです」

〈そんな無茶が通ると思うか〉

「無茶を通すのがあなたの仕事では？」

〈ふん。――どうせ謹慎とは名ばかりで、連れ出す腹だろう〉

「少し考えがあります」

〈情が湧いたか〉

「子どもが可愛いんです。四十八時間。――せめて三十六時間」

〈今から二十四時間だ〉

時計を見る。多少の誤差を見て明日の正午まで。

「わかりました」

〈しかし、おまえの調査に与えた猶予は、残り十二時間を切ったぞ〉

「承知です」

〈ならばいい〉

ぷつっと切れた。

18　午後一時十分

「ファー」

キャディが、見た目よりも若い声で叫んだ。

上野弘樹の打った球が、まるで意志でも持っているかのように、とんでもない右カーブを描いて、隣のコースの方角に飛んでいったからだ。

「お客さん、すみません。暫定球をお願いします。あっちには池もあるので」

明るい調子でしゃべるキャディに、上野は不愛想な顔でうなずき、もう一度ティーアップした。

それを後ろで見ていた赤石隆一郎と中条俊一は、顔を見合わせてにやにやと笑いあった。

後半のインになってから、二ホール連続のトリプルボギーを叩いた上野だったが、このロングホールはそれ以上の悲惨な結果になりそうだ。

せっかくだからと、二日連続でゴルフをしている。中条はもともと、鷺野の地元であるこの地への定期訪問と、鷺野の名代として金の入った菓子折りを持って、集会なり宴会なりに顔を出すのが役目だ。体が空いていれば、ゴルフを断るはずがない。

可哀相なのは上野だ。きのう一日で帰れると思っていたのだろうが、強引に隆一郎に誘われ、急遽出張を一日延期した。

日程問題はやりくりでなんとかなるだろうが、二日続けてのゴルフ接待は、さすがに会社が認めないだろう。おそらくは上野の自腹になると知って、無理矢理誘った。半分は嫌がらせ、半分はテストだ。

中条も、「ノー」と言えない上野を見て、腹の中では軽蔑し、笑っているはずだ。

「赤石さん、カートで待ちましょうか。見てるだけでOB病がうつりそうだ」

「たしかに」

上野に聞こえていることなどおかまいなしに、げらげらと笑い、キャディにクラブをあずけ、カートに向かって歩きだした。

「旨みはなんだね」

　赤石が唐突に尋ねた。

「と言いますと」

「とぼけなくていいよ。あの道化がここまでコケにされても、それでも売ってほしいほどの魅力が、あの土地にあるとは思えないんだが」

「『タウン』の敷地のことでしょうか」

「ほかに何がある」

「まあ、すべての権限が赤石さんに集まっているのを今さら実感したからでしょうね——おっ、こんどはどうにか前に転がったようだ。おおいキャディさん」

　はあいというのんびりした声が返ってきた。

「カートを出してもらえないかな。先に行って待ってよう。赤石さんが痺れを切らしていらっしゃる」

「はあい」

　制服で押さえ込んでいる胸が、きつそうに揺れるのを見ながら、隆一郎はやっぱりあれをなんとかしたいと思った。せっかく無理を通して、きのうと同じキャディをつけてもらったのだ。きのうはホールアウトのあと、なんだかんだと口実を設けてはぐらかされてしまったが、きょうこそものにしてやる。亭主がいるらしいから、よけいに燃える。

「で、どこまで話しましたっけ。あそうだ、この土地における意思決定が、事実上赤石さんの胸先ひとつということを実感したからでしょう。敷地全体の借り主である合資会社も、主だった建物を持ってる不動産会社も、すべて赤石さんの言いなりだ。直接交渉してみたところで、話は進まないと思い知ったはずです」

「中条さん、そりゃ買いかぶり過ぎだ」

「そうでしょうか」

中条はにやにやしながら、カートの運転席に座ったキャディの背中をあごで指し、小声で訊いた。

「お好みで?」

隆一郎がゆっくりうなずき返すと、中条はもう一度にやりと笑い、意味ありげにうなずいた。

よし。これで今夜、この服の中身を味見できる。少しだけ楽しみが増えた。

「だが、それじゃ、さっきのおれの質問の答えになっていない」

「なんでしたっけ?」

「あの土地にそんな価値があるのか、だよ」

「あるんでしょうね。彼らにとっては」

「彼らじゃなく、おたくの大将はどうなんだ。鷺野大先生にとって、この件に首を突っ込む旨みはなんだ」

「今期の国会は荒れましたよね」

話題を変えたが、はぐらかすつもりでもないようだ。

「口利き疑惑か？」

「ええそうです。与党の大臣や三役クラスが、独立行政法人だの公益法人だの学校法人だのに、土地の購入だとか認可だとか、便宜を図るよう圧力をかけていた問題です」

「つまり、こんな時期に派手に動くのは目立つと？」

「ご明察。『介護人不足』『若者の更生』『虐待児童の養護』、それから『生活支援』に『地方創生』、『過疎化限界集落対策』いくらでも大義名分はあります。しかし、外資系の一企業にばかり独占させては、野党が突っ込んでくる」

「後ろで背中を押すのは日本企業連合軍か」

「それまたご明察。外資にばかりいい思いはさせておけない。おれたちにも、同じことをやらせろ。そういうところでしょう。どうせ、野党だって献金はもらってる。同じ穴の貉《むじな》です。ならば天秤《てんびん》にかけて、より『誠実』なほうと取引をする。上野が言っていたとおり、マッチポンプでもなんでもやって」

「節操も何もあったもんじゃないな。少しは国のことを考える政治家はおらんのか。それどころか、聞くところによれば、子どもから年寄りまで集めて、人体実験……」

「先生、お言葉をお選びください」

「選んだって同じことだ。とにかく、そんなことに、それほどの旨みがあるのかね。それよりも、塩漬けになってる産廃処理場でも蒸し返したほうが、手っ取り早く金になるだろう」

中条が、あはん、とわざとらしい咳をした。

「さすがにまずいか」

隆一郎も察して苦笑した。目の前にキャディが座っている。

隆一郎にとってのキャディの定義は、「ゴルフのあと、体のあちこちをほぐしてくれる女」でしかないが、一人の人間であることには間違いない。どこでどう話が漏れるかわからない。

「その続きは、またあとで聞こう」

隆一郎は口ではそう言ったものの、宴会のあと、この女をどのホテルに連れて行こうか、そのことに頭の中は切り替わっていた。

久しぶりに下腹のあたりがむずがゆくなってきた。

19　午後一時十五分

樋口透吾は、島崎智久が入院しているという、比山中央病院に着いた。

建物の出入り口付近やロビーには、制服警官はもちろん、あきらかにそれとわかる私服の捜査員の姿が複数あったが、透吾の素性を知ってか知らずか、その姿を認めても、声をかけてはこなかった。

受付で島崎のいる病室ナンバーを聞き出し、すみやかに向かう。

病室の前には、制服警官が二名立っていた。階級章を見れば、年配の巡査長と三十代の巡査部長だ。

時計を見た。透吾が『カラス』に手を回すように頼んでから、ほぼ三十分経っている。いつも人のことをのろま扱いする本人が、どの程度の行動力があるのか、たしかめてやろう。

「どちらさまですか」

巡査部長が訊いてきた。すっと名刺を差し出す。

二名の警官は、裏の事情など知らないだろうが、上からの指示は届いていたのだろう。とくに疑ったようすもなく、さっと敬礼した。

「ご苦労様です」

透吾は、二人の顔を交互に見ながら、できるだけ淡々と告げた。

「連絡が来ていると思いますが、島崎智久巡査部長を謹慎させるつきそいです。たいした怪我ではなさそうだし、例の事件で人手不足なので、わたしが単独で護送します」

二人が顔を見合わせた。いくら委託を受けたとはいえ、民間の業者が警官の移送をするなど、かなり無理な話だ。ぐずぐず言いだしたらめんどうだなと思った。しかし、二人はあっさりと了解した。

「指示を受けております。ご苦労様です」

上位下達が徹底した組織は、こういうときに便利だ。二人に軽く敬礼を返し、病室に入りドアを閉めた。

頭に大げさな包帯を巻き、仰向けに寝た島崎駐在が、放心したように天井を眺めている。

「転職先のリストでも夢想しているのか、島崎巡査部長」

島崎が、はっとしたようにこちらを見た。

「どうしてここへ？」

「ただ農家へ聞き込みに行くだけで、頭をかち割られる間抜けがいると聞いてな」

「申し訳ありませんが、冗談におつきあいできる心境にありません」

「悲嘆に暮れていても、事態は一ミリも好転しないぞ。それより動け。暢気に寝転がっていないで着替えろ。でかけるぞ」

「自分はもう終わりです」

「何を大げさに言ってる。まだ始まったばかりだ」

島崎は目を閉じ、首を小さく左右に振った。

「装備品や身分証を奪われました。致命的なのは拳銃です。実弾入りです。万が一発砲でもされて、死傷者でも出たら、処分どころの……」

「きさま、それでも警官か！」

出会って以来はじめての透吾の怒声に、島崎はびくっと震えてまぶたを開けた。その目を睨んで続ける。

「女房や子どもはどうする。おまえを立派な警官だと信じてるんだろう。そんな泣き言を聞かせられるのか」

「しかし」

「いいから起きろ」

島崎はようやく上半身を起こし、「あいてて」と顔をしかめ、後頭部にそっと手を当てた。

「いちいち大げさだな」

「五針縫いました」

「つまらん自慢をしていないで早く着替えろ。三分待つ」

見たところ、室内に私服はなさそうなので、壁につるしてあった警官の制服を、ベッドに放り投げた。

「しかし——」

「贅沢《ぜいたく》は言うな」

「二分四十秒」

島崎は小さくうめきながら起き上がり、ときどき顔をしかめつつ着替えている。

「奥さんは見舞いに来ないのか」

「事件後、連絡できていません」

「携帯を取り上げられたのか」

「はい。証拠品として」

「車に乗ったら携帯を貸してやる。——あと二分七秒」

島崎の動きがやや速くなったような気がした。こんな大不祥事をおこした警官を、民間人のつきそいで自宅謹慎させるなどという無茶は、普通ならあり得ない。カラスが押し通した横やりに、正規筋からのさらなる横やりが入らないとも限らない。カラスが自分で言ったように、二十四時間ぐらいは効力が続くと思うが、急ぐに越したことはない。

「支度できました」

「なんだかだらしない恰好だな」

貧相な警官、という表現が浮かんだ。

「犯人に奪われなかった装備品も、ほぼすべて没収されました」

「それで寝起きのアルバイト警備員みたいに見えるのか。まあいい。行くぞ」

「どちらへ？」

「いいからついて来い」

島崎を引き連れ病室を出るとき、立番の警官たちは、敬礼で見送ってくれた。日本は安心だ。

「どちらへ？」

病院の駐車場から島崎の車を出すなり、もう一度訊いてきた。

「そんなことより、三つ選択肢がある」

「はあ」

「まずひとつ。今から病室に戻って、まもなく正式に届く『駐在所にて謹慎』の命令に従う。そして、今夜ひと晩かみさんとゆっくり眠り、明日から警務部に絞り上げられるのに備える。二十四時間――いや、あと二十三時間と少しは、邪魔が入らないことになっている」

「邪魔が入らないというのは、どういう意味でしょうか」

「身柄を拘束されないという意味だ」

「それは、もしかして樋口調査官が……」

「ふたつ目。やはり病室に戻って、即座に退職願を書く。これがたぶん一番楽だ。風当たりも弱いだろう」

「なんだかお話をうかがっていると、これは正規の命令ではないような……」

「最後。命令を無視して、拳銃その他を奪った犯人を自力で探し出し、乾坤一擲《けんこんいってき》、免職だけは勘弁してもらう。ただし、失敗すればわずかに残った依願退職の道もなくなる。免職確定だ。退職金も出ない」

「何をおっしゃっているのか、自分には理解できません」

透吾は、運転中ではあったが、島崎の顔を見た。

「頭を五針も縫って、拳銃も身分証も奪われて、少しは目が覚めたのかと思ったが、人はそうそう変わらないらしい」

「そうではなく、お言葉の意味はわかりますが、つまり、なんというか……」

「つまりもへったくれもあるか。間抜けと負け犬、どっちが恥ずかしい」

一拍置き、また島崎の顔を見た。視界の隅に、対向車線をやってくるトラックの姿をとらえている。

「調査官殿、正面を向かれたほうが……」

「いいか。誰も助けてはくれない。あてにできない。自分でやるしかない。どうする」

「調査官殿、車が――」

「返事になっていない。それからおれは調査官じゃない」

「今はそんなことは」

ハンドルをさらにほんの少し右に切った。車体がセンターラインギリギリまで寄る。ファーンとクラクションの音が聞こえる。

「やります。やらせてください」

「傷口が開いても、病院はないぞ」

「やります。死んでもやります」

長いクラクションの尾を引いて、ぎりぎりのところをトラックがすれ違っていった。風圧で、車体が左右に揺れた。トラックから怒鳴り声が聞こえたような気もするが、一人の男の人生がかかっていたのだから、目をつぶってもらおう。

「やっと目が覚めたらしいな」

車体を定位置に戻す。

「あのう、調査官殿」島崎が遠慮気味に訊く。

「なんだ」

「さきほど『おれは調査官じゃない』と聞こえたように思うのですが」

「そう言ったからな」

「それは、つまり、どういう意味でしょうか」

「警官じゃないってことだ」

「つまり、警察庁とか法務省の私服組という意味でしょうか」

「いや、そうじゃない。公務員じゃないのさ」

島崎は、えっ、と言ったきり動きを止め、言葉も発しなくなった。

風が車を揺らして吹く。どこからか、本物のカラスの鳴き声が聞こえてくる。しばらくの沈黙のあと、口を開いたのは島崎だった。

「県警本部、警務部の方ではなかったのですか」

「いや、違う」

「そんな」

目をむいている。気持ちはわかる。

「上の人間は承知だ。きみが勝手に勘違いしたんだ」

「勘違いって――そんな」

「しかし、くどいようだが県警の上層部が承知なのは事実だ。承知というのは正確じゃないな。嫌と言えないんだ。なぜなら、依頼主は政権中枢だからだ。たぶんな」

島崎は怒っていいのか、あきれるべきなのか迷ったような顔をしていたが、ようやく訊きたいことが見つかったらしい。

「『たぶんな』って、樋口さん、それじゃいったいあなた何者なんですか」

「名乗ってみても意味がないし、聞かないほうがいい」

「でも、何をする組織なんです」

「警察をはじめとした司法捜査機関では手におえない案件を扱う」

ぴんと来ていない顔つきだ。無理もない。

「よくわかりませんが、なんとなくわかりました」

「それで充分」

「つまり、北森さんの失踪はそんな大きな案件だということですか」

その疑問も無理はない。

「正直言うと、おれもここへ来るまでは、休暇代わりの楽な仕事だと思った。――ところが思ったより深く腐った土地だったようだな」

そこでまたしばらく、島崎は考え込んだ。周期的に痛むのか、ときおり、顔をしかめて頭の包帯に手をやる。

「病院に戻るか？　死なせたら、奥さんに恨まれる」

「いえ、大丈夫です。今の話を聞いたら、ますます戻れません」

「怒ってるか」

「何にですか」

怒っている。

「いろいろあるが、たとえば、おれが警察官でなかったことにだ」

「正直に言えば、ものすごく腹が立ってます。しかし、考えてみれば、あなたの身分が公務員であるかどうかの違いだけで、今回起きたことに変わりはない。というか、最初にわたしは、あなたが、左遷されたキャリア官僚か何かで、暇潰しに上っ面だけ調べにくるものだと思っていました。その予想が当たっていたよりは、ましかもしれません」

自分の言葉で自分を納得させたのか、島崎はふくれっ面をしていた顔をあげた。心なしか、晴れ晴れとして見えた。

「なんとなく、せいせいしました。つまり、あなたを手助けしますが、あなたはわたしの上司ではない」

「そのとおりだな」

「なのに、わたしの失態回復の手伝いをしてくれるという」

「たどるルートが少し違うだけで、おそらくゴールは同じ場所にある」

「わかりました」

「そういうことで、ひとつ訊くが、きみを襲った犯人に心当たりがあるか」

「いえ、まったく。ただ、ひとつだけ――いえ、なんでもありません」

「言ってくれ」

島崎は迷っているようだったが、結局口にした。

「気絶する寸前に、ポリ袋に入った血のついた服を見たように思うのですが、今となっては断言できません。単なる汚れだったのかも」

「どんな服だ。夏用か冬用か。男か女か。大人か子どもか」

「わかりません。よく見ようとした矢先のことでしたので。ただ、冬物ではなかったと思います。軽かったし、色合いも夏用の感じでした」

「なるほど。――とにかく、まずはその空き家へ行ってみよう」

「はい」病院から持ってきたらしい、ガーゼ素材の手ぬぐいで汗を拭いた。「この先、ふたつめの交差点を左折してください」

「そういえば、約束だったな」

透吾は、ポケットからスマートフォンを取り出し、島崎の膝の上に放った。

「使っていいぞ」

島崎は礼を言い、あわてたようすで番号を押している。妻の携帯の番号を暗記しているとはさすがだ。押しているあいだに付け加える。

「強制はしないが、その怪我のことは言わずに、タクシーを呼んで、知り合いか親戚か、どちらもなかったら、ビジネスホテルにでも泊まるよう指示したほうが賢明だろうと思う。今夜だけでもな」

島崎は、短い時間迷ったようだが、相手が出るとすぐにこう言った。

「あ、理沙か、おれだ。実は、凶悪犯が逃走中で、その捜索に駆り出されている。今すぐタクシーを呼んで、藍を連れて牛崎市にあるいつか泊まったあのホテルに――」

20 午後一時三十分

「ええ。全員揃いましたか」

峰聡センター長が、ふだんよりはやや早口でしゃべりながら、会議室のメンバーを見回した。

あー、あー。

どこか近くで、ひとを馬鹿にしたようにカラスが鳴いている。

まだ一名足りないので、臨時会議は始まらない。会議の中身はわかっているので、小笠原泰明の立場としては、できることならこのままお流れになって欲しいくらいだ。

喉の渇きを感じて、目の前に置かれたペットボトルの日本茶に口をつけた。

「遅れて申しわけありません」

頭を下げながら『にじ』の施設長、及川温美が入ってきた。

「行方不明の児童の捜索の指示を出しておりまして」

二木寛副センター長が目配せで、早く座ってください、と指示した。

「ええ。警察はなんと言ってきていますか」

空気を読まない峰が、的外れな疑問を口にしたが、二木がやんわりといなした。

「センター長、個別の案件は、会議が始まってからのほうがよろしいかと」

「ええ。ああそうですね。では、さっそく始めてください」

「了解いたしました」

二木副センター長が軽く頭を下げ、やや甲高い声で場を仕切った。

「それでは、時間も惜しいですから、さっそく始めましょう。これより、臨時の施設長会議を始めます。恒例によりまして、わたくしが司会をさせていただきます。ご発言は挙手後にお願いいたします。――まずは、『みらい』の収容者である、戸井田守の殺害事件についてです。――小笠原施設長」

さっそく来た。

「はい」

「現在までに入手できた情報をお伝えいただけますか」

二木が小笠原を見る目つきに、やけに険があるように感じるのは気のせいばかりではないはずだ。ただ、毛嫌いする理由が、小笠原の「元県警幹部」という経歴にあるのか、小笠原の狷介《けんかい》な性格ゆえなのか、それはわからない。両方と考えるのが正解かもしれない。

「了解いたしました。といいましても、まだ正式な記者会見も開かれていない段階ですから、入手できた情報はあまり多くありません」

「せっかく県警のOBに来ていただいているのですから、こんなときこそ人脈を最大限に活用していただかないと。――それで？」

きのう、樋口がやってきた目的を探り出せなかったことで、二木は小笠原にあからさまに嫌みを言った。自分以外の人間は無能だと決めつけている典型的な人種だ。

深呼吸し、なんとか自分をなだめ、メモに視線を落とした。

「くどいようですが、検視がようやく済んだところで、解剖もまだですし、鑑識すら完全に終わっていない状態だということを、まずご理解ください。副センター長からのご指摘もありましたが、現役のころからのつてを使って、現時点では可能な限りの情報を入手したと考えています」

小笠原はそこで一旦顔を上げた。やんわりと反撃したが、二木の表情は先を促している。

「まず、死体――遺体と言い換えましょうか。その状況です。女性の職員もいる場で申し上げにくいですが、場慣れした警官でも正視に堪《た》えない、凄惨なものだったようです。全裸でネットにくるまれていました」

峰の顔が歪むのを視線の端にとらえたが、かまわずに続ける。

「致命傷は、二階から複数回落とされたことに起因する、頭部打撲による脳の損傷と思われますが、浅い傷も含めると全身を三十か所以上刺されており、出血性ショック死も完全に否定はできないとのことです」

「三十か所」と及川温美がつぶやくのが聞こえた。

「――死亡推定時刻は、ざっと昨夜午後十時から午前二時にかけて。ニュースを見たトラック運転手からの通報があり、それによると夜中の十一時過ぎに現場脇の道路を通った際、真っ暗な駐車場にちらちら明かりが見えたそうです。これが犯行と関連があるのか、現在警察は裏付けの捜査中と思われます。なお……」

「ちらちらとは？　車のヘッドライトという意味ですか」

わずかにいらついた口調で二木が口を挟んだ。

「そこまではわかりません」

「犯人特定に関する情報は？」

「それもまだです」わずかに嗜虐的《しぎゃくてき》な感情を込めて、あっさりと否定してやった。「過去にも似た手口はないとのことです。――ただし、傷痕の形状や、約二十三センチの足跡があったことから、小柄な男性か女性を含む複数犯である可能性が大です。また、多数の刺し傷を与えた凶器は、現場に落ちていた血まみれの鎌と思われ、これは数日前に青水地区の農家から二本盗まれたうちの一本である可能性が高いとのことです」

会議メンバーの紅一点である、『にじ』の及川温美施設長が、小さな悲鳴をあげた。四十五歳だが、くりくりっとした目の童顔で、三十代にしか見えない。分け隔てなく人当たりもいい。人の好き嫌いが激しい小笠原も、彼女のことはなんとなく憎からず思っている。

二木が、場の流れを乱した及川をじろりと睨んだ。

「及川施設長、何か心当たりでも？」

「い、いえ。ただ、残酷な事件だなと思って」

二木がかすかに鼻先で笑ったのが、小笠原のところから見えた。

「ところで、小笠原施設長のお話は、不確定な要素が多いですね。その鎌を盗んだ犯人像についての調査は？」

「進展はなさそうです。ちなみに、遺体をくるんでいたネットも、同じ地区で盗まれた防鳥ネットと思われるそうです」

「なんでネットになんかくるんだんでしょうね」

こうした会議では珍しく、指名もされないのに峰センター長が発言した。心なしか顔が青白い。いまさらだがこの男、釣りはしても血がだめなタイプかもしれないと、小笠原は記憶にとどめた。人の弱点は時として利用価値がある。

「ネットの件も、細かい犯行の経緯と併せて捜査中です。――わたしからは以上です」

「ご苦労様でした」

二木より先に、峰がうなずいた。「元公務員」という親近感があるのか、「釣りに付き合う」と言う前から、峰は小笠原に好意的だ。

仕切るのは自分だと言わんばかりに、二木が割り込んだ。

「小笠原さんは、以後も何かわかりしだい、わたしに連絡をお願いいたします。できれば、もう少し実のある内容で。――では続きまして、わたしから。きのう、当施設に警察関係者が来所しました。その件につき簡潔に報告します」

出席者がそれぞれ軽くうなずく。

「来訪者氏名は樋口透吾、正確には警察官ではなく、警察の依頼を受けた捜査機関の人間です」

「珍しいですね。その殺された青年の件ですか」

またしても、峰が発言した。収容者が惨殺されたことで、ふだんは釣り以外のことに無関心なこの男も昂《たか》ぶっているのかもしれない。

「いいえ。時間が合いません」

二木がそっけなく答える。当然だ。予知能力者でないかぎり、今朝死体が見つかった案件について、きのう聴取に来るはずがない。

「――まったくの別件です。聴取を受けた職員の証言によりますと、一か月ほど前に消息を絶った、駐在所の警官を探しているようです。失踪直前の足取りを追ううちに、この施設にたどりついたようです」

「ええ。失踪警官ね。——そんな話も聞きましたね。あれはどこでしたっけ」

「青水海岸のほうです」

「ええ。それで、何かわかったのでしょうか?」

「結論を申しますと、当施設での聞き取りで収穫はなかったようです。単に、失踪の数日前にここへ来たという繋がりだけのようでした」

「ええ。まあ、警察は重箱の隅をつつくのが性分みたいなものですから。そのあたりは小笠原さんのほうがお詳しいかもしれませんが。——ええ。そもそもの話ですが、その失踪した警官は何をしにこの施設に来たのでしょう。当時誰が応対したのでしょう」

「その北森という警官は、約一年前に例の崖から転落死した収容者の遺族から、もう一度調べて欲しいと頼まれて話を聞きにきたそうです。ただし、警察公式の捜査ではなく、あくまで個人的な訪問という形で。もっとも、あくまで本人の弁なので、真実かどうかはわかりません」

急に室内の温度が下がったように感じた。名も知らぬ警官の失踪から、施設内での老人の転落死という身近な話題に急転換したからだ。

しかし、小笠原は、それこそ二木の言う「警察の人脈」からの情報を得ている。北森は公安の人間だった可能性が高い。可能性でしか把握できないのは、彼らは決して認めないからだ。公安警察は、警備部公安課に机がある人間だけではない。さまざまな部署に息のかかった人間がもぐりこんでいる。現場の制服組——いわゆる「お巡りさん」——の中にも通常任務のかたわら、公安が求める情報収集にあたっている者も少なくない。それは、この県だけでなく、全国どこへ行っても大差はない。しかし、そんなことを今ここで説明するわけにもいかない。

「当時、わたしは上京しておりまして、直接応対しませんでした」

形ばかり詫びた。

「なるほど」

「当時のやりとりを書き起こしたものをお配りしてあります」

ホチキスで綴《と》じられた数枚の書類を、さらさらとめくる音が聞こえた。

「例の機材の録音からの書き起こしですので、正確です。つまり、失踪した警官に説明した内容そのままです。その警官も深く突っ込むこともなく、納得して帰ったようです」

「わかりました」

二木はあっさりと納得した。

「——わたしも目を通しましたが、たしかに認知症の老人が、徘徊中に自分から柵の外へ出て崖から落ちて死亡、それだけのことですな」

それだけ、という言いかたにひっかかるが、誰も異議は口にしない。

「一昨日も亡くなりましたね」

峰が静かに指摘する。

「あれも事故です」

すかさず二木が答え、小笠原に話を振る。

「ねえ、小笠原さん。警察にはそういうことになっていますね」

「はい。散策中の事故ということで」

「当施設の責任は？」

あなたが一番の責任者でしょうと、参加者全員の顔に書いてある。それはそれとして、小笠原が説明する。

「落ちたのは〝施設〟の外の、松林公園内の崖です。わずかに目を離したすきに、フェンスの戸を開けて出てしまいました。その点で管理責任がないとはいえませんが、完全に拘束はできないと、入所時の契約書に明記してあります」

「安全対策責任が問われるとしたら、松林を管理する『村』でしょうね」

二木が感情のこもらない声でまとめてしまった。

「ええ、では、本日はそんなところでよろしいかな」

峰センター長が、ゆったりとした口調で参加者を見回す。事故と殺人、入居者が続けて死亡したのに、あっさりしたものだ。

今日の集まりは臨時会議ということだから、定例報告のたぐいはしなくてよいはずだ。いつも会議の途中であくびを噛み殺している峰としては、戸井田の事件が尾を引いて、釣りが中止にならないか、そのことのほうが気にかかるだろう。

「あのう、ちょっとよろしいでしょうか」

すでに会議終了の雰囲気が漂う中、遠慮気味に手を挙げたのは『クリニック』の中島洋一《なかじまよういち》事務長だ。彼は、公募で採用された口で、前職はごく普通のサラリーマンだ。

ちなみに、この『施設長会議』に、クリニックの医院長は出席していない。

「医院長には、治療に専念していただき、運営のことは事務方にまかせていただいたほうが、合理的で効率的だと思います」

最初の会議で、二木がそう宣言した。裏があるとは思うが、小笠原は、自分に関係のないことはあまり詮索しないようにしている。

「何か」

二木がわざとらしく腕時計に目をやって、不機嫌そうに答えた。

「医院長から伝言をことづかりまして」

「伝言？　簡潔にお願いします」

「医院長がおっしゃるには『しばらく、栄養剤の投与を中断したほうがよいのでは』ということでした」

「栄養剤を？」

二木の眉間にしわが寄った。

「――それは、どういう意味ですか」

二木が興奮していることが、声からわかる。小笠原は知っているが、この施設で『栄養剤』というのは、ある符丁なのだ。風邪薬や胃腸薬とは、少々違った意味を持つ。

「あの、あくまで医院長のお言葉です。わたしには意味はまったくわかりません」

「意味もわからず発言するというのは、事務長という立場を考えたときに、いかがなものかと思いますが」

見れば、二木の目の周囲が赤い。表情や口調は精一杯抑えているが、かなり腹を立てているようだ。今の中島の発言が、二木の逆鱗《げきりん》に触れたらしい。戸井田の惨殺事件を語っていたときでさえ、ほとんど顔色を変えなかった男がだ。

これは面白い、と小笠原は興味を抱いた。激怒した人間は操りやすい。

「申しわけありません」

四十歳を迎えたばかりの生真面目そうな事務長は、額をテーブルにくっつけんばかりに謝罪した。この土地では、転職先はそうそう見つからない。

「まあ、いいでしょう。せっかくその話題が出たので、みなさんに申し上げたいことがあります」

二木がそう言うと、ペンをケースにしまって帰り支度をはじめていた及川温美も手を止めた。

「昨今、当施設で投与している『栄養剤』について、風評が流れています。意図的なものか、自然発生的なものかまではつきとめておりませんが、あまり好意的でないことはたしかです」

「栄養剤とは名ばかりで、実質は違うという噂ですか」

しまった——。

悪い癖が出てしまった。小笠原は、両目を閉じ、顔をしかめた。

気づいたときにはすでに遅かった。正義感より、二木に対する敵愾心《てきがいしん》が言わせたのだ。天《あま》の邪鬼《じゃく》な性格が、こうして勝手にものを言うことがある。警察時代にも、これでなんどか冷や汗をかいたものだ。

「まさか、小笠原さんが発信元ですか」

二木が目を細めている。標的を見つけた顔だ。

「いえ、とんでもない。ただ、職員の若い連中も平気でそんなことを話しています」

「『そんなこと』とは、正確にはどんなことでしょう」

どうせ口にしてしまったのだ。毒を食らわば皿までだ。いざとなったら、腹をくる覚悟をした。ただし、一人で自爆はしない。

「栄養剤の中に何か違った成分が入っているのではないか。たとえば、開発途中の新薬の成分とか」

「どういう意味です？」

「はっきり言えば、臨床実験です。正規の手順をふまずに、つまり当局の許認可を得ずに、場合によっては動物実験さえ飛ばして、入居者に投与している」

実をいえば、二木の指摘は当たっている。「若い連中の噂」などではなく、小笠原がうすうす感じていたことを口にしたのだ。二木の目の周囲がますます赤くなったところを見ると、かなり的を射ているらしい。

「これは聞き捨てならない。何を根拠に――いや、今ここではやめておきます。会議はここまでとしましょう。小笠原さんだけ、会議終了後も残ってください」

「ここまで話したのだから、最後まで話しましょうよ。みなさんだって聞きたいはずだ」

出席者を見回した。クリニックの事務長はうつむいているが、『にじ』の及川はじっと二木に視線を向けている。峰もわずかに口を開いてやり取りを聞いている。

「その必要を認めません」

「『星河』のような大企業が、なぜわざわざこの辺境の地に、これほど金をかけて〝施設〟を作ったのか。まさか、社会還元だとか慈善事業だとか言わないでくださいよ」

いっそこの場の全員を巻き込んでやれと思った。秘密が重大であるほど、それを聞いた人間はすべて同罪だ。いきなり施設長クラス全員の首を切るわけにもいかないだろう。センター長の峰も聞いている。

「意味がわからない」

「輝かしい経歴をお持ちの二木副長に理解できないはずはないと思いますが。この施設の『収容者』が、ほとんどただ同然の金額で入所できるのは──自治体からの補助金はほとんど職員の人件費で消えると聞いています──『星河』からの少なくない資金援助があるからなのは明白です。もちろん、新薬に関する臨床検査の対象にするという本人たちの同意を得ているし、監督官庁にも届け済みでしょう。しかし、表に出ない『実験』が行われているのではないか。まだ、人間への検査が認められていない成分、下手をすると、動物実験を通り越しての人体実験を行っている。そして、異常が発生した場合には、すみやかに投与を中止して事実を隠蔽する」

「小笠原さん」

「──たとえば、一年ほど前に、『にじ』の子どもたちがおかしくなった一件がありましたね」

「ありました」

及川がうなずいて、続ける。

「ある時期、妙に興奮状態になる子たちが出て、職員たちのあいだでも『なんだろう』って言っていて、もしかして、その少し前から配り始めた新しい栄養剤が原因じゃないかっていう話になって。そうしたら、特に説明もなくその栄養剤は回収されてしまって……」

「及川施設長」

二木が、きょう一番の厳しい声を上げた。

「それ以上は言わないほうがいい。忠告します」

「でも、子どもたちをあずかる以上、もしそんなことが行われているのなら、きちんと説明していただきたいです」

『クリニック』の中島事務長も遠慮気味にうなずいている。やはり、みな忸怩《じくじ》たる思いは抱いていたのだ。

二木は尊大だが、馬鹿ではない。さすがにこのままでは収拾がつかないと見てとったらしく、この場をまとめた。

「わかりました。その件については、資料などを揃えて、あらためて会議の場を設けます。約束します。きょうのところはひとまず終了します」

小笠原は、自分が指摘したことはほとんど図星なのだと確信した。

21　午後二時三十分

島崎が代わってくれというので、電話を代わった。妻を説得できないようだ。軽微な車を停めることなく、左手でスマートフォンを受け取り、耳に当てる。もはや、交通違反を気にする段階は過ぎた。

「代わりました、樋口です」

理沙が、夫が世話になるというような礼を少し言ったあとで、ほんとうにホテルに移動したほうがいいでしょうか、と訊く。電話の向こうで、藍がぐずって泣いている声が聞こえる。

「わたしがそう勧めました。耳に入ったと思いますが、昨夜から未明にかけて、残酷な事件がありました。犯人は捕まっていません。ご主人は捜査に専念しなければならないので、今夜いつ戻れるか保証がありません」

だから、面倒だとは思うが、あなたと藍ちゃんが安全なところへ移動してくれると、ご主人は心おきなく仕事ができる、そういう趣旨で説得した。

〈わかりました。樋口さんがそうおっしゃるなら〉

通話を終えて、島崎をちらりと見た。

「オールクリア」

「ありがとうございます」

これで、よけいな心配がなくなった。

しかし、心配が消えた代わりに、藍の泣き声に刺激を受けたのか、またいやな記憶が湧き上がりつつある。脳というのは不思議だ。大事なことを記憶することには苦労するのに、完全に忘れ去ってしまいたい、はるか十七年前のあの忌まわしい事件が、まるできのうのことのようによみがえる。

風景や会話だけではない。近くにあったメリーゴーラウンドの能天気な音楽、ジェットコースターが走り抜ける轟音《ごうおん》と悲鳴、ポップコーンの香ばしい匂い、何もかも消えてくれることはない。

そして、アスファルトに無残に落ちていたバニラとチョコのミックスのソフトクリームも。

――あなたのせいだからね。

また始まった。もう、いいかげんに許してくれと、頭の中から響く声に懇願する。

――あなたはいつも他人のことに気を張ってるけど、自分の家庭はほったらかしね。

――そんなつもりはないが。

――神経のないあなたに、しょせん人の親が務まるわけがなかったのよ。

──そうかもしれない。

──そうかも？　そうかもって、それが目の前で子どもをさらわれた親の言いぐさ？　どれだけ悪党を捕まえたのかしらないけど、たった一人の自分の子どもの面倒も見ていられないくせに、何が警察よ。

──少し寝たほうがいい。おれを罵倒して気が済むならそれでもいいが、寝ないと体がもたない。

──あの子がどこでどうしているかもわからないのに、どんな気持ちで寝ろっていうのよ。

「なんでしょう」

気づけば、島崎が顔をのぞき込むようにしていた。

「どういう意味だ」

「話しかけられたような気がしたもので」

「いや、話しかけていない」

島崎は、そうですかとあっさり引き下がった。

「刑事だった」

「は」

「おれの昔の仕事だよ」

「警視庁ですか」

そうだ、とうなずく。

「異動もあったが、最後は一課にいた」

「あこがれの赤バッジですね」

「だが辞めた」

「何か事情が？」

「さらわれたんだ。子どもが。まだ三歳の男の子だった」

島崎は返す言葉を失ったようだ。

「遊園地だった。家族三人でそんなところへでかけたのは、初めてだった。そして最後になった」

「その遊園地で、さらわれたのですか」

「そうだ。おれの目の前でだ。妻がトイレに行くあいだ——女性用は列ができていたからな——おれが見ていることになった。そこへ、仕事の電話がかかってきた。出ないわけにはいかなかった」

「わかります」

「ああ。——事件のあと、妻はよく『たった三分』と言ったが、本当は三分もなかった」

ベンチに座っていた、ごく普通に見えた女のこと、タイミングの良すぎるひったくりのこと、神隠しにでもあったように消えた息子のこと。それらを話した。

「そのひったくりは？」

「逃げた」

「グルだったと？」

「わからない。しかし、身代金をはじめ、一切の要求はなかった。人違いの誘拐というわけでもなさそうだった」

「では。──その、つまり」

「死体か？」

「はい」

「出ていない。笑われるかもしれないが、おれは生きていると思っている。論理的な根拠はない。勘としか説明しようがない」

「自分も親のはしくれですので、なんとなくわかる気がします。──その、差し出がましいようですが、当局にＤＮＡの提供とかは？」

「してある。息子の分も、念のためおれたち夫婦の分も。しかし、いまだに遺棄児童の中で該当したものはいない。もっとも、少しでも怪しげな子を全員ＤＮＡ鑑定するわけじゃないからな」

「それに、自分で聞いておいておかしな言いぐさですが、大切に育てられていれば、むしろ発見されにくいかもしれません」

「生きていれば今年二十歳になる。早いもんだな。もう成人式なんだ。大人になった姿を見たかった」

はなをすする音が聞こえたので、見れば島崎が泣いている。

「どうした。傷が痛むか」

「自分は信じます。いえ、その生きているという直感です。口先だけのことではありません。だって、調査官が信じなければ――何かおかしいですか」

「なぜそう訊く？」

「にやにやされているからです」

「悪かった。おまえを笑ったんじゃない。つい、こんな話をした自分を笑ったんだ。――とにかく、それが原因で妻と喧嘩をしない日はなくなった。結果、それから二年と経たずに別れた。何年かして警察も辞めた。職を転々としていたが、今の『組織』の上司にあたる、カラスのような男から声をかけられた。さっきも言ったが、政治家や官僚相手の身上調査をするような会社だ。おれみたいに、何も失うものがないのに、死に損ねている人間の集団らしい。実態はおれにもよくわからない。ただ、任務で全国のあちこちを飛び回れるというので、おれはこの誘いを受けた。〇・一パーセントも望みはないかもしれないが、息子を探してみようと思った」

「きっと見つかります」

「一応、礼を言っておく」

信号を折れると、真新しい道路に出た。格としては県道だが、国道のバイパス道路なみの迫力だ。別名『ゴルフ道路』と呼ぶのだと、島崎が教えてくれた。赤石という前岩森村村長の豪邸の門が起点で、いきつけのゴルフ場が終点だと言われている。実際はそこまで露骨ではないだろうが、まんざら的外れでもないらしい。

「これからどちらへ？　『岩森の丘』や『タウン』ならば反対方向ですが」

「牛崎市だ。こっちで間違いないだろう？」

牛崎は、カラスからの資料によれば、人口五十万人ほどの県内有数の繁華街を抱える市だ。

「そうですね。裏道を使わずに行っても、二十分ほどでしょうか。途中にあまり信号がありませんから」

助手席から手を伸ばして、自分の車のカーナビを操作している。

「具体的には、牛崎のどちらへ？」

「ヒライコンサルティングという会社だ」

記憶している所在地を口にした。

「申しわけありません、初耳です」

答えながら、カーナビに地名を入力している。運転中も操作できるよう、オプションをつけたのだと、言い訳のように説明した。

「小さな会社らしいが、『タウン』の土地の売買に横やりを入れて邪魔しているらしい」

「あそこの土地はたしか、村と大手デベロッパーが出資した会社が借りているのだと思いますが」

「おれもまだ詳しくは知らないが、それを売り買いする話がもちあがり、さらにそれを邪魔するやつが出てきたらしい」

「あんな土地を。——それが、北森さんの失踪にかかわりがあるんですか」

「北森は失踪前に、ラーメン店の経営者から、『逆地上げ屋』みたいな連中にしつこくされていると相談を受けていた。それがヒライの関係者らしい」

「つまり、邪魔をして値を釣り上げて、手数料を稼ごうという狙いですか」

「構図的にはな」

小さくうなずいてから、だが、と付け加えた。

「なんとなくすっきりしない。仮にも『星河』といえば、グループで一兆円を超える売り上げの大企業だ。たかだか数人の地場の地上げ屋あたりで相手になるのか」

「でも、現に動いているわけですよね」

「その真意を確かめに行く。もしかすると、北森の失踪に関係があるかもしれない」

「なるほど」

「それに、牛崎市なら、いくつか大きな病院があるようだ。その傷をもう一度手当てしてもらっているあいだに、おれ一人で用を済ませる」

「傷なら大丈夫です。自分も同行します。いえ、させてください」

低空を飛んできたカラスが、威嚇《いかく》するかのように車の直前を横切った。

だいじょうぶだ、ちゃんと仕事はしている。胸の内で、カラスに向かって毒づいた。

22　午後四時

桑野千晶が待ち合わせの場所に着いたとき、深見梗平は一人ぽつんと立っていた。深見には「午後五時に」と言われたのだが、待ちきれなくて、一時間繰り上げてもらったのだ。

ひなびた岩森駅前の、数台分しかない公営の駐車スペース近く。これまでも、深見と待ち合わせるのは、ここのことが多かった。千晶が伯母に車を借りられるときは車で迎えに来て、それがだめなときはタクシーに乗って足とした。

深見のほうはいつも、電車かタクシーで来ると言っていたが、もしかすると誰かに乗せてもらってきていたのかもしれない。

そんなことはどうでもいい。とにかく重要なことは、深見の洗練された印象のワイシャツ姿が、なぜかこの場所によく似合っているということだ。

「お久しぶりです」

伯母の車を駐車スペースに停め、千晶はできるだけ普通に挨拶をした。

「お元気でしたか」

深見のほうでも、自然な態度で挨拶を返してきた。相変わらず、耳に心地よい声だ。

「伯母に借りた車ですが、足はこれでいいですか」

「もちろんです。わたしが運転しましょう」

その申し出に甘えた。深見の運転で、車が動き出した。

「とりあえず、牛崎市の中心部あたりまで出ましょうか」

「よろしくお願いします」

わずか二週間前に、体のほとんどあらゆる箇所を愛撫されたばかりなのに、他人行儀な挨拶になるのはどうしてだろう。

好きだからだ。

三十七歳の自分が、十七歳の少女のように胸をときめかせているからだ。

「怒っていますか」

「何を？」

「利用したことを」

言葉に詰まった。まさか、そんなにストレートに訊いてくるとは思わなかった。

千晶は深見に、〝施設〟の入居者に飲ませている「栄養剤」やふだん処方している「胃腸薬」や「風邪薬」などのサンプルを入手してくれと頼まれた。千晶が言われたとおりにすると、受け取ったその夜のうちに、事実上の別れを切り出された。

あまりに露骨で、むしろ嫌みがなかった。千晶自身も深見のような男とつり合いがとれるとは思っていなかったし、この土地で深見のような匂いがする男と疑似恋愛ができただけで、楽しかったと自分に言い聞かせた。

それに、深見と知り合って四か月、肉体の関係を持って三か月だったが、当初から深見は〝施設〟の運営に関心を見せていた。だから、サンプルを持ってきてくれと頼まれたとき、その真意がわかったし、協力してもいいと思った。千晶自身が、このところ不審を抱いていたからだ。

別れたことは悲しいが、丸々利用されたわけではないと、心の中では思っている。

「もちろん、怒っています」

そう答えた。

「ではなぜ？」

また会ってくれたのか、という意味だ。

「どんなお詫びをしてくれるか、楽しみだったからです」

「なるほど。——では、ご期待に沿うようにします。夕食にはまだ少し早い。先に汗を流しますか」

千晶は唾を飲み下した。なんとストレートな言い方なのか。しかし、自分はそこに惹かれている。

深見の顔を見た瞬間から、腹痛に近いほどの疼《うず》きがあった。何かにつかまらないと立っていられないほどだった。

食事をしてアルコールなど入ったら、どうなってしまうかわからなかった。

声がうまく出そうもないので、ただうなずいた。

「わかりました」

深見のその静かな声と落ち着いた態度は、自信に満ちて、後ろめたさや媚《こび》など微塵《みじん》も感じさせなかった。

車はすぐにささやかな岩森の繁華街を抜け、ぽつりぽつりと街灯の並ぶ畑道に入った。牛崎市へ行く近道としては、この先さらに少し深い森を抜けねばならない。それもまた楽しいだろう。この世界に深見と二人きりになった気分にひたれるかもしれない。

「天に星、地には深き森――」

「は？」

「いえなんでもありません。――それより深見さん。もしかすると、また何か手に入れたいものがあるんですか」

どうしたというのだろう。今日は「言わない」と決めた言葉ばかりが口をついて出る。

「ふたつあります」

「欲張りですね」

「ひとつは、あなた」

顔が熱を持ち、返答ができなかった。

「もうひとつは、カルテです」

おそらく、そんなところだろうと思っていた。

「カルテ？」あえて問い返す。「誰の？」

「こちらから名前は特定できません。ただ、症状は共通しています」

「症状って、どんなことでしょう」

「以前と、性格が大きく変わったような人物です。明るかったのに、無口になった。優しかったのに、怒りっぽくなった。気が弱かったのに、喧嘩っ早くなった」

胸のあたりが、ぎゅっとなる思いだった。同時に、腕に鳥肌が立っていることにも気づいた。

「どうして、そんな症例があるとご存じなんですか」

「知っていたわけではありません」

深見は、見ようによっては野生の類人猿を連想させる顔に、優しい笑みを浮かべた。千晶はこの笑顔が好きだった。

「――知ってはいませんが、わたしが考えているようなことが行われていれば、起きている可能性があると推察しました」

「たしかに。――でも、成人だけじゃないんです」

「というと？」

「児童です。児童の中にも性格が変わった子がいると、職員のあいだでは噂になっています」

「ぜひ」手を握られた。「その子の既往症、体質、そして一番知りたいのは、与えられているサンプル薬品です。おそらく建前上は『栄養剤』とでも謳っているはずですが」

23　午後三時三十分

「それで、『タウン』で何をしたの？」

『にじ』の施設長である、及川温美のくりくりっとした目が、少しだけきつい印象に変わっている。たぶん怒っているのだ。

小久保貴は、自分のしでかしたことの中身よりも、いつも優しく接してくれる施設長さんを怒らせてしまったことを悔いていた。大樹がタイヤをパンクさせたことを言ったほうがいいだろうか。

自分がやったことなら正直に告白するのだが、あんな嫌なやつでも、なんとなく言いつけるようなことはしたくない。

「あのう、康介君たちはなんて言ってますか」

「ひとのことはいいの。自分がどうしたのかそれを言えばいいだけなんだから。六年生なんだから、そのぐらいできるでしょ」

康介たちと途中で別れて施設に戻ったとたん、大人たちに取り囲まれた。さすがに暴力は受けなかったが、ものすごく怒っている男の保育士もいた。とりなしてくれたのは及川施設長だ。

その後、康介が予想したとおり、別々の部屋に入れられて面談を受けている。康介によれば、これは「ちょうしゅ」といって、一人ずつ個別にされるものなのだそうだ。どこで勉強したのかしらないが、どう答えればいいのかも康介は知っていた。

自転車を漕いで、農道や林の中の道を抜けて逃げる途中、康介は大声でこんなことを言った。

「嘘ばっかりつくとばれるんだな。だからさあ、ほとんど本当のことを言って、嘘はひとつかふたつにすればいい。いやっほー」自転車を手放しで漕いでいる。「おれたちの場合、鎌を見つけたことと大樹を殴ったことだけ秘密にして、あとは本当のことを言えばいいよ。へへへーい」

「やっほーい。ひゅーっ」

準も真似をする

変だ。とくにこの二人、最近、だんだん性格が違ってきていると思ったが、変を通り越してあきらかに異常だ。真紀也は奇声をあげたりしないが、それでもずっとにやにやしている。

「ちゃんと漕がないとあぶないぞ」いつもと変わらないのは、自分だけだと、貴は思った。

「こんなの平気だよ。へへい」

準が、ふらふらしながらも両手放しをやめない。なんとなく、テレビドラマで見た大人の酔っ払いに似ている。朝、登校する途中はこんなではなかった。そのあと、もちろんお酒を飲んだりしていない。もっと別な何かを食べるか飲むかしたのだろうか――。

「でも、大樹がほんとのこと言うかもしれないよ。康ちゃんに殴られたって言ったらどうする」

康介が目をぐりぐりさせた。

「あいつは言わないよー。小学生に殴られて気絶したなんて絶対に言うわけがないもんねー。それに、たぶんたぶん、あいつは鎌をどこかに隠したね。わざわざさあ、職員に差し出すはずがないもんね。だから、おれたちもそれに合わせたほうがいいもんね」

「ねえ、貴君。康介君たちのようすがちょっと変なんだけど、理由を知らない？」

及川施設長に肩をゆすられて、貴は現実に引き戻された。大樹を殴ったときほどのひどさはなくなったが、康介や準の興奮はなかなか鎮まらなかった。それどころか、真紀也まで「なんだか楽しくなってきたなー」などと言い出した。いつも何かを考えているような真紀也の目つきが変わってきたので、鳥肌が立った。あれが「覚醒」なのだろうか。

「興奮状態で、ちょっと話が変なの。あれはいつから？　朝からああだった？」

やっぱり、変だと感じたのは自分だけではなかった。

「いいえ、朝は普通でした」そこで、いつからだったか必死に思い出そうとした。「感じがおかしくなったのは、『タウン』の駐車場に隠れているときだったと思います」

「駐車場ね」とノートにメモして、顔をあげて貴を見る。「思い出してくれる？　どんなふうにおかしくなった？　突然？　それとも、だんだんに？」

「よくわからないんですけど、気がついたらなんだかいつもと違う感じで、そのあとどんどん変になっていきました」

「どんどん変になっていった」

及川施設長はそれもまたノートに書き留め、今度は二本のアンダーラインを引いた。

「『クリニック』の先生にちょっと見てもらったんだけど、何か興奮剤のようなものを飲んだんじゃないかって。そんなようすあった？」

「あっ」

おもわず声に出してしまった。

「どうかした？」

そう言われて、思い出した。たしか、大樹が一人だけカレーパンを食べていたときのことだ。康介がポケットから出した何かを口に放り込んだ。ミントタブレットのように見えた。自分だけ、と思ったが「欲しい」とも言い出せなくて、気づかないふりをした。

それを及川に説明した。及川の目つきがさらに深刻さを増したように感じる。

「準君や真紀也君もそれを飲んだ？」

「見ていないのでわかりません」

「つまり、飲んだかもしれない」

「はい」

「ほかに、何か変わったことは？」

もう、何もかも話してしまえと思った。

「大樹さんが、駐車場の隅に停まっていた車のタイヤをパンクさせました」

「タイヤ？　どんな車？」

パンクさせた車の特徴、その後誰かやってきたので逃げたこと、なんだか気味が悪くなって彼らとは途中で別れたことなど、ほとんどのことを話していた。康介が言うように、本当と嘘を織り交ぜるなどという芸当はできそうもなかった。ただし、康介が黒い棒で大樹を殴ったことは言わなかった。

及川施設長は、何か書いたものを見ながらうなずいている。康介から聞いたことと矛盾しないのかもしれない。

貴のほうでも聞きたいことがあった。

「大樹さんは戻ってきたんですか」

ノートに熱心に書き込んでいた及川施設長が、顔を上げた。

「きみたちよりだいぶ遅れて帰ってきたわね。なんだか制服に泥がついてた。森の中でコマンドごっこしたとか」

「コマンド？」

「ああ、戦争ごっこのことだって。頭にちょっと怪我してるけど、そのとき木にぶつけたって」

「木に？　ぼくたちのこと、何か言ってましたか？」

「登校途中に命令して『タウン』に連れていったって。あとは、パンクさせて逃げて、少し遊んで。そのぐらいかな」

康介の言う通り、殴られたとは言わなかったようだ。

ふだんから、ほとんど問題を起こしたことのない貴に対しては、これ以上説教する内容もあまりないらしく、会話が途切れてしまった。

「それじゃあ、あとでまた話を訊くかもしれないけど、とりあえず今日のところはこれでいいから。そうそう。反省文は書きなさいね。原稿用紙三枚」

心の中ではうへっと思ったが、素直にうなずいた。

「ああ、そういえば、さっき車のタイヤをパンクさせたって言ったわね」

「はい」

ちぇっと胸の中で舌打ちした。終わったと思ったら、また叱られるのか。

「何でパンクさせたの？」

「こういうやつです」両手の指を使って刃の形を作って見せた。「たぶん、鎌とかいうやつだと思います」

「鎌？」

及川の声が裏返った。

「今、鎌って言った？」

「はい」

「それは誰の？　今どこに？」

そんなに大騒ぎすることなのだろうか。

「康介君が、『タウン』の草むらのなかでみつけたって言ってました。逃げるときはまだ持っていたと思いますが、はっきり覚えていません」

「もしかしてその鎌、何かで汚れていなかった？」

24　午後五時十分

『ヒライコンサルティング』の事務所についた。

立地としては、牛崎市中心部に広がる繁華街の外れに近い。

一階がコンビニで、三階と四階にそれぞれ韓国式とタイ式のマッサージ店が入った、雑居ビルの二階部分に『ヒライ』の事務所はあった。しかもワンフロア全部を使っているわけではなく、怪しげなトレーディングカード店と、そう広くない坪数を分け合っている。

ビルに入る直前、樋口に「待っているあいだ、どこかの病院で傷口の消毒でもしてもらうか」と再度訊かれた。智久も再度「いいえ」と答えた。

「傷口は縫ったので、よほど不潔にでもしない限り、あとは抗生物質を飲むぐらいしか対処法はないと医者に言われました」

それよりもぜひ同行したいと訴えると、樋口はあっさりうなずいた。智久の気持ちを試しただけで、はじめからそのつもりだったのかもしれない。

会社名の入ったプレートがかかった金属製のドアを、樋口が軽く二度ノックした。すっと扉が内側に開き、腫れぼったいまぶたの下からこちらを睨む男が応対した。智久より身長は低いが、シャツをまくりあげた袖口からのぞいているのは、スポーツジムのポスターに使えそうな筋肉質な腕だ。そして、タトゥーが入っている。

アポイントはとってある、と樋口が言っていたのは本当らしく、樋口が名前を告げると、すんなりと中へ通された。智久もあとに続く。

扉の中は、十坪ほどの狭い事務所に、向き合う形で机が四台置いてあった。そのひとつに、ひょろっとした印象だが、案内の男に負けず劣らず目つきの悪い男が座って、週刊誌越しに智久たちの品定めをしている。ほとんど装備品のない警官の制服を身に着けた智久を、不思議そうに見た。

部屋のつきあたりには、木製のドアがあって、《主幹室》のプレートがかかっている。そこが目的地らしい。

筋肉質の男がドア越しに入室の許可を乞うと、中から小さな声が応じた。

部屋の中では、奥の壁を背にして、社長——社内的には主幹と呼ぶらしい——の平井京一が、一瞬蠟人形《ろうにんぎょう》かと思ったほど、表情を消した顔で座っていた。今年ちょうど還暦だそうだが、髪が真っ白なせいか、体全体が小柄な印象のせいか、実際の歳よりも老けて見えた。

智久たちが入っても立ち上がることなく挨拶をしたので、正確な身長はわからないが、おそらくは百五十センチ前後ではないか、と思えた。

牛崎市まで来る道中、田舎道をかなり速度オーバーして走り抜けつつ、逆に樋口から簡単なレクチャーを受けた。アシストグリップをにぎりしめ、身を固くしながら聞いたところによれば、『ヒライ』は暴力団のバックのない独立組織で、牛崎市を中心に、地場の優良企業や大企業の支社、さらには役所の一部に食い込んでいるそうだ。

主な収入源は、『牛崎産業新聞』という商工系の新聞の購読料だ。しかし、新聞とは名ばかりで、自力の取材はほとんどなく、全国紙や地方紙、合わせて数種の新聞から切り抜いた記事を、糊で紙に張り付けてただ複写しただけというしろものだが、購読料は年間十万円だ。ようするに、昔ながらのたかり商売だ。

大所帯を支えるほどの収入はないが、あまり欲を出して鶏の腹を割くようなことをしなければ、数人の社員が食っていくことはできるだろう。

主幹の平井は文字通りの「細腕」で、大企業の総務担当や海千山千の個人経営者、はたまた——儲けは知れたものだが——割のいい商売を横取りしようとする連中と渡り合っているだけあって、眼光と静かな口調には一種凄《すご》みがあった。

平井は、麦茶のグラスを運んできた筋肉質の部下が、そのまま待機しそうな雰囲気だったのを、蠅《はえ》でも追い払うように手を振って退出させた。

「まずは、お時間を割いていただいたお礼を」

樋口が軽く頭を下げた。めずらしく礼儀正しい。

「ああ、どうも」

平井は、胸を反らすことも、無理に作り笑いをすることもなく、ただ鷹揚にうなずいた。

「まあ、お座りください」

礼を言って、樋口と智久は、用意してあったパイプ椅子に腰を下ろした。

樋口が問いかける。

「自分から申し入れておいておかしな質問ですが、どうして会ってくださる気になったんです」

「ある男に言われたんですな。背の高い、目つきのきつい、そこそこ二枚目の男が訪ねてきたら、正直に話したほうがいいと」

樋口が笑いながら重ねて訊く。

「その『ある男』というのは深見ですね」

平井は無言だが、それはつまり認めたということだろう。詳しく聞く暇はなかったが、「深見」という男の影がちらついているとだけ、やはり来る途中に教わった。

「しかし、さきほどの電話だけでは、わたしの人相まではわからないと思いますが」

「彼はこうも言っていましたな。『その男は物おじせず、少しも淀《よど》みなく平気で嘘をつく』と。これでも、多少人を見る目はありましてな」

「なるほど」

「適当に相手をしてお引き取りいただくのが一番面倒がないだろうと」

「なるほど」

あくまで淡々とした応酬だが、化かし合いにも聞こえる。

余計な口を出さずに聞いている。

樋口が話題を変えた。

「時間が惜しいので本題に入ります。深見の正体をご存じですか」

「知っていると、どうなりますかな」

「彼が恐喝や詐欺《さぎ》、まして暴力行為などをはたらけば、あなたも『教唆《きょうさ》』で連座する可能性があります」

「そんなつまらない話をしに、わざわざこんなところまで？」

「つまらないですかね。動く金が億単位だと、目の色を変える人間も出てくる」

「彼は、そんな詐欺だの恐喝だのといった犯罪には手を出さないでしょう」

それはつまり、と樋口がすかさず切り返す。

「深見という男の背景をご存じという意味ですか」

「いや、知りませんな」

脇で聞いているかぎりでは、さすがの樋口も、この小柄な男に軽くあしらわれているように感じる。

「それでは、深見本人の素性については？」

「名前のほかはほとんど知りませんな」

「どこの馬の骨とも知れぬ男を、おたくのような歴史ある会社が、どうしてバックアップしているんです」

「歴史ある」というのはもちろん樋口一流の嫌みだろうが、改名前は『平井通信社』といって、終戦直後から続いているというから、七十年以上の歴史があることも、間違いない。

「人にはいろいろ事情がありましてな」

「参考までに教えていただけませんか。いくら出せば『ヒライ』の名を使わせていただけるんでしょう」

「そりゃ多少の金はもらったが、金だけじゃない」

「なるほど。そのへんの事情を教えていただくわけにはいきませんか」

　ほとんど表情を変えず、きのうの晩飯の講評でもしているようだった平井の顔に笑みが浮かんだ。くしゃくしゃっとしわが寄って、愛嬌《あいきょう》のある顔になった。

「見返りはなんですかな」

「こちらと利害関係のない部分では邪魔はしません」

「なるほど」

　無表情のまま少し考えていたが、つっと顔を上げた。

「あはん。──わたしはこう見えて、さまざまな世界の人間と付き合ってきましてな。何度か警察のご厄介にもなってます。それだから、背中に日の丸を背負った方は、すぐにわかりますな。そっちのお若いのは、まあなんだかだらしない恰好だが一応警察官の制服を着ているようだ。それに、おたくさんも元をただせば──」

　にやりと笑いかけられて、樋口は先に言った。

「たしかに、昔、刑事だったが今は警察の人間じゃない」

「なるほど。──で、その元刑事がこんな田舎で何を嗅ぎまわっているのかな」

「北森という駐在警官の行方を追っています」

「探し出してどうする？」

「おそらくは生きていないでしょう。彼が殺された理由を知りたい。あなただから言うが、北森は公安の人間だった可能性がある。言うまでもなく、公安の観察対象ぐらいはおわかりですね。反政府組織、極左暴力組織、そして海外からの対日工作の監視――」

「あなたが言いたいのは、『星河』のことかな」

「中国の企業ですから」

「なるほど。で、その北森とかいう男の行方を知りたがっているのは誰かな」

樋口が口にしたその『組織』の名を、ヒライは表情を変えずに聞いた。たしかに、一度ぐらい聞いても忘れてしまいそうな、特徴のない名だ。

「そうではなく、わたしが知りたいのは、依頼主のことだ」

「それはわたしも知らない。単なる兵隊に、戦略の目的は教えてもらえない」

「なるほど」

またしても、平井の口もとに笑みが浮かんだ。

「あなたは食えないが、正直な人間のようだ。深見とかいう男がわざわざ忠告してきた理由がわかる気がする。ならば、その正直に免じて、差し支えのない範囲で話しましょう」

平井はテーブルに載っていたグラスから、麦茶らしきものをすすると、あはん、とひとつ咳払いした。

「このあたりで一番の顔役といえば誰か、ご存じかな」

「赤石隆一郎前村長」

これまでほとんど蚊帳《かや》の外に置かれていた智久が口を挟んだ。樋口は冷たい目を向けたが、平井は楽しそうに目を細めた。

「そのとおり。だが、しょせんは田舎の王様。溜め池を支配しているライギョの親玉といったところ。中央へのパイプとしては鷺野馨でしょうな」

「郵政や厚労の大臣経験者で、今は政権から若干距離を置いているが、それは次期総裁の椅子を狙っているから」

樋口が淀みなく答える。

「そのとおり。かれは都合六期も選出されているが、最初の一、二回はたいへんな苦戦だった。そのとき、実弾をばらまいたり、相手候補のスキャンダルをでっちあげてでも貶《おとし》めたり、そういった汚れ仕事をしたのが、高校の後輩にあたるわたしでしたな」

「なるほど」

それで納得がいったとでも言うように、樋口がうなずいた。平井が続ける。

「鷺野さんは、義理堅い男だ。金だけじゃない。『かんぽの宿いわもり』を『星河』に売却するとき、『星河』の人間はそれこそ三顧《さんこ》の礼《れい》で、誠意を示した。それで、多少汚れ役も買って融通を利かせた。ところが、まあこのあたりが国民性の違いかもしれないが、少し順調に物事が運ぶと、連中は鷺野さんを無視して、別なプロジェクトをそのお膝もとで進め始めた」

『タウン』の地権者から、直接の買収ですね」

樋口の言葉に、平井がかすかにそれとわかる程度にうなずく。樋口が代わって説明を始めた。

「鷺野さんが面白くなく思っているところへ、『星河』一社だけに美味しい思いをさせるな、という日本企業が複数現れた。魚心あれば水心、手を組むことになった。『タウン』買収の邪魔だけでなく、この際、『星河』を日本から追い出すことも視野に入れて動き出した。――そういうことですね。違いますか」

平井は返事をしないが、表情を見れば肯定している。

「つまり」樋口が続ける。「北森と深見はまったくその出自において無関係だが、結果的に同じ獲物を追っていた？」

「北森とかいう駐在のことは、わかりませんな」

「では、単刀直入の質問を。平井さんは、あの〝施設〟――老人も若者もただ同然で入所できるという夢のような〝施設〟に、将来もし空きが出たら、入所しますか」

平井は迷うことなく、即答した。

「まっぴらごめんですな。世の中、ただほど怖いものはない。深見もそんなことを言ってましたな」

「なるほど」

「冷暖房完備の檻に入ったモルモットよりは、残飯をあさる野良猫のほうが性に合ってますな」

　樋口が受けた。

「それに、事故であれ、自殺であれ、あるいはもっと別な原因であれ、崖から落ちて死ぬのはあまり幸せとは言えませんね」

「たしかに。――もう、約束の時間は過ぎましたな。充分すぎるぐらいに」

『ヒライ』の事務所を出てから、樋口はほとんど口を開いていない。

パーキングに停めた車の中で、ヘッドレストに頭をあずけ、目を閉じている。

しだいに日は西に傾きかけている。残暑がきついとはいえ、確実に日は短くなっている。

さすがに、沈黙に耐えられなくなって、智久は遠慮気味に切り出した。

「よけいなことかもしれませんが……」

「なんだ」目を開かずに樋口が答える。

「収穫はありましたか」

　樋口は答える代わりに、ようやく目を開けて智久をちらりと見た。ふっと笑ったが、疲労を感じさせる笑顔だった。

「予想しなかった収穫物ばかりが増えてゆく。知りたかったのは、北森が公安の人間として拉致ないし殺害されたのか。それとも、単に個人としてのトラブルなのか、その一点だったが、答えはない」

「しかし、土地売買の背景がわかったのは大きいですね」

樋口がふっと笑った。

「何かおかしなことを言いましたか」

「いや。人は頭を殴られると、回転がなめらかになるものかと思ってな」

やはり二人とも疲れているのか、何ということもなく、しばらく笑っていた。

「ところで巡査部長殿、腹は減ってないか」

そういえば、朝食以来、ろくなものを食っていない。

「減りました」

「地の果てに建つ〝施設〟へ舞い戻る前に、せっかく少しばかり賑やかな街に来たんだ。飯でも食って行こう。その前に、やはりどこかの外科で、一度消毒してもらったほうがいい。長い夜になりそうだ」

「それから、どうします」

「それから、CDショップに寄りたい」

「は？」

「聞いたことないか。CDを売ってる店だよ。きのう『ブルー』で古いジャズを聞いてから、なんだかむずむずするんだ。このあたりがな」

そう言って、自分の胸を軽く叩いた。

25 午後五時二十分

玲一たちの目の前には、警察官の身分証がある。

テレビドラマなどでよく見る、濃い茶色の革製のパスケースのような入れ物に、顔写真の貼ってある身分証と、金属製のエンブレムが埋め込んである。

正確には、その身分証を撮った写真だ。カイトのスマートフォンで写した。

カイトの推理だが、シンは花壇から掘り出したものを肌身離さず持っているという結論に至った。そこで、シンが風呂掃除当番で、ズボンを作業用の短パンにはき替えているあいだに、脱衣所で抜き取り撮影したのだ。外側には、まだ泥がこびりついていた。

「これ、どうしたもんだろうね」

カイトが、顔写真と名前が載ったあたりを指先で拡大する。見たことのない顔で、知らない名だった。

「巡査部長、北森益晴。誰だこれは」

「知らないね」

何を聞いてもすらすらと答えるカイトが、首を左右に振った。

「でも、盗られた警察官はあせってるだろうね。身分証なくしたら、拳銃の次ぐらいにやばいでしょ」

「シンのやつ、こんなものどこで手にいれたんだ」

「拾ったなら隠す必要ないよね。届ければいいんだし。だから、何か届けられない理由があって、しかも悪いことだと知ってるってことだね」

「じゃあ、盗んだのか」

「あるいは、奪った」

「奪ったって、警官からか」

「警官だって人間だから、寝てるときもあれば死ぬこともある」

「死ぬこと——。おれ、ちょっと行ってくる」

玲一が立ち上がるのを、おどろいたようにカイトが見上げている。

「どこへ」

「もちろん、シンのところだ。どうしたのか、直接訊く」

「ちょっと待ちなって」

引きとめようとカイトが腕をつかんだ。

「大丈夫だ。別に喧嘩しに行くわけじゃない」

「そのつもりはなくたって、行けばただじゃすまないって」

ほんの少し前まで、立場は逆だった。シンが花壇から掘り出したものの正体をつきとめようとするカイトに対して、玲一は「そんなのどうでもいい」という態度を示していた。それが、問題の物品が警官の身分証だとわかったとたん、玲一は頭に血が上ってしまった。

「どこで手に入れたのか、訊きに行く」

「訊きに行くって言ったって、ほんとのことを言うとは限らないよ。『拾ったんだ』ってシラを切られたらそれまでだぜ」

「拾ったなら、あんなふうにして隠す必要はないだろう」

カイトは、つかんだ腕を放し、人差し指を左右に振って、チッチッと舌の先を鳴らした。

「あのさ、ぼくが言いたいのは、そうやって言い合いになれば、結局は手が出るってことだよ。シンちゃんとレイちゃんが喧嘩になれば、無傷ってわけにいかないでしょ。いつも言ってるけど、問題青年として追い出されるかもしれないよ。いいの」

「追い出される」という言葉には効き目があった。昴ぶりが引いてゆく。

「もう少し、ようす見ようよ。っていうか、ほかにも何か隠しているかもしれないし。今、あいつに心の扉を閉じられたら、ヘラクレスでも開けないよ」

大きくひとつため息をついて、玲一はふたたびベッドに腰を下ろした。

「おまえ、意外に力強いな。痕が残ったぞ」

そうやって見せた玲一の腕には、カイトの指の痕が赤く残っていた。

「なぜか、握力は平均より上なんだな。――それよりさ、よかったら教えてくれない？」

「何を」

「レイちゃんてさ、『警察』の二文字に遭遇すると、必ずと言っていいほど冷静さを失うよね」

「そうか」

前にも一度誰かに指摘されたことがある、「おまえ、『警察』と聞くと目つきが変わるな」と。たしかに、そうかも知れない。

「よかったら教えてくれないかな。ぼくだって話したよね。クラスのアホの顔をカッターで切った時の感触について」

「そんなことは、べつに聞きたくなかったけどな」そう言って、玲一は笑みを浮かべた。

「本当の理由は、自分でもよくわからない」

「そうなんだ」

玲一は何かにふんぎりをつけるように、両手を膝に置き、しばらく床を睨んでから話しはじめた。

「ただ、想像はつく。とても古い話だ。おれが、自分の本当の親を知らないのは話したよな――」

玲一自身が持っている、実の両親らしき人物に関する記憶は極めて、乏しいのだ。

まず、母親についてだ。ローテーブルかこたつのようなものにつかまり立ちしている玲一の口に、スプーンですくった何かを食べさせようとしている笑顔の女性が、おそらく母親だと思うが、確信はない。顔の造りもほとんどぼやけて、思い出せない。その脇でこちらを見ている男の姿もある。これが父親かもしれないが、輪郭はさらにぼやけている。

その次の記憶は、庭のような場所で遊んでいる光景だ。摘んだばかりの黄色い花を、さきほどの女性が、玲一の目の前でくるくるとまわしている。歌も口ずさんでいる。なんの歌かはわからない。このときはそばに父親はいない。日差しが明るくて、この情景を思い浮かべると幸せな気分になる。

最後のひとつは、どこかの遊園地だ。いくつも電車のようなものに乗った記憶がある。よほど印象が強かったのでそう思うのか、本当に何度も乗ったのか、今となってはわからない。何かの音楽がうるさいほど鳴っていたのが耳に残っている。このメロディも思い出せない。あとから思い起こせば、たぶんメリーゴーラウンドの近くだった。

玲一は、ソフトクリームを買ってもらい、ベンチに座って気分良くそれを舐めている。何かとても高いものを見上げている。次はそれに乗ることになっていた気がする。

このとき玲一が呼ばれていた名は「玲一」ではなかったように思う。では、なんだったのかと考えても、思い出せない。脳みそのぎりぎり芯の部分に隠れてしまって、ほじくりだそうとしても出て来ない。

とにかく、そのときは両親と一緒だったように思うのだが、いつのまにか母親の姿が見えなくなった。少しして、こんどは父親がどこかへ去った。背中が見えていた気がするが、ちょうど大勢の人間が通りかかって何も見えなくなった。どうしようと思う間もなく、別な誰かに手を強く引かれた。見たことのない女の人だった。

何か話しかけられたが、よく覚えていない。「お父さんとお母さんを探す」という意味のことを、言われた気がする。どういう反応をしたのか記憶にない。とにかく手を引かれて、速足でついていった。

その女は優しい態度だった。やわらかい手に繋がれて少し歩き、そのあとは抱きかかえられて、遊園地を出た。そこに停まっていた車に乗せられた。泣いてぐずった記憶があるが、すぐに寝てしまったかもしれない。

目が覚めると、見たことのない部屋の中にいた。床には、カーペットのようなものが敷いてあった。

そこでもしばらく泣いていたように記憶している。どういうきっかけで泣き止んだのかは覚えていない。

こうして、その家での暮らしが始まった。

「レイイチ」と呼ばれるようになったのはこのときからだ。どういう漢字なのかを知るのは、もっとずっとあとだ。

家の外は、やはりあとになって「田舎」と呼ばれる土地なのだと知った。周りのほとんどを森に囲まれ、すぐ近くには小川が流れていて、あまり広くない畑で何か野菜のようなものを作っていた。大人が七、八人と、子どもが何人かいた。

玲一たちがふだん過ごす部屋には、木製のベッドがあって、玲一はそこに寝かされた。ほかにもいくつかベッドがあって、そこでも幼い子どもが寝ていた。起きているときは、その子どもたち——日によって顔ぶれも人数も変わったが、多くて四、五名程度——と、ほとんどは大人の女の人と、たまに男の人と遊んだ。積み木や電車の模型だとか、文字の書かれたパズルのようなもので。

絵本も与えられた。「おとうさん」「おかあさん」それに「おにいさん」や「おねえさん」という単語も覚えた。それらを合わせたのが「かぞく」というらしいとも理解した。

玲一には「おとうさん」と「おかあさん」はいなかった。一緒に遊んでくれた人たちが「おねえさん」や「おにいさん」なのかもしれなかった。

一人、髪の毛の長い、顔が丸い女の人が、玲一の世話を焼いてくれた。仲間からは「トモコ」と呼ばれていた。遊園地で玲一の手を引いていた女の人かもしれないが、断言はできない。そのぐらい記憶が曖昧だ。

「玲一」と名前をつけたのも、このトモコだと聞いた。その前に呼ばれていた名前は、しばらくすると忘れてしまった。

玲一はこのトモコという人が好きだった。怖い夢を見たときは、トモコにそばにいて欲しかった。風邪をひいて寝込んだときは、トモコにおでこをなでて欲しかった。

トモコはいつも同じことを言った。

「レイちゃんは、お父さんとお母さんに捨てられたのよ。だから、わたしたちが代わりに育ててるの。お父さんとお母さんはひどい人なの。だからレイちゃんは大人になっても、お父さんやお母さんやよその大人を、信じてはいけないのよ」

自分は捨てられたから、「おとうさん」と「おかあさん」がいないのだ、という理屈はぼんやりと理解できた。

そして毎日、少しずつ、そのほかの悪いやつらの名前を教えてもらった。

「コッカ」とか「セイジカ」とか、「キギョウ」というのは、悪いのだと教わった。そいつらの手先の「ケイサツ」や「キドウタイ」もそうだ。「ジエイタイ」という人殺しもいる。

だから将来は、みんなのために、その悪いやつらと戦うのだと、繰り返し教わった。

「もしかすると、みんなを救うために、死ぬこともあるかもしれない」

丸い顔の優しいトモコは、笑顔でそう言った。だからそういうものなのだと思っていた。

絵本で「学校」という存在は知っていたが、学校へは行かなかった。行けと言われなかったし、どうして行かないのか、子どもながらに、訊いてはいけないような気がしていた。思い返せば、玲一の毎日は、それなりに充実していたように思える。一緒に育った子どもたちは、そのままその集団にとどまる者もいるし、いつのまにか姿が見えなくなる者もいた。少し年上の「ヒロちゃん」という男の子がいたが、あるとき、いつもよりきれいな恰好をして出かけていって、二度と帰ってこなかった。このときだけはトモコに訊いた。

「ヒロちゃんはどこへ行ったの？」

「ヒロちゃんは、悪いやつらと戦うために、別な場所に引っ越したの」

そう言って、笑みを浮かべ、玲一を抱きしめてくれた。

知識は、児童向けの本で次々と吸収した。昆虫や乗り物の図鑑が大好きだった。「しゃかいのしくみ」についての本も読まされたが、難しくて全部は理解できなかった。

玲一を包んでいた世界は、ある日突然終わりを告げた。

玲一の誕生日は、トモコが教えてくれた。四月二十二日だ。これは、ウラジーミル・イリイチ・レーニンという偉い人の誕生日と一緒らしい。何となく、玲一に似た名前の人だ。あとになって考えれば、偶然ではなく、勝手にそう決めたのだろう。

とにかく、七歳の誕生日を過ぎて一か月ほどが経ったころだった。

玲一は、幼稚園はもちろん、このころになっても、学校へは行っていない。普通なら、小学一年生だったはずだ。

玲一は自分を捨てた両親は「コッカ」や「キギョウ」と仲間で、人の心を持たない悪魔なのだと信じていた。そうして、両親をそういうふうに「センノウ」した「コッカ」と「セイフ」を憎んだ。世の中を変えるには「ブソウ」が必要だとも教わった。

「逃げるわよ。『セイフ』のやつらが来た。『ケイサツ』も。捕まれば殺される」

トモコが怖い顔をして部屋に飛び込んできた。片方で玲一の手を、もう片方で玲一より一歳年下の女の子の手を引き、いきなり家の裏手に向かって走り出した。その女の子は「ユウちゃん」と呼ばれていた。

「どこへいくの？」と玲一はトモコに訊いた。

「遠いところ。つかまったら、殺される。一生懸命走って」

トモコはそう繰り返すだけだった。

森の中にある駐車場めざして走った。叫び声が聞こえたのでそちらを見ると、男の人どうしがもみあっているのが見えた。同じ家で暮らしているお兄さんたちと、見知らぬ人たちが、ものすごく大声で怒鳴りながら、棒のようなものを振り回して喧嘩している。見知らぬ男たちの半分ぐらいは、黒っぽい制服を着て、ヘルメットをかぶっていた。その姿は本で読んで知っていた。「キドウタイ」というのだ。

もう少しで車、というところで、ユウちゃんが転んだ。

「あなたは先に車に乗って」

トモコにそう言われ、よろけながら車まで走った。車の運転席には、先に「ユキオ」と呼ばれる男の人が乗っていた。

「早く乗れ」

ユキオは玲一に命じ、玲一は半分開いていたドアから、後ろのシートに乗り込んだ。

窓から見ると、転んだユウちゃんが「キドウタイ」の男に捕まったところだった。トモコが、手にした棒のようなもので相手の男に殴りかかった。男がそれをよけてひるんだすきに、トモコがユウちゃんの手を引いてふたたび走り出した。玲一はドアを開けてやった。それに乗ろうとしたとき、こんどはワイシャツ姿の男がトモコに襲い掛かった。泣き叫ぶユウちゃんは、別なワイシャツの男に抱きかかえられ、連れていかれてしまった。

ドスンという音がしたので前を見ると、別のキドウタイの男が、車のボンネットに飛び乗ったところだった。

「くそっ」

ユキオが叫んで車をスタートさせた。車にしがみついていたキドウタイの男は、振り落とされた。トモコも置き去りにされた。

「ドアを閉めろ」

泣きじゃくっている玲一に向かって、ユキオが命じた。玲一はやっとの思いでドアを閉めた。

「トモコさんは?」

「あとから来る」

「つかまった?」

「大丈夫だ。だまってろ」

車は猛スピードで山の中の道を走った。玲一にはぐるぐると同じ場所を走っているように感じられたが、おそらく逃げていたのだろう。

暗くなるころ、山小屋のような場所についた。もう誰も追いかけてこない。周囲は見上げれば首が痛くなるような深い森だった。いままで住んでいた「家」よりも、はるかに寂しい場所にあった。

「しばらくここに泊まる」

そう言われて小屋の中に入った。

その山小屋は、丸太の柱に木の板を打ちつけただけの、小さな家だった。板と板の間には隙間もあり、床板の隙間からは、地面が見えた。中にはトイレすらなかった。ユキオはそれを「ハウス」と呼んだ。

「むかし、そういうドキュメンタリーの番組を見たことがあるよ。『全学連』とかいう連中のアジトみたいだね」

話の途中でカイトが感想を述べた。玲一は指先を見つめて答えた。

「あとから聞いたんだが、まさに、そういう人種の生き残りだったらしい。トップに君臨していたのは、一見地味な中年のおばさんだったそうだ。社会になじめない連中が、コロニーを作って、半分ぐらい自給自足して、本気で国家転覆とか革命とかを信じていたらしい」

「おお、絵にかいたような集団だね」

「ああ。ただ、そのころになると政治団体というより、宗教に近かったのかもしれない。今どき、自給自足だけじゃ食っていけないから、大企業や金持ちの個人を脅迫して、金を脅し取ったりしていたそうだ。誘拐なんかもしたんだろう。あそこで暮らしていた、おれやほかの子たちは、金にならなかった誘拐児童だそうだ。その代わりに、『革命戦士』に育て上げられるはずだった。まあ、使い捨ての兵隊かな。今でいう『自爆テロ』みたいなことも考えていたかもしれない。絶対に裏切らない、純粋培養の戦士だ」

「へえ。珍しく、むずかしい単語が出てきたね」

「受け売りだ」

玲一は、はにかんだように笑った。

トイレは外の掘立小屋《ほったてごや》だった。風呂もないその汚いハウスで二日ほど過ごすと、よれよれの恰好をしたトモコがやってきた。

「おお、無事だったか」

ユキオがトモコの両肩を抱いた。トモコの髪は脂ぎって、濡れているようにも見えた。そばによると、少し臭った。

「なんとか逃げて、山の中に隠れてた。ほかのみんなは?」

「誰も来ない。捕まったのかもしれない。しばらく、潜んでいないとだめだな」

「とにかく、水、使わせて」

ハウスの裏手に、小さな川が流れていた。

その夜、夜中の何時ごろだったかわからないが、物音がして目が覚めた。トモコが苦しそうにうなっている。どこか怪我をしたのか。あるいは、追いかけられている夢を見てうなされているのだろうか。声をかけようかと迷っていると、ユキオの声が聞こえた。

「声を出すなって」

「あう、あう、あう」

トモコの声だ。何かの動物の鳴きまねをしているように聞こえた。

「しずかにしろ、玲一が起きる」

「うっ、うっ」

「いいか、あいつのことは――おれが――てやる」

「あう――もっと――」

それが何かは理解できなかったが、自分は起きてはいけないのだと思って、寝たふりを続けた。

ユキオは感情の起伏が激しかった。ささいなことで玲一を殴ったし、トモコの長い髪を鷲づかみにして引きずりまわす光景も何度か見た。

その一方で、ユキオは生きるすべも教えてくれた。山で道に迷ったときの対処法や、野宿のしかた、道具がないときの魚の捕まえかたなど。罠《わな》を仕掛けて、鳥や何かの小さな動物を捕まえ、それを焼いてくれた。

そしてなにより、「相手の制圧の仕方」だ。

圧倒的な武器でも持っていない限り、先制攻撃が何より効果的だと。

「とくに、おまえみたいな子どもは、相手が油断しているのを利用しろ。鉛筆一本、ドライバー一本あれば、反撃不能なダメージを与えられる」

具体的に、人間の体の弱いところ、急所も教えてくれた。目、喉、腹、股間などだ。

「いきなり刺せ。そして、やるからには再起不能にしろ」とも。

その殺伐とした不自由な暮らしが、次の年の春ぐらいまで続いた。冬はつらかった。単純に寒いこともあるが、ユキオとトモコがすぐに布団に入って、声を上げ始めるからだ。そんなときは、納戸用の部屋にこもって。耳を塞いでいた。

そしてある日からユキオの姿が消えた。

どうしたのか訊きたかったが、訊いてはいけない気がして、気づかないふりをしていた。何日か経って、トモコが玲一の目をじっと見つめて、諭すように言った。

「これから、ちょっと町まで買い物に行ってくるから、ここで待ってて。もし、誰かに見つかっても、ぜったいひとこともしゃべっちゃだめ。言葉もわからない、しゃべれないふりをするの。わかった？」

「うん」

不安でしかたないが、うなずくしかない。

「いままでのこととかをしゃべると、牢屋《ろうや》に入れられて、一生出て来られないよ。そこは、ネズミとかゴキブリとかがいて、暗くてじめじめしてるんだから」

「はい」ここよりひどいのかと思った。

「もし、わたしが帰ってこなかったら、『ケイサツ』に捕まったと思って。復讐《ふくしゅう》しようなんて考えないで。あなたは、どこかで幸せに暮らして」

「どうやって？」

いつしか涙が流れだして止まらなかった。

「泣かずに、自分で考えて。強くならないとだめ。それから、誰も信じちゃだめ」

「はい」

「どうしても、しつこく訊かれたら、名前だけは言っていいから」

何かをちぎった紙に《玲一》と書いて渡してくれた。こういう漢字を書くのだと、そのとき初めて知った。そのまま、トモコは帰ってこなかった。

その翌日、前の家を襲った連中によく似た男たちが、山小屋を取り囲んだ。スピーカーがキーンと鳴ってから、大きな声が聞こえた。

「ケイサツだ。もう逃げられない。中にいるのはわかっている。武器を捨てて出てきなさい」

「そこで保護されて、最初の施設に入れられたってわけ？」

「まあ、そういうことだ」

ここの『みらい』よりはずいぶん小さくて備品などもお粗末な施設だったが、そこに十五歳までいた。

「本当の親を探してもらえなかった？」

「探すも何も、保護されて最初の三か月ぐらいは、まったく口をきかなかった」

「意志が強いね」

「しゃべるようになっても、あまり自分のことは話さなかった。特に警察相手には。赤ん坊のころから刷り込まれた抵抗感があったんだろうな」

「それで、愛想をつかされて、親身になって探してもらえなかったんだね」

「施設の人にもな。誰が悪いんでもない。おれがひねくれていたからだ」

中学を卒業するなり、町工場や運送会社などで働いた。傷害の罪で少年院に入るまでは。

「じゃあ、本当は『レイちゃん』じゃない可能性もあるんだ」

「そうだ」

「誘拐される前に何て呼ばれていたか、どうしても思い出せない？」

「それが、思い出せない。ぼんやりとしてつかめそうでつかめない、雲とか霧みたいだ」

「そうか。正しい氏名がわかったら、もとの親元に返されたかもしれないね」

「かもな」

「今はさ、ＤＮＡ鑑定とかあるじゃない」

「調べてもらったことはない」

「頼んでみれば」

「誰に？　どうやって親のＤＮＡを探す」

「まあ、たしかに、雲をつかむような話か。――ところでさ。もしそのアジトに戻されていたら、どうした？　親が探しに来るのを待ち続けた？」

「おかしなやつだな。質問ばっかりで」

「興味があるんだ。ここに収容された中には、ほかにも捨て子がいる。だけど、捨てた親に再会したやつはまだいない」

「捨てたとは限らない」

「つまり、さらわれただけで親は探している、と期待してる？」

「さあな」

「誰かを恨んでる？」

「やっぱり突き詰めると『ケイサツ』になる。ユキオもトモコさんも、いろいろあったが、おれには親みたいなものだった」

「そりゃそうだよ。手なずけて、テロリストに育てあげようとしてたんだから」

「まあ、そうだな」

それっきり、玲一は黙った。

あのまま、あと何年も過ごしていたなら、自分はテロリストになっていただろうか。

自分で真実に目覚めただろうか。

正面から考えるのが怖い。素直に「親に会いたい」と言えない理由だ。そして、理不尽な「悪」に出会うと、あいつが覚醒する。ユキオに叩き込まれた殺人の衝動とでもいえばいいのだろうか。

――とにかくためらうな。めんどうなことになりそうなら、制圧しろ。

そう繰り返し教わった結果、自分の中に棲みついたのがあいつだ。

だから今でも、感情が昂ぶってくるとあいつが急に頭をもたげて、押しとどめる暇もなく、相手をぶちのめそうとする。自分の意志の力よりも強力な存在だ。カイトにもあいつのことは話していない。

「ねえ、もしかして、そのペンダント、そのときのことと関係ある？」

「えっ」

「いつも、興奮しそうになると、そうやって触ってるから。ずいぶん古そうだし」

カイトに指摘されて、ようやく気づいた。いつしか、また例のペンダントヘッドに触れていた。

「癖なんだ」

「知ってる。イライラしたときとかによくそうしてる」

「よく見てるな」

「まあね。観察力と記憶力ぐらいがとりえだから。――それで、さっきの質問は？」

「答えはイエスだ。お別れのときに、トモコさんがくれたんだ。『これ、わたしの大切なお守りだけど、レイくんにあげる。困ったときはこれを握ると心が落ち着くから』と言われた」

「結果的に、効果があったってことだよね」

「たぶん、そういうことだ。そういう思い込みのせいかもしれない」

「お守りなんて、みんな思い込みだよ。ちょっと見せて。——日付と、なんだか名前みたいなのが刻印してある」

「たぶん、トモコさんの思い出じゃないか。おれにとってはどうでもいい」

「そうだね」

26　午後八時

島崎智久たちを乗せた車は、目的地——〝施設〟の正門前についた。

県道から枝分かれした道は、ほどなく崖で行き止まりになる。左手には〝施設〟の白い建物とフェンス。右手には村の管理地である、松林公園が広がっている。

樋口は、右にハンドルを切って、松林公園のパーキングスペースに車を停めた。

観光名所というほどでもないためか、砂利敷きの簡素な駐車場だ。すぐにエンジンを切り、当然ライトも消した。

とっくに日は暮れている。ヒライの事務所を出たあと、まずは樋口の勧めもあって、外来外科のある病院に寄り、消毒だけしてもらった。警官の制服を着ていることもあってか、医者も看護師も「ご苦労様です」という顔をして、深く突っ込んでこなかった。その間に、樋口は予告通り、CDショップで何枚か購入したらしい。その後の車の中には、少しけだるい雰囲気のジャズが流れていた。パッケージを見ると、《John Coltrane》という文字が読めた。なんとなく聞いたことはある。

その後、図書館に寄って、調べ物をした。対象は主に新聞の縮刷版だ。大手新聞の地方版と、地元ブロック紙の伸北《しんぽく》新聞の記事とを調べたが、あまり有用な記事はなかった。『タウン』に関してはその計画発表からオープン、撤退といった、いわば栄枯盛衰《えいこせいすい》の短い歴史。〝施設〟に関しても、その設立意義に関するいわば「御用記事」のたぐいだ。唯一、事件らしいことといえば去年の十月に、『かもめ』入居の老人が、散歩中に崖から転落死した一件ぐらいだろうか。これも、事件性の疑いどころか、施設側の管理体制をついた論調ではなく、単に「痛ましい事故」として処理されていた。

その後、ファミレス風の中華料理店に寄って、腹ごしらえをして、ここへ来た。

理沙と藍が泊まっているビジネスホテルがすぐ近くにあったが、寄らなかった。樋口も寄れとは言わなかった。

頭の怪我を見たら、理沙は絶対についてくる。少なくとも、納得のいくまであれこれと訊くだろう。下手をすると「待機する」などと言い出して、駐在所へ戻ってしまうかもしれない。ほんの少し未練はあったが、今は任務が優先だ。

もっとも、いったい何が任務なのかもうわからなくなっているが——。

「降りますか？」

「そうあわてることもない」

「何を待つんですか」

「そのときになればわかるだろう」

移動の途中で樋口に聞いたところでは、〝施設〟では、閉じた空間の医療施設であることを利用して、何か違法なことが行われている可能性があるらしい。

それは具体的にはどんなことかと訊くと、材料が少なすぎて断言はできないが、たとえていえばルールにのっとっていない臨床実験などではないか、と答えた。

たしかに、小学生から老人まで集めて、聞くところによれば、青少年はともかく、老人たちからもほとんど金をとっていないというのは、なんとなく胡散臭《うさんくさ》い。

しかし、新たな疑問も湧く。はたして、北森駐在がそんな案件に首を突っ込むだろうか。

いや——。

正規の職務ではなかったとしたら？　不正が行われているのを知った北森が、それを暴くのではなく、逆に〝施設〟側を強請《ゆす》った。信じたくはないが、可能性はゼロではない。

樋口がどう思っているのかは、教えてくれない。

樋口が、静かにドアを開けて車から降りた。智久も続く。

樋口が睨んでいる方向からは、ゆるやかな海風が吹き寄せ、波の音が響いてくる。

「あちらのほうに、何か気になるものでも？」

「施設の老人が落ちて死んだのは、この先の海岸だな」

「ええ、そう聞いています」

「一年前のも、おとといの、林田とかいう人物もそうか」

「管轄外なので正確には知りません。しかし、おそらくは」

このあたりの崖から、わかっているだけで二人の老人が落ちた。考えてみれば、そんな危険な場所なのに柵も作らないのだろうか。視察したわけではないから、詳しくは知らないが。

「まだ確証は持てないが、『何が起きたのか』はわかってきた気がする」

樋口がぼそっと、とんでもないことを言った。

「ほんとうですか」

「細かいことを繋ぎ合わせれば、そういう帰結になる。――しかし、『どうして起きたのか』はわからない。それがわからなければ、解決にはならない」

「『何が』だけでも、教えていただけませんか」

樋口はその頼みを無視して、ゆっくりと首を回し、智久に問いかけた。

「釣り好きの友人はいるか」

とっさの質問の意味がわからなかったが、釣り好きもゴルフ好きも、いないのは確かだ。

「おりません」

「ならば、きのう『鎌を盗まれた』と苦情を持ち込んできた、関本某《なにがし》に、電話してみてくれ」

「はあ」番号がわかるだろうか。

「かぶっていたキャップに、渓流の遊漁券のバッジがついていた。日券じゃなく年間券だ」

続きを待っていると、樋口が「まだ意味がわからないか」という目で見た。

「年間遊漁券を買うほどの釣り好きなら、これだけ海に近ければ、当然海釣りもするだろう。海釣りをするなら海流には詳しいはずだ。このあたりの崖から落ちた物が、どっちへ流されていくか訊いてくれ。たとえば、人間とか」

「まさか、北森さんが？」

樋口は無言だ。いいから早くしろと言われている気がした。

「了解しました。——では、失礼ですが携帯をお貸し願えますか」

「悪いが、下のコンビニからでもかけてくれ。少し一人で考えごとをしたい。車を使ってくれていい」

なんとなくとってつけたような理屈という印象を抱いたが、車に乗っていっていいなら、すくなくとも置いてけぼりを食わされる心配はない。

「わかりました」

「ついでに、飲み物を買ってきてくれ。蒸し暑くてかなわない」

そう言って、しわひとつない一万円札を差し出した。素直に受け取った。

いったん丘を下りて、県道沿いのコンビニに車を停めた。

飲料を数本と菓子パン類もいくつか買い入れ、ついでにずっと我慢していたトイレを借りてから、番号案内で「関本」を問い合わせた。もちろん、外の緑の公衆電話からだ。青水地区に「関本」は三軒登録されており、そのうち一軒が、問題の鎌を盗まれた当人だった。だめなら自治会長の線からだろうと思っていた。

樋口の見立てどおり、関本は海釣りも好きらしく、智久が潮流の話題を出すと、少し酒も入っていたらしく、話が止まらなくなった。潮流とは関係ない海底の「棚」の具合から、はては対馬《つしま》海流の温度が釣果《ちょうか》に与える影響まで延々と説かれた。電話の向こうで唾をとばしている姿が目に浮かんだ。お釣りにもらった百円玉が底をついて、ようやく通話を終えることができた。

最低限の道路灯に照らされたゆるやかな上り坂を、注意深くハンドルを切りながら、あれこれと考えつつ上っていく。

この村でいったい何が起きているのか。そして樋口は、ほかにも何か知っているのではないか。もしかしたら――。

智久を使いに出した隙に、また姿を消したのではないかと思ったが、樋口はもとの場所にいた。この間に何か腹でもくくったのか、ふっ切れたような顔つきに見えた。

「買ってきました。緑茶と麦茶ではどちらが……」

「なんでもいい。そんなことより、潮の流れの話はどうなった」

「はい。まず海流ですが、南西からの流れと北東からの流れが、ちょうどこのあたりでぶつかるそうです。岩場に激しく叩きつけられたあと、跳ね返った潮は沖に向かって流れるそうです」

「沖にな」

そうつぶやいて、また海のほうを見ている。

「さすがに死体の話は出せませんでしたが、難破した船の破片などは、沖合に流されると訊きました」

「それで？」

「岸に打ち上げられるか、日本海のどこかに沈んで永遠に見つからないか、どちらかだそうです」

月明かりの下で、樋口がかすかに笑ったように感じた。

「これで、北森巡査部長の身柄の捜索は打ち切ってもいいな」

「やはり、そうでしょうか」

「この田舎町から、一人の警官をこれほどあとかたもなく、目撃者もなく消すことはできない。隠したんじゃない。見つからないところへ行ったのさ」


「少し寝ておいていいぞ。用があれば起こす」

時計を見ると、夜の九時を少し回ったところだ。さすがにまだ眠い時間ではないが、仕事柄、必要とあらばいつでも寝られる習慣はついている。

「しかし、見張りは少しでも目の多いほうが……」

「そんなに力むこともない。それに見張ってはいない」

かえって、眠気が醒《さ》めた。

「見張っていないとすると、どうしてここに？」

だんだん慣れた口調になっていくが、樋口が気にしていないようなので、なりゆきにまかせる。

「忍び込むタイミングを待っている」

「は？」

「また病気がぶり返したな。『慢性二度聞き病』だ」

「冗談を言ってる場合ではないです。今、忍び込むとおっしゃったんですか」

「そうだ。おまえさんがいないあいだに入ろうと思ったが、まだ職員がうろうろしている。もう少し夜が更けてから、施設の中に忍び込む。一人で行く」

あまりあっさり認めるので、的外れな指摘になった。

「し、しかし、警備システムがあるんじゃないですか」

「あるな。きのう、自分の目で確認した」

「じゃあ、捕まるじゃないですか」

「捕まってもかまわない」そう言って、智久のほうを見た。瞳が月明かりを反射しているが、表情の細かいところまではわからない。

「騒動を起こして見れば、どのぐらいうしろめたいことがあるかがはっきりする」

「もしかして、今朝、『タウン』の建物内で惨殺死体が見つかった戸井田守殺しの犯人も、ご存じなのでは？」

「おれは超能力者じゃない。想像してみただけだ。さっきも言ったが、いろいろ考え合わせると、線が一点に集まる」

「その一点とは？」

「――いや、的外れであることを願うよ」

苦い顔でそう言ったきり、樋口は黙り込んでしまった。

27　午後十時五十分

児童養護施設『にじ』の消灯は午後九時と決められている。オルゴール調の短い曲が流れ、部屋の電灯が一斉に消える。大もとのスイッチを切るらしい。だから、見回りが来るまでこっそり明かりをつけてゲームに興じる、といった度胸試しのような楽しみもない。

小学生はスマートフォンを持つことを許されていないので、ほとんどの児童は間もなく寝る。

ただし、中学生以上になると、自習室へ行って夜の十時まで勉強をすることは認められている。

小久保貴は、どちらかといえば室内で勉強したり読書したりするよりも、外でボールを追っているほうが好きなので、夜にはすっかり疲れていて、寝つきはいいほうだ。

だから、今夜のように起きていなければならないのは、すこしきつい。眠くならないように、いつもはお代わりする晩御飯も一膳でやめておいた。

暗いベッドに横になって、昼間の『タウン』での冒険譚《ぼうけんたん》を思い返せば、眠気が醒めるかと思ったが、よけいに眠くなってきた。

及川施設長による「聴取」を終えた貴は、部屋に戻されて反省文を書くように言われたが、康介たちは『クリニック』につれていかれたらしい。そのまま戻ってこない。だから、詳しいことはまったくわからない。気になる。気になるが、クリニックまでのぞきに行くわけにはいかない。

しかたなく、うっかりやり忘れた宿題のことを考えた。算数のドリルを一ページやっていなかったことに、ベッドに入ってから気がついたのだ。明日の朝、特急でやらなければならない。そのことを考えたら、ようやく眠気が醒めてきた。

カチッと小さな音がして、ドアが薄く開くのがわかった。通路の常夜灯の光が差し込んで、部屋がほんのり明るくなる。そのまま寝たふりを続ける。

身を固くして耳を澄ませていた。顔を壁に向けているので、反対側の壁にかかった時計が見えない。少し前に十時半だったから、そろそろ十一時近いだろうか。

貴の下のベッドで何かごそごそと音がする。準のベッドだ。クリニックから戻ってきたのだろうか。声をかけようとしたとき、ドアのすぐ外から「あったか?」という押し殺した声が聞こえた。康介の声だ。

「ちょっとまって」答えたのは、やはり準の声だ。

「早くしろ。見つかるぞ」

こんな遅くに帰ってくるなんておかしいと思ったが、部屋に戻る許可が出たわけではなさそうだ。だとすればクリニックを抜け出してきたのだ。

そのまま寝ているふりをしてようすをうかがっていると、ベッドから何かを持ち出したらしい準が、ふたたびドアを開けて通路に出ていった。会話の中身までは聞こえなかったが、待っていた康介たちと短くやりとりして、そのまま去っていく気配だ。

貴は、大急ぎで自分のベッドから降りた。ほかの子たちは寝ている。音を立てないようにそっとドアを開け、顔を半分ほど出してのぞく。

影が三つ、常夜灯だけが照らす薄暗い廊下の突き当たりを曲がるところだ。康介、準、そして真紀也だ。良識派だと思っていた真紀也までまじっているのには驚いた。三人とも、靴音を消すためか、上履きは脱いで手に持っている。

さらにもう少し首を出して、通路の反対側のようすもうかがった。先のほうは暗くて見えない。しかし、ほかにうろついている人間はいないようだ。

貴も彼らを真似て上履きを手に持ち、部屋からそっと踏み出した。後ろ手にゆっくりとドアを閉めたが、金具が「カチリ」と音を立てて、心臓が止まりそうになった。息を殺して気配をうかがったが、気づかれていないようだ。

そのまま、はだしで小走りに進む。角に立ってふたたび顔を半分だけ出し、またようすをうかがう。

見えた。三つの影が、通路の途中で左に折れるところだ。

あれは――。

あそこは、たしか裏口のはずだ。ふだんあまり使わないので、詳しくは知らないが、鉄製の頑丈そうなドアが一枚あるだけだった気がする。

どうする――？

迷っているうちに、その鉄製のドアがかちゃりと閉まる音がした。三人が、外に出たようだ。詳しいセキュリティの仕組みはわからないが、中から出ることは可能なようだ。

どうする？　決まってる。行けっ。

貴は自分に気合を入れて、踏み出した。

そのとき、ふっと肩に手をおかれた。

「ひっ」

心臓が飛び出そうな口を、グローブのようなものでふさがれた。

ふがふが言ってもがくが、まるで強烈なゴムで体中をぐるぐる巻きにされたように自由がきかない。

「おれだ。暴れなくていい」

シンの声だった。

安心して体から力が抜けると、全身をしめつけていた力も緩んだ。そのままへたり込みそうになるのを、シンの両手が支えてくれた。グローブだと思ったのは、シンの手のひらだったのだ。

「どうして？」見上げて、声を殺して訊く。

「そっちこそ、どこへ行く」

「わからない」

状況を簡単に説明した。三名が外に出てしまったと。

「それより、シンさんは、こんなところで何してるの？」

「怪しそうだから、見張ってた」

「どうして？」また同じことを訊く。

「今日の午後、『クリニック』へ手伝いに行った。学校をさぼって問題を起こした子どもたちが、ひそひそと何か企んでいるのがわかった。関心がないふりをして聞いていた。『今夜』と言っていた」

「『今夜』だけでよくわかったね」

「おまえたち――いや、おまえの友だち連中が、ときどき抜け出すのは知っている。どこで何をしているのかもだいたい想像がついている」

「それって……」

シンが黙れという意味で、自分の唇を太い指でつまんだ。

「その話はあとだ。今はあいつらの後をつけるぞ」

「うん」

シンが先に立ち、連中が消えた裏口に向かう。

ほんの少し前までは、この通路を進むことが怖くてしかたなかったが、シンの大きな背中についていく限り、何も怖くなかった。

たぶん、この世界に、シンに勝てる人間はいない。

28 午後十一時五分

「見えてるか」

樋口透吾は、目標物から視線を外さずに小声で訊いた。

「はい。見えます。見えますが――」

島崎の声は、あきらかに緊張している。今夜、何かが起きると身構えてはいただろうが、まさかこれは予想もしなかったに違いない。二時間余りの張り込みの疲れも、一瞬で消えたようだ。

施設の裏口から影のようにするすると出てきたのは、小ぶりの人影だ。あきらかに小学生を含む子どもたちだ。

島崎が、ささやくような声で「いち、に、さん」と数え始めた。全部で六人いる。背の高さはまちまちで、月光に照らされたシルエットはでこぼこだ。

「今からバーベキューでもないだろうな」

思わず透吾もそんな冗談を口にしてしまったが、自分でもあまり面白くなかった。忍び込む計画は白紙だ。

六人は一列になって、松林の中へと入っていく。林の中を網の目のように走る散策用の小道を進んでいるらしい。何か話しているかもしれないが、ここまでは聞こえない。

「あれが待っていたものですか？　まさか、調査官はあれを予想していたのでありますか」

口のききかたがまたしても逆戻りしたようだ。しかし、今はそんなことを指摘しているときではない。

「正直に言えば、予想はしたが、今夜だとは思わなかった」

「とにかく、見失わないうちに、後をつけましょう」

そう言うなり、島崎はドアノブに手をかけた。

「待て」短く制した。「見ろ」

六人のあとを追うように、またひとつ、いやふたつ、影が歩いていく。こんどの二人連れはさらに、大小に差がある。かなり大きな体の大人と子どもだ。

「ずいぶんでかいやつが出てきましたね」

「あれは手ごわそうだな」

「六人組に追いつこうとしているんでしょうか」

「いや。木の影を伝うように進んでいる。気づかれないよう、後をつけているんだろう」

「たしかに」

さらに少しのあいだようすを見たが、これ以上、あとに続く者はいないようだ。こんどは、透吾が先に、ドアレバーに手をかけた。

「おれがあとをつける。おまえはここで待機してくれ」

いつからか「おまえ」になっていることに気づいた。自分では気づいていなかったが、緊張しているのかもしれない。

「しかし……」

「不服はよくわかる。しかし、大げさでなく命の危険がある。手柄はやる。うまくすれば懲戒免職は回避できるかもしれない」

「それほど重要な局面でありますか。——相手はほとんどが子どものように見えましたが」

「子どもなら人を殺さないか？」

「そんな。まさか——」

島崎は考え込んでしまった。

「駐在さんを二名も続けて殉職させるわけにはいかない」

冗談めかして言い、ポケットから取り出したスマートフォンを、島崎の膝の上に放り投げた。島崎はそれを手に透吾を見上げた。

「それほど危険ならば、よけいに自分が……」

「くどい」

声を殺して一喝した。島崎の体が強張るのを感じた。

「奥さんも子どももお前を愛している。こんなところで足を滑らせて、死ぬわけにいかないだろう。おれには保険金を渡す相手もいない。くどいが、手柄はおまえにやる」

「手柄は結構です。失礼ですが調査官は高いところが苦手では？」

それには答えなかった。

「申し訳ありません」なぜか島崎は詫びた。

「携帯電話は置いていく。おれとしては可能な限り待って欲しいが、通報のタイミングはおまえにまかせる」

「了解いたしました」

「じゃあな。——奥さんの料理美味かった。礼を言っておいてくれ」

車を降り、そっとドアを閉めた。軽く伸びをして、夜気を吸う。

腰をかがめ、さきほどの連中のあとを追う。これだけ遮蔽物《しゃへいぶつ》があって、波の音が聞こえていれば、まず気づかれる心配はない。目標物はすでにかなり先に進んでいる。身を低くして、小走りに進んだ。

やがて、六人組を追う大小二人組のシルエットが見えた。歩みの速度を抑える。距離を保ち、あとに続く。

方角からすると、どうやら、最短距離で海岸に向かうわけではないようだ。海に向かって大きく右手に迂回《うかい》している。透吾は、きのうこの施設を訪問したときに、海岸沿いにひととおり下見しておいた。だから、今進んでいるルートの意味するところがわかった。崖に刻まれた石段を使って、浜に下りるつもりだろう。

最悪の展開だ——。

「アルゴルシンと進めー、この道をー」

突然、歌声が夜空に響いた。叫んだのは先に行く六人の中の一人だろう。透吾は知らない歌だ。目の前にある、大小の影がほとんど同時にしゃがんだ。

「ばか」とか「コウスケやめろ」という声がいくつか重なって、背中を叩くような音がした。

「痛《い》てえ」

「あたりまえだばか」

そんなやりとりが聞こえた。

「勇気を胸に、今旅立つときだ……」

歌詞や曲調からすると、アニメの主題歌だろうか。替え歌のようでもある。さっきの歌声の主とは違うような気がした。

「世界で一番大切なもの、それは友と……」

また別な声、しかもこんどは女子だ。

「やめろって言ってるだろうが」

内輪もめをしている。興奮状態の者が何人かいて、抑えがきかなくなっているようだ。

「おまえら、おかしいんじゃねえか」と、また別の声が聞こえた。

声変わりしている。おそらく、六つのシルエットの中で頭ひとつほど大きかった少年だろう。小学生の群れに中学生が混じっているのかもしれない。

ならば指導権を握っていてもよさそうな気がするが、少しいらついた声音の中に、気のせいかわずかに恐れの気配を感じる。この先、何が起きるのか不安なのかもしれない。

「アルゴルシンに捧げてるんだよ」

小さい影が言い返す。さっきの歌にも出てきた。「アルゴルシン」と聞こえるのだが、それはいったい何のことだ？

「ばかか」

「いいから、早く行こうぜ」

施設からだいぶ離れた安心感からか、会話の声が次第に大きくなってゆく。

「うん。行こう、行こう。行きましょう」

会話を聞いて、先を行くグループ六人の内訳の見当がついた。大声で歌うほど興奮している者が三名、うち一名が女子。ほかに、あまり発言しないものが二名。さらに、一人だけ混じった中学生は、言葉遣いは横柄だが、若干おびえている。

そしてその少しうしろに、彼らのあとをつける、大きな男と小学生の二人組という図式だ。

珍奇な行列が、月明かりしかない松林の中を進む姿は異様だ。

「あった。あそこだ」

六人組の先頭の男子が、興奮気味の声をあげた。

「気をつけて」

比較的冷静な声が言う。これも女子だ。女子が二名いることになる。

何が「あそこ」で何に「気をつけて」なのか、きのう、このあたりを下見した透吾にはすぐにわかった。

やはり、崖に作られた急な石段を下りるつもりなのだ。岸壁を削って、鉄の杭《くい》と鎖ででてきた簡単な手すりを設けただけの、人間がすれ違うのにも苦労しそうな狭い階段だ。下は砂浜だが、落下すれば途中で荒々しい岩肌に当たるだろう。無傷というわけにはいかない。

建前上は立ち入り禁止になっているようだが、侵入口に鎖を一本渡して、《危険。立ち入り禁止》と書いた札が下がっているだけだ。その気になれば子どもでも入れる。

透吾は下見をした際、その鎖ごしに崖下を少しだけのぞいてみた。立ち眩《たくら》みがした。

だが、もし彼らがあそこを下りていったら、自分もつけて行かざるを得ない。

最悪だ——。

やはり、島崎に代わってもらえばよかったかもしれない。

ここまでの勢いと変わって、六人はなかなか下りて行こうとしない。彼ら自身にとっても、さすがに、街灯もない危険な石段を下りていくのは、ためらいがあるのだろう。

「だから、おれが行くって」

おそらく、最初に奇声をあげた児童だ。

「あぶないぞ」比較的冷静な声が止める。

六人を追っていた二人組の影も立ち止まり、太い松の木に身を隠し、ようすをうかがっている。六人組は、つけられていることに気づいていないようだ。

待っている時間は長く感じられたが、数分のことだったかもしれない。話がまとまったらしく、六人組は口々に勝手なことを言いながら下り始めた。

ふと、車で待機させている島崎のことに頭がいった。

今は、おいてけぼりにされた気分だろう。しかし、これでいい。

島崎は妙に正義感の強い男だ。一緒に来れば、危険な局面で、向こう見ずな行動をとったかもしれない。かわいい妻と娘を残して殉職させるわけにはいかない。この場に居合わせて、真相究明に一役買った、という事実が残ればそれでいい。

大げさでなく、命のやり取りになる可能性はある。相手が大人ならば、良くも悪くも行動が想定しやすい。しかし、ときに大人以上に非情なことを平気でする子どもとなると、話は変わってくる。まして、正気を失っているとすれば——。

透吾は、今回の一連の事件に共通するキーワードは「子どもっぽい」ことではないかと考えていた。

たとえば、農家から盗まれた鎌は、二本とも新品だったという。納屋の中には、ほかにも使い込んでよく研《と》いだ鎌や、その他の農具もあった。さらに、何かを探すように納屋の中が荒らされていた。しかし、結局盗まれたのは新品だけだった。

物干し用のロープが切られていると聞いて、もしかすると、我慢できずにその場で使ってみたのではないかと思った。だから冗談めかして「ビニールハウスは？」と訊いてみると、案の定切られたという。大根も同じ理由、つまり、面白くなっていろいろ試し切りをしたのだ。

これらの点から連想されるのは、稚拙《ちせつ》な刃物マニアの犯行か子どものいたずらだ。戸井田守の殺され方も特殊だ。防鳥ネットでがんじがらめにされて、その上から鎌で三十か所近くも刺され、結局のところ、致命傷は二階から落とされたことによる、脳挫滅だという。

こんな殺人方法があるだろうか。

検視の結果、傷の形は、左右それぞれの利き手で刺されたことを意味するという。つまり、少なくとも二人以上の人間がかかわっていたことになる。なぜ複数の人間の手で三十か所近くも鎌で切りつけたのか。

苦痛を与えるのが目的なら、目をくりぬいたり、指を順に切り落としたりという方法もありうる。しかし、そういった形跡はないようだ。浅い傷の数々は、仲間の裏切りを防ぐため犯行を共有した、という可能性も否定できない。しかし、透吾は本来の意味とは違うが「ためらい傷」という言葉を連想した。

何かの口実でおびきだした被害者を、気が緩んだすきにネットでからめて動きをとれなくする。もしかすると殴って失神させたかもしれない。その後、こわごわと新品の鎌で刺してみる。

ところが、非力なゆえかためらいのゆえか、一撃で致命傷を与えるほどには深く刺せなかった。しかし、中途で止めるわけにもいかない。だから、複数の人間が順に刺した。「おまえもやれ」なのか「おれにもやらせろ」なのかわからないが、とにかく交代して刺していった。しかし、頸動脈《けいどうみゃく》でも切らない限り、そう簡単に人間は死なない。新鮮な血は臭うし、生温かくぬるぬるする。気分が悪くなってきた。このときまた抵抗したネットが裂けそうになったので、新しいネットで包みなおした。一度で死ななかったのでさらに何度か刺し、二階に引き上げ、手すり越しに落とした。そうして少なくとも二度落下させ、で、数人がかりでもう一度おなじことを繰り返した。そうして少なくとも二度落下させ、死亡させた。

現場に残っていた複数の上履き風の足跡は、商品名を特定されないための、偽装工作ともとれる。しかしもっと単純に、たとえば集団生活を送るような子どもたちが、夜中にこっそり抜け出す際、外履きに履き替えることができなかったから、やむなく手近にあるものを履いた、という見方もできる。

おそらく、相当な返り血を浴びたはずなので、服も上履きも隠すか処分しただろう。仮に、複数の子どもたちが別々の家の子だったなら、彼らの親や家族が、誰ひとり気づかないのも不自然だ。だが、「家族がいない」としたらどうだ。しかも集団で生活している。この過疎地にそんな施設は限られている。

島崎が空き家で襲われた一件についてはどうか。

盗んでいったのは、拳銃、警棒、身分証、それに財布を丸ごと。携帯電話は、少し離れた場所に捨ててあった。一度は盗もうとしてやめたように思える、と島崎は言った。欲しかったが、持ち去ろうとして、足がつくことを思い出した。あるいは、仲間にそれを指摘され、名残惜しいが捨てた。そんなところだろう。一方で、島崎に対してとどめは刺さず、体を拘束することもなく放置している。

これなども、慈悲深いのか単に場当たり的なのかわからない。ただひとつ確かなことは、もしもそこに凶悪犯が潜んでいて、計画的、確信的に拳銃その他を奪うつもりだったなら、島崎はとどめを刺されていたはずだ。今ごろ、頭に包帯を巻いて透吾に連れまわされたりしてはいないだろう。

また、空き家にはしょっちゅう出入りした形跡はあるが、生活の跡がなかったという。どんなに隠そうとしても、毎日生活していれば、痕跡は残る。つまり、ホームレスのような人種が住んでいて、侵入者を攻撃したという図式でもない。

指紋については、若干発見されたが、今のところ前科がある者のリストと照合してはいないようだ。

さらには、島崎の証言によれば、パトカーに小石を投げつけたという。実際にその傷跡があったそうだ。これもおかしな話だ。犯罪者が隠れているなら、あるいは少なくとも見つかりたくない人間なら、わざわざそんなことはしないだろう。何もかも矛盾だらけだ。

つまりこういう筋書きではないか。通りかかったパトカーに、深い理由もなく、いわば挑発するぐらいの気持ちで石を投げつけた。今しがたの、声高らかに歌っていた興奮状態をみれば、目に浮かぶようだ。

ところが、そのまま行き過ぎるかと思ったら、パトカーから制服警官が降り立ち、空き家の中まで入ってきた。見つかりそうになったので、ひとまず身を隠し――体が小さく柔らかいから、狭いクローゼットあたりだったかもしれない――、島崎が油断したところで棒のようなもので殴った。そうしたら気絶したので、めぼしいものを奪ってさっさと逃げた。

空き家に出入りし、そんな、好奇心と矛盾に満ちた行動をとりそうなのは誰か。子どもだ。子どもが、例の空き家を見つけ、隠れ家のようにして、ときおり遊びに来ていた。そこへたまたまミニパトで通りかかった島崎が、運悪く餌食になった。

『タウン』の駐車場でおきたパンク事件は、さらに決定的だ。あれほど警察がうじゃうじゃいるところで、車のタイヤをパンクさせるいたずらなど、少し冷静に考える人間ならやらない。ただ、見つかるリスクを負うだけで、何も得る物はない。

子どもか、子どものような発想をする人間が犯人と考えると、各事件のあいだに繋がりが出てくる。しかも、一種の集団ヒステリーのようになった子どもだ。

ここまでは理に適《かな》う、しかし最大の謎は解けない。

なぜ、子どもがそんなことをするようになったのか。それもしばしば、あるいは同時多発的に――。

ふつうではない心理状態にあったのだろうと推測できる。子どもの無邪気さと残酷さを増幅させるような、特殊な状況に。

集団で特殊な状況に陥る、という視点からも、〝施設〟の子どもに関心がいった。

時間がなく、かなわなかったが、桑野千晶に会いたかった理由は、もちろん失踪した北森駐在との接点をはっきりさせたかったということがある。だが、それ以上に子どもたちの異変に何か気づいていないか、訊きたかったのだ。

今夜もまた、何かが起きる可能性はある。何も起きなければ、島崎にも言ったが、荒療治になるが〝施設〟内に忍び込んで、少しかき回してみようと決めていた。どのみち、失うものもない。多少のことなら組織がもみ消してくれる。〝施設〟側もうしろめたいことがあるなら、騒ぎたてない可能性もある。

それに――。

もう一点、それらの騒動とはまったく別の関心があった。

あの〝施設〟に収容されている〝青年〟たちは、犯罪の前歴があり、かつ頼るべき家族がいない者たちらしい。

つまり、孤独な存在だ。

きのう〝施設〟を訪れたときにちらりと見た、「〇〇ちゃん」とよばれていた、がっしりした体つきの若者が、なぜか気になる。あの男の経歴に関する書類を盗み見ることはできないか。そんなことまでも考えていた。

日付が変わるころになって何もなければ、施設内に忍び込んでみようと決めていたところ、その前に動きがあった。

六人が下りていったあと、間をあけて後発の二人組も下りていった。海岸に下りれば、遮蔽物は少ない。見失うことはないだろう。反面、見つかりやすくもなる。あわてる必要はない。

崖を見下ろす。あまり、いや、まったく気が進まないが、今さらほかに手段もない。透吾が小さく首を振って、崖の階段に一歩踏み出しかけたとき、襟首をぐいっとつかまれた。

「うっ」

相当に強い力だ。しかも、一瞬の気の緩みを狙われた形になった。体勢を立て直す間もなく、足を払われ、その場に引き倒された。

「ぐっ」

松の木の根に腰を強く打ちつけて息が詰まった。しかし、どうにか大きな声は出さずに、とっさに上半身だけは起こし、次の攻撃に備えた。

身構えながら見上げれば、月明かりの夜空を背景に、ふたつの人影が立っている。すぐには、第二波の攻撃がなさそうなので、彼らの正体を探った。

たった今、思い浮かべていた、きのうの二人組だ。

ごく普通の、どちらかといえば少し痩せた体形の若者は、手に持った何かをカチカチ鳴らしている。もう一人が、透吾を引き倒したのだろう。透吾を静かに見下ろしている。

それにしても、まさか三組目が、さらにそのあとをつけているとは気づかなかった。崖に気をとられ、油断があった。

「あんた、誰?」

瘦せているほうが、カチカチ鳴らしていたものを、透吾の鼻先に突き出した。カッターナイフの刃が、鈍く光った。

29 午後十一時十分

「だいぶお疲れのようですね。眠いですか」

目の前に座る、副センター長の二木が訊いた。

もちろん、こちらを気遣っての発言などでないことは、あきらかだ。しゃっきりしろと言っているのだ。

「いえ、大丈夫です」

桑野千晶は、意地でも元気にふるまうつもりだった。

しかし、さすがの二木も、千晶のこのだるさの本当の原因が、あ、あんなことだと知ったら、どんな顔をするだろう。そう考えると、笑みが浮かんでしまう。

「何か面白いですか」

「いえ、申し訳ありません」

それにしても、下半身が重い。今度こそこれで最後かもしれないと思うと、深見の体を放したくなかった。愛情というのとは違うと思うが、ではどんな感情なのかと自分に問うてみても、答えは見つからない。

単に寂しいのかもしれないし、自棄《やけ》になっているのかもしれない。深見のしようとしていることは、すなわちこの〝施設〟を追い込むことになるだろうし、そんなことになれば、自分はもうここにはいられない。たとえ、馘にならなくとも、自分から辞めるだろう。そのときのことを考えて、昂ぶっているのかもしれなかった。

深見は、二人の息が静まったころ、気だるさと湿気の残るシーツの上で、事務的に訊いた。

「さきほどお願いしたカルテはどのぐらいで入手できそうですか」

「数にもよりますが、それぞれ数名でよいなら、数日ほどかと思います」

「期待しています」

その目は、それがいよいよ別離のときだと、はっきり語っていた。

不思議に、寂しいという意味での感傷はなかった。悔しくもない。この〝施設〟で行われているかもしれない不誠実な行為が暴露されるなら、その手伝いがしたい。いや、正義の為などではない。二木副センター長のしたり顔を歪ませてやりたい。

それがまるで予感であったかのように、桑野千晶は、深見と食事もせずに別れた直後に、二木からの電話を受けた。至急〝施設〟に戻るようにという命令だ。そして、着くなり、ミーティングルームになかば軟禁され、ほとんど取り調べのような扱いを受けていた。

遠回しな質問から入ったのでこんな時刻になってしまったが、どうやら、千晶が「資料」や「サンプル」を持ち出したことに、うすうす気づいていたらしい。ただ、はっきりとした証拠がないので、切り出すタイミングを狙っていたのかもしれない。児童たちに対する監督不行き届きという論点から、気づけばいつしか服務規程違反の話題にすり替わっていた。

しかしまさか、ここへ戻る直前まで、その相手とベッドにいたとは考えもしないようだ。

「あなたもご存じのように、この施設では画期的な試みが行われています。今の日本が抱えている問題――それも、誰の身にも降りかかることなのに、ただ愉快でないという理由で目を背けている問題――それらに、わたしたちは真正面から取り組んでいる」

ずいぶん大上段に構えたものだ。普段は「不満があるなら辞めていただいて結構」という態度の二木が、こんな建前論を持ち出すのは、それだけ事が大きいという証左だ。

「どうです？　この際、何か言いたいことがあればおっしゃってください」

深見を愛し、深見に協力し、自分自身も疑惑を抱いていた。そして今夜、深見と別れ際にとうとう〝施設〟で行われていることを聞いた。それでもまだ半信半疑だった。まさか、老人はともかく、子どもや若者相手に、そんなことをしているとは思いたくなかった。しかし、今のこの二木の態度を見ると、深見の言うことは正しいようだ。ならば、少し鎌をかけてみようと思った。

「〝施設〟の運営の趣旨は素晴らしいと思いますが、手法に問題がありませんか」

「ほう」二木の目が細くなる。「ならばうかがいます。勤務先の物品や書類を、許可もなく部外者に渡すのは問題ないですか。明らかに違法ですね」

やはり知られていた。もうここでの職は終わりだ、と覚悟すると同時に、二木がすぐに警察に通報しないのは、うしろめたいことがあるからだろうと考える。

「たしかに、その責めは受けます」

「認めるんですね」

「はい。――ですが、道義的に間違ったことはしていないと思います」

「なんとかにも三分の理などといいますからね。あなたが言わんとするのは、〝施設〟は道義にもとることをしていると？」

「それを確かめたくて、今回のことをしてしまいました。――責任をとって、辞めさせていただきます。警察に通報されてもしかたありません」

二木は、その発言については肯定も否定もせず、話題を変えた。

「ところで、桑野さん。この男をご存じですね」

唐突に一枚の写真を見せられた。どこかの飲食店だ。看板が見える。『くまがい』と書いてあるラーメン店から出てきたところを、盗み撮りしたもののようだ。写っているのは深見だ。

どう答えようかと迷っているうちに先手を打たれた。

「やはり、盗み出した資料を渡した相手は、この男ですね」

「……………」

「おや、急に歯切れが悪くなりましたね。認めたということでしょうか」

皮肉たっぷりな言い回しではあるが、きつく問い詰めるという口調ではない。

「――では次に、こちらの男はご存じですか」

この『施設』の正門を通る時に、警備室に備え付けのカメラから撮った写真だろう。痩せて鋭い目つきの男が写っている。

「知りません」

それが本当かどうか、確かめるように、二木は千晶の目をじっと見つめている。

沈黙を打ち破るノックの音がして、二木の返事を待たずに誰かが入ってきた。青年更生施設『みらい』の施設長、小笠原泰明だ。

「小笠原さん」二木が意外そうな顔をした。「――どうかしましたか」

「ちょっとお話がありまして」

二木の目つきがきつくなった。首を振って、千晶を示してから言った。

「ごらんになってわかりませんか。今、わたしは桑野さんと話し中なのですが」

「失礼ながら立ち聞きさせていただきました。保安担当として、この件に無関係ではないと思います」

二木があきれたように笑った。

「たしかに、相当失礼な話だ」

「その点の責めは、あとでいかようにも。昼間の会議でも言いましたが、わたしも以前から、この施設で行われていることについて、疑問を抱いていました。いわば、子どもを使った臨床実験をしているのではないかと。もっとはっきり言えば人体実験だ。桑野さんはそれをつきとめようとして、部外者に資料を渡したんでしょう？」

「ええ、まあ」

「またその話か。いいかげんにしてくれ」

二木がめずらしく感情をあらわにした。ふだんから、二木とこの小笠原とはあまり仲がよくない。

「痛いところを突いたようですね」

「問答無用。出ていってください」

二木にそう言われ、意外なことに、小笠原が素直にドアを開けた。なんだ行ってしまうのかと落胆しかけたとき、意外なことが起きた。

「及川さん、入って」

緊張のためだろう、青白く強張った表情で、『にじ』の及川温美施設長が入ってきた。いくら二木が苦手でも、この緊張感はただごとではない。

「なんです、及川さんまで」

「及川さん、例のものを」

小笠原に促されて、及川が手に下げていた大きめのポリ袋を掲げて見せた。中に、何かぼろきれのようなものが入っている。

「わたし、どうしてもずっとひっかかっていることがあって、それはつまり、子どもたちが何か隠しているんじゃないかと思って、ずっと気になっていて、それでさっき、思い出したんですけど、きょうの夕方、子どもたちが焼却炉のところで何か燃やしていたんです。『火遊びはいけませんよ』と注意したら、素直に返事をして、そのとき疑わなかったのは、メンバーの中に優等生の江島遥ちゃんがいたからで……」

「要領を得ないな」

二木がいらついた声を上げた。

「――それがなんだっていうんです」

「ご自分の目でよく見てください」

小笠原は、及川の手からポリ袋を受け取り、二木の前に突き出した。中に入っているのは、燃やそうとして燃え残った衣類のようだ。千晶も脇から顔を近づけてみた。無意識に、ひっ、という声が漏れた。

「血じゃないですか」

「そうです。血です」小笠原がうなずく。「残っている部分だけでこれだけの血だ。全体ではおびただしい量があったでしょう」

「いつ？」

二木が及川を睨む。及川は本を棒読みするように答える。

「焼却炉のことをさっき思い出して、もうこんな時間でしたけど行ってみたら、中の燃え残りは掃除したあとだったんですけど、この切れ端だけが落ちていて、部下に訊いたらこれはたぶん鶴田康介くんのシャツじゃないかと――」

「その鶴田という子はどこにいる」

「『クリニック』にひと晩泊めています」

「怪我をしたのか」

「違います。怪我はしていません。あきらかに異常な興奮状態だったので、処置のために入院させたんです」

「じゃあ、誰の血だ。いや、猫や犬じゃないのか。——とにかく今すぐ連絡して、その子どもらに問い質せばいいだろう」

二木が内線電話を取り上げたときだった。ノックするのももどかしいようすで、また二人部屋に入ってきた。

「失礼します」

「どうしたの、三ノ宮君」

真っ先に、千晶が声をかけた。保育士の三ノ宮と、もう一人は『クリニック』の事務長の中島だ。二人とも表情は相当に硬い。

「なんだ。こんどはなんだ」

二木が怒鳴る。

「子どもたちがいません」中島が青ざめた顔を小さく左右に振る。

「何を言ってる」

「『クリニック』の病室から抜け出しました」

「なぜ見張っていない」

「監視システムはありませんので」

「何人いないんだ」

「入院させた三名です」

康介、準、真紀也だ。

「大樹君や貴君は」

及川が三ノ宮に問うと、そっちもいません、と小さな声で答えた。

「古川大樹、小久保貴、それに女子の江島遥と内田文花も」

「文花ちゃんまで」

思わず千晶は声を上げてしまった。五年生の文花まで一緒なのか。

「揃いも揃って何をやってる」

二木の怒声に首をすくめながらも、三ノ宮が何か差し出した。

「それと、こんなものが」

手にしているのは、パスケースらしきものだ。これは、と言いながら、小笠原が素早く手に取る。縦にはらりと開くと、それは警官の身分証だった。《巡査部長　島崎智久》

「これをどこで？」

小笠原の問いに、三ノ宮が少しつっかえながら答えた。

「子どもたちのベッドのマットレスの下です。中島さんに、子どもたちが部屋に戻っているんじゃないかと問い合わせを受けて、探しにいったらいないので、何か手掛かりがないかとベッドをさぐったら、出てきました」

「昼間、久杉のほうの空き家で、制服警官が襲われたというニュースが流れています」

小笠原が、誰にともなく説明する。

「そんな、まさか――」

及川が絶句する隣で、小笠原が発言した。

「これは、さすがにもみ消せる段階を過ぎている」

「とにかく、あんたらは出ていってくれ」

ふたたび二木の怒声が響いた。もはや、ふだんの紳士的な態度ではなかった。

「――必要とあれば、警察にはわたしから連絡する。それにまだ桑野さんに事情を聴いている途中だ」

小笠原は深くため息をついた。

「警察なら、わたしが手配しました。もっとも、その身分証のことは知りませんでしたが」

「なんだって？　どうしてそんな勝手なまねを」

「あなたが信用できないからです。うやむやにされないようにです。わたしの出自をお忘れになったのでしょうか。警察官の中には、正義感のある者もいる。元村長の赤石の息のかかった輩や、『星河』とかいう外資企業に袖の下をもらっている人間ばかりではない。普通の一一〇番通報より時間がかかるかもしれないが、まもなく、警官隊がここへやってくるでしょう」

「どいつもこいつも、拾ってやった恩を忘れやがって」

二木が手もとにあったファイルを壁に投げつけた。三ノ宮の体がびくっと震えた。

二木が逆上するのと反比例するように、小笠原の声は冷静になっていった。

「まだわからないんですか。これは殺人事件なんです」

30 午後十一時十五分

小久保貴は、やや傾いて空に伸びる太い松の幹の陰から、六人組の行動を観察していた。

もしこれが一人だったら、とてもではないが、夜中近い時刻にこんな場所になど、怖くて来られるはずもない。だが今は、すぐ近くにシンがいてくれるので心強い。いや、怖いものなどない。それに、先に行く六人の中には遥がいる。おじけづいている場合ではない。何かあったら、守ってやらないと。遥はただ、巻き込まれているだけなのだ。たぶん。

六人組が、崖のところで立ち止まって、何か話し合っている。彼らがいるのは、海岸へと繋がる狭い石段の下り口だ。下りる順番でも決めているのだろう。

あそこは立ち入りが禁止されているはずだ。だが、そもそもこんな時刻に外出するのだから、いまさらルールなど関係ない。

六人の顔ぶれも、ここへ来るまでにだいたいわかっていた。

まず、先頭を歩くのは康介、続いて準と真紀也だ。特に康介と準はいまだにかなり興奮気味で——いや、もしかすると『クリニック』で一度おさまったのに、夜になってまた興奮したのかもしれない。

この二人のすぐ後ろにいるのが、古川大樹だ。昼間『タウン』で威張っていたときにくらべて、なんとなく元気がないように感じる。康介に殴られたからだろうか。

大樹の後ろにいるのが、五年生の内田文花、そして最後尾が遥だ。文花までいるのには驚いたが、無理矢理連れてこられたのでもなさそうだ。文花も興奮気味で、ときどき康介たちと一緒になって歌っている。

あれが、康介たちが言う『覚醒』なのだろうか。どうしてあんなふうになるのかとずっと疑問だったが、きょう、その答えがわかったような気がする。

『タウン』の駐車場の隅に隠れているとき、康介がタブレットのようなものを飲むのを見た。あれは薬ではなかったのか。薬だとすると、思い当たることがある。

それに、貴が気づかなかっただけで、これまでにも、こんなことがしょっちゅうあったのかもしれない。貴は一度寝入ってしまうと、多少の物音ぐらいでは目が覚めない。

これが『覚醒』の儀式なのだとしたら、遥はゆうべもこんなことをしていたのか。胸のあたりがじりじりと痛む。遥を心配する思いと、自分より康介たちと行動を共にしていることへの嫉妬で。

「シンさんは、どうしてこのことがわかったの」

松の木から顔をのぞかせて、声をひそめて訊いた。

「具体的には知らない。ただ、これを見つけた」

シンが尻のポケットから、パスケースのようなものを取り出した。開いて中を見せる。

「何、それ」

「警官の身分証らしいな」

「警官の？　どこで？」

「前に、おまえの仲間がバスケをやっているときに、一人のポケットから落ちた。あの行列で一番先頭を歩いているやつだ」

「康介が？」

「気づかずにそのまま行っちまったから、おれが拾って『菜園』の隅に埋めておいた。部屋に置いておくと、留守の間に『検査』があるからな」

『検査』というのは、学校へ行ったり、課題の作業をしたりして、当人が部屋を留守にしているあいだに、抜き打ちで持ち物チェックをされることだ。

「それっていつのこと？」

「一か月ぐらい前だ。たしか、夏祭りのすぐあとだったな」

「本物かな」

「そう思う」

制服を着た、あまり特徴のない男の写真が貼ってあって《北森益晴》と書いてある。

「このお巡りさん、どうしたんだろう」

「さあな。ただ、夏祭りのころ、駐在さんが一人行方不明になったとかいう話は聞いた」

「まさか」

六人組のもめる声が、夜風に乗って聞こえてくる。

「ねえ、やっぱりもう帰ろうよ。文花ちゃん、帰ろう」

遥の声だ。

「やだ。なんか、楽しい」これは文花の声。

「だったらよけい、早くやろうぜ」これは康介だ。

「おい。ほんとにうてんのかよ」

古川大樹が誰かに訊いた。

「さっき、ちゃんと確認した。ゴハツ入ってる」

答えた声は、康介のものだ。

「ロッパツ入りじゃないの？」

そう質問したのは真紀也だ。準が得意げに答える。

「知らないのか。ボウハツしないように、警官が持ってるリボルバー式の拳銃は、最初からイッパツ抜いてあるんだ」

これで間違いなさそうだ。「うてんのか」は「撃てんのか」であり、「ボウハツ」は「暴発」のことだ。ゴとかロクとかは、弾《たま》の数のことだろう。

まさか、本物の拳銃を、それも警官の拳銃を手にいれたのか。この北森という警察官の持ち物だろうか。

「ねえ、拳銃がどうとか言ってるよ」

小声でシンに話しかけた。

「そうみたいだな」シンも低く抑えた声だ。

「本物だと思う？」

「可能性はある」

「どうしよう」自分でも声が震えていることに驚いた。

「止めるしかないだろう」

シンがそう答えたとき、六人は一人ずつ、石段を下り始めた。

31　午後十一時二十分

「そんなものは引っ込めてくれ。血を見るのが苦手なんだ」

尻もちをついた恰好のままの男が言った。

カイトが、目の前にカッターの刃を突きつけても、言葉とは裏腹にあまり動揺したようすはない。玲一は、この男に興味を抱いた。口先では強がっても、内心でびくついている人間はずいぶん見てきたが、その逆は珍しい。この男の目におびえは感じられない。

「血を見るのが怖いんじゃ、レイちゃんと同じだ」

カイトは笑いながら、カッターの刃を引っ込めた。

「カイトにレイちゃんか」

男は納得したようにうなずいている。

「そういうあんたは誰だ」玲一が質す。

「答える前に、立ってもいいか？」

玲一がうなずくと、男は両手で服の泥をはたき落としながら立ち上がった。

「ただの通りすがりだ。夜の松林を散歩していた」

男が言い終える前にカイトがまたカッターを振り回しそうな雰囲気だったので、手で制した。男がわずかに視線を動かしてそれを見ていた。玲一に向かって小さくうなずいたのは、礼のつもりかもしれない。

「言っとくが、こいつは冗談が通じない」

玲一が頭をカイトのほうに傾けると、カイトが不満げな声を漏らした。

「あれれ。レイちゃんにそれを言われるとは心外だな」

カイトの軽口は無視して、再度男に質問する。

「もう一度訊く。あんた、何者で、ここで何してる」

玲一とほとんど身長が同じ中年の男は、一瞬だけ逡巡したようだが、小さくうなずいて苦笑した。

「きみら、そこの〝施設〟の住人だね」

「だったら?」玲一より先にカイトが訊き返す。

「さっき、きみらのお仲間がその先の石段から、海岸に下りていったぞ。六人組と二人組、合わせて八人も」

「だからなんだ」

「心配するのは当然だろう。こんな夜更けに、子どもだけで運動会でも始めるんじゃないかって」

「わかった」と玲一はうなずいた。「あとは、おれたちが見に行く。あんたは消えろ」

目つきや雰囲気でわかる。


「そうもいかなくてね」

不敵な笑みを浮かべている。馬鹿なのか、腹が据わっているのか。

睨みつけていると、ふと、この顔をどこかで見たような気がしてきた。どこだったろう。警察に拘留されていたときかもしれない。いずれにしても、そっちの関係だろう。目つきや雰囲気でわかる。

玲一が目で合図すると、カイトがカッターの刃を出しながら素早く手を振り上げた。打ち合わせはしていないが、ぎりぎりこの男の鼻先の空気だけを切り裂くはずだ。脅しだ。

ところが、カイトが振った腕は、鼻先どころか胸の高さまでも上げられなかった。男がカイトの動きよりもさらに素早く腕をつかんだからだ。男はそのままカイトの腕をひねり上げた。

「あ痛てて」

カイトが情けない声をあげて、膝をついた。いや、そう見せかけて、左手でもう一本のカッターを取り出し、無駄のない動きで横に薙《な》ぎ払《はら》おうとした。しかし、やはりそれより先に、男の靴に手首のあたりを蹴り上げられていた。

月の光を浴びたカッターが弧を描いて、松の根もとに落ちた。

「火遊びはやめとけ。いずれ、大やけどする」

あまり興奮したようすもなく、男が言う。

「わかったから、手首を放してくれよ。手が使えなくなっちゃうよ」

両膝をついたまま、カイトが情けない声を出した。カイトは見栄を張らないし、強がりもしない。すぐに弱音を吐く。

「こんなことをしているうちに、手遅れになるかもしれないぞ」

男はそう言い、カイトの手を放した。

「ああ、痛かった。なんだよ。本気になるなよ。レイちゃんに言われて、カッターの刃、つぶしてあるのにさ」

手首をさすりながら、カイトが立ち上がった。

「だけど、おじさん強いね。レイちゃん、ちょっと気をつけたほうがいいよ。油断すると不覚をとるかも」

「わかった」

「それはそれとして、行かせてくれないか」男が割り込んだ。

「どうして、あいつらのことがそんなに気になる？」

玲一の問いに、まっすぐ目を見返してきた。理由もなく心が騒ぐ。少なくとも、悪人には見えない。

「犠牲者だからかもしれないからだ」

「犠牲者？」

「詳しく話している暇はない。もし、おれが信用できないなら、おれが先に下りる。きみらは、見張りながらそのあとからついてくればいいだろう」

玲一はカイトの目を見た。肯定している。

「わかった。あんたが先に行け。おれたちがついていく」

男はうなずいて、石段の下り口まで素早く進んだ。チェーンをまたぎ、最初の一歩を踏み出しかけたところで、動きをとめた。

「どうかしたか」

「いや。──なんでもない」

なんでもないと言ったわりに、なかなか動こうとしない。

「何か企んでるのか」

「いや、そんなことじゃない──」

深呼吸しているように見えた。まさかと思うが、高いところが苦手なのか。

たしかめようと、男の目を見た。月明かりに男の目が光っている。やはり、どこかで見たことのある目だ。ずっと昔のような気もするし、ごく最近のような気もする。すぐには思い出せない。

「じゃあ、行こうか」

男がそっと最初の一歩を踏み出した。

32　午後十一時二十五分

六人組は、波打ち際を歩いていく。

貴とシンは、そのあとを充分な距離を保ってついてゆく。無言だ。

浜辺に街灯などはなく、月が照らす明かりのみだ。彼らが振り返ったとしても、とっさに砂浜に伏せれば、見つかることもないだろう。

もう少し進むと、海に小さく突き出した岬のような岩場があって、行く手をふさいでいる。そして、その岩場のつけ根あたりには、小さな洞窟がある。

自然にできたものらしいが、高さも幅も二メートルあるかないか、奥行きは五メートルほどだ。ようするに細長い物置ほどの空間だ。

貴は、なんとなく彼らはその洞窟を目指しているような気がした。

ときどき歌声を発したり、流木を海に放り投げたりしながら進んだ六人は、やはりその洞窟の前で立ち止まった。

「何をする気だろう」

「さあな」

シンと二人、申し合わせたように、砂に膝をついた。彼らに気づかれないよう、低い姿勢で進むためだ。

まずシンが、次に貴が続く。腰をまげ、素早く数メートル進んでは、しゃがんでようすを見る、そんなことを繰り返し、なんとか会話が聞こえる程度の距離まで、近寄ることができた。

「……なんだよ。先に……せろよ」

「……って、これは……『アル＝ゴル神』の」

「……わざ呼んでおいて、どういう……」

「……やまってくれないか……まで、ずいぶんいじめ……」

風が、こちらから向こうに向かって吹いているせいだろう。半分ほどしか聞き取れない。どうやら、康介が手にしている小さな黒いものを渡す渡さないで、大樹ともめているようだ。あれが拳銃なのかもしれない。

「よく聞こえないね。でも、『アル＝ゴル神』とか言ってる」

シンが小さくうなずき返す。

「ねえ、もう少し……」

貴の言葉をシンが遮った。

「あそこが見えるか」指を差した。「あの、砂が盛り上がってるところ？」

満潮時に波が寄せるのか、風の吹き溜まりなのかわからないが、小高く盛り上がった砂の丘があった。

「あそこからならよく見えるし、よく聞こえそうだ」

たしかに、今いるこの場所よりはかなり近くなるし、上から見下ろす形になるから、彼らからも見つかりづらくなるだろう。しかし、そこへ行くまでの途中に遮蔽物がない。ちらりとでもこちらを見られたらおしまいだ。

「見つからないかな」

「這っていく」

「這って？　けっこうあるよ」

「貴はここで待っていろ」

そう言い捨てて、シンは先に行ってしまった。さすがに腹這いではなかったが、両手と両膝をついて、トカゲのように——大きさは恐竜のようだが——身をかがめて前進している。

迷っている暇はない。シンをまねて膝をついて進んだ。

なんとか六人組に気づかれずに、砂の丘の上に這い上がった。

人影は洞窟の外に二人、雰囲気からすると、たぶん遥と文花だ。残りは中にいるようだ。目をこらすと、大樹と男子三人が中に入ったらしい——。

タン、という音が響き、洞窟の中から閃光《せんこう》が漏れた。以前、何度か爆竹を鳴らすのを聞いたことがあるが、その音に似ていると思った。

「撃ったのかな」

「そうかも知れない」

洞窟の中で、短く叫ぶような声がしてすぐに、ばらばらと全員が出てきた。

「やっぱり、ピストルだね」

「ああ」

しかし、今の音が銃声だとしても、誰かが撃たれたのではなさそうだ。六個の人影は全員立っている。

彼らは、拳銃らしきものをのぞき込みながら、興奮した声で何か言い合いをしている。

「まだ合図前だった」とか「こっちに向けた」と聞こえる。

「やっぱりあいつら、ピストルの試し撃ちにきたんだよ。でも、どこで手に入れたんだろう。さっきの北森とかいうお巡りさんのかな」

しかし、そうだとすれば、一か月も撃たずにいたのはどうしてか。

シンは答えない。貴も、あまりにいろいろなことがありすぎて、頭が混乱している。ひとつ確かなことは、彼らはとても危ないことをしているという事実だ。

「どうしようか」

「取り上げる」

「どうやって？」

「おれが行く。おまえはここにいろ」

「あぶないよ」

いくらシンの肉体が強靱《きょうじん》だからといって、さすがに拳銃が相手ではかなうはずがない。

「このまま持たせておくほうがあぶない」

「じゃあ、ぼくも行く」

「だめだ」

うむを言わせない口調で言い、シンがうなずいて立ち上がりかけたそのときだ。

「待って。誰か、走って行く人がいる」

33　午後十一時三十分

樋口透吾は、一歩ずつ石段を踏みしめながら、この先の行動をどうとるべきか、計算していた。

後ろからついてくる青年二人、お互いに呼び合っている名からすると、レイとカイトというらしい。それが名前の一部なのか、あるいはただのニックネームなのかまではわからない。

透吾のことを、完全に信頼してくれたとは思えないが、当面の目的が同じだという認識はできたようだ。つまり、子どもたちの夜の危険な散歩を終わらせることだ。

透吾のほうでも、彼らに心を許したわけではないが、少なくとも悪党ではないと見た。カイトと言う青年は内に若干の狂気を秘めている気もするが、理はわきまえているようだ。

それに、レイという青年――。

この感覚はなんだろう。こんな場所でないところで話してみたかったという気分がずっと続いている。以前に会ったような気もする。記憶をたどるが、どうしても思い出せない。

まあいい、と気持ちを切り替えた。必要があれば、一件が終わったあとで調査すればいい。ネットワークを使って、カラス上司にでも調べてもらうか。

崖の石段を下りながら、彼らに見つかってよかったかも知れないという思いが湧いてきた。

なぜなら、後ろから誰かがついてこなかったら、途中で断念――いや、そもそもこんなところを下りる気になれたかどうか、自信がないからだ。横幅はせいぜいが五、六十センチ、自然の段差を利用し、人の手も加えてとりあえずの階段状にはしてあるが、面はたいらではないし、高さも一定していない。もろくなっている部分もあって、岩肌に手をつかなければ、とてもではないが一歩も踏み出すことはできない。

視線を持ちあげれば、月光に照らされた海面がきらきらと果てしなく続き、白い波が砂浜に打ちつけている。そこだけを切り取れば眺めのよい景色だが、最悪なのはすべてが自分の足よりはるか下にあることだ。

ふわっとした風が吹き上げただけで声が漏れそうになるが、奥歯を嚙みしめてどうにかこらえた。

「おっさん、もう少し早く下りないと、夜が明けるよ」

カイトと呼ばれるカッター男が、ひやかすように声をかけてきた。

無視したといえば聞こえはいいが、言い返すことができなかった。代わりにレイという青年が応じた。

「あわてなくていい。落ちても、ここじゃ救急車も入ってこられない」

「またまた、そんなこと言って。ほんとは、レイちゃんも高所恐怖症なの、知ってるぜ」

「うるさい。だまって下りろ」

こんな状況でなかったら、ほほえましい会話だが、先頭を下りていく透吾にしてみれば、笑う余裕はなかった。

永遠にも思える時間をかけてようやく砂浜に両足をつけたときは、全身にぐっしょりと汗をかいていた。ハンカチで拭って、腰につけていた双眼鏡を取り出した。

夜間専用ではないが、手持ちサイズのわりに有効径が大きいため、そこそこは使える。

「全部で六人だ」裸眼のカイトが先に言った。「小さな岬みたいなところで止まってる。先へ行けないのかな」

「たしかに六人だ。海に突き出た岩場のところにかたまっている。何か言い合いをしているようだ。一人が手に持っている何かを取り合っているようにも見える」

「あとの二人は？」レイがどちらにともなく聞いた。

「あそこにいるよ」カイトが指差す。「シンちゃんと『にじ』のガキんちょの二人組。洞窟の手前、約二十メートルの砂の上だ。ようすを見ているようだね。——あ、移動しはじめた」

「貸してくれ」

いいとも言わないうちに、レイが透吾の双眼鏡を奪い取るようにして目に当てた。

「なあカイト、あそこにはたしか、小さな洞窟があったよな」

「ああ、岩場のとこね。あるある。あそこさ、中に入ると、うじゃうじゃ蟹《かに》とかフナムシがいるんだよ。鳥肌立つよね。ぞわぞわって」

「虫の話はやめてくれ」

双眼鏡を目にあてたレイが、カイトのおしゃべりを止めてくれた。透吾も大の虫嫌いだ。

「——あいつら、洞窟の中に入っていった」

「肝試しかな」

「おれたちも、もう少し近づいてみよう」

レイが透吾のほうを見たので、うなずきかえした。

腰を低くして、ほぼ横並びになって進む。途中、レイから返してもらった双眼鏡で視認した。洞窟の入り口付近に二名だけ残ったようだが、見張りという雰囲気でもなく、何か話し込んでいる。

もう一度双眼鏡を目にあてようとしたとき、洞窟の中で、タン、という音がした。

「あれは」カイトが首を上げる。

「拳銃の音だ」透吾が答えた。

島崎のことが頭をよぎった。さすがに奪われた拳銃が発砲されたとなると、ますます尻拭いが難しくなる。

音がしてすぐ、中にいた四名が飛び出してきた。ほとんどが耳を押さえ、口ぐちに何か言っている。驚いているようだ。風向きのせいで聞こえる声は切れ切れだが、「すげえ音だ」「びっくりした」というような会話らしい。「こっちに向けた」と言ったようにも聞こえた。

「やっぱり。取り上げたほうがいいよね」

「そうだな」

レイとカイトの会話をよそに、透吾は砂を蹴った。一刻の猶予もならない。生まれてはじめて拳銃を撃つ小学生が、狙った的に当てられるとは思えないが、逆にいえばどこへ飛んでいくかわからない。取り返しのつかない事故になる可能性がある。

「あっ、おっさん」というカイトの声が聞こえたが、すぐに追ってくる気配はない。そのほうがいいと思った。いくら子どもとはいえ、拳銃を持っている相手に、そうそう気軽には立ち向かえない。自分の面倒だけでせいいっぱいだ。

岩場に近づくにつれ、風向きが変わった。正面から吹いてくる。これなら、多少の物音や息遣いを気づかれる心配はないだろう。

双眼鏡がなくても顔の判別ができるほどに近づいたあたりで、腹這いになった。わずかな砂の盛り上がりに身を隠すようにして進む。このまま、五メートル、いや三メートルまで近づいたら、一気に飛びかかろうと考えていた。

「こんどはおれに撃たせろよ」

「先に、おれだよ。みつけたのはおれなのに、ジュンが先に撃っちゃったんだから」

「てめえら、さっきから調子に乗ってんな。あんまり舐めると……」

一人だけ年上らしい少年がすごんでいるが、ほかの子どもたちは相手にせず、拳銃の奪い合いをしている。

「だから、おれに貸せって」

「コウスケは危ないだろ。きょうはかなり『カクセイ』してるぞ」

透吾は、彼らの意識がこちらに向かないことを願いながら、さらに進んだ。

「だいじょうぶだって。いつもより、一個しか多く飲んでないし」

「全部で何錠だよ」

「三」

「ばか、やばくないか」

「やばいかも」

「なんの話だ」

「ねえ、そんなことより、危ないから、試し撃ちなんてもうやめようよ」

「そうだよ。そろそろ帰ろうぜ。そんなの海に捨てちゃえよ」

「あー。アルゴルシンが下りてきた」

興奮した声が叫んだ。

「うるせえ、貸せ」

年上の少年が無理に奪い取ろうとしたときだ。

タン――。

「アルゴルシンが下りてきた」と叫んだ児童が、奪おうとした少年に向けて発砲した。どこかに当たったらしい。撃たれた少年は一メートルほども後ろにふっとんで、そのまま仰向けに倒れた。

「ひゃっほーっ。やった、ざまみろ」

撃ったのとは別の児童がはやしたてる。

気づいたら飛び出していた。

「やめろっ」

すぐ後ろまで迫っていたらしい、レイの声が聞こえた。正直なところ、飛びかかるには
まだ距離があったが、細かい作戦などなかった。

ありったけの力で砂を蹴るが、思うように走れない。

「あっ、誰かくる」少年の一人が叫ぶ。

「こんどはおれっ」

別な一人が拳銃を奪いとった。こちらに銃口を向ける。残りはあと三発。

タン――。

放たれた弾は、やはり逸れたが、それでも風を切る音が聞こえる程度には近かった。

あと二発。

「あっちからも誰かくるぞっ」

また別の声が叫ぶ。見れば、先行の二人組のうちのでかい一人が、やはり走っている。

タン――。

こんどはそちらに向けて火を噴いた。

彼には当たらなかったようだ。よそみをしたせいで、流木に足をとられて、よろめいた。砂に手をつき、素早く視線を前方に戻すと、ふたたび拳銃の銃口がこちらを向いた。あと一発。

タン――。

ふともに、衝撃を感じた。撃たれたと気づいてから、痛みが襲ってくるまで、長い時差があったように感じた。

痛みには耐えられそうだったが、足に力が入らず、その場に倒れ込んだ。

「おっさん」と誰かが呼んだ。

ようやく襲ってきた激しい痛みにうめき声をもらしながらも、残弾に警戒していた。いや、もう撃ち尽くしたはずだと思い直した。それにしても、まさか島崎の拳銃で自分が撃たれるとは――。

「おっさん」

見上げると、レイとカイトが立って、こちらを見下ろしている。

だいじょうぶだと答えようとしたとき、夜風に乗ってサイレンが聞こえて来た。

パトカーと救急車のものだ。

誰だか知らないが、ずいぶん、手回しがいいなと思った。

そして、こんな場所まで下りてこなければならない隊員たちに、申し訳なく思った。

後日

1　三日後

　銃弾は左足のももを貫通していた。

　切断された筋肉は、とりあえずは縫合《ほうごう》したと言われた。加えて、自力で歩行できるまでは回復するだろうが、多少の後遺症は残るかもしれないと宣告された。

　情けない思いもしたが、命があっただけましだと自分を納得させた。

　山陰への出張は、当然ながら取り消しになった。この地での任務は、ぎりぎり与えられた期限である二日間で遂行した。しかし、カラス上司は褒めるどころか、ねぎらいの言葉さえくれなかった。いつものことだ。被弾の事態に至ったのは不可抗力に近い。

　手術を終え、一日、二日と過ぎると――傷口はまだ痛んだが――退屈をもてあますようになった。

　騒動のその後については、ときおり連絡のくるカラスからの情報と、使途不明な経費について、ねちねちと嫌みを言うために電話してくるとしか思えない、『組織』の事務方の若い男から聞き出した情報とで、およそのことがわかった。

　まず、あの辺境とも呼べる岩森村で起きていた、黒い駆け引きの構図だ。

　大まかな図式としては、調査の過程で想像したことが、ほぼ当たっていたようだ。

つまり、『星河《シンホー》』にばかり美味しい思いをさせておきたくない、日本の製薬会社複数社と、当初の恩義も忘れて独自に『タウン』跡地の買収を進めようとする『星河』に顔を潰された形の鷺野馨が、手を結んで、彼らを追い出しにかかることになった。

『星河』に対する妨害工作は大きくふたつ。

ひとつは、直接的に土地の売買に横やりを入れることだ。実働部隊として任用されたのが、深見梗平とそのバックアップチームとしての『ヒライ』だ。ただ、深見にとって『ヒライ』は、その場限りの、いってみればヤドカリの貝殻だろう。

深見が本来帰属する組織の実態は、結論をいえば、はっきりとはわからない。ただ、広い意味で透吾たちのお仲間さんといえるかもしれない。似たような生業《なりわい》をしている集団のようだ。ただし、透吾たちが政府筋の仕事を請けるのに対し、あちらさんは大企業をお得意さんにしているようだ。深見に対して最初に抱いた印象の、企業と政治家や高級官僚の間を取り持つ、いわゆる「ブローカー」的役割も含め——。

深見が『くまがい』の店主に金をちらつかせて、逆地上げのようなことをしていたらしいが、本来それはあのベンツに乗っていた『ヒライ』の強面《こわもて》の男たちの仕事だったはずだ。深見にとってそんな行為は、〝施設〟に勤める熊谷有里に近づくための、ひとつの手段だったように思う。

深見の主たる目的は、〝施設〟で行われていることを探り出すために、サンプルを入手することだった。受け取った日本の製薬会社はそれを分析し、違法性を見つけだしてリークする。鷺野がその問題を大きくし、場合によっては現在の〝施設〟そのものの存続を否定し、『星河』にひと泡吹かせる。

　そういうことだ。小さなテナント数軒に居座りを要求したのも、あとで大げさに報じ、「中国の資本が、数年前に『かんぽの宿』を買い叩いたのに続き、商業施設の跡地も買《か》い漁《あさ》ろうとしている」と加えたほうが、世論の通りはいい。

　深見はその過程で、桑野千晶という余禄も手に入れた。もちろん、サンプルを入手する近道でもあったろう。

　『星河』が一人悪者にされそうだが、利権争いに関しては、どいつもこいつも五十歩百歩だと透吾は思っている。

　そもそも『星河』があのような商売を思いついたのは、日本のシステムの脆弱《ぜいじゃく》さというか、甘さを見抜いたからだろう。

　厚生労働省は、完全に行き詰まりを見せている、医療介護制度の打破のため、要保護の児童、要更生の青少年、要介護の老人を一か所に集め、管理の効率化と互助的な機能をもった、壮大なグループホームの設立を目指し、モデルケースを作った。それが『岩森の丘』こと〝施設〟だ。その事実は一部で肯定的に注目されている。

　たしかに、実現し、うまく機能すれば、人手不足の一助にはなるし、都会で敬遠されがちなこういった施設を過疎地に作ることで、税収入や雇用が増える。視察や取材の人間、そして当然ながら家族の見舞いなどの数が増えれば、いくばくかの金も落とされる。その効果は一石二鳥どころではない。企業側への見返りは、あくまで合法的な臨床検査対象の人員確保だけ。

もちろん、当初掲げたその崇高な目的が嘘だったとはいわない。新たな天下り先や利権が目的であったとしても、特別非難するほどのことでもない。

ただ、他省とうまみを分け合わずに、ひとり占めしようとした。それで同じ与党内からすら反感を買うことになった。鷺野が『星河』との蜜月関係を捨て、急に攻撃側にまわったのは、単にプライドや金額だけの問題ではなく、次期総裁をめざす身として、身内からの矢面《やおもて》に立ちたくなかった、ということもあるだろう。さらには、土地ころがしのようなことをして、一部の政治家——この土地には赤石とかいう、先史時代の遺物のようなローカルフィクサーもいる——が金儲けを企んだことも、問題をややこしくした。

『星河』はその隙間を金で埋め、治外法権の大きな檻を作った。それが〝施設〟だ。

それでも、このシステムの主導権が日本企業に移り、成功すれば、当初はスタンドプレイと言われた厚労大臣の株が上がる。そして、厚労大臣を擁する派閥は頭数でいえば、現総裁の派閥をしのぐ。当然ながら、次期総裁選に出る気まんまんだ。現総理総裁と事実上一騎打ちになると見られている。

最近になって、ようやくそれに気づいた現総裁派が、透吾の組織に依頼をかけた。『星河』のやっていることも許せないが、鷺野一人の好きにもさせておけない。ようするに、あの地で起きていることを、すべてご破算《はさん》にするための準備として、透吾は送り込まれたのだ。ぐちゃぐちゃにひっかき回して、一度更地《さらち》に戻すために。

カラスが「二日」などと期限を切ったのは、透吾にあそこまで深入りさせるつもりはなかったからだろう。現地の対立構造を把握した上で、もっと優秀な人材をもっと大量に送りこんでオペレーションを展開するつもりだったらしい。

いい面《ツラ》の皮だ――。

思わず笑ってしまう。そして傷口の痛みに顔をしかめることになる。

2　四日後

桑野千晶は、『ブルー』の一番奥まった席で手紙を読んでいた。

店の中には、いつもどおり古いジャズがかかっている。ただ、千晶は曲もアーティストの名も知らない。

「どうぞ」

伯母が淹れてくれたコーヒーに口をつけた。

「伯母さん、きょうのは一段と美味しい」

「そうかしら。いつもと変わらないんだけど」

変わったことがあるとすれば、千晶の気持ちの整理がついたことだろう。きのう、退職願を出した。上層部はばたばたしていて、慰留どころではなさそうだし、されたところで留まるつもりもない。

深見からワープロ打ちの長い手紙が届いたのは、きょうの午前中のことだ。

そこに書いてあったのは、千晶の気持ちを利用することになったことへの詫びと、あの〝施設〟でなにがおこなわれていたかの概要だ。

まだ捜査の手が入ったばかりだそうだ。もしかすると、千晶も取り調べを受ける可能性があると指摘してある。

千晶は、個人的には、役人たちの利権の奪い合いに興味はない。あの施設のめざしたところが、百パーセント間違っていたとも思えない。しかしある程度の清濁を併せ呑んだとしても、どうしても許せないことがあった。

ほかに行き場のない人間たちを集めて、「嫌だ」と言えないのをよいことに、あるいは適当な嘘をついて、臨床実験の被験者にしていたことだ。合法的であってさえ、人道的にどうかと思うが、その最低限の規則すら守られていなかった。

今わかっているだけでも、たとえば老人はアルツハイマー型の認知症患者ばかりを選別して入居させ、この病気に対する特効薬開発の投薬実験対象としていた。その点だけに関してならば、一部で効果が出始めていたというから、まんざら悪い話ではない。

青年を対象とした投与物は少し複雑な組成らしく、ある種の安定作用を求めていたようだ。それも、即効性があって強力なものだ。なぜそんなものを？　という疑問が湧く。

深見の解説によれば「反体制的な思想を持つ興奮しやすい資質の人間を、従順な性格に変える薬」ではないかという。舌を嚙みそうな説明だ。

《そんなややこしいものを開発して、いったい誰に売ると思われますか》

『みらい』に収容されていた青年たちの前歴には、ひとつの明確な傾向があった。

地元住人や職員たちに対する説明では、窃盗や未成年飲酒などの比較的軽微な犯罪に手を染めたもの、ということになっていたが、実態はかなり違っていたのだ。その経歴一覧は暴行傷害罪の見本リストのようだ。

たとえばカイトは、高校の三年間近く、ずっと彼をいたぶり続けていた同級生の顔を、カッターナイフで切り裂いた。彼の人生の当面の目標にしていた、大学入試の前日だった。

またたとえばシンは、バイト帰りの夜道で絡んできた酔っ払いの若者三人に──そのうちの一人は、どこで拾ったのか金属製のパイプを持っていたにもかかわらず──全治三週間から二か月の重傷を負わせた。

そしてレイイチは、以前入っていた保護施設で、妹のように思っていた少女に集団で暴行を加えた大学生四人を、警察の手が伸びるより先に病院送りにした。四人とも、大学のラグビー部の部員で、平均よりはたくましい体をしていた。その四人全員が複数箇所を骨折し、複数の歯を折られた。賠償の民事裁判を起こされているらしいが、結審までいっていないようだ。彼を応援できるものならしてやりたい気分になっているのが、自分でも不思議だった。

いずれも、経緯には同情すべき点もあるが、通常人に比べて凶暴であることに違いはない。その彼らが短期間で矯正されれば、薬効は証明されたことになる。

しかし、と思わざるを得ない。

「この薬を飲んでいるおかげで、最近、暴力をふるう回数が減りました」

そんなテレビCMを流し、ドラッグストアで売るような薬とは思えない。いったいどういうルートで、誰に売るのか。その疑問にも、深見の手紙は淀みなく答えている。

《想定売却先は、専制国家やいわゆる紛争地帯を制圧する組織でしょう。たとえば、政治的思想犯を、教育や懲役で改心させるのは、時間も手間もかかる。あるいは不可能だ。ところが、食事と一緒に錠剤を飲ませるだけで模範囚になるなら、お安いものです。クーデターを恐れる独裁者、あるいは、大量の難民をかかえている組織かもしれない。考えてもみてください。巨額の金をかけて収容施設を増設し、暴動を恐れて警官や軍隊を配備し、あげくにただ飯を食わせているより、農場や工場で従順に働いてもらうほうがどれだけ生さらには、東南アジアや中東、アフリカなどでは、政府組織だけでなく、NGOや国連関連の団体も興味を示していたという噂もあるそうだ。この世界には、選挙の投票に行かせないために利き腕を切り落とすという、蛮行がまかりとおっている地域もあるのだ。

この薬の効果をたしかめるため、集められたのがレイイチやカイトたちだった。

しかし、幸か不幸か、この薬はまだ成果が出ていなかったらしい。同時に副作用もあまりなかったようだ。

もっとも被害をこうむったのは、一番弱い小学生たちだった。

その点にも詳しく触れた上で、深見の手紙はこう結ばれている。

《ここに書かれた内容を、たとえば週刊誌などに漏らすことも、千晶さんの自由です。協力いただいたお礼と、利用する形になったお詫びに、百パーセントあなたの判断にゆだねます》

3　五日後

「失礼いたします」

かしこまった顔で、透吾のいる病室に入ってきたのは、島崎巡査部長だった。手には大きな果物の詰め合わせの籠を持ち、妻と娘を連れている。妻の理沙が声をかけてきた。

「樋口さん。お加減、いかがですか」

久しぶりに見た、腹にも背中にも、何も隠し持っていない笑顔だった。

「退屈で死にそうです。また、うまい鯖の一夜干しが食べたい」

「いつでもいらしてください」

理沙に礼を言ってから、娘の藍に話しかけた。

「ぶどう、食べるかい」

藍は照れくさそうに微笑みながらうなずいて、母親のスカートで顔を隠した。

「手間をかけさせて申し訳ないが、ぶどうを洗ってもらえませんか」

「はい」

理沙がそこにあった皿にぶどうを載せ、それをじっと見ている藍を連れて出ていった。

島崎の顔を見た。

「残れそうだな」

カラスにかけあって、裏から可能な限り手をまわしてもらった。その結果「六か月間二十パーセントの減給処分」で済むことになった。あの大樹とかいう悪童が命をとりとめたのは、社会にとってはどうかわからないが、島崎にとっては幸運だった。

「正直、驚きました。仮にも拳銃を奪われ、発砲の事態を招き、それによって負傷者二名という結果を招いたにもかかわらず、免職にならない。——いったいどんな魔法を使われたのでしょうか」

「前も言ったとおもうが、おれの上司はカラスみたいに抜け目のない男でな。さらにその上司は、おれは会ったこともないがおそらく天狗《てんぐ》みたいなものじゃないか。多少の妖術ぐらいは使うさ」

島崎は、相変わらずですね、と笑った。

「おかげさまで、退職金はもらえそうです」笑みが寂しげに変わる。

「ということは、結局辞めるのか?」

「はい。——いくつか理由はありますが、やはり自分には警察組織が向いていないような気がします」

「そうか」

あれこれ訊いてもしかたがない。島崎の顔に、未練の色はなかった。心は決まっているのだろう。

島崎が丸椅子に腰を下ろし、ひとつ深呼吸した。

「実は、女房の親戚筋が、北海道で中国やロシア相手の魚介類輸入商社をやってるんです。社長は義父の兄なんですが。とにかく、この中露の東岸部にある商社っていうのが、半分マフィアみたいなやつらしくて、ひと筋縄じゃいかないようなんです。荷物にしっかり張り付いていないと、途中のどこかで荷が消えてしまうこともあるらしくて。だから、渉外担当の責任者になってくれないかと頼まれて、心機一転――」

「いろいろな意味で楽しそうだが、生真面目だけが取り柄の巡査部長殿に務まるのか」

「今回の一件で、だいぶ修羅場をくぐらせていただきましたから」

「決めたことなら、とやかく言うつもりはない。がんばってくれ」

「ありがとうございます」

理沙と藍が戻ってきた。籠に残った別のぶどうの房を、藍がじっと見ている。

「これも彼女にあげてください」

理沙が恐縮しながらも礼を言って、藍の手に持たせた。藍は、じっと透吾の目を見ながら、ありがとう、と言った。

「ぶどう、好きか」

こんどはすぐにうなずいた。

「そうか。お父さんとお母さんも好きか」

またうなずいて、理沙と島崎を交互に見た。

「元気でな」

藍はぶどうを入れてもらったレジ袋を手にさげて、挨拶した。

「ばいばい」

「ばいばい」

疲れたふうを装って、シーツで顔を押さえた。こっそりと目の周囲を拭う。どこにこんな感情が残っていたのか、自分でも不思議だった。

ひととおり報告して気が済んだようで、島崎はこれ以上長居をすると愚痴になりますからと笑い、退出しかけたところで「ああそういえば」と振り返った。

「好き放題やっていた、前村長の赤石隆一郎ですが」

「ああ、幸い、会わずに済んだが」

「脳溢血で倒れたそうです。なんでも、ゴルフ場のキャディとホテルにいるときだそうで、一命はとりとめたものの、後遺症は残りそうだとか」

そうか、とうなずく。興味はない。

「それから、息子さんに再会できることを願っています」

「ありがとう」

島崎巡査部長は、靴の踵《かかと》を派手に鳴らし、精一杯気取った敬礼を残して、病室を出て行った。

4 七日後

小笠原泰明が会議室に入っていくと、そこにいた数人がこちらを見た。峰センター長、病院長と事務長、『にじ』の及川施設長、それに二木だ。

小笠原泰明は自分が連れてきた人物を、室内のメンバーに紹介した。

「こちらは、元警察庁長官官房参事官の水谷《みずたに》さんです」

「水谷と申します」

誰に向けてともなく、頭を下げた。ほとんどのメンバーは、初めて耳にする肩書だろう。ぽかんとしている。

「わたしがお願いして、オブザーバーとしてご出席いただきました」

泰明が補足した。

「あくまで私人としてですから、意見でも求められなければ、よけいな口出しはしませ
ん」

水谷がにこやかに言って、皆を見回した。本当はこの男、こちらから呼んだのではない。非公式に首相官邸の職員から申し入れがあり、臨席することになった。おそらく、樋口が所属するあの『I』とか呼ばれる組織の幹部であり、今回の始末の行方を見届けに来たの

だ。

この『岩森の丘』を丸ごと潰すか、背景の資本を変えて存続させるか——。

その事情を聞かされていない二木が、きつい目で泰明を睨む。

「いくら元警察庁幹部の方でも、部外者を呼ぶのはどうかと思いますが」

「ええ。わたしが了解しました」

峰センター長が、あまり張りのない声で答えた。

「しかし、センター長」

「ええ、この〝施設〟は、ほどなく当局の取り調べを受けます。その前に、覚悟するべきところは覚悟しておいたほうがいい。むしろ事前の相談役です」

「しかし、だったら、せめてわたしにぐらいは……」

まだ引っ込みがつかない二木を遮って、峰が宣言した。

「ええ。そんなことより、はじめませんか」

「では、今回の臨時会議開催の動議を出しましたわたしから、説明させていただきます」

泰明の発言に、二木が抵抗を試みた。

「動議なんて聞いてない」

「ええ。事前に言えば、あなたは理屈をつけて欠席しますからな」

峰の正直な発言に、失笑が漏れた。

泰明が声を張り上げる。

「このメンバーですから、一から説明はしませんが、ご承知のように、当〝施設〟の存在目的は、『行き場のない人間を引き取る代わりに、新薬の臨床実験の被験者になることに同意する』という図式でした」

二木以外のメンバーがうなずく。

「では、具体的に、どんな薬を投与していたのか。老人の被験者にはアルツハイマーの試薬、これは明々白々ですね。世間的に〝施設〟を紹介するときも、この点をことさら強調していました。

つぎに、地元民には軽微な犯罪と嘘をついて集めた、実は傷害や殺人未遂——最近判明したのですが、中には少年時代に殺人を犯したものもいた——に手を染めた青年たちには何を与えていたか。安定剤という建前だったようですが、じつはその逆も試していた可能性があります」

「ええ。逆といいますと」峰が質問した。

「むしろ、凶暴性を発揮する薬です。これは何を意味するか。『コントロール』です。必要に応じて、従順にさせたり、凶暴にさせたり、それをコントロールする」

「怖すぎる」と声をもらしたのは及川だ。

「怖いです。さて、では、病気でもない、犯罪に手をそめてもいない、いやむしろ、そういった家庭環境の犠牲者である小中学生には何を処方していたのか」

泰明はここで一度言葉を切った。

『星河』も、さすがに幼い子ども相手に、いきなり「薬品」や「医薬品」扱いになるような薬剤を投与するつもりはなかったようだ。

「わたしども職員に対して、幹部――具体的には『星河』の社員と二木さんでしたが――の行った説明では、『成長ホルモンの分泌をゆるやかに助ける、栄養剤の一種』ということでした」

二木が我慢できずに割り込んだ。

「それのどこが問題だ。収容された要保護児童をあんたらも見ただろう。みすぼらしい恰好をして、劣悪な生活環境にいた者も少なくなく、発育不良であったり、反対に不健康なほどの肥満体質であったりした。うちが見捨てたら生きていけるかどうかもわからないようなガキどもに、寝る場所を与え、飯を食わせ、学校に行かせてやったんだ。栄養剤のモニターになるぐらいなんだ」

「たしかに、その建前どおりなら、称賛されるべき点もあったと思います。しかし、事実は違っていた。――彼らに配られた栄養剤は錠剤でした。毎日の夕食後に、水か白湯《さゆ》で一錠飲む。それだけです。ところがこの中に、入っていてはいけない成分が混じっていました。これと同一のものを入手した人物が、すでに専門機関で成分の分析を済ませたという確かな情報があります」

辞める桑野千晶から教わった話だが、彼女の名は出さない。

「――その結果、驚くべきことが判明しました。ごく普通の『栄養剤』であるはずの錠剤の生産工程で、あろうことか精神賦活《ふかつ》薬の成分が紛れ込んでいたのです」

軽いざわめきが起きる。唸《うな》ったのは病院長だ。どういうことか理解したらしい。

「精神賦活薬というのは、重度の鬱病患者などに処方される薬物で、精神刺激薬などとも呼ばれています。これに近い作用をもたらすものに覚醒剤があり、きわめて取り扱いに慎重を要する劇薬です。そんなものが、一時期とはいえ、子どもに処方されました。これが事実とすれば、〝施設〟における実験投与で、もっとも劇薬の成分を含む組成物を与えられたのが、皮肉なことに小学生たちだったということになります」

「いい加減なことを言うな」二木が割り込む。

泰明がうんざりしながらも反論しようとすると、病院長が先に言った。

「聞きましょうよ。ここの医療に携わっているものとして、知る権利がある」

会釈し、続ける。

「――そんな劇薬が紛れ込んだ理由はわたしにはわかりません。二木さんが本社に問い合わせるほうが早いかもしれません。これはわたしの想像ですが、いくつかの可能性が考えられます。ひとつは、単純にその生成された成分が途中の段階で混じってしまった。つまり、異物混入です。あるいは、科学者でも予期できなかった化学変化により、そういった物質が組成されてしまった。またあるいは——さすがに考えたくありませんが——事故を装って故意に混入した。

とにかく、異変に最初に気づいたのは、当の子どもたちでした。児童によって副作用の症状はまちまちだったようですが、服用後に吐き気やめまいを感じたり、体が震えたりする者が出ました。その一方でただ気持ちよくなって、異様な昂ぶりを見せる児童もいた。服用して早ければ三十分ほどで、まるで躁病《そうびょう》のようにはしゃいだり、あばれたりする。みなさんがたは、この異変にすぐには気づきませんでした。なぜなら、報告する児童がいなかったからです。誰も報告しなかった理由を、わたしは当人たちに聞きました。なかなか話してくれませんでしたが『ここから追い出したりはしないから』と約束すると、ようやく口を開いてくれました。あの台詞をみなさんにお聞かせしたい。

彼らの告白によれば『自分たちは人体実験のためにここに置かれている』という風説が、なかば常識でした。つまり彼らは、だまされたのではなく、覚悟の上で飲んでいたのです。薬が飲めなくなることは、この施設から放逐される、前の環境に戻されてしまう、ということを意味する。それで、どの児童も飲んだふりをして、隠していたのです。

わたしが説明するまでもありませんが、保護されている児童にはさまざまな事情があります。両親を事故で亡くし、単純に引き取ってもらえる親戚がない、というケースもあるし、少なくない割合で、実の親や里親から虐待を受け続けてきた児童たちもいます。その彼らからすれば、みなが協力しあって暮らし、暴力を受けることもなく、温かい食事がとれ、きちんと湯の出る風呂に入れるだけで、まるで天国のような暮らしなのです。

だから、余計なことを言ってもとの家に戻されたくない。そう思うのは当然です。職員の一部は『言うことをきかないと、ここから出すぞ』とことあるごとに脅していたという証言も得ました。

とにかく、このきつい錠剤を飲みたくない児童は、職員には言わず、飲んだふりをしてポケットに隠しました。一方で、これを欲しがる児童もいた。隠しておいて、あとで飲みたい者に渡す。あるいは、何かと交換する。こうして需要と供給のルートができた。それが三週間も解明が遅れた理由です。

積極的に服用したのは、これまで虐待を受け、どちらかといえば内省的で鬱傾向にあった児童に多かったようです。鬱屈した気分が晴れるような気がしたのかもしれません。その効果で活発になり、中には度を超えて攻撃的になるものが出た。

作用がきつい薬物は、えてして依存性、常習性があります。服薬している児童たちはハイになることが癖になった。彼らはこれを『覚醒』と呼んだ。飲みたくない児童から錠剤をもらいうけ、貯めておき、夜も更けて消灯近くになって飲む。すると、しだいに興奮しはじめて、夜中に活動的になる。彼らは夜中に、いってみれば『ドラッグパーティー』を開いていたのです。外出がばれないように、替えの上履きまで盗みだして。〝施設〟側がこの異変に気付いたのは、先ほども述べたように錠剤を配り始めて三週間近くも経ってからでした。ですね？」

泰明の問いかけに、『にじ』の施設長、及川が、ひとつうなずいて発言した。

「でも、中止と回収を命じられた当時は、そんな説明は受けませんでした。たしか『子どもには少し多めのミネラル成分が入っていた』とか、そんな説明でした」

「まあ、そう言うしかないでしょうね。〝施設〟側は、なかったことにしようとしましたが、配布を中止したときには、すでに積極的に服用したい児童のあいだに、相当量のストックが貯まっていました。医師を含めた、ほとんどの職員は、建前上の発表を信じていたようだが、二木副長は真実を知っていたと警察では睨んでいるようですよ」

「ええ。弁解するつもりはないですが、わたしは聞かされていませんでした」

峰が、たんがからんだような声で言い、続けた。

「――しかし、それで免罪になるとも思えませんが」

泰明が引き取り、先を続ける。

「そして、とうとう事件が起きました。かれらの一部は、夜まで待てずに、昼も服用するようになった。さきほども申しましたが、依存性、常習性があります。ハイテンションになると、人は攻撃的になる傾向があります。サッカーや野球で、ひいきのチームが優勝しているのに、なぜか破壊的な暴動が起きるのが良い例です。

彼らはまれに、昼間もパーティーを開いた。その余興として、無抵抗で何が起きているのか理解できない老人を、柵の外に誘いだし、崖の上から突き落としました。いまさら物的な証拠はありませんが、一年ほど前に、最初の老人が亡くなったのが、おそらく犠牲の第一号です。ちなみに、このとき手を下したのは、当時中学生だった中沢という少年です。彼はその後、同級生の頭を石で殴って脳挫傷を起こさせ、奇行をみせたので医療少年院に入っています。子どもたちのあいだでは、彼が抜け出して『アル＝ゴル神』という邪神の僕《しもべ》になったという伝説もあるようですが、調べたところ、まだ入院しています。小学生たちは『アル＝ゴル神』の名を借りて、自分たちの行動を神格化しようとしてたんでしょう」

「つまり、あの夜抜け出した小学生たち自身が『アル＝ゴル神』だったと？」

驚き、目をむいている及川に、泰明は「そのようです」とうなずいた。

「とにかく、あまりに簡単に人が死んだので驚き、感動もしました。虐待されていた彼らが、これほど簡単に加害者になることができたからです。薬の作用と相まって、全能感があったのかもしれません。いじめっ子との噂があった中学生も一名、いまだに行方がわかっていません。そしてひと月ほど前、夜中の「課外活動」の最中に、駐在所に忍び込んで拳銃を盗もう、と言い出したものがいました。

　夏祭りの夜でした。自転車を飛ばし、青水の駐在所の近くまでいってようすをうかがっているとき、物音を立ててしまい、まだ起きていた北森駐在に気づかれました。見つかって、駐在所の中に連れこまれ、事情を聴かれそうになった。

『しまった。ばれたら施設を追い出される』

　彼らの頭に、まずはそれが浮かんだ。追い出されたくない。その一心で、見逃してほしいと懇願しました。しかし、双方にとって運の悪いことに、北森駐在は、この少し前から〝施設〟の運営に疑念を抱いていたのです。みなさんにはあまり縁のない組織ですが、北森氏は『公安』と呼ばれる組織に属していた可能性があります。もっとも、水谷さんはよくご存じだと思いますが――笑っているだけで、否定も肯定もされませんね。とにかく、中国企業の怪しげな噂を聞いて、探れば何か出てくると嗅ぎつけたのかもしれません。去年の老人の事故死なども念頭にあったでしょう。これは内部に入り込むよい機会だと思い、施設に連絡を入れようとした。

『ばれたら追い出される』

　もともと興奮状態にあった彼らはパニックになりました。一人が後ろにまわって、その場にあった――北森駐在が、暇な夜に素振りをしていたらしい――バットで後頭部を殴りました。あとでわかったことですが、拳銃は保管庫に入っていました。そう簡単には盗めないようになっていたのです。しかしそれ以前の問題として、彼らはまだ『覚醒』の体験が浅く、いってみれば殺人という行為にそれほど慣れていなかった。だから、薬を飲んでいても、さすがに制服警官を昏倒《こんとう》させたことに動揺し、身分証と警棒だけ奪い、証拠隠滅のために、北森駐在を裏の崖から海へ突き落としました。深い計算などなかったはずですが、潮流をしらべると、ベストな選択ともいえます。結果が証明しているように、死体は沖のほうへ流され、二度と戻ってきませんでした。ちなみに、これはわたしの想像ではありません。この場だから名を出しますが、北森駐在を海に投げ捨てたときのリーダー格は、鶴田康介という六年生です。本人が自供しています」

これが、児童たちが語った事実に、泰明が各方面から入手した情報を織り交ぜた筋だ。

それ以外の事件に関する証言や証拠はさらに少ないようだ。だが、それなりの筋を立てることはできる。

たとえば、殺された戸井田守は、幼女趣味で、しばしば『にじ』の女児にちょっかいを出していたらしい。無抵抗な老人を突き落とすのでは物足りなくなった児童たちは、何度目かの「課外活動」の対象に戸井田守を選んだ。『アル゠ゴル神』の名のもとに。

おそらくは彼の好みの女児を餌に夜中に呼び出し、自発的に『タウン』まで移動させ、まずは殴るなどして気絶させ、網でがんじがらめにした。

その後は、警察の検視や解剖などでわかったような手順で死に至らしめた。

実行者が小学生だったために、『アル゠ゴル神』の『断罪』にはムラがあった。たとえば、四月から行方不明の中学生は、北森と同じ運命を辿ったらしい。あるいは夜中にいじめっ子の同級生の家に放火はしたが、一方で小学校の体育教師にはついに手をだせなかった。

島崎という警官が空き家で襲われた一件については、半分ほどは偶然ではなかったかと思っている。

例の空き家は、以前から彼らの隠れ家だった。これも子どもたちが証言している。空き家に興味を抱き、中に入ってみようとするものなど、ホームレスか子どもぐらいしかいないだろう。事実上ホームレスの存在しない岩森村では、子どもの秘密の城だった。といっても、地元の子は、ときに異様な雰囲気の『アル゠ゴル』集団を恐れて、近づかなかった可能性はある。

彼らは、前夜戸井田守を血祭りにあげた際に返り血を浴びた服などを、大胆にもこの空き家に隠しておいた。

あれはまだ昼間だったが、学校をさぼり、中学生に連れまわされ、あげくに『覚醒』していた。

興奮を冷ますつもりだったのか、隠れ家に潜んでいると、ミニパトが来るのが見えた。誰か一人が、小石をいくつか投げつけた。それが見事に命中し、警官がやってくるのを見て、あわてて身を隠した。島崎という警官がのこのこ顔を出したところを、隠しておいた北森から奪った警棒で殴りつけた。

　そうして、気絶した島崎から拳銃その他を奪った。

　この二日前にも、彼らは林田という老人を散歩に誘い出し、崖から突き落としている。すでに「人を殺す」ということに関して、慣れ、神経が麻痺しはじめていたのかもしれない。

　砂浜での発砲騒ぎがあったあの夜のこともそうだ。大樹という中学生は、「拳銃の試し撃ちに誘われた」と証言しているらしいが、それは誘い出すための口実だ。あれは試し撃ちではなく、はじめから大樹を射殺するつもりだったと、小学生たちは証言している。

「彼らは、事実、人を殺《あや》めたかもしれません。しかし、彼らもまた犠牲者だと、わたしは思っています。大人たち、企業や政治家や官僚たちの利権の奪い合いの犠牲になった、可哀相な子どもたちです。願わくば、当局には温情のある扱いをしていただきたいと思います」

「ひとつうかがってもいいですか」

　及川が挙手しながら発言した。

「どうぞ」

「空き家で襲われた警官は、どうして殺されずに済んだのでしょうか」

泰明はひとつうなずいて答えた。

「実は、とどめを刺さなかっただけでなく、彼らが救急通報をしたようです」

「なぜ？」

「持ち物を漁っていたら、制服のポケットの中にあった手帳から、奥さんらしき女性と、小さな女の子の写真が出て来たそうです。——わたしは、甘いと笑われるかもしれないが、彼らの中にまだ薬に抗《あらが》おうとする良心が残っていた。そう考えたい」

水谷がうなずいている。峰や及川の目に光るものがあった。まだ、この世界は完全な闇ではないかもしれないと、泰明は思った。

全員が退出したあと、隣の部屋のドアをノックした。

「はい」

「失礼します」

中でモニターを睨んでいるのは、樋口透吾だ。

今日の会議を進めるにあたって、樋口からも情報をもらったし、参考意見も聞いた。その見返りに、会議のようすをカメラ経由で実況していたのだ。

樋口が特有の皮肉のこもった言葉を発した。

「二木さんも、まさか自分が設置したカメラがこんな使われかたをしているとは思わなかったでしょうね」

5　八日後——第一日

あの女が入ってきた。

『施設』で二木とけじめをつけた翌日、病室で荷物の整理をしていると、ノックもせずに

「ずいぶん暇そうね」

あの朝、駐在所へ送り届けてもらったときと同じような、赤い色のシャツを着て、その上にブルーのジャケットを羽織っている。

「そろそろ退院しろと言われたよ。まだ完治もしてないのに」

「大げさに痛がって、看護師でもたらし込もうとしてない？」

「それもあるかもしれない。——それより、あっちはどうなった」

女はバッグから煙草を取り出そうとして、病室であることを思い出したようだった。

「あなたの計算どおり。ホテルに入るところの写真をつきつけてきた」

「おれも写っていたか？」

「横顔がね」

少し面倒だが、やきもちを焼かれる相手はいない。

「離婚しろと？」

「うん。嬉しさを押し隠した顔でね。だからこっちは、うろたえたふりをしておいた」

「魚が、しっかり針を飲み込むまで待たないとな」

「そうそう。そして、いよいよ話が煮詰まってきたら、こっちもあの写真を出す」

「あんたの亭主と、浮気相手の女との、ベッドインの写真だな」

「ねえ、まさかわたしが独り身になったら、よりを戻そうなんて考えてない？」

「それこそまさかだ。もう誰かに縛られるのはこりごりだ」

笑って、果物籠からリンゴを抜き取り、シーツでこすってかじりついた。

カシュッという音がして、汁がはじけ飛んだ。さすがに見舞いのセットに入れるだけあって、ほどよい酸味と甘みのバランスが絶品だった。

「とにかく、言われたとおり迎えにきたんだから、さっさと支度してよ」

「わかった。少し待ってくれ」

まだ、病院の正式な許可は出ていないが知ったことではない。

「このあと予定あるの？」

「一度東京へ戻ったあと、北海道へ出張することになるかもしれない。一緒に行くか？」

拒絶されると思っていたが、女は意外に真顔で答えた。

「北海道はそろそろ寒そうね。でも、この残暑にも飽きがきたから涼みに行こうかな」

「離婚調停はどうする」と問うと、女は暢気に「あとは弁護士案件」と答えた。

「気楽でうらやましい」

笑うと、傷口が少し痛んだ。

ほんとうは、次の任務の前にやりたいことがあった。

もう一週間ほど追加の休暇をもらって、自分なりに調べてみたいことがあったのだ。

十七年前に別れて以来、消息すらわからない息子——直輝《なおき》のことだ。

直輝が生きているとすれば、あそこで出会ったレイイチとかシンとかいう連中と同世代のはずだ。

どこでどうしているのか。まずは最初の遊園地まで足を運び、一から捜索をやりなおそうと思っていた。

ドアをノックする音が聞こえた。

「どうぞ」

ドアに背を向けたまま応じる。誰か入ってきた気配がするのに、挨拶の声がない。代わりに、女が息をのむ気配が伝わってきた。

「どうかしたか——」

振り向くと、あの二人が立っていた。

レイイチとカイトだ。

「こんちは」

カイトが挨拶をし、レイイチが軽く頭をさげた。

レイイチは、こうして室内で見るとますますたくましい体をしている。身長は透吾と同じぐらいだが、がっしりとしていて、しなやかな印象だ。変なたとえだが、少しぐらい殴られてもびくともしない頑丈さを感じる。

「あの、レイちゃんが話があるらしいんだけど、なんだか一人で行けないって言うんで、つきそってきました」

カイトが淡々と説明する。ちらりと女に視線を向けると、女は「ちょっと一服してくる」と部屋から出ていった。

「どんな用件かな」二人を交互に見る。

「おれ、あんたをどこかで見たと思っていた」レイイチが答えた。

「ほう」

実は、透吾もそれは感じていた。しかし、気のせいだと片付けた。

「それで？」

「あのあと、ずっと気になっていて考えていた」レイイチが続ける。

「やっとわかった。目が似てる」

「誰に」

「自分に」

背中や腕が、粟立《あわだ》つような感触を覚えた。

「似ている？　きみと、わたしが？」

レイイチは、淡々と答える。

「あんたは、似ていると思わないか」

レイイチの目を見た。その瞳の奥に、遠い日の観覧車を見た気がした。

「あんた、子どもはいるか」レイイチが問う。

「昔いた。そういうきみは、ご両親は？」

「小さなころ、捨てられるか、さらわれた」

――うん、おとうさんとのる。

「まったく不明なのか」

「ああ。あんたの子どもは？」

「いなくなった」

「捨てたのか」

「違う。――さらわれた。見知らぬ女に」

レイイチが何かを口にしかけて、呑み込んだ。一度唇を湿してから短く訊いた。

「それで、その子の名は？」

口を開きかけたとき、レイイチが待ってくれ、と制止した。

ポケットをまさぐり、何かを取り出して、手のひらに載せて透吾に見せた。

「あんた、これに見覚えがあるか」

「これは――」

思わず、手を伸ばした。レイイチは反射的に手を引こうとしたようだが、思い直したらしく、あらためて透吾の前に差し出した。

レイイチの手のひらのうえにあるものを、そっと指先でつまみあげる。

おそらくは、素人がドリルで穴をあけて、ペンダントヘッド風に加工したものだ。実体は、メッキのはげかけた、安っぽいアルミ製のメダルだ。遊園地や展望台などで、アルファベットや数字を刻印できる自販機で売っているあれだ。

裏がえして細部まで観察する。

たしかに見覚えがあった。忘れるはずがない。十七年前、さらわれる直前に、自分が買って息子に与えたものだ。

もう一度、確かめる。指先がかすかに震えていることに気づいた。

忘れもしないあの日の日付と《NAOKI》の文字が刻印してあった。

声が喉に詰まったので、二度うなずき、一度深呼吸した。

「どこで、これを？」

レイイチが、嚙みしめるようにゆっくりと答える。

「アジトで、おれの面倒を見てくれた女が持っていた。ずっと彼女の持ち物だと思っていた。そこにあるナオキという名前も、彼女の親しい人間の名だと思っていた。どうしてかといえば、連れ去られたときの衝撃が強くて、その前後のことはほとんど覚えていないからだ。だけど――」

ふたたびそこで言葉に詰まってしまったレイイチに代わって、カイトが少し自慢げに答えた。

「ぼくが、もしかしたらこれレイちゃんのじゃないの？　レイちゃんをさらったときの戦利品じゃないの？　って助言したんだ。当たりだね」

窓から強い風が吹き抜けた。

この十七年の間に、息子に何があったのか知りたい。どんな細かいことまでも。

この十七年間、自分が何を思って生きてきたかを語りたい。どんなささいなことも。

詫びを言わせて欲しい、許すと言って欲しい。自分の不注意で息子が失ったものを、すべて取り返してやりたい。

だが、その思いがあまりに膨らみ過ぎて、ようやく半開きの口から出てきたのは、ただ「そうか」という短い単語だった。

「そうなのか」

レイイチ――いや、直輝が、力強い目でこちらを見ている。

語ればいいんだ、と思った。

時間はたっぷりとある。ゆっくりと語ればいい。

「つっ立っていないで、座ったらどうだ。――ところで、ぶどうは好きか?」

解説

大矢博子

伊岡瞬の代表作、出世作と言えば『代償』(角川文庫)を挙げる人が多いだろう。確かに著者の来し方を語る上で『代償』ははずせない、里程標的作品だった。抜群の吸引力を誇る戦慄のサスペンス、という伊岡作品のイメージを作り上げた一冊と言っていい。

だが決して伊岡瞬の小説は『代償』的なものばかりではない。謎解き要素の強い『教室に雨は降らない』(『明日の雨は。』を改題・角川文庫)や『乙霧村の七人』(双葉文庫)、犯罪関係者が過去と向き合う様を凝った構成で描きあげた『瑠璃の雫』(『七月のクリスマスカード』を改題・角川文庫)、人のつながりをテーマにした『ひとりぼっちのあいつ』(文藝春秋)、謎めいたファム・ファタル小説『本性』(KADOKAWA)などなど、実はかなり幅広い作風の小説を書いているのである。

そんな中から私が偏愛している作品を一冊挙げるなら、『145gの孤独』(角川文庫)を推したい。二〇〇五年に『いつか、虹のむこうへ』(角川文庫)で第二十五回横溝正史ミステリ大賞を受賞してデビューした著者の、受賞第一作だ。つまり、かなり初期の作品である。

元プロ野球選手の便利屋が、持ち込まれる胡散《うさん》臭い依頼の背後にある謎を解く――という物語で、分類するならハードボイルドということになるだろう。だがゴリゴリのハードボイルドというよりも、少しセンチメンタルで、時々ユーモラスで、軽妙さと切なさとシビアなテーマが融合したとてもいい物語だった。これは『いつか、虹のむこうへ』にも共通するテイストである。

本書『冷たい檻』を読み終わったとき、懐かしいその味わいを思い出した。久しぶりのハードボイルドに嬉《うれ》しくなった。だが、それだけではない。同時に、その後の作品で培《つちか》った戦慄のサスペンスと圧倒的リーダビリティ、意外な展開がもたらすサプライズ、そして骨太な社会問題の描写が十全に詰まっていることに驚かされたのである。

これは、伊岡瞬の「全部」じゃないか。

舞台は北陸にある人口一万人弱の岩森《いわもり》村。取り立てて名所もなく、鳴り物入りでオープンしたションピングモールもほぼ閉鎖という、過疎の村だ。その中で目を引くのは、払い下げられた「かんぽの宿」の建物を使って中国資本が開設した、老人介護・青少年更生・児童養護の三部門とクリニックを併設する複合型ケアセンター、通称「施設」の存在である。

そんな村から、駐在所の警察官・北森《きたもり》が忽然《こつぜん》と姿を消した。駐在所の電気もエアコンもつけっぱなし、パトカーも自転車も駐めたままという不可解な状況にもかかわらず、県警は個人的な失踪として処理。だが、実は北森は公安関係者で、一ヶ月後、とある筋より調査を命じられた調査官の樋口透吾《ひぐちとうご》が岩森村にやってくる。

北森の後任として駐在所に勤務している巡査部長の島崎《しまざき》は、樋口の得体の知れなさに戸惑いつつも、彼の調査を手伝うことに。調べるうちに、一見平和に見えたこの村で密かに蠢くさまざまな暗部が顔を出し始める。

たとえば、施設の老人が崖から転落死した一件。施設の児童たちの間で囁《ささや》かれる、嫌なやつを「断罪」してくれるという「アル＝ゴル神」信仰。相次ぐ小火《ぼや》や農具の窃盗。ショッピングモールの土地を巡る政官財の癒着《ゆちゃく》。そしてついに殺人事件が……。

まず、構成に注目願いたい。多くの事件が描かれるが、これがたった二日間に凝縮されているのだ。もちろん、遠因はそれ以前にあるわけだが、それが二日間で一気に噴出するのである。その半端ない情報量を、著者は多視点を駆使してテンポよく描写する。これまでも複数の語り手を並行させた作品はあったが、これほどまでに視点人物が多いのは初めてではないだろうか。

主人公の樋口はもちろん、彼とバディを組むことになる島崎巡査部長の視点、「アル＝ゴル神」信仰に否定的な小学生の視点、施設の職員の視点、はたまた更生施設に収容されている犯罪歴を持つ青年の視点。ショッピングモールで経営難に喘ぐラーメン屋店主の視点もあれば、村の権力を握る元村長の視点もある。

驚かされるのは、これだけ次々と視点を変えながら、まったく煩雑にならないそのリーダビリティである。サイコパスのような犯罪加害者の青年を描いたかと思えば、少々頼りないが誠実な警察官を描く。いかにも腹黒そうな老政治家を登場させる一方で、暴走する友人を憂える小学生を出す。同じひとつの物語とは思えないくらい、視点人物が替わると情景の色合いが変わる。だが混乱しない。飽きさせない。なぜか。

理由のひとつは、ひとりひとりの人物造形がしっかりしているからだ。樋口や島崎はもちろん、施設にいる玲一《れいいち》やカイト、シン、小学生の貴《たかし》や康介《こうすけ》、職員たち、ラーメン店や喫茶店の店主に至るまで、その気になれば全員が主役を張れるくらいの血肉を持って描かれている。それぞれに、生活があり感情があり歴史がある生きた人間として描かれているからだ。そして、そんなそれぞれ違ったものを抱えた多くの人々が集まってできているもの——それが岩森村なのだということが、多視点という手法により伝わってくるのである。言い換えれば、村という大きな生き物を描くには、これだけの人物が必要だったということだ。

混乱しない、飽きさせないもうひとつの理由は「何が起きているのか」という不穏さにある。警察官失踪事件はとっかかりであり、決してメインの謎ではない。そして殺人事件が起きるのは半ばを過ぎてからであり、これも言ってしまえば、最大の謎というわけでもない。本書の謎は――最大の事件は、もっと違う場所にある。それが何かが、多視点の物語により徐々に浮かび上がってくる。ミステリは、フーダニット（犯人探し）、ホワイダニット（動機探し）などと分類されることがあるが、それでいえば、本書は「何が起きているのか」を探る、ホワッツダニットと言えるだろう。

話は次々と変わる。だが不穏な通奏低音がある。何かが起きそうな予感がする。それが読者を惹《ひ》きつけるのである。

盛り沢山なのは視点人物だけではない。扱われる事件もだ。児童虐待、少年犯罪、老人介護、介護職の労働問題という身近な社会問題から、海外資本の流入や政官財の癒着といった政治と経済の問題まで。特に、「施設」のための用地獲得の一件はいわゆる「モリ・カケ問題」を彷彿《ほうふつ》とさせる。だが本書はあの事件が報じられるより前に執筆されたものである。まさに慧眼《けいがん》という他ないが、それらさまざまな事件がひとつの場所に収斂《しゅうれん》するさまは、ミステリとしても一級品なのである。

人物描写についてもう少し付け加えておきたい。

本書はハードボイルドである、と先に書いた。主人公・樋口は孤高にしてデキる男だ。常にクールで、冷静で、ついでに言えば見た目もかっこいいらしい。さらにハードボイルドにつきもののワイズクラック（しゃれた減らず口）も効いている。けれど私の偏愛する『145gの孤独』がそうだったように、決して他人を排除する一匹狼ではない。

たとえば、バディを組んだ島崎との会話をお読みいただきたい。緊張してあたふたしている島崎に対する樋口の扱いはちょっと意地悪で笑ってしまう。逆に島崎視点の章では、樋口に対してのこの人何なんだというツッコミに親近感が湧く。そしてふたりは少しずつ相手への印象を変えてゆく。

ハードボイルドのヒーローもまた、生きた人間なのである。

本書は二日間の物語だと書いたが、序章で十七年前の事件が語られる。樋口が背負っている過去だ。その過去のせいで、樋口は子どもを失い、妻を失った。その傷を十七年間抱え続けてきた。そしてこの二日間は、家族を失った樋口にとって（そして愛する家族のいる島崎にとっても）、大きな転機の二日間になるのだが……そこは本編でどうぞ。ふたりの変化をぜひ見届けていただきたい。

デビュー作『いつか、虹の向こうへ』以来すべての作品で、伊岡瞬は家族の欠落や、家族が抱える問題を描き続けてきた。本書は警察小説であり、組織対個人の戦いの小説であるが、同時に家族を失ったり、家族に捨てられたり、家族を欲したり、家族を守ろうとしたりする人々の物語であり、さらにいえば疑似家族の物語でもある。本書に出てくるさまざまな家族の形を通して、今一度、家族とは何かを考えさせてくれる。まさに伊岡瞬らしいテーマの一冊なのである。

多視点を駆使することで「村」を描き出す構成の妙、「施設」が孕《はら》む大きな社会問題、切なさを感じさせるハードボイルド、人のつながり、驚愕の真相、家族の形、そして何より抜群のリーダビリティを誇る緊迫したサスペンス。さらに本書が執筆された時点では、ここまで正面から社会問題を扱ったのも警察小説という様式も、著者にとって初挑戦だったことを付け加えておこう。本書が、これまでの伊岡瞬の「全部」だと書いた理由がお分かりいただけたのではないだろうか。

読者にはそれぞれ伊岡作品の中でも特に好きな一冊というのがあるだろうが、その「全部」の魅力を持つ本書には、きっとご満足いただけると確信している。

（おおや・ひろこ　書評家）

この作品はフィクションです。登場する人物・団体等は、実在するものと一切関係ありません。

『冷たい檻』二〇一八年八月　中央公論新社刊

中公文庫

冷《つめ》たい檻《おり》

2020年4月25日　初版発行
2021年9月20日　6刷発行

著者　伊《い》岡《おか》瞬《しゅん》

発行者　松田陽三

発行所　中央公論新社
〒100-8152　東京都千代田区大手町1-7-1
電話　販売 03-5299-1730　編集 03-5299-1890
URL http://www.chuko.co.jp/

DTP　平面惑星
印刷　三晃印刷
製本　小泉製本

Published by CHUOKORON-SHINSHA, INC.
Printed in Japan　ISBN978-4-12-206868-1 C1193

各書目の下段の数字はISBNコードです。978－4－12が省略してあります。

中公文庫既刊より

ほ-17-4
国境事変
誉田哲也
在日朝鮮人殺人事件の捜査で対立する公安部と捜査一課の男たち。警察官の矜持と信念を胸に、銃声轟く国境の島・対馬へ向かう。〈解説〉香山二三郎
205326-7

ほ-17-5
ハング
誉田哲也
捜査一課「堀田班」は殺人事件の再捜査で容疑者を逮捕。だが公判で自白強要の証言があり、班員が首を吊った姿で見つかる。そしてさらに死の連鎖が……誉田史上、最もハードな警察小説。
205693-0

ほ-17-7
歌舞伎町セブン
誉田哲也
『ジウ』の歌舞伎町封鎖事件から六年。再び迫る脅威から街を守るため、密かに立ち上がる者たちがいた。戦慄のダークヒーロー小説！〈解説〉安東能明
205838-5

ほ-17-11
歌舞伎町ダムド
誉田哲也
今夜も新宿のどこかで、伝説的犯罪者〈ジウ〉の後継者が血まみれのダンスを踊る。殺戮のカリスマ vs.新宿署刑事 vs.殺し屋集団、三つ巴の死闘が始まる！
206357-0

ほ-17-12
ノワール 硝子の太陽
誉田哲也
沖縄の活動家死亡事故を機に反米軍基地デモが全国で激化。その最中、この国を深い闇へと誘う動きを、東警部補は察知する……。〈解説〉友清 哲
206676-2

ほ-17-6
月光
誉田哲也
同級生の運転するバイクに轢かれ、姉が死んだ。殺人を疑う妹の結花は同じ高校に入学し調査を始めるが、やがて残酷な真実に直面する。衝撃のR18ミステリー。
205778-4

ほ-17-10
主よ、永遠の休息を
誉田哲也
この慟哭が聞こえますか？ 心をえぐられた少女と若き事件記者の出会いが、やがておぞましい過去を掘り起こす……驚愕のミステリー。〈解説〉中江有里
206233-7

ほ-17-8
あなたの本　誉田哲也
読むべきか、読まざるべきか？　自分の未来が書かれた本を目の前にしたら、あなたはどうしますか？　当代随一の人気作家の、多彩な作風を堪能できる作品集。
206060-9

ほ-17-9
幸せの条件　誉田哲也
恋にも仕事にも後ろ向きな役立たずＯＬに、突然下った社命。単身農村へ赴き、新燃料のためのコメ作りに挑め⁉　人生も、田んぼも、耕さなきゃ始まらない！
206153-8

ほ-17-13
アクセス　誉田哲也
高校生たちに襲いかかる殺人の連鎖。仮想現実を支配する「極限の悪意」を相手に、壮絶な戦いが始まる！　著者のダークサイドの原点！〈解説〉大矢博子
206938-1

ほ-17-14
新装版　ジウⅠ　警視庁特殊犯捜査係　誉田哲也
人質籠城事件発生。門倉美咲、伊崎基子両巡査が所属する警視庁捜査一課特殊犯捜査係も出動する。だが、この事件は〝巨大な闇〟への入口でしかなかった。
207022-6

ほ-17-15
新装版　ジウⅡ　警視庁特殊急襲部隊　誉田哲也
誘拐事件は解決したかに見えたが、依然として黒幕・ジウの正体は摑めない。事件を追う東と美咲。一方、特進をはたした基子の前には不気味な影が。〈解説〉宇田川拓也
207033-2

ほ-17-16
新装版　ジウⅢ　新世界秩序　誉田哲也
新宿駅前で街頭演説中の総理大臣を標的としたテロが発生。歌舞伎町を封鎖占拠し、〈新世界秩序〉を唱えるミヤジとジウの目的は何なのか⁉〈解説〉友清　哲
207049-3

と-26-9
ＳＲＯⅠ　警視庁広域捜査専任特別調査室　富樫倫太郎
七名の小所帯に、警視長以下キャリアが五名。管轄を越えた花形部署のはずが——。警察組織の盲点を衝く、連続殺人犯を追え！　新時代警察小説の登場。
205393-9

と-26-10
ＳＲＯⅡ　死の天使　富樫倫太郎
死を願ったのち亡くなる患者たち、解雇された看護師、病院内でささやかれる『死の天使』の噂。ＳＲＯ対連続殺人犯の行方は。待望のシリーズ第二弾！　書き下ろし長篇。
205427-1

各書目の下段の数字はISBNコードです。978－4－12が省略してあります。

と-26-11
SRO Ⅲ キラークィーン
富樫倫太郎
SRO対〝最凶の連続殺人犯〟、因縁の対決再び!! 東京地検へ向かう道中、近藤房子を乗せた護送車は裏道へ誘導され――。大好評シリーズ第三弾、書き下ろし長篇。
205453-0

と-26-12
SRO Ⅳ 黒い羊
富樫倫太郎
SROに初めての協力要請が届く。自らの家族四人を殺害して医療少年院に収容され、六年後に退院した少年が行方不明になったというのだが――書き下ろし長篇。
205573-5

と-26-19
SRO Ⅴ ボディーファーム
富樫倫太郎
最凶の連続殺人犯が再び覚醒。残虐な殺人を繰り返し、日本中を恐怖に陥れる。焦った警視庁上層部は、SROの副室長を囮に逮捕を目指すのだが――。書き下ろし長篇。
205767-8

と-26-35
SRO Ⅵ 四重人格
富樫倫太郎
不可解な連続殺人事件が発生。傷を負ったメンバーが再結集し、常識を覆す新たなシリアルキラーに立ち向かう。人気警察小説、待望のシリーズ第六弾！
206165-1

と-26-36
SRO episode0 房子という女
富樫倫太郎
残虐な殺人を繰り返し、SROを翻弄し続けるシリアルキラー・近藤房子。その生い立ちとこれまでが、ついに明かされる。その過去は、あまりにも衝撃的！
206221-4

と-26-37
SRO Ⅶ ブラックナイト
富樫倫太郎
東京拘置所特別病棟に入院中の近藤房子が動き出す。担当看護師を殺人鬼へと調教し、ある指令を出すのだが――。累計60万部突破の大人気シリーズ最新刊！
206425-6

と-26-39
SRO Ⅷ 名前のない馬たち
富樫倫太郎
相次ぐ乗馬クラブオーナーの死。事件性なしとされるも、どの現場でも人間と同時に必ず馬が一頭逝っている事実に、SRO室長・山根新九郎は不審を抱く。
206755-4

す-29-1
警視庁組対特捜K
鈴峯紅也
本庁所轄の垣根を取り払うべく警視庁組対部特別捜査隊となった東堂絆を、闇社会の陰謀が襲う。人との絆で事件を解決せよ！ 渾身の文庫書き下ろし。
206285-6

す-29-2
サンパギータ　警視庁組対特捜K　鈴峯紅也
非合法ドラッグ「ティアドロップ」を巡り加熱する闇社会の争い。牙を剝く黒幕の魔の手が、絆の彼女・尚美に忍び寄る⁉　大人気警察小説、待望の第二弾！
206328-0

す-29-3
キルワーカー　警視庁組対特捜K　鈴峯紅也
「ティアドロップ」を捜索する東堂絆の周辺に次々と闇社会の刺客が迫る。全ての者の悲しみをまとい、絆が悪の正体に立ち向かう！　大人気警察小説、第三弾！
206390-7

す-29-4
バグズハート　警視庁組対特捜K　鈴峯紅也
ティアドロップを巡る一連の事件は、片桐、金田ら多くの犠牲の末に、ようやく終結した。片桐の墓の前で死を悼む絆の前に、謎の男が現れるが――。
206550-5

す-29-5
ゴーストライダー　警視庁組対特捜K　鈴峯紅也
日本最大の暴力団〈竜神会〉首領・五条源太郎が死んだ。次なる覇権を狙って、悪い奴らが再び蠢き出す――。大人気警察小説シリーズ第五弾。文庫書き下ろし。
206710-3

す-29-6
ブラザー　警視庁組対特捜K　鈴峯紅也
血縁も、絆も関係なく、喰らい合う闇社会の男たち。警視庁組対特捜の最強刑事・東堂絆の命に、巨額の懸賞金をかけた彼らの狙いとは⁉　文庫書き下ろし。
206990-9

さ-65-1
フェイスレス　警視庁墨田署刑事課 特命担当・一柳美結　沢村鐵
大学構内で爆破事件が発生した。現場に急行する墨田署の一柳美結刑事。しかし、事件は意外な展開を見せ、さらなる凶悪事件へと……。文庫書き下ろし。
205804-0

さ-65-2
スカイハイ　警視庁墨田署刑事課 特命担当・一柳美結2　沢村鐵
巨大都市・東京を瞬く間にマヒさせた〝C〟の目的、正体とは⁉　警察の威信をかけた天空の戦いが、いま始まる‼　書き下ろし警察小説シリーズ第二弾。
205845-3

さ-65-3
ネメシス　警視庁墨田署刑事課 特命担当・一柳美結3　沢村鐵
人類救済のための殺人は許されるのか⁉　日本警察、そして一柳美結刑事たちが選んだ道は？　空前のスケールで描く、書き下ろしシリーズ第三弾‼
205901-6

各書目の下段の数字はISBNコードです。978－4－12が省略してあります。

さ-65-4
シュラ　警視庁墨田署刑事課特命担当・一柳美結4
沢村鐵
八年前に家族を殺した犯人の正体を知った美結は、復讐鬼と化し、警察から離脱。人類最悪の犯罪者と対峙する日本警察に勝機はあるのか⁉　シリーズ完結篇。
205989-4

さ-65-5
クランⅠ　警視庁捜査一課・晴山旭の密命
沢村鐵
渋谷で警察関係者の遺体を発見。虚偽の検死をする美人検視官を探るために晴山警部補は内偵を行うが、そこには巨大な警察の闇が――！　文庫書き下ろし。
206151-4

さ-65-6
クランⅡ　警視庁渋谷南署・岩沢誠次郎の激昂
沢村鐵
同時発生した警視庁内拳銃自殺と、渋谷での交番巡査銃撃事件。警察を襲う異常事態に、密盟チーム「クラン」がついに動き出す！　書き下ろしシリーズ第二弾。
206200-9

さ-65-7
クランⅢ　警視庁公安部・区界浩の深謀
沢村鐵
渋谷駅を襲った謎のテロ事件。クランのメンバーは「神」と呼ばれる主犯を追うが、そこに再び異常事件が――書き下ろしシリーズ第三弾。
206253-5

さ-65-8
クランⅣ　警視庁機動分析課・上郷奈津実の執心
沢村鐵
包囲された劇場から姿を消した「神」。その正体を暴く鍵は意外な人物が握っていた。警察に潜む悪との戦いは佳境へ！　書き下ろしシリーズ第四弾。
206326-6

さ-65-9
クランⅤ　警視庁渋谷南署巡査・足ヶ瀬直助の覚醒
沢村鐵
警察閥の大量検挙に成功した「クラン」。だが「神」の魔手は密盟のトップ・千徳に襲いかかり――。迫り来るクライマックス、書き下ろしシリーズ第五弾。
206426-3

さ-65-10
クランⅥ　警視庁内密命組織・最後の任務
沢村鐵
非常事態宣言発令より、警察の指揮権は首相へと移った。「神」と「クラン」。最後の決戦の行方は――。シリーズ最終巻、かつてないクライマックス！
206511-6

さ-65-11
雨の鎮魂歌《レクイエム》
沢村鐵
中学校で見つかった生徒会長の遺体。次々と校内を襲う異常な事件。絶望の中で少年たちがつかんだものとは。「クラン」シリーズの著者が放つ傑作青春小説。
206650-2

さ-65-12
世界警察1 叛逆のカージナルレッド
沢村 鐵
殺人、戦争、テロ。すべては警察が止める。二一世紀末、理想社会が実現した日本を襲う武装蜂起に、刑事たちが立ち向かう。圧巻の書き下ろし新シリーズ。
207045-5

え-21-1
巡査長 真行寺弘道
榎本 憲男
五十三歳で捜査一課のヒラ捜査員——出世拒否×バツイチ×ロック狂のニュータイプ刑事登場。圧倒的なスケールの痛快エンターテインメント！〈解説〉北上次郎
206553-6

え-21-2
ブルーロータス 巡査長 真行寺弘道
榎本 憲男
真行寺弘道は、五十三歳で捜査一課ヒラ刑事という変わり種。インド人の変死体が発見され、インドを専門とする若き研究者・時任の協力で捜査を進めると……。
206634-2

え-21-3
ワルキューレ 巡査長 真行寺弘道
榎本 憲男
元モデルだという十七歳の少女・麻倉瞳が誘拐された。真行寺刑事は、評論家デボラ・ヨハンソンの秘書を務める瞳の母に、早速聞き込みを始めたが——。
206723-3

え-21-4
エージェント 巡査長 真行寺弘道
榎本 憲男
「令和」初の総選挙当日——。首相の経済政策を酷評し躍進する新党に批判的な男が、騒動を起こす。現場に居合わせた真行寺は騒ぎに巻き込まれるが……。
206796-7

え-21-5
インフォデミック 巡査長 真行寺弘道
榎本 憲男
二〇二〇年、新型ウイルスが世界を席巻する。真実が不透明な中、人々は不確かな情報に「感染」。真行寺は捜査一課長からの密命を帯び……。文庫書き下ろし。
206986-2

と-36-1
炎冠 警視庁捜査一課七係・吉崎詩織
戸南 浩平
時間内にゴールできなければ、マラソン代表候補が爆死。警察の威信に懸けて犯人を暴け。レース×サスペンス、緊迫の警察小説！
206822-3

か-91-1
カンブリア 邪眼の章 警視庁「背理犯罪」捜査係
河合 莞爾
この能力ってあることに限り絶大な効果がある。それは犯罪です。「理に背く力」を使う犯罪者に立ち向かう、二人の刑事の運命は？
206849-0

各書目の下段の数字はISBNコードです。978－4－12が省略してあります。

な-70-1
黒蟻 警視庁捜査第一課・蟻塚博史 中村啓
「黒蟻」の名を持つ孤独な刑事は、どこまで警察上部の闇に食い込めるのか？ このミス大賞出身の実力派作家が、中公文庫警察小説に書き下ろしで登場！
206428-7

な-70-2
ZI－KILL 真夜中の殴殺魔 中村啓
警察官の父が失踪してから、自分の中に現れた凶暴な別人格〈ハイド〉。そいつが連続殴殺魔なのか？ 自分の無実を証明するための捜査がはじまる！
206738-7

こ-40-24
新装版 触発 警視庁捜査一課・碓氷弘一1 今野敏
朝八時、霞ヶ関駅で爆弾テロが発生、死傷者三百名を超える大惨事に！ 内閣危機管理対策室は、捜査本部に一人の男を送り込んだ。「碓氷弘一」シリーズ第一弾、新装改版。
206254-2

こ-40-25
新装版 アキハバラ 警視庁捜査一課・碓氷弘一2 今野敏
秋葉原を舞台にオタク、警視庁、マフィア、中近東のスパイまでが入り乱れるアクション&パニック小説。「碓氷弘一」シリーズ第二弾、待望の新装改版！
206255-9

こ-40-26
新装版 パラレル 警視庁捜査一課・碓氷弘一3 今野敏
首都圏内で非行少年が次々に殺された。いずれの犯行も瞬時に行われ、被害者は三人組で、外傷は全くないという共通項が。「碓氷弘一」シリーズ第三弾、待望の新装改版。
206256-6

こ-40-20
エチュード 警視庁捜査一課・碓氷弘一4 今野敏
連続通り魔殺人事件で誤認逮捕が繰り返され、捜査は大混乱。ベテラン警部補・碓氷と美人心理調査官・藤森のコンビが真相に挑む。「碓氷弘一」シリーズ第四弾。
205884-2

こ-40-21
ペトロ 警視庁捜査一課・碓氷弘一5 今野敏
考古学教授の妻と弟子が殺され、現場には謎めいた古代文字が残されていた。碓氷警部補は外国人研究者を相棒に真相を追う。「碓氷弘一」シリーズ第五弾。
206061-6

こ-40-33
マインド 警視庁捜査一課・碓氷弘一6 今野敏
殺人、自殺、性犯罪……。ゴールデンウィーク最後の夜に起こった七件の事件を繋ぐ意外な糸とは？ 藤森紗英も再登場！ 大人気シリーズ第六弾。
206581-9

く-19-10
ただいま家事見習い中 ハウスワーク代行・亜美の日記
鯨 統一郎
家事代行会社のアルバイト・亜美が行く先で、トラブル発生！ 意外にも鋭い推理力を持つ亜美は、事件を解決へ導けるのか？ ハートウォーミングミステリ。
206585-7

く-19-11
恋と掃除と謎解きと ハウスワーク代行・亜美の日記
鯨 統一郎
家事代行業のアルバイトも板に付いてきた大学生の樋口亜美。意外にも鋭い推理力で、今日も派遣先の事件を解決する！ ハートウォーミングミステリ第二弾。
206724-0

し-49-2
イカロスの彷徨 警視庁捜査一課刑事・小々森八郎
島崎 佑貴
早朝の都心で酷い拷問の痕がある死体が発見された。小々森八郎たち特命捜査対策室四係の面々にも、捜査の応援命令が下るのだが⁉ 書き下ろし。
206554-3

し-49-3
スワンソング 警視庁特命捜査対策室四係
島崎 佑貴
凄腕だが嫌われ者の小々森刑事の命が狙われている！ 特命対策室四係の面々は犯人確保に動き出すが、それは巨大な闇へと繋がっていた。文庫書き下ろし。
206670-0

し-53-1
ストレンジャー・イン・パラダイス
小路 幸也
名物も娯楽もない限界集落〈晴太多〉。故郷を再生するため、土方あゆみは移住希望者を募集する。だけどやってきたのは、ワケありなはぐれ者たちで……？
206709-7

し-53-2
駐在日記
小路 幸也
昭和五十年。雉子宮駐在所に赴任した元刑事・周平と、元医者・花の若夫婦。平和なはずの田舎町で巻き起こるのは、日誌に書けないワケあり事件⁉
206833-9

し-53-3
あの日に帰りたい 駐在日記
小路 幸也
昭和五十一年。周平と花夫婦の駐在所暮らしはのんびり平和とはいかないようで⁉ 優しさとほんの少しの厳しさで謎を解く、連作短編シリーズ第二弾。
207068-4

た-81-4
告解者
大門 剛明
過去に殺人を犯した男・久保島。補導員のさくらは彼の誠実さに惹かれる。その最中、新たな殺人事件が発生。告解室で明かされた衝撃の真実とは――。
205999-3

各書目の下段の数字はISBNコードです。978－4－12が省略してあります。

た-81-5
テミスの求刑
大門　剛明
監視カメラがとらえた敏腕検事の姿。手には大型ナイフ、血まみれの着衣。無実を訴えて口を閉ざした彼に下る審判とは？　傑作法廷ミステリーついに文庫化。
206441-6

た-81-6
両刃《りょうじん》の斧《おの》
大門　剛明
未解決殺人事件の犯人が殺された。容疑者は十五年前に娘を殺された元刑事。事件の裏に隠されたあまりに悲しい真実とは。慟哭のミステリー。文庫書き下ろし。
206697-7

に-18-1
聯《れん》愁《しゅう》殺《さつ》
西澤　保彦
なぜ私は狙われたのか？　連続無差別殺人事件の唯一の生存者、梢絵は真相の究明を推理集団〈恋謎会〉にゆだねるが……。ロジックの名手が贈る、衝撃の本格ミステリー。
205363-2

に-18-8
下戸は勘定に入れません
西澤　保彦
酔えば酔うほど時間が戻る⁉　お酒を呑むと、同席者と共にタイムスリップしてしまう古徳先生。その特異体質と推理力で昔の恋を取り戻せるか？〈解説〉池上冬樹
206279-5

と-25-26
夜の終焉（上）
堂場　瞬一
両親を殺された真野亮介は、故郷・汐灘を捨て、喫茶店を営んでいた。ある日、店を訪れた少女が事故で意識不明に。身元を探るため、真野は帰郷するが――。汐灘サーガ第三弾。
205662-6

と-25-27
夜の終焉（下）
堂場　瞬一
父が殺人を犯し、検事になることを諦めた川上譲は、東京で弁護士として仕事に邁進していた。そこに舞いこむ故郷・汐灘からの依頼は、死刑を望む殺人犯の弁護だった。
205663-3

と-25-31
沈黙の檻
堂場　瞬一
沈黙を貫く、殺人犯かもしれない男。彼を護り、信じる刑事。時効事案を挟み対峙する二人の傍で、新たな殺人が発生し――。哀切なる警察小説。〈解説〉稲泉　連
205825-5

と-25-32
ルーキー　刑事の挑戦・一之瀬拓真
堂場　瞬一
千代田署刑事課に配属された新人・一之瀬。起きる事件は盗難ばかりというビジネス街で、初日から若い男性が被害者の殺人事件に直面する。書き下ろし。
205916-0

各書目の下段の数字はISBNコードです。978－4－12が省略してあります。

と-25-39 Sの継承（下） 堂場瞬一
ネット掲示板で国会議員総辞職を求め、毒ガスを盾に国会議事堂前で車に立てこもるS。捜査一課は、その正体を探るが……。〈解説〉竹内洋
206297-9

と-25-43 バビロンの秘文字（上） 堂場瞬一
カメラマン・鷹見の眼前で恋人の勤務先が爆破。彼女が持ち出した古代文書を狙う、CIA、ロシア、謎の過激派組織――。世界を駆けるエンタメ超大作。
206679-3

と-25-44 バビロンの秘文字（下） 堂場瞬一
激化するバビロン文書争奪戦。鷹見は襲撃者の手をかいくぐり文書解読に奔走する。四五〇〇年前に記された、世界を揺るがす真実とは？〈解説〉竹内海南江
206680-9

と-25-45 新装版 雪虫 刑事・鳴沢了 堂場瞬一
俺は刑事に生まれたんだ――鳴沢了は、湯沢での殺人と五十年前の事件の関連を確信するが、署長である父は彼を事件から遠ざける。〈解説〉宇田川拓也
206821-6

と-25-46 新装版 破弾 刑事・鳴沢了 堂場瞬一
警視庁にやってきた了は署内で冷遇を受ける女性刑事・冴と組む。心に傷を抱えた二人が今、最高のコンビとして立ち上がる。〈解説〉沢田史郎
206837-7

と-25-47 新装版 熱欲 刑事・鳴沢了 堂場瞬一
青山署の刑事として現場に戻った了。詐欺がらみの連続傷害殺人事件に対峙する了の捜査は、NYの中国人マフィアへと繋がっていく。シリーズ第三弾。
206853-7

と-25-48 新装版 孤狼 刑事・鳴沢了 堂場瞬一
行方不明の刑事と不審死した刑事。遺体の手には「鳴沢了」と書かれたメモ――最強のトリオで警察内に潜む闇に挑め。シリーズ第四弾。〈解説〉内田俊明
206872-8

と-25-49 新装版 帰郷 刑事・鳴沢了 堂場瞬一
殺人事件の被害者遺族に依頼された、父が遺した未解決事件の再調査。「捜一の鬼」と呼ばれた父を超えるため、了は再び故郷に立つ。〈解説〉加藤裕啓
206881-0